# 遍地凶案

Too Many Murders

Colleen McCullough

［澳大利亚］考琳·麦卡洛 著

孔庆华 译



译林出版社

图书在版编目(CIP)数据

遍地凶案／（澳）麦卡洛（McCullough，C.）著；孔庆华译.
—南京：译林出版社，2012.7
书名原文：Two Many Murders
ISBN 978-7-5447-2551-4

Ⅰ.①遍… Ⅱ.①麦… ②孔… Ⅲ.①长篇小说-澳大利亚-现代 Ⅳ.①I611.45

中国版本图书馆 CIP 数据核字（2011）第 265433 号



书 名 遍地凶案
作 者 [澳大利亚]考琳·麦卡洛
译 者 孔庆华
责任编辑 韩继坤
原文出版 Simon & Schuster, 2009
出版发行 凤凰出版传媒集团
凤凰出版传媒股份有限公司
译林出版社
集团地址 南京市湖南路 1 号 A 楼，邮编：210009
集团网址 http://www.ppm.cn
出版社地址 南京市湖南路 1 号 A 楼，邮编：210009
电子邮箱 yilin@yilin.com
出版社网址 http://www.yilin.com
经 销 凤凰出版传媒股份有限公司
印 刷 江苏凤凰扬州鑫华印刷有限公司
开 本 652×960 毫米 1/16
印 张 24.00
插 页 2
字 数 292 千
版 次 2012 年 7 月第 1 版 2012 年 7 月第 1 次印刷
书 号 ISBN 978-7-5447-2551-4
定 价 38.00 元
译林版图书若有印装错误可向出版社调换
（电话：025-83658316）

献给韦德

忠实、可爱、善良、慷慨

天下最优秀的儿子

1967年4月

▶▶|

康涅狄格州霍洛曼市

查伯大学巴拉塞尔士学院

埃文·皮尤先生启

亲爱的皮尤先生：

我已经俯首认输。照您3月29日信中所约，十万美元已放在您学院的房间里。如果有人查出了我，我会作出保证，我到学院去没有不妥之处。请不要企图再从我这里得到更多的钱。我已是囊空如洗。

您真诚的

话痨

1967年4月3日

埃文·皮尤读着那封信，双手都在连连颤抖，接着把它放进文件架上一只普通的白色信封里。信封和那封信的颜色一样，也是用碳打字带打着他的姓名及地址。每次他下楼梯去吃早餐或用罢午餐时，都朝那边扫上一眼，文件架的黑色方洞中总是空空的。这时，已是两点半，他蓦然得到了答案！

他每每走上休息室尽头一段弯弯曲曲的开阔楼梯时，走廊中总是空荡荡的。巴拉塞尔士是一个新学院，清洁如镜，轮廓分明，是由一位名扬天下的建筑师设计的，他是查伯的校友。这项设计也受到了他质朴黯淡风格的影响：佛蒙特大理石地板及墙壁；铺着卵石的花园，四面环绕着玻璃，小得人们都插不进脚；还有苍白的灯光以及很渺小的装饰物件等。埃文的寝室在楼上,室内的白色大理石全都换成了灰色墙壁,防滑地板也是灰色的,非常实用,室内通风良好,也很宽敞。房间都是这个样子,因此巴拉塞尔士的室友们都非常热爱那位建筑师。当然,由于他本人曾蜗居在一个学院中建于 1788 年的一间小寝室内,吃了不少恐惧的苦头,于是他就放手为巴拉塞尔士设计了宽大的房间和许多浴室。

楼上一片冷清。埃文侧身沿廊道向前走,进了自己的房间,迅速向四周扫了一眼。他一定要弄清楚,室友汤姆·威尔金森和其他二年级生确实正在侧翼的医学预科学院的班里上课。这必须要拿得很准才行:甚至连那些很认真的医学预科生有时也逃课。但他的确就是只身一人,非常安全。

房间中倒还不算太零乱,这着实令人惊讶。两位年轻人都有车,所以房间里就用不着放自行车,地上也没有大学生通常积攒的成堆的纸箱。从地面到天花板的书架将他们的两张大书桌隔开,桌子上方是窗户,两张宽大的单人床摆放在门的两边。每一面长长的墙壁上都有另外一扇门。威尔金森是一位乐天的青年,把一些很性感的电影明星的海报贴在墙上,但埃文·皮尤的墙上除了有一块软木板,上面钉了一些便条和几帧照片外,则显得光秃秃的。

他径直朝书桌走去;一整天来桌子的表面都一如他当初摆放的那个样子。抽屉也都没有上锁。埃文把抽屉一一拉开,检查了一番,盘算着那捆现钞该有多大。他关上最后一个抽屉,得出了这样的结论:那应该取决于钞票面额的大小。可压根就没有什么现钞,大捆小捆的都没有。他横扫了一眼床上的床单和毯子,接着走过去,发疯地从头到尾搜寻了一番——上面、下面、里面,根本就没有钞票的影子。

接下来他检查了书架,结果也是一样。然后,他伫立在那里猜度着,怎么会变成了那么一个大傻冒呀。他的猎物怎么会晓得房间的哪一边是他的呢?或者说能分得清哪一边吗?汤姆是个杂乱无章的人,可他仔细搜查了汤姆那边的每一个角落,也没有见到任何一捆钞票的踪影。

只剩下壁橱了。这次，埃文先搜查了汤姆的壁橱，还是一无所获。接着他打开了自己壁橱的门。在这种进入式壁橱上，设计师真正的才华得到了充分的展现。他是那种永远铭记所经历的人世沧桑方方面面的人，也会完全理解，年轻男性或女性住在同一房间为期一年的阶段中，有不少垃圾要堆积起来。进入式壁橱和它那面墙一样长，有三英尺宽；壁橱的一边是格子状抽屉，抽屉上面是敞开式架子，壁橱内足足有一半的地方是空的。院长担心这种封闭的地方易发生火灾，因此照明设备很简陋。只有25瓦的灯泡，一律不准用更亮的！门打开后，经过弹簧的调节，又能自动关闭。这是院长大人的另一个奇思怪想。他很讨厌混乱不堪的现象，并认为敞着的门和抽屉会有危险，还要对此负法律责任。

埃文轻轻打开壁橱的灯，走了进去；身后的门一晃动又关上，可他对此已习以为常。他一眼就瞅准了那一捆东西，它被一根绳子吊在天花板上。于是他迫不及待地朝那捆东西冲过去，并不奇怪他的受害人选择将钱藏在最里面，也不奇怪那捆钱吊在没有抽屉、没有书架的地方。他没有抬眼去看天花板，目光没有高过那捆东西，就是在昏暗的灯光下，也能看清那捆东西用莎纶包得很紧。透过莎纶看得清清楚楚：百元面值钞票。那些钱放在一个干干净净的平砖状的包里，没有因许多手指揉搓而皱边。

他的双手猛地一把攫住了那个包，稍稍停了片刻，心中掂量着行动的分量及所获得的巨大成功——可是要想敲诈话痨，就不能向任何人漏一点口风。想继续玩敲诈吗？毕竟用不着这笔钱，这不过是他选择的一种武器而已。令他着迷的是这样一种感受，他——埃文·皮尤大爷——仅仅一个19岁的查伯二年级生，就有这样一种力量去折腾另一个人，使其精神遭受极度的蹂躏。啊，这简直太爽了！当然要继续敲诈话痨！

他又动起来，双手抓住了那用塑料包着的小捆东西。那东西没有动弹，他使劲拉了一下，这一很不耐烦的动作，把那东西拽了下来，砸到了他的屁股上。万万不能放弃这一战利品呀，于是他的双手迅疾伸了过去。

就在这同一瞬间，随着一声咆哮、一下摇晃，发出了震耳欲聋的响声。埃文感到上臂和胸膛剧烈疼痛。当真想到是暴龙咬了他一口。他扔掉那捆钱，死命抓住正在吞噬他的东西，手指向肉体中冰冷的钢铁攥过去——不是一根，而是整整一排尖刀，深深地刺入血肉中，也穿透了骨头。

这一打击猝不及防，他都没有来得及尖叫一声，可这时他开始发出刺耳嘶哑的喊叫。口中充满了泡沫，他对此感到惊愕，只是尖叫着，尖叫着，不停地尖叫着……

噪音从壁橱里冒出来，传到了房间里，可没有任何人能听得见。因为设计师非常注意隔音问题，而且有着丰富的预算，所以那些声音不能穿透墙壁，传到走廊中。如果不得不割爱让出一件罗丹的大作或几件亨利·摩尔的作品，帕森家族希望能有真正一流的东西与之相配，可不能摆在垃圾一样的建筑里，或是靠近这样的建筑。

埃文·皮尤的生命在流走，双腿渐渐僵直，呼吸越来越痛苦，两小时后才断了气。他残留的意识中唯一感到安慰的是，警察会找到那笔钱和他兜里话痨的那封信。

“我简直没法相信！”卡尔米内·德尔蒙尼克探长惊叫道。“一天都还没有到头，天哪，都几点了？”

“快六点半了，”帕特里克·奥唐奈的声音从壁橱里传出来。“这点你是一清二楚呀。”

卡尔米内抬腿穿过弹簧已经松动的房门，好似走进了一个超现实的舞台，这个舞台像是为梅杰·迈纳可怕的蜡像馆搭建的。帕齐用两只弧光灯换下了院长25瓦的昏暗灯泡，里面的每个地方都很亮堂。他首先看到那具尸体软绵绵地悬在低低的天花板上，上臂和胸膛就像被一条白色巨鲨残忍地咬在口中，只是咬住他的那张嘴巴似是由生锈的钢铁锻造出来的。

“天哪!”他大喘了一口气，仔仔细细地围着那具尸体转个不停。“帕齐，你曾见过这玩意儿吗!这到底是什么东西?”

“一个特大的捕熊夹，”帕齐答道。

“一个捕熊夹?在康涅狄格?除非是在加拿大或南部山区的一些地方，在落基山的这一边，一百多年来，从来就没有一只熊露过脸。”卡尔米内仔细凝视着年轻人的胸膛上部，显然铁牙已深深咬了进去，只余铁边露在外面。卡尔米内像是略有所思后补充道:“我猜想，没准是一帮人干的，其中有一个躲在房内不为人知的角落里。”

他向后站了站，帕特里克结束了检查，二人对视着。

“我必须全面检查一下，”帕特里克说。“在壁橱里，我不敢随便把他从夹子里弄下来——要是强行打开，那个夹子一定具有弹力，如果扑向我们，就能咔嚓一声把一只手切下来。这里的天花板比房间里的低得多，可上面一定有一根横梁。真有意思!”

“不是用螺钉固定的，而是用螺栓拧住的，”卡尔米内说，“那里肯定有一根横梁。需要用链锯切断吗?屋子会不会塌下来?”他看了看用塑料包着的小包，弯下腰检查。“帕齐呀，哼……怪，实在是怪。要么里面包着空白纸，不然应该是一大笔钱呢。这是吸引贪婪之徒的诱饵。那小伙子看到了，伸手去抓住它，于是就触动了那个捕熊夹。”

卡尔米内弄明白这点后，目光落到了壁橱的其他地方。他思索着，那里本该是那个大学生梦想成真的地方。15英尺长，3英尺宽，靠一端是一排嵌入式抽屉，紧靠抽屉的是敞开式架子，其余的空间可放盒子、多余的杂物和学生的行李。捕熊夹安装在清洁的地板上方，固定得不算太结实;壁橱的主人很爱干净也很有条理。

“制造捕熊夹的家伙明白它的结构，”他说，“那些螺栓保准是固定在一根小梁或横梁上的。捕熊夹弹起的时候，一分一毫都没有移动。”

“好了，卡尔米内，至少它是弹了起来。伙计们会把它拆开。你都彻底看完了？”

“看完了。帕齐，可你能相信这一切吗？”

“不相信。18 小时内，这是第 12 起案子。”

“那就陈尸房见吧。”

卡尔米内的队友阿贝·戈德堡和科里·马歇尔伫立在埃文·皮尤的书桌旁，看上去都很茫然。

“卡尔米内，12 起？”卡尔米内走近他们时，科里问。

“12 起，几乎都大不一样。伙计们，不过这起案子有个捕熊夹，是个蛮大的战利品。这个受害人皮包骨头，所以捕熊夹咔嚓一声把他死死夹住，他就死了。”

“12 起！”阿贝以惊叹的口气说。“卡尔米内，在霍洛曼的整个历史上，从没有过一天 12 起谋杀案的事。那个自行车团伙在查伯·鲍尔停车场开枪制造了 4 人死亡的案件算是最高纪录。那起案子很简单，甚至也没什么让人惊讶的地方。你用不到一周的时间就办利索了。”

“这个呀，我可吃不准，这次是不是也会那样顺手，”卡尔米内的神情很严肃。

“没门，”两位警官异口同声地说。

阿贝努力安慰他的上司：“你用不着所有的案件都去操心。我知道米基·麦科斯克和他的小组没法从毒品调查案中抽出身来，可拉里·皮萨诺正在调查那些枪击案。3 起已有了着落，包括这一起在内，只有 9 起要办。”

“阿贝，这些都是我的案子，你清楚这一点。我是探长，这就意味着你们每个人要着手一个受害人的案子。你晓得，我的法子比拉里那帮毛头小伙要高一筹。”他眉头紧蹙。“可不是今晚就动手。回家去吧，吃上一顿像样的家里做的饭，好好睡上一觉。明早九点在局长的办公室碰面，好吗？”

他们点了点头，离开了。

卡尔米内随意闲荡着，将那相对宽敞的学生房间尽收眼底，也看到了受害人的一边与发现他的那位年轻人的一边，有着明显的区别。

汤姆·威尔金森正在院长安排的作为他临时住处的房间里等候；帕齐的一位技术员已陪威尔金森看过了他的发现——埃文壁橱的门上原先曾挂着一条被单，也查验了威尔金森挑出的衣物、书籍及杂物等。卡尔米内扫了一眼那位技术员的记录表，又回到房间里检查。两位青年也许在中间画了一条线，两边大相径庭。汤姆随意杂乱，他的壁橱内也是一样，而埃文·皮尤有洁癖，就连钉在软板上的便条也很整齐匀称。他速速细读一遍那些便条，没有得出半点他为什么遭谋杀的线索。那些便条只是提示某天取回干洗的衣服，哪一天要买邮票、新袜子、信笺等。那些照片展示的都是比霍洛曼更为暖和的地带——棕榈树，耀眼夺目的房子，海滩等，还有40岁左右的一男一女，身着晚装，雍容华贵，伫立在一栋大房子的外面。

卡尔米内对书桌再也找不出什么名堂，就去见汤姆·威尔金森。汤姆痛苦地坐在新床的边沿上。放眼一瞥便知道，他和埃文·皮尤有天渊之别。汤姆个子高挑，皮肤白皙，英俊潇洒，体格也很健壮。那双天蓝色大眼睛以一种恐怖、畏惧和好奇的复杂神情盯着卡尔米内。卡尔米内心中断定，那不是一双捕熊夹凶手的眸子。这个年轻家伙身着廉价衣服——没有穿骆驼绒和山羊绒之类的料子。

汤姆尽量不去絮叨那些故事，如鲜血怎样哗哗淌出埃文的壁橱，喊叫埃文，琢磨不透的答案，以及怎样打开了壁橱的门等。那之后，他发现更没逻辑了。但卡尔米内给他留有时间去恢复逻辑，接下来了解到，汤姆并没有多逗留一阵子弄明白室内混乱不堪的详细情况。有些医学预科生或许具有这种残忍的德行；在那一领域的人常常有这种狠毒的脾性。如果他看到了钱，他也不会承认，而卡尔米内倾向于相信他没看到。这位医学预科生勉强才交得起巴拉塞尔士的学费，在别人知道钱存在之前，定会禁不住诱惑把它偷到手。他衣服上没血；在进壁橱前他已在那摊血边走了一圈。出来时他没那么小心;他一边扭动着出了窟窿的袜子中的脚指头,一边解释道,陪他回房间的那个家伙拿走了他的运动鞋。那双运动鞋是崭新的,他心中会挂念着那双鞋子,所以——嗯——?卡尔米内向他许诺尽快找回那双鞋子。

“你喜欢室友吗?”卡尔米内问。

“不喜欢,”汤姆的回答很直率。

“为什么?”

“哦,哎呀,他简直就是个讨厌鬼!”

“汤姆,你不像是一个很有判断力的人。”

“探长,我是不太具有判断力这根弦,他要是一个平常的讨厌鬼,我还能对付。可埃文不是的,他太自以为是!我想说呀,他体重大约有九十多磅,浑身都汗涔涔的,长着卡通片《来亨鸡福亨》中普萌丝小姐的那么一副脸蛋。可他却觉得自己并不算很稀奇古怪!听他讲话,就会产生这样一种印象,那些体重九十多磅、浑身都汗涔涔的、长着普萌丝小姐那副脸蛋的人恰恰是按医生的处方打造出的。他穿的那身皮革奇厚无比,军舰上的炮弹也休想把它打出个洞来!”

“是蛮厚的,”卡尔米内一本正经地说。“他在班上表现怎么样?成绩优异吗?”

“每门课都是 A+,”汤姆沮丧地说。“他在班上是一只领头羊,甚至连绘画都比我们其他的人要精彩。我们看到他画的角鲨头部的神经或是牛眼珠子作为解剖学构图的范例,就感到倒胃口!伙计,他可真是个讨厌鬼!本来一切都还凑合,只是他老爱触别人的痛处,特别是对我这样的家伙,老是絮叨奖学金的事。我想说,没准我该去参加陆军或是海军,以摆脱债务缠身的局面——多年来已形成了一个大漏洞。为了自个儿的生计,我要离开这里去施展一番拳脚才是。”

“他和同学们有交往吗?”

“那个混球呀，压根儿就没那一说！埃文好干些稀奇古怪的事，如到纽约去看歌剧或一些有高级趣味的戏剧。查伯电影协会放映的前卫电影，他是每场必到。还买一些慈善宴会的门票，或是有一些马屁精政客演讲时，就买一些乡间俱乐部演讲之夜的门票，真是怪诞透顶呀！接下来他就趴在我们的耳朵边，给我们唠叨个没完，好像我们这帮子人都是乡巴佬。我琢磨着，要是有啥事让我大吃一惊的话，那就是在巴拉塞尔士还没有一个人把他给揍得屎拉进裤裆里。”

“他作息规律吗？打呼噜吗？有什么不良的——呃——个人习惯吗？”

汤姆·威尔金森看上去有点发蒙。“没有，噢，你要是乐意把他的自以为是和吹牛的德行也称为不良习惯，那还是有一些作息规律方面的毛病。”

“你是什么时间发现他的呢？”

“大约六点钟。我有一辆车，有车就可以回学院吃午饭和晚饭。科学高地食堂的饭菜太贵。我姐姐买了一辆更带劲的车，就把她那辆老掉牙的车给了我。汽油算是便宜到家了，我在这里的饭菜的费用只是我住房和伙食费的一部分。饭菜也算挺可口。三点半在伯克生物楼上完生理学课，我就开车回家。”

“你的大多数课程都在科学高地上吗？”

“没错，特别是对一个真正的医学预科生来说。二年级那会儿，有几个——噢——半瓶醋的业余爱好者，选了些艺术史之类的破烂课，可他们也到别的地方去上课。巴拉塞尔士最靠近教室的地方就是报告厅，院长常去那里就一些邋邋遢遢和破坏公物的现象进行布道。”

“破坏公物？”

“噢，一年级的学生有些不太安分，搞一些鬼把戏，如把一些老房子上的乱砖头扔进皮埃罗·康德西的卵石花园；他们必须用车载升降台才能把那些砖头鼓捣出来。有人把妓女的内衣挂在裸体女人雕塑上，我不愿把这种做法称作破坏公物，您呢，先生？”

“没准不会吧，”卡尔米内板着面孔说道。“汤姆，我估摸着，在你住的侧厅的所有人都是二年级生吧？”

“是的，先生。四个侧厅，每个侧厅各住上一年。我和埃文住在楼上的一个房间，可在我们下面是更多的二年级生。”

“所以重点要放在医学预科生身上，这就是说，在午餐和大约晚上六点之间，侧厅是空荡荡的啦？”

“没错，就是这么回事。要是有人病得厉害，不能去上课，他就应该去医务室，那里有一名护士。先生，有时，一些家伙停课去干一些更重要的差事，可眼下在我们的日程表上并没有那一类的事情。”

“上午的情况怎么样？”

“一个样，只是更短一些。院长尽量在上午让那些零售商贩进来，这样他可以对他们盯得更紧一点。”

卡尔米内站起身来。“谢了，汤姆。我希望，所有的证词中有一半是直言相告的。你就是不太有食欲，也去吃点晚餐吧。”

卡尔米内从那里看到罗伯特·海曼院长已经下楼。他很讨厌这种一览无余的楼梯。当他抬脚走下雅致开阔的楼梯时，收住了脚步，审视着巴拉塞尔士学院低矮宽阔的 X 形建筑的中心。每个侧厅都是供学生们膳宿用的，但中心部位包括学院资深教师的办公室和公寓。院长和财务主任住在这里方便宽敞的公寓中，四年制研究生都住在四个侧厅尽头不带厨房的公寓里，但靠近中心的四个同样的套房由一些博士后占据着，他们和学院的行政工作一点都不沾边。

办公室在楼下，院长和财务主任的寓所在楼上。门厅相对而言很开阔，用餐时间，空无一人；办公时间，一位职员工作的宽大的前台边，也无人当班。那里的人已经溜走。透过玻璃墙壁，办公室也清楚可见，那里也已没有了人影。

卡尔米内继续往下走，在接近前台的地方停下，琢磨着怎样才能找到院长。中心的对面传来一阵欢快的喊喊喳喳的声音，餐厅和公共休息室就在那边。卡尔米内叹了一口气，想对四百多位就餐的青年人做些调查，可根本就没法如愿以偿。一位身着三件套西装、看似讲究的小个子出现在餐厅侧门进口处，瞟了卡尔米内一眼，朝他走过来。他虽说还算不上是大腹便便，走起路来却像只鸭子，双腿老爱朝内翻。他的脸蛋溜圆，红彤彤的。褐色头发稀稀拉拉，却尽力遮盖着光秃秃的脑瓜。一双黑褐色眼睛闪烁出的那种光芒告诉卡尔米内，他能够唬得住巴拉塞尔士的大多数学生。可谁也无法将他那副尊容称之为英俊潇洒。

卡尔米内一边握手，一边说："海曼院长。"彼此的握手很友善，也很有力。

院长拿掉了前台的罩布，打开了玻璃门，说："到楼上我的房间来吧。"他们穿过玻璃门，通过小电梯上了二楼，这个小型电梯运行得比普通的小电梯平稳许多。

"道金斯院长是巴拉塞尔士的首任院长，也是我的前任，是一位截瘫患者，"他们乘电梯上行时，海曼开口解释道，"可他的资格既超越了残疾，也超越了聘用的成本。"海曼发出了一阵轻轻的笑声。"普林斯顿认为雇他的费用太高。"

卡尔米内笑嘻嘻地说："普林斯顿过虑了。"

"探长，您是查伯毕业生？"

"是的，48 班学生。"

"啊！您也曾是保卫我们敬爱国家的一位青年。一定是在战前就开始了。"

"没错。是在 1939 年 9 月。珍珠港事件后，我就立马入了伍，由于 1941 年的失败，我丧失了一些个人荣誉。我倒不太在乎。是日本鬼子和纳粹先栽了。"

“结婚了?”

“是的。”

“有孩子?”

“先前那次婚姻有个女孩,叫索菲娅,16岁,一个儿子,五个月了,”卡尔米内心中想着也不知是谁在主持这场讯问。

“他的名字?”

“还没定下来呢。”

“呵,哎呀!那是一场危机婚姻的意外产物吗?”

“不,常常是温柔地磨嘴皮子罢了。”

“探长,她会赢的,她一准会的!她们总是会赢的。”

院长把客人安置在皮革椅上,接着走向酒水车。“来点雪利酒?苏格兰威士忌?还是威士忌呢?”

“海曼院长,你可没有跟我提杜松子酒呀。”

“看你的样子或做派不像个喝杜松子酒的人。”

“说得太对了!谢谢,威士忌就蛮好。再放点苏打和冰就行了。”

“仍在执勤,对吗?”院长端着满满一杯雪利酒坐下来。“探长,马上问吧。”

“我从皮尤先生的室友威尔金森先生那里得知,上课时,学院里没有人?”

“绝对没有。上课时间,发现任何一位学生在走廊里闲逛,他一定会受到质问。那种情况不常见。巴拉塞尔士是由帕森基金会建成后,明确捐给医学预科生的。”

卡尔米内拉着脸。“哦,那一帮子人呀!”

“听你的口气,好像熟悉他们。”

“前年,我插手了一起案子,那起案子同他们捐的一种设备有关。”

“对,你是说赫格中心吧,”海曼院长会意地点了点头。“我真诚地希望，杀害皮尤先生的凶手没有把巴拉塞尔士卷入那样的灾难。”

“院长，我对此有点吃不准，有关皮尤死亡的情况，对报社和其他媒体泄露得是不是太多了。请放心，我们会努力减少向外透露消息。”

院长向前探了探身子，忘记了手中的雪利酒。“探长，我深深受着恐惧的折磨呀。皮尤先生是怎么死的？”

“安装在他壁橱中的捕熊夹的铁齿把他给弄死了。”

院长红润的脸蛋变得很苍白，他的雪利酒杯差点倒下。他把酒杯举到嘴边，一饮而尽。“苍天！万能的主啊！就在这眼皮底下？就在巴拉塞尔士？”

“没错，恐怕就是这么回事。”

“但——但——我们可如何是好？我发誓，今天谁也没有看到过任何反常的现象！我都已经问过，我敢向你打包票！”院长颤抖着轻声说道。

“海曼博士，我理解这种情况，可明天要有探员回来对这事作更多的讯问。所以，我想明确敲定，你手下的每一个职员，包括看门人、垃圾工、园丁、女招待和其他非教学人员等全天都要在场。他们必须回答一些问题。我们不会粗暴地对待任何一个人，但对每一位都要单独询问，”卡尔米内的语气像钢铁一般强硬。

“我理解。”院长的回答听起来似是那么回事。

“院长，你对埃文·皮尤真正了解吗？”

海曼眉头紧蹙，舔了舔嘴唇，决定给自己再倒一杯葡萄酒。“埃文·皮尤是一个很难相处的青年，”他将身子向椅子后背靠了靠，舒心地啜饮着。“恐怕既没人了解他，或者说，更关键的是也没人喜欢他。我同青少年打交道已有好多个年头，可在熟悉的人中，像埃文·皮尤这类人真是少之又少呀。谈到他的个性，我感到难以启齿，只能说是不合群。我不敢自诩精通现代科学，可读过关于称为外激素的物质的书。把它们排放出来后，能吸引别的东西，特别是吸引异性。但埃文·皮尤放出来的外激素具有排他性。”他耸了耸肩，将雪利酒一饮而尽。“探长，还有很多情况无可奉告。我压根儿就不了解他。”

一直到他喝完杯中的酒，卡尔米内都在不停地思量着。他和院长谈到了帕森家族对学院的捐赠。帕森家族的慈善款项高达千百万美元，都捐到了与医学有关的地方。老罗杰·帕森选择皮埃罗·康德西作为建筑师，倒不叫他感到诧异；如果这个家族更为年轻的一代能自主行事，他深信，巴拉塞尔士会由更为保守的设计师操刀设计。捐出《加莱义民》的复制品定让他们感到悲痛欲绝，可他们还是捐了出来。它就矗立在X的中心低年级和高年级所处的一个区，隐蔽在康德西那玻璃墙和卵石地花园内，看上去有着十足的罗丹作品的派头。

探长口气很严厉：“我能想象得到，巴拉塞尔士附近的所有车载升降台都戒备森严。”

“是的，以防不测。不过我可以欣慰地说，还没有出现过那种事。同罗丹艺术品相比，在查伯还有许多其他的作品，它们更好偷。”

“意大利艺术博物馆建成时，就会有更多的艺术品——卡纳莱托和提香的许多作品就可以从保险库里走出来了。如果能如愿的话，撒纳斯尔就可以决定，他们的博物馆应该朝哪个方向发展，”卡尔米内说。

院长声调很低沉：“一所知名的大学应该畅游在艺术的海洋里！为了查伯，我每晚都要感谢上苍。”

卡尔米内走到坐落在锡达大街县服务大楼的验尸站时，已经八点多了。虽从相貌上谁也难以看出他们之间有什么血缘关系，但那位验尸官的确是卡尔米内的大表兄。帕特里克眼睛湛蓝，棕色头发，白色的肌肤上带有些许斑点。卡尔米内的眼睛呈黑琥珀色，一头黑黑的鬈发剪得很短，看上去风纪严整。他们是塞鲁蒂姐妹的孩子，她们姐妹两人一个嫁给了奥唐奈，另一个嫁给了德尔蒙尼克。虽然帕特里克比卡尔米内年长十岁，是一位有着美满婚姻的六个孩子的父亲，但他们之间业已存在的诚挚的爱，真是坚不可摧。卡尔米内是家中唯一的男孩，在他 13 岁时失去了父亲，成了守寡的母亲和四个姐姐宠溺的对象。在他的生活中，没有一位男性帮过他一把。直到有一天，21 岁的帕特里克走出来填补了这一空缺。但他们之间不是父子关系，彼此倒感觉像是同胞兄弟。

作为验尸官兼验尸员，帕特里克尽量将法院的许多任务推到副验尸官古斯塔夫斯·芬内尔头上。芬内尔喜欢出庭，和霍洛曼坏脾气的初审法官道格拉斯·思韦茨斗个不休。帕特里克倾心于有关法庭的新科学，让他的部门绝对跟上该学科取得的所有进步，如血型、血清、头发、纤维等罪犯可能留下的任何可以揭示身份的东西。购置分析设备的资金的匮乏是他长期以来挥之不去的心病，但随着被称作赫格的医学研究中心的关闭，帕森家族给了他一台电子显微镜、几台蔡斯手术显微镜、几台专科用的显微镜，还有新的分光仪和一台气相色谱仪。这些仪器再加上最新的离心机和更多较小的仪器从赫格搬到他这里，使他能够建立起本州最好的罪犯病理实验室，而且——这是奇怪的副作用——使哈特福德欣然同意提供更多设备的要求。帕特里克解释说，帕森家族慷慨惠赠的大量设备，显然使每个人都对州长有了些好感。

陈尸房中塞满了轮床，只有发生空难或车辆拥挤路段发生车祸时，才会出现这样的后果。可今晚却是个例外。用布蒙着的每一具安静不动的尸体都是凶案受害人。另外还有其他一些尸体需要验尸官检验：莫名其妙丧命、医生拒绝签署死亡证明者，警方认为必须解剖者。

在一面墙上，一连共有 16 扇不锈钢门，这房间像是工业化制造出的隔音蜂巢。两位技术人员从抽屉里清理出已解剖的尸体，同时又不能将这些尸体同凶案受害人和其他未塞进抽屉里的尸首相混淆。卡尔米内知道，在外面的装卸台，有一些货车或是从殡仪馆发来的已退役的灵车，会将那些拖出来的尸体运走。验尸官坚持要那些搬运工马上就来，立刻就到，一分钟也不能延误！他们对此嘟嘟囔囔地发着牢骚。

卡尔米内穿过去，走进解剖间。帕特里克站在一张长长的不锈钢桌子旁，那张桌子的一头装了一个很大的槽，两边都有流水道。桌上伸手可及的地方，放着一个普普通通的批发卖肉的台秤，附近还有几辆手推车，车上放着遮盖着的仪器。

有人将埃文·皮尤从捕熊夹上弄下来；捕熊夹放在不远处带大理石面的长条凳上，手推车将它的四周全都隔开。卡尔米内首先朝它走去，站在那儿，目不转睛地看着，很明智，没有去碰它。假如帕齐用栅栏将它围起来，那就实在太危险了。捕熊夹就摆在那儿，靠铰链转动的底部足有两英尺宽，令人发怵的生锈的牙齿有两英寸多长。没有倒钩，没有锯齿，但是锋利如刀。曾被固定在壁橱天花板上的底部很宽，可以让人脚踩到铰链边上。卡尔米内断定，通常使用者要卸下或安装上捕熊夹就是这样做。捕熊夹共有六个螺栓孔，每侧的横板上各有三个，从中间到末端的位置都标了出来。当初制造捕熊夹时，并没有那些孔，只是新近才加上去的。其他的表面都锈迹斑斑，然而那些孔闪着金属光泽，都是凶手亲自钻出的。

“卡尔米内，对着它连气也不要喘，”帕特里克从桌子边说道。“它会一触即发，我倒不是在夸大其词。不管是谁为了使用灵便起见清理过这个捕熊夹，在弹簧上涂了海军用的凝胶，除掉了铁锈，重新调整了横板的压力，甚至像受害人这样体弱的人，只要一碰就能启动捕熊夹。凶手的胆子够大的，他拿工具时得非常冷静才能把螺栓上到头，而不激发捕熊夹，这使我感到很着迷。天！想一想我都要出一身冷汗。”

卡尔米内移动到桌边。“帕齐，有什么线索吗？”

“其实有一些很带劲的线索。给你，读一下这玩意儿吧。从他裤袋里找到的。”

“好嘞，这玩意儿一定能解答许多问题，”卡尔米内将光亮的塑料信封放回到皮尤的其他东西中。“此外，它还能解释有关那笔钱的疑问。你打开那个包了？里头装有十万美元吗？”

“我哪知道。刚才想，要把这一乐子留给你受用。虽说我还吃不准，除了皮尤，是不是能找到其他人的指纹，不过，我的确已把血渍洗掉，并且已打开了第一层包装。”

卡尔米内拿起那个砖头状的包和一把多功能剪刀，剪开了多层食品包装纸，一直剪到了最里面的东西。他心中期待着外面一层钞票的下面全是白纸，但很惊讶地发现，每一张都是货真价实的百元大钞。一年前，曾冒出过一批百元假钞，有人曾向他展示了要查找的假钞，可这些都是真票子。在一起凶杀案中，什么样的被敲诈者能付得起十万美元的钞票？

“这笔钱只能使情况更加复杂，”他把钱放进了钢制的盘子中，在扯下自己的手套前，又给盘子盖上盖子。“这是崭新的十万美元钞票，可钱的序号不连贯。我要把它交到联邦调查局，查找出它的出处。”他将臀部靠到墙上，满脸愠怒，对着盛钱的盘子苦思冥想。“话痨呀……不知话痨讲了些什么，不仅一定要搞一次谋杀，而且还要搭上那么一大笔钱。不管他是何等人物，他知道没有半点希望收回那笔开支，也不可能收回他的那封信。这说明，他不担心，并认为我们发现不了他的真名实姓，也不会找到这起敲诈的原因。”

“卡尔米内，除了敲诈，另一种动机就是出于怨恨，”帕齐将一根探针插进受害人胸部一处严重的伤口中。“其目的就是造成肉体痛苦，让受害人慢慢死去。”

“可这并不是公众间的怨恨。”

“没错，这是一场私人间的深仇大恨。话痨不在乎他犯罪的细节将会变得公开化，可他一股脑都迁怒于埃文·皮尤。不管他是一个什么角色，都不是一位追求引起公众注意的人物。”

“我猜，这是皮尤第一次敲诈人。伙计，我很想熟悉一下皮尤 3 月 29 日的那封信！”卡尔米内握紧了双拳。“可话痨会把它烧掉。比如说，他要是 3 月 29 日收到了那封信，这就意味着在四五天内就采取了那一令人难以置信的以牙还牙的行动。他肯定很清楚，皮尤的这番敲诈行动没有留下丝毫痕迹。不会有图片、书信、备忘录及任何看得见听得着的东西留下。皮尤没有保险柜的钥匙，甚至是会狡猾地藏匿起来的钥匙，也没有汽车站或火车站私人储藏柜的钥匙。当然，没准他已将一些东西送到父母那里，可我猜，他还没有那么办。”

“喂，卡尔米内，得啦！”帕齐反驳道。“就算只是一个枝节的书面描述，就敲诈说来，也总会有一些有形的迹象。”

“这里可没有那一说，”卡尔米内的口气很强硬。“我相信，话痨行动时已胸有成竹。既然皮尤已经死了，就没什么威胁了。那场敲诈的证据就随他消失了。”

“警察的直觉？”帕齐问。

卡尔米内快走到门口了，却收住了脚步。“你怎么收拾眼下的混乱局面？”

“首先，眼下不再收外面转过来的。我们最后解剖的那些尸体今晚十点前都要送到殡仪馆，这样才有一些空间接收那些凶案受害人，还要考虑那些我不能放手的问题，”帕特里克说。“我要打发格斯和他的手下到北霍洛曼实验室去处理外面的那些案子，直到我这场危机烟消云散。”

“可怜的格斯呀！北霍洛曼可是个垃圾堆，”卡尔米内继续向前走去。“明早九点在西尔维斯特里的办公室碰面，好吗？”

那天夜里接近九点时，卡尔米内把他的福特费尔林停在了东部停车场。此时，霍洛曼东岸的灯火在大片的树林中闪烁，这座小城也因这一景观而闻名。严格说来，那是一辆未做标记的警车，配有加大马力的 V-8 发动机，还有警方专用的弹簧和减震器，但那些部件从外面都看不见；自从卡尔米内当了探长，每年都能用上上一年出的新型号车，所以他的车没有其他未作标记的警车通常有的那些臭名声。他沿弯弯曲曲的石板小路往下走，来到了前门，试着转动了一下球形把手，走了进去。

戴斯迪莫娜没有费心锁门，因为她正确地判断出，很少会有罪犯踏进德尔蒙尼克探长的房子。在一座大城市中，这种判断常会出现漏洞，可霍洛曼的每一个人都知道卡尔米内住在哪儿，这一点既有短处，也有长处。

他的妻子女儿都聚集在厨房里——厨房很大，如果没有客人到访，他们就在那儿用餐，这样正式的餐厅和卡尔米内精美的玻璃餐桌及与其相配的枝形吊灯就留待过节用了。厨房中洁白如雪，像医务所一样干净。在室内装饰布置方面，卡尔米内的第二任妻子不是按照自己的喜好，多是顺从他的趣味行事，而且对他的决定从来都是毫无怨言。

戴斯迪莫娜·德尔蒙尼克站在超高的柜台前，对一盘烤宽面条作最后的调理，她的继女热情地拌着沙拉。戴斯迪莫娜光着脚板身高六英尺三，柜台有四十六英寸高，柜台的这个高度是为了迁就索菲娅，因她身高只有五英尺七，也是出于经济原因——如果家中想出手一些东西，也可以是些有用的，否则柜台本该更高些。戴斯迪莫娜双手挠着头，头发几乎成了一堆乱麻。她在学做一个厨师，虽说做烤宽面条非常安全，可她对烹饪的活儿仍会产生阵阵焦虑。卡尔米内的母亲和姐姐们教过她，所以她的厨艺偏重于南意大利风味。这对她来说可太陌生了，英国菜才是她熟悉的，可她也有得手的时候。从林肯来访的一位客人已教会她做一桌传统菜和兰开夏火锅。她老公及老公的家人都满有兴致地将这些饭菜狼吞虎咽下去。他们真想不到在这个寒酸的小地方还会享用上一些去皮的烧土豆。对戴斯迪莫娜来说，这可实在太省事了。更别提在接油滴的盘子上做肉汁了。

她转过身来跟卡尔米内打招呼。她的鼻子很大，下巴突出，相貌平平，可粲然一笑时，满面桃花异常迷人。双眸硕大、沉静、清澈如水，的确很美丽。她异常高挑，要不是母性赋予的那胸脯，就很难使她有一个婀娜多姿的体形。一双玉腿比例匀称修长，男人们会觉得她非常妩媚迷人。在戴斯迪莫娜料理赫格的事务期间，他们之间没有出现任何意见分歧；婚姻真是对她产生了万般奇效。

她马上走近卡尔米内，把脸低下四英寸去亲吻他，索菲娅单脚蹦跳着，等待着亲吻爸爸。

卡尔米内的女儿索菲娅芳龄16，正步入17岁，着实楚楚动人；她出落得很像生母桑德拉——桑德拉曾希冀着能在好莱坞施展一番拳脚。索菲娅天生皮肤白皙，眼睛碧蓝，相貌秀丽，而且她的体形是年轻女子所满心希望拥有的最宝贵财富。虽然生母是一个可卡因瘾君子，仍住在西海岸，可索菲娅头脑伶俐，志向远大，比她父亲和继父都更熟谙人情世故。她的继父迈伦·门德尔·曼德尔鲍姆是位大名鼎鼎的制片人，一向希望桑德拉的孩子会很有出息。卡尔米内和戴斯迪莫娜九个月前结婚时，她从洛杉矶搬过来，摆脱了母亲压抑的影响，并拥有了一个妙龄少女心中的天堂：一栋带顶层阳台的三层楼房。她聪颖过人，发现她在那栋楼中，几乎既不能让别人偷偷溜进来，自己也没法偷偷溜出去，不过这无关紧要，因为她本性并不叛逆。虽说她的房间里有一个小厨房，但还是能看到她几乎总是同父亲和继母一起就餐，她和他们相处得很融洽。

卡尔米内用一只胳膊搂着娇妻，又向索菲娅伸去了另一只，她走过去活蹦乱跳地亲吻他。

"烤宽面条！"他兴冲冲地说。"你当真不在意吃得这么晚吗？真的，把一只盘子放在炉子顶上热着饭菜，我就会感到很开心。"

"我和索菲娅都是天底下很通情达理的人，"他夫人回答。"吃得太早，早晨醒来用餐前，有老长一段时间就会觉着饿得慌。我们四点喝下午茶，能撑得下来。"

"还没名字的小家伙怎么样？"他温柔地微笑着问。

"朱利安很好，"孩子的母亲回答。"现在已经睡着了。"

"老爸，听我说呀，"索菲娅插嘴道，"朱利安可是个很了不起的名字哟。"

"有点女人气，"卡尔米内说。"你不能期望我的儿子带着个女人气的名字去圣伯纳迪吧。”

索菲娅咯咯地笑了。“老爸，接着说呀！他是个彪形大汉，更有可能搞到‘来自伊利诺伊东西塞罗的大朱莉’这样的名字。”

“去他的《红男绿女》[①]！”卡尔米内大声叫道。“不管是娘们腔还是土匪气，反正朱利安这个名字是很不妥当。他需要一个平平常常的名字！我喜欢他继承我祖父瑟拉蒂的‘约翰’这个名字，或叫罗伯特、安东尼、詹姆斯什么的都成！”

大家正在分切烤宽面条；戴斯迪莫娜怎么能知道他什么时候回家吃晚餐呢？索菲娅已把沙拉倒进碗中，正朝沙拉上浇可口的调味品，接着将优质意大利红酒倒满各只杯子，自己的只倒了三分之一的红酒，然后又添满了苏打矿泉水。他们都坐了下来。

“叫西蒙怎样？”索菲娅以一种淘气的神情问。

卡尔米内活像一条要进攻的蛇一样向后挺了一下身子。“女人气又到同性恋气了！”他厉声说。“要注意了，在英国认为是很正常的那是一码事，但这里可不是英国！”

“你对同性恋有偏见，”戴斯迪莫娜仍然很镇定自若。“不要说‘同性恋气’哟！”

“没那回事，我没有什么偏见！可我也没有忘了，他的同学将会怎样作弄一个有着花里胡哨名字的孩子，那样可就惨到家了，”卡尔米内仍在猛烈地反击。“这不是关于我是否有偏见，而是关于在学校里我们的儿子要与之交往的那些小家伙。戴斯迪莫娜，实话实说吧，一个家长对孩子能做的最糟糕透顶的事就是给他的头上扣上一个傻乎乎的名字，说到傻乎乎的，我指的是女人气，花里胡哨的，或是傻了吧唧的名字！”

“那么朱利安这个名字就是一群坏种中最出色的了，”戴斯迪莫娜说。“我喜欢这个名字！卡尔米内，请听听这个名字的发音好了，朱利安·约翰·

---

①《红男绿女》，20世纪50年代于百老汇上演的音乐剧，后有同名电影，均获奖颇多。

德尔蒙尼克。这个名字响亮又悦耳，当他成了一个大名人，想想吧，在他信笺上端印着他的大名，该有多气派。”

卡尔米内轻蔑地“哼！”了一声，换了个话题。“烤宽面条挺可口，比我母亲的饭可口多了，快要赶上祖母瑟拉蒂了。”

因心中高兴，戴斯迪莫娜满脸绯红，原打算要说的一席话，都没能说出口；索菲娅先插了进来。

“老爸，猜猜明天谁要来呀？”

“年轻的小姐，你用那种腔调说话，只能是那一位——迈伦了，”她父亲说。

“嗬！”索菲娅看上去有点泄气，接着又振作起来。“他倒没那么说，可我晓得，他会来陪我。多马在放期中假，我确确实实暗示过他。”

“嘿，像个大好人，是吗？工作把我压得有点透不过气，他这时来真是好极了，”卡尔米内笑嘻嘻地说。

“很不妙吗？”戴斯迪莫娜问。

“糟到家了。”

“老爸，出什么事了？”

“孩子，你是懂规矩的。任何警务都不得在家中办理。”

一个小时后，在回卧室睡觉的路上，卡尔米内去了婴儿室，他还没起名的儿子就躺在那里的一张带栏杆的小床上，甜甜地睡着了。索菲娅称他是个彪形大汉，那可是挺准确的说法；他骨架又大又长，也有着父亲男子汉的宽度，可是谁也不能说他很胖。就是一个彪形大汉。他浓密拳曲的头发漆黑，皮肤像卡尔米内的一样呈棕褐色。其实他除了身高外，各方面都是父亲的一个翻版。从脚和手来看，长大后会有六英尺多高。

就在这时，想起了巴拉塞尔士院长关于夫人枕边风的说法，卡尔米内·德尔蒙尼克从中得到了一些启示。这个男孩可以随便用任何一个名字作为教名；没有人会存心恫吓或嘲弄他。没准他需要一个带点女孩子气的名字来调节一下他的力量和身材。

卡尔米内悄悄上了床和戴斯迪莫娜肩并肩靠在一起。他转向她，将她抱在怀里，身子贴着身子，双腿绕着双腿。他吻着她的脖子；她颤抖着，朝他靠得更近，一只手伸进他的短发中。

“朱利安，”他说道。“朱利安·约翰·德尔蒙尼克。”

她发出了一阵快活的叫声，开始亲吻他的眼睑。“卡尔米内呀，卡尔米内，谢谢你！你一辈子都不会后悔的！我们的儿子也不会！他叫什么名字都成。”

“这点我算开了窍。”

约翰·西尔维斯特里局长的办公室很宽敞，可从来没有用来招待过很多人。第二天是4月4号，早上九点那里会聚集好多人。

霍洛曼是一座拥有15万人的城市，规模不算大，没有设立杀人案部门，却有三组探员负责调查全市的严重罪案。卡尔米内·德尔蒙尼克上尉领导着整个部门，他的手下名义上还有两位中尉，但他们通常按自己的路线展开调查。米基·麦科斯克中尉和他的小组没有到场；他正忙于一起贩毒案的调查，这是属联邦调查局管理的一起案件。他无法腾出手来做其他的工作，这让西尔维斯特里有点恼火，不过警员们不太在意。所以拉里·皮萨诺中尉和手下的两位警长莫蒂·琼斯和利亚姆·康纳，也加入了卡尔米内和他手下的两位警长阿贝·戈德堡和科里·马歇尔的行列。1968年年底要退休的副局长丹尼·马尔恰诺也过来了。尽管马尔恰诺有着完美的意大利名字，可他带有北部血统，脸上有雀斑，肤色很白净，有一双蓝蓝的眼睛。拉里·皮萨诺在1967年，也就是今年年底就要退休，这给卡尔米内带来一些麻烦。他的两位警长都比皮萨诺的资历深，都即将升为中尉。既然这在薪水方面会有很大提升，并会获得很大的自主权，他也就无法责备阿贝或是科里想要升迁的念头。

西尔维斯特里是一位坐办公室的警察，在执行公务时从没有开过一次随身携带的武器，对霰弹枪或步枪就更摸不着门了，可他也没有因缺乏大男子气概而遭到解雇；二战中他赢得了许多勋章，甚至还把一枚国会荣誉奖章收入囊中。但重新分配到霍洛曼警察局后，他在管理方面发挥出了才干，并成为了该市卓尔不群的局长。他皮肤黝黑，英俊不凡，至今仍能吸引女人，让人想起巨大的猫科动物。他对警察局一直忠心不贰，为了局里的事，甘愿给来自联邦调查局和哈特福德的任何一位打下手，出力流汗都没二话。西尔维斯特里是一位出色的政客，可人们普遍认为他政治上还是欠些火候。他有着出色的人格魅力，受人欢迎，不过也有两个缺点。第一个是对他的门生卡尔米内·德尔蒙尼克的袒护，第二个是酷好不住嘴地咀嚼未点燃的雪茄的毛病，他身后乱丢的那些令人生厌的雪茄蒂，就像是一条游船过后四下撇下的软木酒瓶塞。他有点恶毒，老早就发现丹尼·马尔恰诺厌恶那些雪茄，却总是想着点子把新嚼过的雪茄尽量放在紧靠马尔恰诺的地方。

通常情况下，他那张引人注目的脸在会议上显得毫无表情，不过今天早上他的脸蛋显得格外严肃。帕特里克·奥唐奈走进门，刚在最后一把空椅子上落座，西尔维斯特里就直入正题。

“卡尔米内，给我说说情况。”他一边吧唧吧唧嚼着雪茄一边命令道。

“是，长官，”卡尔米内对放在腿上的一摞文件及文件夹连看都没看一眼，就开了腔。“昨天的第一个电话是早上九点从查伯划船俱乐部打来的。天一放亮，他们的八位主力队员就外出训练。显然他们划船的那一段皮阔特河水况很优越，所以教练就把他们都从床上拽下来，叫他们到河上去，他们练得很卖劲，就在打算收兵时，左舷的两个划桨手撞到了水面下的一个东西——一个小孩的尸体。帕齐？”

帕特里克几乎是同时接过了话头。“一个婴儿，大约18个月大，穿着丹顿博士牌的高级衣服，包着一块超厚的尿布，那是某类公共机构卖给那些有残疾孩子的家庭用的。尸体显示出先天愚型病的一些特征。我觉得这个孩子的夭折是一起顶要紧的案子，说到死亡的原因嘛，他不是淹死的，是有人用枕头把他捂死的。有几处撞伤显示出那孩子曾做了一些反抗。死亡发生在大约凌晨4点钟。”

卡尔米内又发话了。“受害人的身份还是个谜。没有人报告丢失了患有先天愚型病的孩子。科里说说？”

“8 点 02 分，我们接到了一个叫杰拉尔德·卡特赖特的先生打来的电话，他的住宅面对着靠近查伯划船俱乐部的皮阔特河，”科里竭力做到不动声色，保持心平气和。“他刚刚结束了一夜出州的旅行回来，发现妻子在他们的床上死去，他们患有先天愚型病的最小的儿子不见了。”他打住了。

又该卡尔米内讲话了。“到目前为止，又发生了其他几起案子。我们都很熟悉的妓女迪伊·迪伊·霍尔躺在了市政厅后面的巷子里，有人割断了她的喉咙。那个电话是早上 6 点 56 分打进来的。紧接着的一个电话是 7 点 12 分从彼得·诺顿先生的住处打来的，他是喝了一杯新榨的橙汁丧命的。所以我让阿贝处理迪伊·迪伊·霍尔的谋杀案，科里处理卡特赖特的案子，我自己去了诺顿家。我看到受害人的妻子和两个孩子——一个八岁的女孩和一个五岁的男孩——都快崩溃了，特别是妻子，她的举止就像是发疯了一样。一些细节都是从那个小女孩那里得到的，她发誓说都是那杯橙汁作的孽。那只杯子就放在早餐桌上，大约喝掉了半杯的样子。妻子每天早上都要榨橙汁，然后上楼去叫醒孩子们，给他们穿衣服，这段时间约摸有十分钟，没人注意或看着那只放在桌子上的杯子，所以外人就可钻空子朝橙汁中加进一些东西。”

“我有剩余的橙汁和那只杯子，”帕齐用一只手撑着下巴，看上去很劳顿。“我还没拿到分析结果，可我琢磨着诺顿先生是被大剂量的马钱子碱给毒死的。”他一脸的怪相。“这个死法可不怎么样。”

“我在诺顿家里时，”卡尔米内继续说道，“有人打电话叫我去西卡莫处理一起强奸杀人案。我就打发科里去了。诺顿夫人需要一名女警，我们手头缺这样的人。科里，汇报一下？”

“那个女孩的房东发现了那具尸体，”科里尽量使自己的声音受听些。“她的名字叫比安卡·托兰诺。双手给绑在背后，光溜溜地躺在地板上。她受到了折磨，脖子上缠着一条连裤袜。卡尔米内呀，可我觉得，她不是给人勒死的。我觉得是有人用一只破瓶子捅进她的阴道把她给弄死了。”

“科里，对得很，”帕齐说。“尸体解剖仍然在进行，可我已做了初检。在折磨她时，连裤袜是时用时不用的。”

“天哪！”西尔维斯特里失声叫道。“我们是在遭到围攻吗？”

“长官，昨天真的像是那么回事，”卡尔米内说。“当有电话打来说，有人开枪把一个黑人女清洁工和两个黑人高中生打死了，那时我仍在从诺顿夫人口中收集一些情况。照打进电话的警察的说法，那不是团伙干的。他们正巧在拉里负责的那片，我就把他们转给他了。拉里？”

拉里·皮萨诺皮肤呈中褐色，职业生涯不算辉煌，但他却非常满足。他沮丧地皱着眉头。“好吧，卡尔米内，听起来可能是稀松平常的案子，可说真的，那倒不一定呢。卢多维克·贝瑞森是一个女清洁工，从周一到周五，要清扫五处房子。雇主蛮喜欢她的，她从不开小差，也从不找理由发牢骚。喜欢开心的笑话，午饭喜欢吃一些热乎乎的东西。雇主不在乎她吃什么样的午饭，因为她自己就是个好厨娘，总是做好许多的饭菜留给他们作晚餐。一把小口径手枪击中了她的头部，她眨眼间就断了气。没人看到这一幕，但——这就更有意思了——也没人听到枪响。塞德里克·巴兰坦 16 岁，是一个优秀的学生，就要获得进入一所最有名的学院的足球奖学金，他做事勤奋，也没有犯过事。他是被一把中型口径的手枪击中了后脑勺。莫里斯·布朗 18 岁，优秀生，没有犯罪记录。一把老式的、口径约.45 的手枪击中了他的胸部。也没有人看见或听到两名男孩被击毙。三个受害人的伤口处都有火药残留物，所以他们都是近距离给打死的。是的，同一个管片，不过塞德里克和莫里斯各在一头，卢多维克就在中间位置。我让莫蒂和利亚姆去寻找弹壳，他们也倒不是有什么疏漏，可一无所获！卡尔米内，我跟你说，那可是一次顺利得呱呱叫的行动！你说受害人吗？三个黑人良民！”

“我拿不准今天是不是能着手他们的案子，”帕特里克叹了口气。“那些下毒案应优先予以考虑。”

“那些下毒案？”西尔维斯特里瞪大了眼睛。“还是复数？”

“哦,是这么回事,”卡尔米内点了点头。“卡西·卡特赖特夫人,也就是那个患先天愚型病孩子的妈妈,不是自杀身亡。有人给她注射了一针什么玩意儿把她给害了。帕齐说过,她自己没法子朝自己的那条静脉中扎针。接下来,就是彼得·诺顿的案子,他喝下了一些马钱子碱。还有查伯大学但丁学院的约翰·柯克布赖德·登巴院长,他在茉莉花茶中喝进了致命剂量的氰化钾。科纳科皮亚的总裁德斯蒙德·斯凯珀斯的案子就更没法提了。”

局长显得目瞪口呆。“敬爱的耶稣呀!斯凯珀斯?德斯蒙德·斯凯珀斯死了?”

“噢,是的。我不是没想过,其他谋杀案的出现,只不过想使斯凯珀斯的死亡看上去并不像是这场行动的目标罢了,”卡尔米内说,接着沉下脸来。“要是死亡数字再少一些,没准我也会那么想,可这实在是太多了。不管从哪个角度看,对一个像霍洛曼这样的小不点城市来说,一天12起谋杀案实在是太多了。”

“我们合计一下,”西尔维斯特里掰着指头数着。“那个婴儿。婴儿的母亲。在橙汁中喝下了马钱子碱的家伙。强奸谋杀案。那个妓女——可怜巴巴的老迪伊·迪伊!我还是个小毛孩子那会儿,她就开始做皮肉生意,似乎有……三个黑人给打死了。但丁学院的约翰·柯克布赖德·登巴院长在茉莉花茶中喝进了致命剂量的氰化钾。科纳科皮亚的总头目……总共已是十个人。行行好吧,还有谁呢?”

“还有一个71岁的寡妇,住在市区边上,地方有两英亩大,挺舒服。她的清洁女工发现了她——清洁工和死者没有关联。她死在一张混乱不堪的床上,脸上还有一个枕头。最后一个是查伯的医学预科二年级学生,他在敲诈一个叫话痨的人,”卡尔米内叹了口气,看上去有些沮丧。“四起下毒案,一起性犯罪案,三起枪击案,一起妓女的暴死案,两起枕头窒息案,还有一起捕熊夹的案子。”

“捕熊夹?”

卡尔米内正要结束埃文·皮尤谋杀案情况的介绍，这时，咖啡车推了进来，有来自西尔伯斯坦新鲜的丹麦饼和葡萄干面包以及非常美味的咖啡，那是专供局长大人受用的。每个人都满怀感激地站了起来，伸展了一下身子，扑向咖啡车，活像一群蝗虫啃光了麦茬地熬过一个季节后，冲向了一片葱绿茂盛的田野。卡尔米内一辈子都忘不了莫森·麦金托什董事长在帕森董事会上给出的忠告，于是他先选了一个苹果馅丹麦饼。没错，可口极了！

一有机会，卡尔米内就把西尔维斯特里叫到一边。

“约翰呀，”他窃声说，“新闻界会对这种事乐翻了天。我们怎样才能把他们打发开呢？”

“我还没有底，”西尔维斯特里也以同样的耳语声答道。“我揣摩着，我们在必须朝他们的口中塞些东西前，还有几个小时的空。我有些想法，可在决定最佳进攻路线前，需要一点时间。”

卡尔米内笑了。“进攻？”

那双漆黑的眼睛坦率地睁得溜圆。“单刀直入，进攻！想抓住我的要害，等我退休吧。”

经过对除谋杀案外各种事情一刻钟的紧急讨论，就更易拨开危机的迷雾。

“卡尔米内，你想怎样处理这事呢？”西尔维斯特里问。

“除了管理的事外，”卡尔米内答道，“有些案子，我想留在自己手头办，也就是下毒和捕熊夹的那几起案子。拉里，你和手下集中办理枪击案和迪伊·迪伊·霍尔的案件。科里已经在办强奸案，所以那个叫比阿特丽丝·埃格蒙特的老太婆的案子由阿贝办理了。”

按照分工，探长虽把近半数案子都揽在自己手里，倒也没有一个人提出异议。也没有人问卡尔米内打算对患先天愚型病的小孩吉米·卡特赖特的案子怎么办。

西尔维斯特里问:“我能效点力吗?”

“多给我们一些没有任何标记的车子,还要提供足够的司机,”卡尔米内脱口说道。“我们要做许多文书工作,坐在车里的空也就是做文书工作的时间。我要你们所有人坐在后座里写出报告。”

“你会得到没有标记的车子和驾驶员,”西尔维斯特里允诺道。“丹尼,由你来做联络员好了。”

从亚当斯大街这边看,卡特赖特的房舍并不太豪华;房子坐落在后面,可在不动产商的心目中,那是一栋优质房产。建筑的风格是传统的白色护墙板,配有深绿色窗板;房子建在河边一块特别狭长的地块上,四周围着高高的篱笆。从大街上就可看到楼上房主人宽敞的卧室及楼下客厅中短短的中轴线。前门开在西面的一个角上,高高的篱笆隔开了后院,篱笆有铁将军把门,给人一种望而生畏的感觉。

卡尔米内敲了敲门,无人应声,他心中感到有些怪异。通常阿贝和科里跟随着他,那两双慧眼能像他自己的一样,从不同的视角,将现场观察得详尽无余。他一边咚咚地敲门,等待着有人来应门,一边心中思忖,唉,今天算是没戏了。一分钟又一分钟过去了。他又打算重新敲门,这时那门开了一条缝,杰拉尔德·卡特赖特两眼紧盯着外面。

“卡特赖特先生吗?”

“是的。”

“我是霍洛曼警局的卡尔米内探长。先生,我可以进来吗?”

门全打开了,杰拉尔德·卡特赖特向后退了一步。

他的那副模样就是因凶杀失去了妻子和最小的孩子应有的确切表情:畏畏缩缩,伤心欲绝,萎靡困惑,陷入了万分悲痛的境地。他四十出头,中等身材,气色还好,在一般情况下,可能给人一种很讨人喜欢、魅力非凡的感觉——他是两家利润丰厚的餐馆的老板。卡尔米内去调查杰拉尔德·

卡特赖特前，尽量迅速地仔细审查了他的背景。县服务大楼的一名文职警官继续对这些案件进行质询。一天内发生的12起谋杀案，占据了每个警察十之八九的时间，霍洛曼的混混和好猜忌的丈夫们被暂时放到了一旁。

杰拉尔德·卡特赖特的两家餐馆大相径庭，他本人也不是厨师，这是很有意思的事情。在纽约的比奇蒙特，他有一家名为埃斯卡哥特的顶呱呱的法式餐馆。在霍洛曼锡达大街，濒临查伯科学山后面的楼群处，他还有一家名为乔伊的餐馆。两家餐馆的生意都很红火，一家专门迎合那些寻求新口味的美食客，另一家是生意异常火爆的煎饼餐馆。卡特赖特在第二国家银行，存有丰厚的钱款供自己开销；他的现款通过美林、皮尔斯、芬纳和史密斯投资证券和股票市场。话痨的案件发生后，卡尔米内已查了是不是有巨资取出来，但根本就没有发现这种情况。

他跟随卡特赖特走进起居室，室内配有典雅实用的椅子和咖啡桌——家中有四个孩子的审慎的家长会选择的那类。透过双重玻璃门，他看到宽敞的客厅装饰得更加奢华。他揣摩着，那里可能不准孩子们涉足。

杰拉尔德·卡特赖特扑通一声坐下来，顺手抓起一个厚厚的垫子，紧紧地抱在胸前。

“卡特赖特先生，前天晚上你不在家？”

“不在！”卡特赖特气喘吁吁地答道。“我在比奇蒙特。”

“你在那里有一家餐馆。”

“对。”

“你常在比奇蒙特过夜？”

“是的。我家在那边，我夫人——也是——过去也是，我们在餐馆上面有一套小公寓。平常我和母亲一起吃饭。她就住在和我们隔着两个门的房子里。”

“除了家在比奇蒙特外，什么原因使埃斯卡哥特变得那么不一般，你得经常在那里过夜呢？”

听到卡尔米内提到餐馆的名字，卡特赖特眨了眨眼；他的脸上黯然失色。“探长，是因为法国菜谱和大厨米歇尔·莫罗的原因，他名气大得很，也是一个喜怒无常的人，经常大发脾气。出于某种原因，我是唯一能管得了他的人，要是没有了他，生意也就全砸了。人们驾车奔跑 80 英里来埃斯卡哥特用餐，预订已排到了三个月后——这弄得我进退两难！所以我每周呆上两次或三次就为了让米歇尔开心。这样使卡西很为难，可她一向都很理解。我们有三个孩子在多马日校上学，这要花费一大笔钱。”

“卡特赖特先生，所以你就要抵押这处房产。”

“也是——也不是。”他有些喘不过气来，身体摇晃着，将垫子抱得更紧。“我们是在房价很好的时候买的，只付了百分之四的抵押贷款利息。我们有数，不会失算。在这个居住区和河边上这么大面积的房子，现在价钱是我们购买时的五倍或六倍。房子状况良好，我们没有破费大钱修缮。”眼泪开始顺着他的面颊淌下来，他尽力控制着情绪。

“卡特赖特先生，不要急。我要给你找点东西擦擦吗？”

“不了，”他抽泣着说。“哦，这太可怕了！孩子们知道出了些状况，可我比他们任何一个进去得都快，看看妈妈为什么还没有下楼，也要看看吉米的情况。在吉米出生前，他们都蛮乖，可他——他改变了许多事情。”

“你说的是患先天愚型病的那个孩子？”

“对，他生下来后，他们告诉我们，卡西早就该进行一次羊膜穿刺术检查，可在她发觉怀孕前，谁也没有提起过这个。也没有人正告我们，做家长的在四十多岁所面临的各种危险！我是说，我们已有三个健康、正常的孩子。”

他的义愤情绪压住了心头的震惊和悲伤。卡尔米内坐在那里听着，如有必要的话，随时准备提示一言半语。

“吉米占去了卡西很多时间，我又没法像往常那样在这里多呆一阵子。我曾经打算为埃斯卡哥特雇一个经理，但这点子不成。我们实在一点辙也没有,我只得自己去比奇蒙特。"他的眼泪扑簌簌地落下来。

"我觉得,你夫人真正的麻烦是另外三个孩子,"卡尔米内口气温和地说。

杰拉尔德·卡特赖特很吃惊,蹦了起来。"你怎么会朝那方面猜想呢?"

"一个家庭中突然添上个残疾孩子,这会是常见的反应。这个孩子的到来占去了母亲分分秒秒的时间,大点的孩子还没有真正成熟,难以理解这一问题的本质,"卡尔米内不动声色地说。"所以他们就憎恨这个新婴儿,并且按照逻辑发展,也就会憎恨妈妈。你的孩子们多大了?"

"塞尔玛 16 岁,小杰拉尔德 13 岁,格兰特 10 岁。我先前曾想象塞尔玛应该成为她母亲的帮手,但她却……怀恨在心!她有了一个痴呆的小弟弟的风声传到了学校,她的反应糟糕透顶。其实,三个孩子都没两样。"

"卡特赖特先生,他们的确切反应又是怎样的呢?"

"卡西没空给他们准备学校的午餐或回家后的零食,于是他们多是拒绝帮她的忙。吉米还是个婴儿时,问题还不算太糟糕,可他到一岁时,正餐的时间常常都得推迟,饭菜也越来越简单,越来越单调乏味。卡西挤不出时间做饭。她叫塞尔玛干些洗衣服的活儿时,塞尔玛就和米歇尔一样耍性子。家中的日子就成了一场噩梦!孩子们恨透了吉米,不愿和他呆在一个房间里。"

卡尔米内心中暗自思忖道,你就没有那份胆量揍他们的屁股。可你还有比奇蒙特作为避风港,和你妈妈分享家中做的饭菜,还有一张安静的床铺供你躺着。米歇尔的坏脾气像来自上苍的魔咒,使你处于这样一种境况,你心中明白,不能让它继续,又无法直面它,解决它。你夫人需要你百分之百的时间都在家中。没错,是那么回事,有急需用钱的事,可你也没有欠债呀。一旦你解决了家中棘手的问题,就会物色到另一个米歇尔,也就可以再开张,运作另一家埃斯卡哥特。

杰拉尔德·卡特赖特抱着垫子痛哭起来,卡尔米内在这栋大房子里踱着，想去找一下那三个大点的孩子，看看他们是什么模样。但首先映入他眼帘的是用警戒线拦着的主卧室。

卧室呈马铃薯皮似的米黄色，米黄色的窗帘上间隔不同宽度的黑色条纹，床罩和壁纸也是同样的色调，使人感到赏心悦目。地毯是黑色的，木制家具漆着同样的马铃薯皮似的米黄色。惟一不和谐的音符是一张庞大沉重的幼儿床，靠着他猜想应是卡西·卡特赖特睡觉的那一边。床的边缘特别高，粗粗的栏杆很密，看似是一个关危险动物的笼子。床单和毯子乱作一团，用另一条床单遮盖着，没有人翻腾过。那张巨大的床除了法医检查过外，别人也没碰过；和那张小床相比，大床非常整洁；卡西显然没有挣扎。她放胳膊肘的床单上，有一片邮票大小的褐色血迹。

卡尔米内知道，她的床头柜边曾放着一杯清澈的烈性威士忌，那只杯子及残留的威士忌现已送到帕特里克的实验室。在卡尔米内出发前，结果正在检验中。她曾戴过的睡帽上涂有水合氯醛，她已像一头猪一样昏睡过去，所以当巨量的静脉戊巴比妥注射进去时，即便她曾感到有针扎进肉中，也无力作任何反抗。帕特里克把她的死亡定在大约凌晨两点钟，这就是说，她在婴儿死亡前，就早已咽气。某个家伙杀害了她，可这和杀死婴儿的是同一个人吗？

那间独立的浴室干净整洁。带着一个残疾婴儿和三个很不合作的孩子，卡西·卡特赖特或许已是身心十分疲惫，可她仍在想方设法使家中保持良好的状态。好可怜的女人啊！对她说来，在她心爱的人儿中，谁也没有对她的困境给予一些同情或是奉献出一点点时间。

他发现卡特赖特家那三个大点的孩子躲在自己的窝里，那是一个大房间，兼作办公室、图书室，将孩子的几间卧室同主卧室分开，这些就占据了楼上所有的空间。

他们聚集在一台大电视机旁，正在观看卡通频道的节目；有线电视刚接到城内，皮阔特河边这富饶的城郊便首先上了有线电视公司的安装名单。孩子们将音量调得很高，没有听见卡尔米内进来，这倒给了他充足的机会，在他们没有戒备的情况下，对他们作了一番观察。他心中断定，塞尔玛是一个很典型的多马日校的公主。从索菲娅开始在多马上学起，他对这一类人的关注就越来越多，特别是考虑到她以前的洛杉矶的学校背景——那里的酒和毒品要比糖果还容易买到手，那里的阔学生随手一挥就能为全霍洛曼的学生开一张支票。所以，在索菲娅的眼中，多马虽有许多学生济济一堂，他们都自以为要高他人一等，其实不过是个拙劣的冒牌货罢了。还好这里倒是没有酒和毒品。她挤进多马的生活，成了来自西海岸魅力四射的舶来品，这令她偷着咯咯地笑。她知道很多电影明星，于是也把自己打扮成了一个很时髦的美少女。使多马保住脸面的是它优良的成绩和才华横溢的教师，大多数查伯大学的老师都把孩子送到那里，许多少年才俊成了拉拉队队长及运动员，形成了自己的一帮，组织学校和班级平时的活动。可多马基本上是个难叫人很提情绪的学校。

卡尔米内看着塞尔玛，心想，她长得一定是像她妈妈。身材颀长，仪态万方，满头金发梳成粗细不一的辫子，皮肤晒得黝黑。卡尔米内心底下判断，她有着一种独特的傲慢气质。小杰拉尔德可能不会踢足球，只会打篮球，可他也和母亲像是同一个模子刻出来的。只有最小的格兰特长得像父亲，中等身高，皮肤不白也不黑。那两个孩子对卡通片《猫和老鼠》有些不屑一顾，格兰特却是看得很投入，放声哈哈大笑着。

忽然间，卡尔米内很希望在跟他们谈话前，先看一看他们的房间；他从他们的窝中悄悄溜出来，他们并没有察觉到。他朝楼上那四个卧室所在的很远的角落走去。

很明显，其中一间作客卧用，装饰得很美观，里面也无人动过。这些孩子真是福星高照啊！他发现每个卧室都有独立的浴室，于是心中油然有了那样的感慨。孩子们的三个房间乱得像猪窝：床都没有整理，壁橱的门都开着，各种乱七八糟的杂物从抽屉中掉出来，堆积在地毯上。至少在这里，卡西·卡特赖特还没有实现她可能定下的保持家中整洁有序的目标，尽管在吉米降生前这些房间一定是井井有条。他们声嘶力竭地抗议，试图引起注意，同时也喊出了青少年时期的痛苦。每个孩子都有满书架的图书，还有很多玩具和一台电视机。电视机是新近什么时候添上的呢？

小格兰特的房间最不堪入目，书包破破烂烂，多马的一张布告撕成了碎片，一些五年级的课本也已残破不全。当关于吉米的消息传到学校的那一天，他对学校的愤怒可能也就爆发了，这也就是说，几个月来，从没有人打扫过这个房间。卡西·卡特赖特立时就放弃了战斗。

格兰特的浴室有一股酸乎乎的味道。在铺着蓝色瓷砖的地面上，有一些呕吐的残留物，已草草清理过。卡尔米内掀起一只大篮子的盖子，发现了一套满带呕吐物的睡衣裤；明摆着睡衣裤曾被用来擦过地板。或许清洁女工随心想干多少就干多少，先前没涉足过格兰特的卧室，虽然她最终来清理一下，也只是应付差事。如果她敢于冒险踏入这个房间，那就是这种情况。

还是再回到那个窝吧。

他咚咚地敲着门。那三张脸蛋刷地转了过来，接着三个孩子都站起身来。一个陌生的家伙！还是个警察呢。塞尔玛把声音调得很低。

“我叫卡尔米内·德尔蒙尼克，是霍洛曼警局的探长，”卡尔米内顺手将一把靠背笔直的椅子扯到一边，一屁股坐下来。“把椅子转过来坐下，这样你们可以看着我。”

他们气呼呼地听从了他的吩咐。表面上在虚张声势，但母亲的死亡使他们感到惧怕、震惊，对或许马上降临到他们头上的灾难感到很恐怖。卡尔米内轻描淡写地谈到了吉米的夭折——没人对他感到悲伤，对此他们暗自感到满意。

“塞尔玛，你们前天夜间有没有看见或听见什么？”卡尔米内问那个女孩，注意到她在咬指甲，都快要咬到肉了。

“没，”她干巴巴地答道。

“你拿得准吗？”

“是！”她忙不迭地说，“是，是，是！”

“杂种！”小杰拉尔德低声骂道。卡尔米内没有回应，于是他嗓门更高了。“该死的杂种条子！”

卡尔米内怒火中烧！他看着塞尔玛的眼睛，那双眸子像万里晴空一样湛蓝，接着看着小杰拉尔德那双同样的眸子，但很难绕开他那冲天的怒气。

“你呢，杰拉尔德？”他问。

“我是小不点，”他突然变得没有他姐姐那么肯定。“没，我没有看见或听见什么。要是在吉米的那边有声响，在楼上的这一头，什么也听不到。”

不是在母亲的那一头，或是父亲的那一头，而是在吉米的那一头，好像吉米拥有那个房间似的。

“吉米闹出很大动静吗？”

“没错，”小家伙立马耸了耸肩。“活像一只绵羊或者山羊。咩咩咩！”他满带着轻蔑的腔调模仿着绵羊的叫声。“他常常醒着，咩咩咩！”

他还有一个孩子要问一下。“你呢，格兰特？”

“我不是没听到过一点点动静。”

多马还没能帮助格兰特解决掉句法中双重否定的毛病，这倒是很有意思的现象。卡尔米内清了清嗓子，向前探了探身子。“不过你有时也醒着，得病了吧。”

格兰特顿然作色，蹦了起来。“你怎么知道的？”

“首先，我能闻得到。其次呢，我还能看到那些残留物。你用睡衣擦过那些东西，扔在了篮子里。就没有人曾要洗一下那些脏衣服吗？”

“嗨！”塞尔玛嗓门硬邦邦地叫道，“你不能刺探我们的事，你这个东海岸的杂种！”

“你们卡特赖特家的几个大孩子对那个字眼都很着迷，”卡尔米内的口气很严厉。“在多马，一般没有人用这种脏字眼，否则，我女儿就会告诉我。塞尔玛，她和你的年龄一样大，就在你们的一个班里，她叫索菲娅·曼德尔鲍姆。”他注意到那女孩的脸变得绯红，对多马的故有规范多了一份理解。塞尔玛就要长大成人，而他的女儿已经成人。这都来得太快，使他不免感到惊诧不已。

他继续开口讲下去。“你们一定都知道，有人在前天夜里把你们的母亲和小弟弟杀害了，那么你们干吗要存心捣乱？你们看过不少的电视，一定知道警方的做事程序。在谋杀案的调查过程中，包括盛衣服的篮子在内，什么东西都可以搜查。在舒适的家中坐下来回答我的问题。否则的话，我就得带你们到警局审讯室去问你们同样的问题。听明白了吗？”

抵抗瓦解了；三个孩子都点了点头。

“那么，格兰特，你病了？”

“嗯，”他低声应道。

卡尔米内生出一种直觉，他瞧了一眼塞尔玛和小杰拉尔德。“谢谢了，你们两个可以走了。一位女警察应该到了，叫她立马过来。有她在场，我不会伤害格兰特的，对吗？”

很明显，塞尔玛想留下来，可又不好启齿。她暗示性地呆了一阵子，可卡尔米内不吃那一套，她叹了口气，随小杰拉尔德走了出去。那位女警旋即走进来。

“吉娜，坐在那边吧。你是监护人，”卡尔米内接着转向格兰特。“好嘞，格兰特，告诉我都发生了什么事。”

“我吃了好些奶油松糕条——晚饭吃得太晚！”那孩子看上去异常恼火。“妈妈老是绕着吉米转，我们再也没法按点吃晚饭。接着就”——他做了个鬼脸——“意大利面条！又是老一套！我吃了一些奶油松糕条，松糕条吃没了，我又干掉了一个波士顿奶油馅饼。”

在孩子们意识到妈妈真的死亡前，这会持续多久？如果在过去18个月中，晚餐都不能正常的话，将来会不会更没有准头？他们都太沉湎于自己的那点事，沉湎于他们所认为无法忍受的伤害。卡尔米内不动声色，继续发话。

“格兰特，你到底睡着了没有？”

“哦，那还用说！我在WOR电视台看了一些蠢电影——还是黑白的！——大约在半夜那会儿，我就睡着了，电影还在放。接着我就醒了，感觉是生病了，可我琢磨着，病一会就没事了。可不是的呀，病得更厉害了。我拔腿朝我的卧室跑去，可没能跑到那儿。哐当！一屁股摔在了地板上。摔了一跤，我觉得好受多了，所以就回到床上睡着了。”

这孩子的态度已经起了变化，变得局促不安起来。那些野蛮好斗的东西不见了，一双褐色眼睛直愣愣地盯着卡尔米内，顷刻间又移开，不愿再看他。真相已露出端倪，可还不是全部。令人忧虑的沉默持续了一阵，吉娜紧紧靠在壁纸上，格兰特正在用心编造一个能让探长相信的故事。可事不凑巧，他太缺乏虚构的经验，这说明他的生活中没出现过什么真正的麻烦；到目前为止，他的谎言太小菜一碟，只有他父母连傻瓜的话都听，吃他那一套。不过，他需要编造一套恰如其分的谎话来掩饰的，是什么呢？

“屁话！”卡尔米内怒吼道。“你没回到床上，也没有睡觉。都干了些什么？从实招来！”

那孩子健康的皮肤刷地全都变了色；他大喘了一口气，嗓子有些不由自主。“我说的都是实话！真的！我回到床上就睡着了。”

“没有，你没有睡。格兰特，你到底干了些什么？”

这种令人绝望的袭击来得太突然；人们平时不会这么朝他开火，他没法——没法——编造出一个连自己都不相信的故事。“我走到妈妈的卧室里，告诉她，我刚才躺在浴室的地板上生病了。”

啊！“那么紧接着发生了什么事？”

"灯亮了——不是夜间的照明灯,是她桌子上的那盏灯。开着夜间照明灯时,吉米总是不安分。那里有一股臭屎味——我是说,臭屎味,真的很臭!"

卡尔米内等待着他继续说下去,可他打住了。"你现在不能停下来,格兰特。我要知道全部的事情。"

"吉米正在他的小床里站着,大声叫着。我看见妈妈在床上睡着了,就走过去叫醒她。警官,可我没法叫醒她!我摇晃她,冲着她的耳朵叫,可她还是继续睡。接着,我看到了桌子上的杯子,我清楚她是累得睡着了。她经常这样。棒,实在是棒!吉米玩命地尖叫着,那真正是动物的号叫声。我也朝他尖叫着叫他闭上臭嘴,可这个讨厌鬼甚至连理都不理。下流坯!他一准是在尿布里屙出了几吨的臭屎,臭气简直都要冲破天了。"

卡尔米内和吉娜的眼神相遇了,她心存狐疑,可卡尔米内微微摇了摇头表示回答。一股冰冷生厌的预感袭上了卡尔米内的心头。他深深吸了一口气,迫使自己保持一种超然的态度。"格兰特,接着说吧,不妨把其余的也告诉我——不管怎样,我都会弄清楚。要从你的嘴里说出来,那会更妥当些。"

那双褐色的眼睛饱含着泪水,显示出听天由命的神色,最终又瞧向他。格兰特挺了挺肩头,像是要甩掉一个包袱。"我走到了那张小床前,把一边放倒。我寻思着,要是吉米的身子是个大粪桶,这样没准会给妈妈一点教训——她要是像满身是屎的吉米那样能在那同一张床上醒来,就不会再睡着了。可那个小讨厌鬼嗷嗷叫得更不要命了。接着他使劲朝我打了一拳!还朝我脸上啐了一口唾沫!我朝他回击了一拳。他倒在了小床里,下面出了什么事我就闹不清了。警官呀,老实说吧,我真的不知道!我记得的就是尖叫、咆哮还有吐唾沫——我是说,他朝我吐唾沫!我用枕头捂住他的脸,想叫他闭上臭嘴,可没能做到。透过枕头,他还在叫喊,可他吐不着我了。我用枕头使劲捂住他的脸,直到他不再尖叫了才放手。然后我把枕头仍然放在那里，保证他不能再喊叫了。伙计，那可是太爽了！我叫那个小讨厌鬼朝我吐唾沫！”

哦，天哪！“格兰特，告诉我其余的事吧。”

那孩子已摆脱掉了恐惧的折磨，看上去好多了。他的姐姐和哥哥都知道这事吗？很可能不知情，或者至少塞尔玛没有撇下他。卡尔米内觉得，她有一些模模糊糊的概念，但还没有时间去搞明白。一切还好。不然的话，吉米·卡特赖特的夭折就会掩盖他母亲死亡的真相。

“我打开了中心控制灯，”格兰特说，“瞧见吉米发了青。浑身上下都发了青。不管我怎么扭他，他都不动弹。我发觉他死了。刚开始，我感到开心极了，接着寻思着，要是说出去，就会蹲大牢——我得去蹲大牢，是吗？”

“格兰特，就接着和盘讲出来吧，那样会对你好。监狱是给大人们蹲的，”卡尔米内说。“接着你又干了些什么？”

“我把他从小床里鼓捣出来，包在一条床单里，把他弄下楼，”格兰特的语气更为轻松。“我从后门出去，把他弄到了皮阔特河边，接着就把他推下去。他转眼就沉了下去，于是我就回了家，把床单放回到小床里，又检查了一下妈妈的情况。她还在睡觉。只是她没睡着，警官，对吗？她也死了。”

“是的，在你第一次去看她前她就是，”卡尔米内答道。“你回到自己的卧室后，又干了些什么？”

“尽量擦干净浴室的地板，然后就上床睡着了。我都快累死了呀。”

他一点也没有良心的不安，卡尔米内想。好像压根儿就没有过那档子事。不过他是个伶俐的孩子。要是他父亲给他找到个合适的律师，能证实他是一个好学生。社会工作者来到他身边时，他会逐步忏悔；要是他走进了法庭，他的记忆中就会出现必要的失误。

可那些家长多傻啊！是哪一方太吝啬了，吉米出世后都没雇上个保姆？如果天底下有哪个女人需要一个全职保姆的话，那就是卡西·卡特赖特。虽说要给多马日校交三笔学费，他们还是能够支付得起那笔钱的。

“要是那当妈的没有给压垮，这一切一辈子也不会发生，”卡尔米内对帕特里克说。“虽说卡西在杰拉尔德·卡特赖特关心的事情上肯定也很懦弱，没有坚持要求帮忙，可我怎么就觉得他是个很抠门的主呢？”

“那当妈的要是没死，这一切也都不会发生，”帕特里克说，一边整理着车里的工具。

“真是这么回事。使那个孩子气炸了肺的是粪便的臭味——这表明，格兰特去找她时，她已经死了几个小时，或许是在四点后的某个时刻。我心里明白，当他否认是去找妈妈的时候，他在隐瞒着一些事情，因为所有呕吐的孩子都会去找妈妈，特别是他们找不到厕所时，肯定会那样做。我没指望凶手会坦白，不过这样也挺好。父亲自私自利，一心念的是生意经，所以他大部分时间都没有花在家庭上。除了从头到脚都需要照顾的前三个孩子外，妈妈又突然有了一个特别棘手的婴儿。可怜的小吉米无意中就成了厌恶和仇恨的根源。”

“是的，要是父母多留心一下大些的孩子们的感受，吉米的死起码就可以避免，可妈妈的遇害又怎么解释呢？”帕特里克问。

“那是风马牛不相及的事。眼下一点线索都没有。杰拉尔德·卡特赖特的自私自利虽是不可原谅，可他是一个忠心不贰的丈夫，也是一个很顾家的人。他在经营纽约州北部的法国餐馆的日子里，完全沉浸在家庭的氛围中——他们两家的人都在那儿。人们都把他视为模范丈夫，这是他花费很多心血去维持的形象。说到卡西呀——她拉扯着四个小家伙，最小的一个还患有先天愚型病，她哪里还有时间红杏出墙，这事还用问我吗？”卡尔米内满脸愠色。

“她真就大门不出二门不迈?”

“很少出门,喜欢社交的杰拉尔德就是这么说的。他们倒是常一起去舒曼剧院看一些试演的戏剧,去看一些评价很高的电影,参加一些慈善晚宴和乡村俱乐部的活动。要是厨师发脾气,有人把杰拉尔德叫走,他会坚持要卡西继续进行自己的活动。没准不像听起来那么坏——他们名声在外,她也常会与朋友碰面。她最后一次出门是单枪匹马去参加马克斯韦尔基金会的慈善宴会。因为马克斯韦尔家族对残疾儿童研究出手很大方,她不能错过那个宴会。我是从杰拉尔德那里弄到了这些详细的情况。他要是能把那个垫子抱在怀里,就能尽力保持合作。”卡尔米内给自己倒了一杯香浓的咖啡。“帕齐,病理分析方面有其他消息吗?”

“投毒案件都送那儿了,”帕特里克口气中并没有开心的意思,“足以毒死一匹马的马钱子碱害死了彼得·诺顿。毒药放在橙汁中。他的血液里面没有发现其他的毒药在更长时间内起着杀伤作用,这有助于证明诺顿夫人可能清白,毒药的选择也说明了这一点。下毒的家伙肯定是个不怕恶心的人,他能驾驭马钱子碱这种可怕的东西,然后还呆在那里,亲眼目睹了死者死亡。”

“帕齐,我同意你的看法。她到楼上帮助孩子们做好准备去上学,这倒是一桩好事。”

“你只是听了她的一面之辞而已。”

“我也问过孩子们。他们还太嫩,不会被教唆成同犯。他们父亲弄出的动静使他们都赶到楼下,诺顿夫人虽很想用嘘声把孩子们哄开,但他们俩还是目睹了父亲的死亡。她上楼前,已榨好橙汁,然后在楼上呆了大约十分钟,就听到丈夫下楼吃早饭,他一口气匆匆吃完了。我倾向于相信诺顿夫人的这些说法。”

“毒药是女人的一种武器,”帕特里克说。

“一般说来,没错,可也不是一成不变。什么因素使你觉得那不是一个女性下的毒呢?”

“那扇窗户给了我证明这一点的机会。准确点说,那杯橙汁只有透过厨房的窗户才能看得到,可又不能从那里把它送过去。抓住一闪而过的机会下手不像是女人的做派,可这又是那个凶手必须做到的。看到了橙汁,从后门进去,在杯子里加进大剂量的马钱子碱,然后离开。要是有人来到了楼下怎么办?那就会发现他,所以他肚子里一定要编好一个可信的故事。不用多啰嗦了,下毒的是个男人。”

“大男子主义者,”卡尔米内狡黠地说,“那登巴院长的情况怎样了?”

“哦,那个谁都能搞得定——这点你是知道的!钾氰化物晶体和茉莉花茶叶的混合物先是放在一个完整的袋子中, 然后又装进一个密封的纸袋,我的技术员愿意在法庭上发誓作证,那个袋子只打开过一次——是登巴院长亲手打开的。茶叶包是机器缝合的,而不是订在一起——是一次性缝合的,这也是我那些可以作证的技术员讲的。他邀请参加座谈会的四个学生都是男性。”

“当时他的夫人波林·登巴博士正在她书房的一角召开她的座谈会,”卡尔米内笑眯眯地说。“而她的客人又清一色都是女性。”

“叫‘座谈会’有点不大得体,”帕特里克严肃地说。“一般说来,不能把一个早茶会称作社交晚会,可我揣摩着,功能都是一个样——朗诵诗歌等等。”

“那真该叫做日间招待会,可那有点言过其实。叫早诵会怎么样?”

“一语中的。卡罗瑟斯呀!你真从你的英国老婆那里学了些英国词。”

“不过帕齐,你现在更喜欢她了,对吗?”卡尔米内焦急地问。

“那是当然了!她在你眼里都那么理想,仅这一点就使我很爱她。我估摸着,是她那副居高临下的架势使我对她有些抵触,还有那种傲慢的英国佬的德行也不招人待见。可眼下我也知道,她勇敢、豪爽,也很聪明,而且还很性感,”帕特里克自圆其说道。卡尔米内的疑惑减少了,可这仍然是他俩经常谈论的话题。问题是帕特里克并没有正确地理解其中的信号，也不知道卡尔米内对那个女人用情有多深。他要是知道的话，就一辈子也不会吐露半句贬低她的话。真是谢天谢地，她还不是大明星桑德拉。

“在登巴的血液里还有什么别的东西吗？”卡尔米内问。

“没有。”

“德斯蒙德·斯凯珀斯的情况呢？”

帕特里克满面春风。“喔，卡尔米内，他还是蛮棒的！他的血液里没有长效药物或毒素，可他咽气的那天，喝了杯鸡尾酒。”

“白天吗？”卡尔米内紧皱着眉头。

“是的，我想在太阳落山前就开始了——没准最早是在下午四点光景，他喝了一杯掺有水合氯醛的纯麦芽威士忌。他昏过去后，杀手把四号输液针从他的左内肘扎进去，并用胶布贴得紧紧的。那根针头直到他死时都一直扎在肉中。”

“同对付卡特赖特夫人的手段一样吗？”

“表面看差不多。可使用的四号输液针很不一样。针头一插入卡特赖特夫人的静脉，她就断了气。可斯凯珀斯的命运就不同了。杀手在他身上插进了管子，注入医用箭毒，这样，对那个可怜的倒霉蛋的肉体造成了巨大的伤害，他身子瘫作一团，哪里还有力气反抗。他是用气囊呼吸的，可是否连上了呼吸器，我就说不准了。多数情况下，这种折磨是灼烧的感觉，可再疼也不会使大脑失去知觉——他完全能感觉得到，这点请相信我！那就是说，杀手具有一定的医学知识。三度烧伤就没有感觉了，这样疼痛感的神经通路就遭到了破坏。”

“折磨他的是什么工具？”

“我寻思着是一种烙铁——烧红的尖部可以控制的那一种烙铁。凶手粗鲁地刮掉他皮肤上的汗毛后，他的身体伤痕累累，然后又在他的肚皮上写上了斯凯珀斯的名字。我全都拍了下来。用笔迹分析法揭穿这个傻冒一定挺有意思吧?”

“帕齐,在做梦吧。”

“箭毒仍在起麻痹作用的当儿,杀手在斯凯珀斯的身体里注射了少量稀释的苛性药。那种疼痛一定是死去活来般的难受。”

“天哪,帕齐,”卡尔米内说,“不管是谁杀害了斯凯珀斯,肯定是恨他恨得牙根疼!像比安卡·托兰诺的强奸案一样,又是一起竭力折磨受害人的案子。”

“在某个阶段,”帕特里克继续说,“杀手让斯凯珀斯从箭毒的麻痹中苏醒过来。导气管拿走了,一根直径接近八分之一英寸的钢丝把斯凯珀斯的手腕和脚踝捆住,捆得紧紧的,稍一挣扎就会疼痛难忍。可他还是挣扎了一番!虽然他的手腕和脚踝都瘦骨嶙峋,钢丝还是深深地勒进了肉中。”帕特里克打住了,显出满腹狐疑的神态。

“我猜测着,杀手需要审问斯凯珀斯。或者说,那一招没有得逞,就想听到这个超级大亨像科纳科皮亚森严的等级制度中最底层的打工仔那样,向他乞求告饶。在箭毒的麻醉下,特别是导气管附近,他无法说出话来。帕齐,那是你告诉我的最重要的事。杀手要达到目的,一个能讲话的德斯蒙德·斯凯珀斯是必需的。”

“卡尔米内,要是他能说话的时间持续很长的话,那也不足一个小时。然后,斯凯珀斯又给插入了管子并注射了药力更强和更大剂量的箭毒。他最后被清理排水管用的普通苛性溶液杀死时,一定是瘫作了一团。老天啊!总之,我估摸着,从喝进威士忌到被注入德拉诺[1]有12个小时的时间。”

“那么科纳科皮亚就群龙无首了,”卡尔米内说,“那本身就有事关全国的重要性。那是世界上最大的工程企业集团之一,一夜之间就没有了头目,”他怒冲冲地说。“还有什么我该了解的情况吗?”

“不管怎么说,估计还没什么情况能减轻你的工作负担。三起枪击案

①德拉诺,一种排水管清洁剂品牌。

枪弹鉴证的伙计们已经做了报告，我已想法进行过尸体解剖。一支口径.38的枪杀死了卢多维克·贝瑞森，因为子弹没有穿出体外，起初我们还以为是一支较小口径的枪。子弹卡在了头盖骨基部的骨头上。一支口径.22的枪击中了塞德里克·巴兰坦脑后枕骨下部，要了他的命，这有点像是克格勃的手法。击中莫里斯·布朗胸部的是口径.45的枪。子弹射进了他的背部，正好打在脊柱上，所以子弹没有飞得像皮萨诺的手下想象得那么远。我派他们到了案发现场，他们就在莫里斯倒下的地方找到了那颗子弹。子弹受损严重，鉴别不出标记，不过测量直径还是绰绰有余的。这就是说杀手用了三种不同口径的手枪。"

卡尔米内咆哮道："也没有人听到声响，那几个枪手使用了消音器。可下令开枪的那个家伙一定是要求用不同口径的枪，不然的话，所有枪的口径都应是.22，那是人人都喜欢用的近距离武器。"

"拉里认为，这枪击案在霍洛曼可是非常罕见。"

"他说得对。那个谷区的老太婆情况怎样？"

"有人用她的枕头把她给捂死了。她患有充血性心力衰竭病，这毛病倒没让她送命，不过她的心脏在枕头下很快就停跳了。床上有些凌乱，可能她没能挺多大会儿，所以也没遭多少罪。"

"迪伊·迪伊·霍尔的情况呢？"

"凶犯用剃刀割断了她的喉咙，现场没有留下任何蛛丝马迹。她给割了两次——太狡猾了！第一刀在两耳之间豁开了一道口子，切断了颈静脉。没有丝毫搏斗的迹象——也没有半点因自卫而受的伤。她似乎是站在那里鲜血横流，那个杀手盯着她，接着她扑通一声跪下，倒下了。杀手推测，当时她已失血很多，动脉不会再喷血，所以杀手又很冷静地走过去，朝她的喉咙割了第二刀，比颈动脉还要深。那样就只有脊柱支撑着她的脑袋了。"

"真是个冷静的杀手，阿贝负责这案子，是吗？"

"不，你把这案子交给了拉里·皮萨诺和他那帮小子们，阿贝负责老太婆比阿特丽丝·埃格蒙特的案子，科里负责被强奸的女孩比安卡·托兰诺的案子。”

帕特里克皱起了眉头，卡尔米内吃惊地盯着他。“帕齐，怎么了？我刚才说什么了？”

“拉里·皮萨诺今年年底退休，你的两个伙计都要申请他的中尉职衔。他们都一起共事了很长时间，相处得也很融洽。可他们是截然不同的两种人，”帕特里克以歉意的口气说。“我知道你都清楚这一切，所以我的话听起来一定像在教行家怎么做，可有时也是旁观者清。”他收住了口，想看看这番话的效果会怎样。

卡尔米内说：“我听着呢。”

“从现在到作出决定由谁来取代拉里的这段时间里，你一定要谨慎些。你是职务分配小组的成员吗，卡尔米内？”

“嗯——是的，”卡尔米内有些忐忑不安。

“那你就从里面退出来得了，这是当务之急。只有你的一个伙计能成功，没有好的理由而引入一个外人非常不公平，维持他们间的现状才是上策。肯定你心中明镜似的，他们中的任何一个成为中尉都要比拉里更胜任。可他们之间的竞争已经开始，互相瞧不起对方。你分配他们的任务都是按照案子大小作出判断。你安排给阿贝的第一个案件，是某个家伙把一个老太太用枕头捂死的案子。用不了多长时间，就能使阿贝明白，他的谋杀案没有多少吸引力，也没什么意思。而你安排给科里的是一起性谋杀案！他这起案子有线索可查，一个有趣的谋杀现场，一张与女孩约会过的男性嫌疑人名单。只要牵涉到阿贝，你的天平就偏向科里一方。而且阿贝还是个犹太人。是的，没错，卡尔米内，我知道你骨子里并不反对犹太人。在正常情况下，阿贝也明白这一点。可这是个由意大利裔和爱尔兰裔警察组成的警局，科里的祖籍是爱尔兰。其实，他们两个中科里看上去更像犹太人，一转眼这一切都变得和阿贝很不相关。所以他认为你站在科里的一边。”

卡尔米内哼了一声:“该死!”

“这还不算太晚,但要注意你将来走的每一步,确保——不过不要得罪了阿贝——对比阿特丽丝·埃格蒙特的凶杀案表现出很浓的兴趣。别忘了他们两个家中都有老婆在不断地施压,鸡毛蒜皮的事都要当大事。一个高级警长和一个中尉之间的薪水和地位差别大了。卡尔米内,并不是只有两个人想要参加竞争获得提升,而是四个人呢。”

“谢了,帕齐。”他扔下这么一句就走人了。

卡尔米内打电话到比阿特丽丝·埃格蒙特的家中时,阿贝接的电话。他声音很低沉,从中听不出平常那种乐观的音调。

“阿贝,你的案子忙吗?”

“不算忙,卡尔米内。我已调查了邻居和她两个儿子——他们住在佐治亚,不过已经乘第一班飞机赶过来了。目前没什么进展,”阿贝答道。“房子里什么东西都没少,就连一件便宜的装饰品也没丢。包括我在内,谁也没有找到杀害那个可怜老太婆的动机。她连一只苍蝇都不忍心去拍死呢。”

“在死者中,看起来有很多这样的人——不会伤害别人的人。阿贝,但要有一两个人坚守在那里,我需要他们的帮助。德斯蒙德·斯凯珀斯的案子,我还没有什么进展。我需要一个有技术的警察去调查一系列可能的嫌疑人。一个这么有势力的人物肯定树敌很多。而且他又不是因圆通和外交能力出名。你要是觉得对比阿特丽丝·埃格蒙特的案子无法继续下去,想要喘口气,如果愿意的话,那么,帮我调查一下斯凯珀斯的朋友和熟人成吗?”

阿贝回答的声音中显示出他很渴望也很有热情做这件事。“卡尔米内,我挺乐意干的。文件是在锡达街那边吗?”

“我说话这工夫正看着呢。在你行动前,去和帕齐聊聊,他会详细跟你说说斯凯珀斯死亡的情况。够狠的!”

就这样吧。他已做了一些弥补工作，不过他得希望登巴院长和彼得·诺顿先生的案子不会让他栽进泥坑里。能尽快亲自着手斯凯珀斯的谋杀案，对他来说，那是举足轻重的事。卡尔米内有自己的工作方式，不会同时处理几起案子。埃文·皮尤和德斯蒙德·斯凯珀斯的两起案子显得很招眼，他们的杀手都是残忍的冷血动物。

现在先把登巴院长的事情搞定。

两个查伯的学院，他驱车赶至霍洛曼格林的北侧时，心中想到。枫树街将广阔无边的公园隔成了两半，园内树木挺拔，虽有些光秃秃的，但仍是蔚为壮观，成片栽植的紫叶欧洲山毛榉，为沐浴在阳光中的小草撑起了保护伞。已培育的花圃五月就将争奇斗艳，秀色可餐。水仙花的新枝亭亭玉立于刀片似的丛叶上，很快就将尽情绽放。到五月的第一个周末，珍贵的山茱萸花的海洋将会令人心旷神怡，那时格林游客云集，都会狂热地连连拍照留念。霍洛曼格林是春季观光客的必游胜地。

北格林大街的另一侧全部属于查伯大学，只有普林斯顿可与查伯的校园媲美。各学院坐落在花园和芳草茵茵的土丘间，像哥特式教堂那样宏伟的斯凯芬顿图书馆矗立在很远的地方。大多数最古老的学院坐落在格林的最远处，五叶地锦将成排有序的18世纪建筑遮盖得密不透风。靠这一边是联谊会的房子，还有秘密社团和后来建起的学院。有些是维多利亚时期的哥特式；有些是乔治王朝时代房子的仿制品，那种样式的房子19世纪末20世纪初非常流行；还有一些是20世纪的现代奇观。卡尔米内一脸怪相地走过呈X形延伸的巴拉塞尔士学院，完全忘记了两个月前曾和戴斯迪莫娜伫立在那里，欣赏着那简朴的大理石外观，还有矗立在门口两侧的亨利·摩尔的铜像作品。

但丁学院非常古老，它的匿名的设计师并不在乎流芳百世；他建造了山墙及许多屋顶窗，非常渴望把自己的作品隐蔽在五叶地锦中。然而，这个学院已经被毫不留情地现代化了，过多的浴室，宽大的厨房，学院内的洗衣设施也非同寻常，现在这些都成了引为自豪的玩意儿。学生的房间不如巴拉塞尔士学院的宽敞，可它们也不需要那么大。但丁学院的宿舍都是单人间。因是男女同校（在查伯的学院里第一次大胆尝试公共沐浴），约翰·柯克布赖德·登巴院长已决定将学生的宿舍按楼层分开，让女本科生住在阁楼上。

“我们一共有 100 个男生，只有 25 个女生，”被派来接待德尔蒙尼克的马库斯·赛茹斯基博士说。“明年我们有 50 个女生和仅仅 75 个男生入学，不过车到山前必有路。你可以想象得到，男校友一直激烈反对女生入学，我们怕的是男校友已经大大减少了他们的资助。在过去 250 年里，查伯只招收男生，很多人简直就无法忍受查伯男女同校的状况。”

卡尔米内听着，就好像他以前从没听到过这种事。他好奇的是霍洛曼的师生怎么会与城市中的师生有着天渊之别，他们想当然地认为，城里的人们不会对这种新的社会骚乱感兴趣——或意识到这种事。

“巴拉塞尔士明年还应该招收女生，”赛茹斯基博士接着说，“可他们会觉得好办许多，因为他们能让一半学生住在楼上，另一半住在楼下。”

卡尔米内认为，这样的安排会使女权主义者不开心；她们需要的是真正的一体化的待遇，也就是说男女生要住在同一层楼上。卡尔米内怀疑，这样做的目的是尽量使男生们过得不舒坦，但他还没有搞明白这到底是为什么。

“我相信，科纳科皮亚资助建立的是一个女子专修学院，”他板着面孔说道。

“对，但那所学院要到 1970 年才会完工，”马库斯·赛茹斯基回答道。他的博士学位论文大概研究的是中世纪手稿或是诸如此类的深奥东西；但丁学院以容纳具有非同寻常天赋的学者而闻名。他打开了门，他们走进镶嵌着一些黑木板的大房间，里面大部分墙边都矗立着定制的书架，架上摆满书籍——全都整齐划一！“这就是登巴院长的书房。”

“这也就是案发现场，”卡尔米内四处张望着。

“是的，探长。”

“当时在场的四个学生今天在这儿吗？”

“在。”

“院长夫人波林·登巴博士在吗？”

“她在书房里恭候您。”

卡尔米内看了一眼一个小笔记本。“请叫特伦斯·阿罗史密斯先生来一下好吗？”

赛茹斯基博士点头离开，卡尔米内在那里徘徊着。离书桌最近的是一把主人用的大皮革椅子，显然是登巴院长曾经坐过的；周围的波斯小地毯脏兮兮的，椅子座上及扶手上也一样肮脏，这有几分不祥的兆头。当听到敲门声，他及时朝门那边望去，看到一个真正有学者派头的人走进来：肩膀溜圆，背有些驼，厚厚的眼镜后面的双眸暗淡无神，丰满的嘴唇呈深红色，而那张脸蛋实在难以形容。他的呼吸加快，放在门上的那只手颤抖不止。

“特伦斯·阿罗史密斯先生吗？”

“是的。”

“我是卡尔米内·德尔蒙尼克探长。请坐在登巴博士死亡时你曾坐过的椅子上好吗？”

特伦斯·阿罗史密斯默默地走过去，战战兢兢地坐在椅子边上，像兔子盯着蛇一样凝视着卡尔米内。

“就当我对发生的事一无所知，告诉我发生的一切，原原本本地都告诉我，包括你为什么要到这里来。”

有一会儿工夫，年轻人沉默无言。然后他舔了舔那令人讨厌的绯红嘴唇，开了口。“每隔两周的周一，院长请我们喝咖啡——除院长外，我们上次都喝了咖啡。他喝的是从曼哈顿一家商店买来的茉莉花茶，就是有人说，他们喜欢喝茉莉花茶，他也从没请我们喝过茶。院长说了，他的茶非常贵，除非我们最起码成了高年级生，否则就不能品尝茶的味道。”

卡尔米内觉得，这很有意思。院长高傲地反复絮叨自己的那点嗜好，他的学生客人对此很不领情。尽管特伦斯·阿罗史密斯几乎还没开始讲他的那点事，可卡尔米内已经有了这样一种印象：学生们不太喜欢院长。

“院长邀请的都是大三或大四的学生，”年轻人继续说道。

“我是四年级学生，是个常客，这也是很常见的情况。这就像为喜欢的人举行的一次咖啡聚会。院长是研究但丁的权威，像我们这些研究意大利文艺复兴文学的人算是他的得意门生。你要是研究歌德或者更现代一些的作家，像皮兰德娄等，院长是不会邀请的。”

“他说话很详细，”卡尔米内心中想到，“他会把不少情况端给我的。”

“我正在写一篇有关薄伽丘的论文，”特伦斯·阿罗史密斯说，“登巴博士很欣赏我的论文。每隔一周的星期一他开一次课。但糟糕透顶的是他老忘记时间，所以，随后有课的学生有时就得迟到，进不了教室。如果课很重要，我们会觉得很沮丧，可在他把所有要讲的内容全部讲完之前，他不会让任何人先离开。他总是希望能互相谦让着点，所以我们知道催促他赶快讲完也没用。”

“昨天的课有什么异常吗？”

“没有，探长，我们中谁也没有注意到什么。其实，昨天院长的心情很好——他甚至还讲了一个笑话！日常课上他都很严肃。我们十点准时走进教室，直接去餐车，倒一杯咖啡，拿一块糕点。我们在做这些事情时，院长走到食物橱子那里，拿出了盛着他袋装茉莉花茶的小盒子。我记得，他看到盒子里只有一袋茶，很上火——他说，应该有三包才对。我猜着，我们都通过了检查，全是清白的，因为他并没有责怪我们中的任何一个人。我们坐下的工夫，他拿着那包茶走到餐车旁，那儿有一只专门为他盛开水的暖瓶。”阿罗史密斯浑身哆嗦着，又开始颤抖起来。“我当时一直看着他——说起丢了的茶叶后，我觉得，我们都在看着他。他撕开了茶叶袋，把它扔在了餐车上，然后把袋装茶叶放进杯子里。”

“会不会有人拿错了他的杯子？”卡尔米内问。

“不可能。首先，院长的是一只精美的瓷杯子——其他的都是厚重的普通陶杯。其次，杯子两边都用哥特式德语字母写着‘院长’二字。我猜想，这种 15 世纪的意大利的书法还不够华丽，不过按他自己的说法，这是他妻子送给他的杯子。他朝杯中倒上开水，端到椅子边坐下。他的微笑看起来太——自鸣得意了！我们知道，这又会是一个很漫长的上午，他又有些新鲜玩意儿要讨论。

“就是那么回事。‘先生们，我发现了一些很有趣的东西想跟各位分享，’他开腔了，不再去吹杯中茶水的表面。有意思，我对那事记得很清楚！他哼了一声，说了一些我们都没有听清的话——我们回想起来，觉得可能是说到了茶的事。然后他把杯子举到嘴边，轻轻地啜了几口——茶水一准是滚烫的，可他又真正勉为其难般地啜了几次，就好像要告诉我们，我们没有那种内在的毅力去喝滚热的茶。虽然比尔·帕特里奇老说，首先是院长脸色起了变化，但我觉得，紧接着出现的是一些噪声。老实说，是哪一种变化并不太要紧。他开始发出一种像是要窒息的咯咯的噪声，脸也一下子变得通红铿亮。他像是从头到脚都伸展开了，像一块木板一样又直又硬。嘴里吐出了白沫，但又不像作呕时要吐的那个样子。他的双手四处抽打，双脚打鼓一般咚咚地敲着地板，口中白沫四溅，动作也越来越疯狂，而我们——我们就像是麻木了，坐在那儿呆呆地看着！约摸过了快一分钟，比尔·帕特里奇——他是我们中最有科学头脑的——忽地跳起来大喊道，院长发病了。比尔拔腿跑到门口，大喊着找人去叫救护车，这时我们其他的人都直往后缩。比尔又跑回来检查院长的脉搏，看了看他的瞳孔，把耳朵贴在院长的胸前。然后他说院长死了！他不让我们任何一个人离开！”

“一个很有头脑的年轻人，”卡尔米内说。

“没准是吧，”特伦斯·阿罗史密斯冷冰冰地说，“可那确实毁了一天的课程！救护人员又叫来了警察，我们知道的下一件事，就是大家都在讨论毒药的事，比尔·帕特里奇说，那是氰化物。”

“他确定这么说的吗？阿罗史密斯先生，他这种猜测的根据呢？”

“一股杏仁味。可我并没有闻出是哪种杏仁的味道，查理·廷德尔也没闻出来。两个说闻到了，两个说没有，这都于事无补呀，”阿罗史密斯先生说。

“登巴院长从动嘴喝茶到他死亡那会儿有没有说什么话？”

“他一个字都没说出来，只是发出了一些叫人讨厌的声音。”

“装袋茶的那个纸包呢？你说，院长把它丢到了餐车上。有没有人走近它？”

“先生，我在书房的时候，没有人过去。直到犯罪病理技术人员过来，我才离开。”

“那他是顺手扔掉了，还是把它揉皱了？”

“他撕开纸包，拿出了袋茶，接着就扔掉了。”

从特伦斯·阿罗史密斯口中得到的有用的情况就是这么多。实际情况证明，那四个学生能起到的作用也就这么多。特伦斯·阿罗史密斯冷静的案件描述很值得赞许，就连最有科学头脑的威廉·帕特里奇先生，也没能对他的描述添加什么内容。帕特里奇所关注的就是氰化物而已。所以，卡尔米内调查完了他们，宽慰地松了一口气，然后就转过拐角朝院长夫人的书房走去。

院长夫人也是学院里的高层，卡尔米内坐在县服务中心自己的办公桌前，就已经查明了这一点。让他意想不到的是她那特别超然的态度。她身材修长，许多男人都会觉得她魅力四射。一头赤金色的秀发在颈后挽起了一个柔媚的发髻，冰清玉洁的肌肤让人难以猜出她的年龄，清秀的面庞使卡尔米内想起了完美无瑕的格蕾丝·凯利，眼睛则是黄色的。他若曾见识过明星的话，那她就算是一个大腕明星。

她握起手来短促有力，让卡尔米内坐到一把舒服的椅子上，然后自己坐到另一把椅子上。在他看来，那就是她除了坐在办公桌后面的时间外自己的坐椅了。

“登巴博士，我对您的损失表示诚挚的慰问，”他说。

她心中思考着他的话语，缓缓眨动了一下眼睛，轻柔简洁地说：“是啊，那是我的损失。幸好我还在聘期内，约翰的死并没有影响我的发展。当然了，在莱锡斯特拉特学院1970年建好前，我会搬出院长的寓所——我有可能成为院长——我会在女孩子们住的楼上有一个房间。”

“您不觉得那样很受约束吗？”同时卡尔米内对她引导的话题感到很有吸引力。

“不会的，”她仍镇定自若。“约翰占据了公寓中五分之四的空间。我的活动也就在这个房间里。”

这像院长书房的翻版，不比它小。他盯着一排排的书籍，大部分可能都是德文本。“登巴博士，您是研究莱纳·玛利亚·里尔克诗歌的名副其实的权威。”

她满脸惊讶不已，好像一个城里的警察不该知道那个名字。“对，是的。”

“换个场合，和您畅谈一准很开心，因为我也是个里尔克迷。可您先生的去世才是我今天真正关心的话题，”他皱起了眉头。“登巴博士，恕我冒昧，从您的相貌举止看，你们之间很淡漠？”

“是的，”她回答道，“掩饰也没什么意义。如果你和但丁学院任何一个教员谈起这事，他们都会给你相同的答案。约翰和我结婚只是为了方便。一个男人要成为一位院长，就必须结婚。一个学者所拥有的一切对娶妻成家来说具有一种优势。可说实话，我对此很冷淡。约翰已有所准备不计较这一点。虽说他向来都很小心，可他的性欲一直怂恿他追逐着妙龄女子。他不得不异常小心！他的志向是当常春藤联盟大学的校长，并具备了所有的先决条件，其中还包括有一位曾乘坐五月花号的祖先。我自己的志向和他的没有一点冲突，”她眨了眨巧施粉黛的眼皮。“我们一直过得很融洽。我为他出的这事感到心烦。”

“昨天上午他有什么异常吗？”

“没有，没什么特别异常的。要说有的话，那就是他的心情比平时更开朗。我们吃早饭时，我对他说到了这一点——我们在餐厅用的早餐——他放声大笑起来，说他有个好消息。”

“那他告诉你是什么好消息了吗？”

那双黄色的眼睛睁得很大。“约翰？探长，那得猪会飞。坦率地说，他是在折磨我。”

“你知道出事时，当时的感觉怎样？”

“震惊。是的，我认为，这是描述我当时心情最恰如其分的字眼。约翰绝不是那种招致别人谋杀的人——至少不是以这种方式杀死他，还在他自己的书房里。更不可能是以这种巧妙的方法，人们也许会称这为一瞬间微妙的痛苦。”

“怎样的谋杀才不会让你感到震惊呢？”

“嗯，一些暴力手段吧。枪杀——殴打致死——刺死等等。无论一个人多么小心翼翼，要与年轻女孩调情都非常危险。她有父亲、兄弟，还有男朋友。因他有着特殊的天赋，就从没有畏惧过这种后果，那可真是天赋！任何私通关系一般持续三到六个月，这要取决于女孩的性欲和智商的愚蠢程度结合得怎样——他选择女孩并不是因为她们头脑聪明。可一旦他开始厌倦一个女孩，就会变得吹毛求疵、挑剔批评或是厌倦沮丧。而女孩通常会用两周的时间断绝关系，并相信所有的痛苦都是她自己一手造成的。”

“你的意思是说他满足了女孩的自尊心。”

“一针见血呀。探长，他的确有这方面的天才。他玩弄那些傻乎乎的女孩，就像一位艺术家演奏小提琴一样。而当那个女孩中断了关系，她就想把那件事抛在脑后，生怕为他人所知。”

“他吃窝边草吗，登巴博士？”

“绝不会。但丁学院的女孩——这是我们第一年招收女生，当然——是绝对安全的。他在锡达大街的乔伊煎饼餐馆捕猎物。我猜测，那是来自东霍洛曼州立学院和贝克沃思秘书学院的学生们常去的地方。他在马尔维尔大街租了一套小公寓，从那家餐馆徒步就可走到。他是以加里·霍普金斯的名字去那里的，他说过，这听起来像一个平民百姓的名字，而我很清楚，谁也没有识破他。”

“早晚都会有人识破。”

“探长，不管是谁在他的茶中放进了氰化物，我都深感高兴。”

哇！过了一阵子，卡尔米内离开了但丁学院，心中这样想，约翰·柯克布赖德·登巴院长也真是个人物。凶手害死他前，幸运之神一直在朝他微笑。他有个贵族气十足且貌美如花的妻子，她的学问堪与他媲美，她的冷漠使他沉溺在与大学女孩的危险爱恋中，他不该翻船啊。换句话说，如果他妻子所言属实，他是不会栽的。她没有任何理由撒谎。无论死活，登巴院长已保证了她会前程似锦。但他很少遇到过这样一个冷若冰霜的女人。她丈夫也一样冷漠吗？不，应该不会。至少他还有比学问更高的欲望。他的年龄多大了？36 岁。有足够的时间去攀登学术的阶梯，不是在他的领域追求教授的职衔，而是想做大学的管理者。M.M.是查伯的现任校长，还有再干整整十个春秋的时间，但查伯大学的秘书亨利·霍华德就要在四年后退休了。莫森·麦金托什一直被称作 M.M.，然而汉克·霍华德一辈子也没有做到被人叫作 H.H.，这也真是有点怪。

已是下午三点左右，该回到县服务中心去看看他的手下都发现了些什么情况。

阿贝和科里共用一个办公室，卡尔米内走进去时，只有阿贝在那儿，正在埋头看那些成捆的文件。

“阿贝，怎样了？”他问。

“斯凯珀斯的谋杀案嫌疑人挺多，”阿贝回答。“明天我会给你一份一英里长的文件。”

“妙啊！”卡尔米内边说着朝对门走去。

他到帕特里克那里匆匆瞅了一眼，发现没有多大进展，于是去了地下停车场，上了福特费尔林，车的引擎仍然在冷却中。他没有心情闲荡着等待司机，就自己开车驶向卡特赖特的住处。而且还得让迪莉娅做一些案头工作。

卡特赖特一家人的心情已发生了巨大变化；因害死了吉米，格兰特已被拘留，一张阴郁的大幕笼罩在卡特赖特家的其他三个人身上。俯仰之间他们惊恐地意识到卡西的离世。高傲的公主塞尔玛在厨房试着准备晚饭，眼泪哗哗地流进一碗煮好的弯弯曲曲的通心面中。台子上摆放着几种不同口味的奶酪和一纸箱牛奶。卡尔米内对她油然生起恻隐之心。

“擦一杯奶酪，切达、帕尔马和罗马诺①，每样都放一些，”他顺手撕下一张纸巾递给她。“擦擦脸，擤擤鼻子，然后你就能看清了。”他顺手扯起一根通心面扔进嘴里，接着做了个鬼脸。“做饭的水中不要放盐。”

女孩照吩咐做了，然后两眼紧盯着橱子里。“擦丝器是什么样子呢？”她抽泣着问。

“这个，”卡尔米内顺手从橱里拿了出来。“拿着那块奶酪紧贴着它，向下擦——在盘子上，不要在台子上擦。看着计量器，要把每种奶酪分开。你做吧，我去找你爸。干完后，等我一会儿，好吗？我们会熬过去的。”

杰拉尔德·卡特赖特在楼上办公室里，像女儿一样哭得很伤心。

“我不知道该做些什么，怎么办才最好，”卡尔米内进来时，他无可奈

①切达、帕尔马和罗马诺均为奶酪名。

何地说。

“首先要把你妈妈接来。还要把你的或她的一个姐妹叫来。你对家庭琐事一窍不通，就没法培养女儿，使她成为一个训练有素的管家——吉米出生时，你就该雇一个，那样，至少格兰特那一半的乱子就不会发生。卡特赖特先生，你能雇得起保姆吗？”

“探长，现在不成，”卡特赖特心情万分沮丧，已无力为自己辩解。“米歇尔刚刚甩手走人——他已到奥尔巴尼的一家饭店去了。现在我需要决定埃斯卡哥特餐馆该怎么办——关门还是改变风味和名字继续干。”

“对此我无能为力，先生，可我确实要提个建议，你少考虑一下生意，多考虑下孩子！”卡尔米内尖刻地说。他一屁股坐下来虎视眈眈地看着杰拉尔德·卡特赖特。“不过，此时此刻，我想了解的是你妻子的情况。你已有时间考虑，我希望，你下功夫思考过了。她有仇人吗？”

“没有！”卡特赖特深吸一口气。“没有！”

“在家中，你们有没有互相吹枕边风？”

“我想是有的，只要吉米让我们谈。”

“你们俩都是谁在说呢？”

“两人都说。她老是对米歇尔干什么很感兴趣。她觉得，我对他手太软。”卡特赖特停下来擦了擦眼睛。“她常聊到吉米的事，也谈到其他孩子是多么不开心——你讲得对，她一直要求有一个全职保姆。但说句真心话，我觉得，她有点夸张！我们一直叫威廉斯太太每周做一次大扫除。”

“你夫人有没有跟你提起过有人悄悄跟踪她，或是骚扰她？她的朋友都是什么样子？她和朋友处得来吗？”

“探长，还是和我以前说的那样。卡西没有空闲去参加社交活动。也许其他的太太们会对狡猾的朋友多有抱怨，或者对从法林地下商城购买的商品多有牢骚，可卡西不是那号人。她从没有提起过任何一个男人。”

“所以你一点也不知道为什么有人会杀害她？”

“是的，一点也不知道。”

卡尔米内站起身来。“卡特赖特先生，对你的生意要快点拿定主意，叫一些亲戚过来。要不然，没准你又会让小杰拉尔德惹上法律麻烦。”

杰拉尔德·卡特赖特脸色苍白，自卫般地把头埋在书本里。

小杰拉尔德在隔壁的窝里，目不转睛地盯着那台超大的电视。卡尔米内走过那儿，有点专横地招呼了他一声。

“孩子，快点，把电视关上。你姐姐在厨房呢，她需要个帮手。”

孩子闷闷不乐地照他说的做了。他拖拖拉拉地跟着卡尔米内下了楼。

奶酪擦好了，但坚实的帕尔马把力道反弹回来，擦出的丝弄脏了，塞尔玛在吸吮着指关节。

“小杰拉尔德，拿个创可贴来，”卡尔米内一边检查着伤口一边指挥着。“擦奶酪的第一课：擦的时候要小心你的手指头。”

他往通心面里撒了一些盐，接着一边琢磨着一边教塞尔玛怎样做一份还算说得过去的奶酪酱，然后让她把一半的帕尔马和面包屑混在一起，撒在通心面和奶酪上。把这些东西放进烤炉后，卡尔米内坐在了厨房的凳子上，发现了卡西·卡特赖特的一本《快乐烹饪》，从中挑选了六个简单的菜谱供塞尔玛学习。她表现出了一些热情，在卡尔米内的帮助下，做出了第一顿可吃下肚的饭。这位公主还只是学会了些皮毛的东西。

“塞尔玛，你听说过妈妈有什么仇人吗？”他在用大拇指掀着烹饪书。

“妈妈？”女孩看起来满腹狐疑。“没有！”悲伤的神情第一次在她的眼里闪烁，她迅速地眨着眼睛。“探长，她哪儿有空闲去树敌？”

他放下烹饪书，滑动了一下凳子，轻轻拍了一下她的肩膀。然后，正要从内门出去，他的目光落在了小杰拉尔德身上；他的双唇绷得紧紧的。

“你呀，”卡尔米内边打开后门，边对她弟弟说，“今后要分担一些家务活。要是塞尔玛做饭，你就得洗衣服。”

啪！小杰拉尔德愤怒地反抗，把门哐的一声恶狠狠地关上。

卡尔米内朝自己的车走去时，咧开嘴笑了。他个人卷入这种家庭悲剧中，这是很少有的事，但卡特赖特一家真是个特例。不只是一个，而是两个人被杀了，还是不同的凶手所为。他们还得活下去呀，没法指望两个杰拉尔德，只能靠塞尔玛。她虽还不知道如何下手，但他来时，她已经试着动手做饭。这场家庭悲剧使她跌入了深渊，但她正荡起人生的双桨奋力地向前划。

▶▶|

卡尔米内回到县服务中心，发现桌子上的文件摞得很高，他坐下来，感觉有迪莉娅·卡斯泰尔斯做他的秘书，真是幸运。她碰巧是约翰·西尔维斯特里局长的外甥女。他扫了一眼那些整整齐齐的文件，心中想到，裙带关系的影响力还是很有市场的。迪莉娅同他的上尉职衔一样是他所继承的一笔财富；中尉就不能配秘书，他们得靠打字室或自己的技能打字，还得自己整理文件。迪莉娅先前为仍是卡尔米内上级的丹尼·马尔恰诺工作，而丹尼只大声地叹息了一声，就把她放走了——用两个秘书取代了她，这也真叫人感到有点出乎意料。

她从那间狭小的办公室来到这里，因为那间办公室四面墙全都挤满了庞大的档案橱，显得很小。

“来得正是时候，”她随手把一摞文件分放在了不同的文件堆里。

迪莉娅芳龄30，身材矮小，穿衣风格自认为很时尚，可卡尔米内私下里说，她的衣着让人触目惊心。今天迪莉娅穿了一身五彩缤纷的时髦织品套装，裙摆刚好到膝盖。她那双粗壮的腿就宛如大钢琴的腿，支撑着她那油桶状的身体和衣服上繁重的珠宝饰品。脸上浓妆艳抹，满头鬈发呈现出几无可能的深粉色。那双狡黠的浅褐色眼睛周围施上了厚厚的脂粉，不停地眨动着，足以取悦埃及女王克娄巴特拉。迪莉娅的母亲是西尔维斯特里局长的妹妹，父亲是牛津大学教师，她在英国出生长大，是父母结合的唯一产物。

迪莉娅的双亲都对她很绝望。而她根本不需要他们的任何指导；她一清二楚要做什么，到哪里去做。她去了伦敦一所顶级秘书学院学习，并以班级名列前茅的成绩毕业；证件和文凭一到手，她打起行李爬上了去纽约的飞机。她到了那里的纽约警察局总部的打字室工作，而且很快就成了一位副局长的私人秘书。可惜他的大部分工作都和社会不公相关联，于是迪莉娅很快就明白过来，她一门心思想调换一下工作，要到想去的刑侦科。纽约警局天地很宽广，而她干自己的那一行又很出类拔萃。

于是她上了去霍洛曼的火车，求约翰舅舅给她一份工作。因前些天不断挂断她的电话，这次西尔维斯特里不顾自己讲过的有关裙带关系的大话，就留下了她。约翰不是为自己打算，而是考虑到丹尼·马尔恰诺的管理工作太繁重。迪莉娅对警察工作了如指掌，但直到卡尔米内升为探长，约翰舅舅才知道，外甥女渴望的是鲜血横流的场面。迪莉娅曾哀求道：我能为谋杀案专家德尔蒙尼克工作吗？

"这些我得读好几个钟头，"卡尔米内对她说。

"我知道，但这些都绝对吸引人哟，"迪莉娅用纯正的牛津口音回答道。"一天之内发生了 12 起谋杀案！"

"别唠叨了，你这个讨厌的女人！"

迪莉娅开怀大笑起来，踩着高跟鞋活蹦乱跳地出去了，把老板一人撇在那里眼巴巴地盯着满桌子的材料。从哪里下手啊？

拉里·皮萨诺办的案子很具逻辑性，三起枪击案和一起妓女的案子。

三种不同的手枪全都使用了消音器。开枪时为什么都要消声？凶手用那三把手枪时是怎样命令受害人的？到现在一直没有答案，这就有些讲不通。使用消音器表明他们是职业杀手，与霍洛及阿盖尔街区普通的枪杀不一样。这就是说，要干掉三个无辜的黑人，得花一大笔钱……他们到底知道些什么，以致有人要出如此大价钱买凶杀人？皮萨诺和他的小组已经煞费苦心地搜寻过，但一无所获。那个老太婆上了年纪无力伤害他人，三个年轻人也都是良好居民。三个人的血液分析报告全都放到了那堆材料中，未显示他们之前或死亡当天早上使用过任何违禁物品的痕迹。他们不是那种经凶手深思熟虑挑选出的谋杀对象，就是看上去普普通通的那副样子。

然而就是这三个人给选中，被人精心谋划杀害了。他们都是些职业杀手，从不冒险。整个事件使卡尔米内产生了这样的强烈印象：那是不是州外的人干的。康涅狄格州虽也有一些黑人好斗分子、歹徒和无赖，但他们还不会去花钱求助那些受人雇用使用消音器的杀手——那些能干的杀手可在大街上抓住分秒的时机，在受害人被人们发现倒下之前，他们就已经在不知不觉中溜之大吉。

好吧，卡尔米内思虑着，把枪击案放一放吧，我就假定那些凶手是州外的。只要我想好彻底的调查往哪个方向去会有结果，我肯定会让拉里·皮萨诺和他的手下有新发现。

接下来，他开始考虑拉里的最后一个案子，有关那个妓女的案子。大家都熟悉迪伊·迪伊·霍尔，绝不是因她总是惹麻烦，远不是那么回事。尽管她在街上当妓女，但她有自己卖淫的圈子，也从没有偏离过那个范围。帮她拉客的男人叫马蒂·费恩，部分是因为他的帮助，迪伊·迪伊·霍尔才避免了一些麻烦。作为皮条客，马蒂为人挺随和，很看重迪伊·迪伊，不想怠慢她。她虽已32岁，做了18个春秋风风雨雨的皮肉生意，但她过得要比大多数人都好，仍是花容月貌，楚楚动人。卡尔米内回想到，可惜呀，她要是再年轻几岁，就可以不做妓女，成为一个应召女郎，但当应召女郎满大街都是时，她也就已人老珠黄了。迪伊·迪伊·霍尔身高六英尺，她的身高全靠那双修长的玉腿，身段非常妖娆性感，黄铜色的头发，碧绿的眼睛，牛奶咖啡色的肌肤。所有这些优势为她赢得了不少的客人，但这些还不是她出名的原因。她出名是因为她的口交很厉害，据说她吸吮的次数比爱斯基摩·内尔还要多。这一特殊技能意味着不会导致意外怀孕，因此她才能保持健康窈窕的体形。她的皮条客马蒂·费恩以满足她吸食海洛因的癖好为手段纵容她，保证她在阿盖尔街区贫民窟边上的房间里有洗浴间和小厨房，能享受到清洁和干洗服务。迪伊·迪伊·霍尔是他的头号钱袋子。

拉里亲自办理这起案子，在他看来，马蒂·费恩对自己的损失感到就像是塌了天。在迪伊·迪伊·霍尔和马蒂居住的贫民区里，不管拉里怎样详细地盘问那些衣衫褴褛的居民，都找不到任何证据证明这个皮条客和妓女之间发生过什么争吵。案发那天凌晨大约两点，还有人看见他俩休息时在一起咯咯地笑。马蒂就成了已知的人中最后一个看见迪伊·迪伊·霍尔活着的人。她的地盘在霍洛曼市政厅后面，那里的人们可没有市政厅前面的居民有素质。那片地方有停车场、车间、仓库、蓝领工人的办公室，夜幕降临后，那里就空落落的，只剩下几个闲荡着寻找一点性刺激的人，如查伯的学生、商务游客和上夜班的工人等。

得知迪伊·迪伊·霍尔遭谋杀后，马蒂·费恩很难过，甚至到了悲痛欲绝的地步。他很快提供了所知道的经常去找迪伊·迪伊·霍尔的嫖客的名字。盘问那些男人不免有些尴尬，他们极愚蠢地否认自己和迪伊·迪伊·霍尔有任何干系。年轻的查伯学生在接受盘问时还有些激动，但很快就明白，他们成了一起杀人案的嫌疑人，于是那些有权势的父亲们立即要求见他们的律师，并且都尽力三缄其口。待律师们得知，他们的委托人只需提供信息，不是犯罪嫌疑人，他们就都很配合，但最终没有半点结果。迪伊·迪伊·霍尔的死亡仍笼罩在神秘中。

"毫无结果，"卡尔米内自言自语道，将妓女的案件与那三起枪杀案归到了一起。不管是谁杀了那个妓女，杀手都像波林·登巴一样沉着冷静，虽然他心中也在怀疑，那是不是她干的。凶手不会来自另一个州，因为他确切地知道在哪里能找到那个倒霉蛋。没准是一个以前她给对方做过她那传奇性的口交的人？马蒂·费恩呀，哭死你吧！你要再物色到另一个迪伊·迪伊·霍尔还不知得等到哪辈子呢。

卡西·卡特赖特在她的残疾孩子把尿布弄得一团糟以前，就被人杀害了。她的案子和德斯蒙德·斯凯珀斯的案子有些相像，但又不是很像。那杯下了药的波旁酒让人感觉悲伤，想一想吧，那个可怜的女人为了睡一觉还得喝下一杯文明社会的酒。当她感觉到了水合氯醛的药效时，她可能根本没想去抵抗，只是觉得有些人困马乏，就想着安安稳稳地睡上几小时，生怕吉米会吵醒她，使她睡不安生。帕特里克认为凶手立即给她注射了戊巴比妥；她可能是那天夜里的第一个受害人，很快就咽了气，没有经受过什么痛苦。她是由于脑干生命中枢渐渐失去功能而丧命的，她就这么悄没声息地走了。她身上的什么因素激起了杀手的恻隐之心呢？死亡情况说明凶手对她很仁慈，也对她遭到这种命运感到很遗憾。

卡尔米内呀，卡尔米内！他直挺挺地端坐着，意识到汗水从脖子后面顺着肩胛骨淌下来。你一直都在认为好像只有一个凶手！但那是不可能的。那么多次犯罪都几乎同时发生于近在咫尺的许多不同地点。那么除非有些谋杀案是雇凶杀人？但那需要巨额资金和周密的策划。若是你平心静气地查看一下这些案子，就会发现，你错得有多离谱……在大体同一时间，这样肆无忌惮地大开杀戒的唯一原因就是要搞恶作剧，这也太荒唐了。显然是荒唐到家了！想一下这要冒多大的险啊！凡是有足够智慧搞这样一个阴谋的人，是不会去谋划此事的。

卡尔米内呀，就认了吧，当你得知德斯蒙德·斯凯珀斯也在死者中，才产生了这么个想法。凶手试图用其他谋杀案的压倒效应来掩盖这起案子的重要性，你真是聪明绝顶！要是谋杀案的数量再少一些，这个想法还站得住脚。另外那十起案子又该怎么说？吉米·卡特赖特的案子转移了注意力，但其他的案子看起来都是有预谋的。再作四起谋杀案较如意，也可能好下手一点。十起？疯了！

除非……卡尔米内，除非所有那些人都得死。除非3月20号到4月3号之间发生了什么事情迫使凶手采取这一特殊的解决办法。不过是什么事呢？噢，卡尔米内呀，卡尔米内，不要像疯子一样把你的工作想得过于复杂！你没有胆量把这猜疑告诉任何人，连对约翰·西尔维斯特里也不敢漏一点口风。

卡尔米内心中知道，虫子已经生了出来，正在他的脑袋里蠕蠕爬动，点亮了每条隐蔽的黢黑裂缝。他把卡西·卡特赖特放进“已过目”的大堆材料中，顺手拿出科里整理的比安卡·托兰诺的档案。

比安卡，22岁，十个月前从宾夕法尼亚来到霍洛曼。科里根据比安卡公寓中的书信和其他证件推断，她是宾州州立大学经济学专业毕业生，想拿到哈佛商学院MBA学位。但眼下她手头正缺钱，所以在卡林顿机器零部件公司找了一个行政助理的工作。这是科纳科皮亚在霍洛曼周围星罗棋布的子公司之一。她的工资很丰厚，做得也很成功，在霍洛曼国家银行的存款也增长得飞快。她的住所在梧桐树大街一个三口之家房子的顶楼，离卡尔米内妻子的老公寓还不到一条街，这个发现让他不禁打了一个寒战。那里唤起了他对戴斯迪莫娜昔日所遭痛苦的回忆，那些该绞死的臭警察本应该把守着她的前门。那是一个很友善的社区。可曾发生过戴斯迪莫娜的事情，现在又是这个。

房东看到她的前门大开着，喊叫了几声，没有人回应，进去后，发现她赤裸裸的躯体躺在卧室的地板上。据帕齐说，她饱受了折磨，一双长筒袜在她脖子上一会儿勒紧一会儿松开，凶手用烟头烧她，用剪刀剪她，挥动镊子刺她，并把一只破瓶子捅进阴道杀了她。除了几次短暂的窒息外，整个过程她都很清醒；血液中并未发现任何药物。

通过询问她的同事，了解到她不善交际，但也从不羞羞答答。她与老板詹姆斯·多利在工作层面上关系非常友好愉快。因为她很妩媚迷人，很多人请她共进晚餐或看电影，她接受了几次邀请，都没有出现浪漫的结果。那些男人痛苦地解释道，比安卡表现得非常冷淡，没有给过男士一丝鼓励。她的房东是一位很有好奇心的老人，说道，他可凭一堆《圣经》发誓，她没有过一个男客。托兰诺小姐就是心如止水。她的女同事们也没有给科里提供什么线索。她曾参加过一次咖啡聚会，在聚会上，也咯咯地笑个不停，但是给其他女士的印象是比安卡要拿哈佛的MBA绝对没戏。她们确确实实告诉过科里，她在斯克兰顿的家庭并不幸福，与家人没有任何联系，非常乐意侧身他乡。她曾出过门吗？科里问。有时候出去吧，女人们回答说，通常是因为多利先生送给她一些剧院的票或是参加一些他无法到场的活动。唯一一次她没有受他的邀请去参加的是一场慈善舞会——她说，没有一件时髦的礼服。

又是一无所获，卡尔米内心想，然后把比安卡·托兰诺放到"已过目"文档堆里。如果科里希望比安卡的案子会使自己在选拔小组面前大放异彩，那他就错到家了。他的案子和阿贝的一样没有一点斩获。

阿贝对比阿特丽丝·埃格蒙特的案子算是竭尽了全力：从垃圾工到她周围邻居的儿子，每个线索都不放过。她的人格魅力使她平凡的生活变得很高尚。每个认识比阿特丽丝·埃格蒙特的人都喜欢她。她从不干涉别人的事务和生活，总是以得体的手势向别人打招呼，还会给别人一些合理的建议，或一些礼品。虽已守寡多年，她却没去过那种隐居的生活；当地所有的聚会她都应邀去参加，她喜欢乘公共汽车去曼哈顿就餐，观看演出，并购买一些彩票和女童子军牌小甜饼，她的芳名也总会出现在霍洛曼慈善事务的嘉宾名单上。她与市长相知有素，因此就她遭谋杀一事，市政厅找他问过话。据阿贝所查，她家里并未丢失什么东西，她的明代花瓶和佛兰芒挂毯也没人碰过。警察发现她时，她的名仕手表仍戴在手腕上。晚上睡觉前，没有人对她下药，但她的心脏很快就衰竭，她压根儿就没能挣扎。"我根本就没法查出半点她死亡的原因，"阿贝这样写道。

永别了，比阿特丽丝·埃格蒙特，你这个怪可怜的老家伙。卡尔米内把她的档案放在了桌上堆积如山的一摞文件上，剩下的都是他自己的案子：受害者分别是登巴院长、彼得·诺顿、德斯蒙德·斯凯珀斯、卡西·卡特赖特和埃文·皮尤。

明摆着是登巴院长招致了这场灾祸，但他妻子说得很在理：为什么像氰化物中毒这样阴险的死亡发生在他的书房中？凶手本应该在乔伊煎饼餐馆附近用枪、用刀子或用拳头结果了他。这个餐馆是他与店主杰拉尔德·卡特赖特的会合地点吗？根据帕特里克的报告，装袋茶的包上只有一条院长撕开的裂缝。即使在高倍显微镜下也没有看出袋茶上有缝合孔。拿走两包袋茶的窃贼迫使院长一定得用盒子里仅剩的一袋；他命定就得死在这一天，这就使得该案与普通的中毒案件大相径庭。有的凶手随机作案，可是这个凶手却不同。他要受害人今天4月3日死去，那么他今天就死定了……为什么是氰化物？是要确保但丁学院院长不会有一点生还的机会吧。

彼得·查尔斯·诺顿的案子有所不同。卡尔米内只去过他家一次，尽管那杯橙汁是诺顿妻子榨的，但他在那里的所见所闻使他排除了她的犯罪嫌疑。他暂时不去管他们，因为他的妻子作为唯一的成人目击者，已变得歇斯底里。明天他会派阿贝或是科里去，希望能对他的疑问找出一些答案。然而，他曾做过一番推理，首先彼得·诺顿是唯一一个喝了橙汁的人，冰箱里的一罐酸果汁就应是妻子和孩子喝的。她只榨了一杯橙汁，诺顿把它一饮而尽，出门的时候还吃着烤面包片。卡尔米内自己打赌，他怀疑诺顿在乔伊煎饼店又吃了一顿早餐，吃烤面包片、喝果汁是为了安慰诺顿太太。

他遭受了极度的痛苦后，于4月3日身亡。这就是说，凶手试图在诺顿死时造成一个最大的视觉效果。他是在惩罚丈夫还是妻子？那就要看诺顿从失去知觉到断气的时间有多长了。他血液中没有注入任何其他物质的迹象，尽管含糖量大有提高，而且他的动脉血管状况表明，他的饮食主要是汉堡和油炸食品——警察登门例行查询时曾做过记录，他很爱吃这类食物。帕齐迅速跑回去测试了碗及大容器中糖分的含量，因为血液化验结果证明诺顿夫人在果汁里加了糖，那么要是孩子们把它加在麦片里，后果会怎样？但麦片里也未发现任何毒药。帕齐，这个想法很到位！

迪莉娅留下了诺顿的银行结账单及有关文件——她可真是一块难得的瑰宝啊！作为第四国家银行经理，诺顿明显没有财政困扰。他能够量入为出，去年都没有大笔的提款，这是迪莉娅目前核查的时间。他在俄亥俄的家庭很殷实,而诺顿太太则来自在沃特伯里的一个蓝领家庭。

他把这份档案扔进次要的材料中，双眉紧蹙死盯着埃文·皮尤的档案。凭他的直觉,这是一起非同一般的谋杀案。这个案子和其他所有的案子都很不一样。话痨是何等人物?是什么因素促成了这样一种稀奇古怪的谋杀方式?一个捕熊夹!这不是那种精致的样品,用来把熊困在一个地方,直到人高兴了,一枪杀掉;这是陷阱夹子,很大,能把熊夹住致残,哗哗流血死去。对熊来说,这是让它们断子绝孙的利器,而对人类来说,这就成了让他们生存的一种武器。

埃文·皮尤的父母正从佛罗里达赶来。他们居住在那里面向人工河的一座雄伟壮观的大厦里。埃文的父亲曾经营电子产品零售业务,挣了一大笔钱,现已退休,颐养天年。他住的那个地方气候温和,很少下雪。埃文是他们的独苗,因此调查他的谋杀案的警察的日子就要变得极不愉快了;皮尤一家请了律师随他们一起赶来。

还有一起案子,卡尔米内还没有腾出空来去察看现场。他心中有数,这起案子还不用太着急。德斯蒙德·斯凯珀斯的顶层房子已经查封,私人电梯也已铁将军把门,两个火警楼梯通道也都已堵住上锁。阿贝没有浪费时间去那里;他呆在斯凯珀斯的办公室,从这位大人物的下属和熟人那里获得了一些情况。与帕齐交谈后,卡尔米内了解到了他遭谋害的一些可怕的细节。同比安卡·托兰诺的案子如出一辙,虽和性犯罪沾不上边,但斯凯珀斯也受尽了折磨。和卡西·卡特赖特、彼得·诺顿、登巴院长一样,也有人对他下了毒。可是,案子有相似性和差异性,到底哪一点更具有重要意义呢?

卡尔米内呀,你那老一套又来了,又认为这是一个杀人犯所为!你根本就没有半点证据证明这一点，可你也没有丝毫证据证明是多名凶手所为。其实,那个受人雇用的州外杀人犯对大约半数受害人的行动都得心应手,这就是说,那的确是一个智力超群的家伙,至少对那些谋杀案来说是这么回事。为什么不全部雇用暗杀分子来处置所有的受害人?有什么东西能证明这是一个亲力亲为的杀人犯?是的,只有德斯蒙德·斯凯珀斯和埃文·皮尤的案子有这种迹象。这两起案子显示了凶手享受杀戮的快感。如果说皮尤的勒索案与这些凶杀案有关,这倒也说得通,甚至没有书面遗嘱也能说得通。皮尤所要做的只是发发话罢了,警方雪亮的眼睛将重新集中在连凶手也无法解释的地方。那就得再重新回到将斯凯珀斯一人作为主要目标这一点上。但为什么其他人也必须得死?

时间会说明一切,想到自己的这一高见,卡尔米内心中感到舒坦许多。我仅仅是刚开始把案子的框架拆开,接着又重新组合起来。明天我要按常规行事:带上阿贝和科里,我要亲自动手调查每一起罪案。但如果他们手头没有自己的案子,那就糟糕透顶了!如果没有阿贝和科里的帮助,我就像一个截肢的残废。我需要三双眼睛、三对耳朵、三个脑袋才行。

他瞥了一眼迪莉娅房间门上方的那个大钟。已经6点30分了!时间都溜到哪儿去了?她屋里的灯还亮着,所以他把脑袋伸进了大敞着的门里。

“回家去吧,要不那些爱拈花惹草的警察会找上你的。”

“等一下,”她心不在焉地回答说,完全没有把那句玩笑性的恭维话当回事。“我只是想对照一下这些银行记录。我花了一整天时间才搞到手。”

“好吧,但不要老呆在这里。请召集大家明天早上九点在西尔维斯特里的房间开个会。”

现在,迈伦·门德尔·曼德尔鲍姆住在东区,所以他最好还是回家去。

能得到卡尔米内诚挚的赏识的男人可说是屈指可数。他最赏识的要数帕特里克·奥唐奈,列第二位的竟是他前妻的第二任丈夫曼德尔鲍姆。两个人都未结束对妻子桑德拉的爱情,却都把爱完全给了卡尔米内和桑德拉的女儿索菲娅。迈伦虽独守着令人生畏的空阔的大房子,会想念她,想念她和她那飞逝的朗朗笑声,但卡尔米内与戴斯迪莫娜结婚后,他还是毫不犹豫地把索菲娅送到东区，因为他心中明白，她住在东区相对普通的房子里，比继续生活在他像汉普顿宫的房子中要惬意得多。在那个家中，桑德拉对她从未有过兴趣。迈伦有空就给她打电话，尽力避免自己会失去拥有的一切。1952 年，他们俩签下了婚前协议，那时，这种协议还不多见。他死后，桑德拉会得到最多几百万美元的遗产，而索菲娅是他的继承人。他想让女儿继承巨额遗产。他从未想过索菲娅会挥霍钱财，根深蒂固地认为，自己心爱的继女会利用这笔钱干得很出色。从数学到英国文学，所有可接受的学科她都学习过。他还让索菲娅参与了他的一次商业活动，主要是筹资制作电影，监督电影从前期拍摄到后期制作及影院发行的资金情况。她芳龄 21 岁时，迈伦满心认为，索菲娅可以戴上好莱坞制片商的桂冠，如果她喜欢的话，或许会逐步管理他所有的生意。

迈伦知道，卡尔米内怀疑他给索菲娅制订的蓝图，但他们从没有提起过；卡尔米内对索菲娅的地位很敏感，不好主动张口谈起这些事情，迈伦又谨慎过了头。如果他的好友卡尔米内对他商业帝国的扩展有什么高见的话，那就是他不希望索菲娅有太多负担。然而，卡尔米内对索菲娅的认识还是模糊不清的；从她第 2 到第 16 个生日，迈伦实际上在各个重要的方面都成了她永远的父亲，所以迈伦对她更加了如指掌。

而且迈伦仍然健康精神，还希望能快快乐乐地活上很多年。所以当 16 岁的索菲娅在一所好学校和一个充满爱意的家中幸福地生活着的时候，他就没有明白自己为何应该向卡尔米内倾吐心中的秘密。他没想到的是，自己新近失去了心爱的孩子，经受着难以名状的孤独的煎熬，竟已做好准备去应对斗胆对他进行指责的人。

他心中清楚，自己在卡尔米内家总是很受欢迎，所以每次到纽约都会住在东区的房子里，休息上几天。然而，这次到访很突然；这部至少有三位顶尖影星主演的最新电影还不时地在改动。他的借口是电影的资金在纽约，但对卡尔米内来说，这个借口就是谎言；因为资金一直就在纽约。不对，迈伦来这里是因为德斯蒙德·斯凯珀斯的死亡已经成为头条新闻。

当卡尔米内走进来时，迈伦坐在客厅里的一把大椅子上，身边放着一杯肯塔基纯波旁酒和苏打水，正在阅读本周的《新闻周刊》。

他年届五十，比卡尔米内长几岁。盛名之下他具有吸引美女的魅力，倒不是因为长得多么英俊出众，而不过是他手中所操纵权力的副产品。他的脑瓜亮堂堂的，剩下的几根毛紧紧贴在头皮上。他那副显示聪明的长脸蛋上长着一张紧绷绷的嘴巴；索菲娅坚持认为，他的那双灰绿色眼睛能看透人的灵魂。他站起来拥抱卡尔米内时，显得矮小清瘦，身上一点也没有他所崇尚的奢华大宅的影子。

他拥抱完后，朝卡尔米内挥了挥杂志。"你看过这个吗？"

"就是随便翻了翻，"卡尔米内吻了吻妻子——她拿着通常喝的杜松子酒加汤尼水走了进来。索菲娅跟在她的身后，端给他一杯按他喜欢的口味调的波旁酒，是用苏打水稍稍冲淡了一下。

"你必须读一下卡诺斯基关于共产党的文章，"迈伦慢悠悠地坐在椅子上。"特别是从历史层面说来，我已经多年没有读过这么带劲的文章。他细致地描述了中央委员会的每个成员——自从斯大林死后，他们都渴望得到书记的位子——并把斯大林本人的形象塑造得非常具有吸引力。我很想了解一下他的信息来源——这里有些资料我从没见过。"

"一般情况下，我会埋头好好看一下，"卡尔米内沮丧地说，"但眼下不成。我手头的案子多得吃不消。"

"我都听说了。"

"小孩子耳朵长，"卡尔米内提醒道，眼睛对着索菲娅骨碌碌地转。"迈伦，哪个纽约银行家又在敲你的竹杠？"

"你一个也不认识，"迈伦显示出了局促不安的神态，然后耸了耸肩。"我觉得，最好还是一吐为快，"他自我辩解般地说。"我要和桑德拉离婚。"

"迈伦呀！"戴斯迪莫娜大喘了一口气。"这么多年来，这个可怜的人儿究竟都做过什么?”

“没有,真的,我只是受够了她那套鬼把戏,”迈伦仍在自我辩解。

“那桑德拉怎么办?”戴斯迪莫娜向一旁的索菲娅瞟了一眼,后者面无表情地坐着,手里拿着一杯泰博饮料,没有沾过嘴。

“说老实话,她会过得很好!我决定给她两千万,但不能有拜金的家伙来抢这笔钱,就连通过婚姻和财产共有的方式也不行。她可以带走管家和女佣,这样她的生活就可一如既往。”

索菲娅终于开口了:“爸爸,为什么呀?”

索菲娅管他俩都叫“爸爸”,然而卡尔米内并没有误认为这个问题是问自己的。

“宝贝,我跟你说过,我只是受够她了。”

“我不信!很多年前,你就受够她了!又发生了什么变故?”

“瞧着吧,”卡尔米内心想,啜饮了一口酒。

迈伦咳了几声,看上去有些羞愧。“嗯——好吧……我遇到了一个女人,一个真正的女人。”

“噢!”索菲娅眼睛转了转,闪现出一种强烈且有特别占有欲的东西;当她盯向迈伦时,那种目光又消失了,显出一种平静好奇的神情。“爸爸,请您多给我们说说吧!”

“她是埃丽卡·达文波特博士,科纳科皮亚公司法律事务主管。就住在霍洛曼!现在还为时尚早,不过我揣测着,她的老板德斯蒙德·斯凯珀斯死了,她可能会需要一些道义方面的支持。我从洛杉矶给她打电话时,她听上去很烦恼。她没要求我过来,可不管怎样,我还是来了。”

卡尔米内咽了一口酒。“迈伦,这可能有些冲突,你本该呆在西海岸。”

“可埃丽卡是我的朋友!”迈伦反驳道。

“可也是她老板案子的一个嫌疑人。迈伦,我不能阻挠你去看她,但她不能接近我的家,你要明白这一点!”

“哦，臭狗屎！”迈伦用上了他从某地学来的一句骂人的脏话，并且还以为这对索菲娅来说无伤大雅。

“你爱上别人了，这才是你想离婚的原因，”戴斯迪莫娜顺手收拾了一下空杯子。

“你这样认为吗？”

“没错，再干一杯，喝完我们就吃饭。来点带花色配菜的新西兰烤羔羊腿吧。”

她和索菲娅一起下了厨房。卡尔米内神色严厉地盯着好友。“迈伦，我不需要再有人添乱了。”

“对不起，卡尔米内。我并没有想那么多！我只是想来到埃丽卡身边。”

“只要你明白这些限制就好。”

“既然你已经和盘托出，我就明白了。明天我带埃丽卡去吃午餐，向她解释一下。”

“不行，你不能那么做。和其他的嫌疑人一样，她明天一整天得呆在科纳科皮亚大楼内，也许得呆到夜间。我建议，你还是在电话里跟她解释吧，希望你带她去吃饭时，我已经排除了她的嫌疑。”

“扯淡！”

“迈伦，你就自认倒霉吧，也甭想从索菲娅那里讨到太多的同情。”

“我操！”

“老伙计，现在你说话是越来越下流。《新闻周刊》的那篇文章有什么惊人之处？”

“你刚才没在听吗？那是多年来关于共产党最棒的文章，特别是对中央委员会成员的描写。你是贵人多忘事呀，卡尔米内，我们国家正和苏联搞冷战呢。”

“没有，我没忘记这一点。但此时此刻，我的城市似乎正与陌生人搞热战。第二杯拿来了，咱们还是回到《新闻周刊》这个话题吧。”

每位与会者都知道这些案子毫无进展，所以，与会人员中，对召开这次会议一点都不感到惊奇的就只有卡尔米内。迪莉娅·卡斯泰尔斯算是唯一的女人，心里装着能被大家接受的高见，可她的任务是做会议记录，而不是发表评论。

"我们的思路错了，"约翰·西尔维斯特里宣布了会议议程后，卡尔米内说，"从今儿个起，局里的工作要尽量回到正确轨道上。拉里，你和手下将接管霍洛曼常规性犯罪案件——我的意思是，那些与4月3号发生的12起人命案无关的案件。不关注一下那些案件，我们就会陷入抢劫、家庭暴力、摩托党及其他好斗团伙犯罪的泥潭。赶快开始调查，让当地无赖恶棍知道，我们并没有忽略他们。拉里，对那三起枪击案和那个妓女的案子，你做了大量的工作，但需要停下来，我不会浪费人力去追踪那些压根就不知所向的线索。伙计们，多谢了，这里我不需要你们了。"

拉里·皮萨诺和他的队员看起来一点都不恼火，这倒有点意味深长。他们反而感到解脱了。派他们回来调查霍洛曼常规犯罪案，他们的破案成功率会扶摇直上。其实，拉里非常心切地去执行新的任务，没等叫他解散，他已站了起来。

"那么，这里你就用不着我了，是吗？"

"没错。"

卡尔米内一直等到那三个人都离开了房间。"我不想再多啰嗦，明白吗？"

"非常明白，"西尔维斯特里局长说道。"你有一些结论了？"

"是，长官。我不敢说，我的结论都很对，但眼下它们还符合我的意图。从现在起，我们先放一下吉米·卡特赖特的案子。在其余这11起谋杀案中，有一些凶手是从别的州派来的。三起枪击案的凶手一定是的。或许还有彼得·诺顿的下毒案，比安卡·托兰诺的强奸案，卡西·卡特赖特的谋杀案，比阿特丽丝·埃格蒙特的窒息案等。每个案子都做得很专业,我把强奸案也算在内,因为这起案子的作案方式太有点教科书的味道。”

帕齐皱了皱眉,说:“你谈到了七起案子,卡尔米内。”

“是啊。”

“那迪伊·迪伊·霍尔的案子呢?”

“不,我认为,她死于私人恩怨,埃文·皮尤和德斯蒙德·斯凯珀斯也是这么回事。”

“你把登巴院长的案子给忘了。他是属于哪一类?”

“我还吃不准,帕齐。直觉告诉我,凶手是受人指使的。可如果是这样的话,为什么还曲里拐弯地弄什么袋茶和茶包呢?又为什么显示不出调包的证据呢?或许他是一个例外。”

“我没法相信这一套!”丹尼·马尔恰诺说,“在其他时间还有可能,但在4月3号不可能。卡尔米内,吉米·卡特赖特的案子你就说过是个例外!”

“我知道,都知道!”

大家都陷入沉默中,西尔维斯特里的最新式空调突然开始嗡嗡叫起来,这也有点意味深长。

西尔维斯特里打破了那阵沉默:“你是说这都是一个凶手干的,卡尔米内?”

“是啊。如果我说对了,那么他在同一天杀死了所有的受害人,就铸成了一个大错。那就意味着,他得找人除掉大多数受害人。这不是个糊涂虫干的,而是一个见多识广的人所为。他明白在铸成一个大错,这就是说,他实在是别无选择。由于某个原因,他们都得在同一天死掉,这就使我们联想到,他们构成的威胁是眼皮底下的事,必须立刻除掉这些威胁。”卡尔米内脸上露出既冷酷无情又得意洋洋的神情,对此在场的各位都熟悉:他正盼望着去抓获这个可怕的凶手。

西尔维斯特里摇了摇头。“卡尔米内,我真吃不透你想怎么搞,我们根本就不知道你葫芦里卖的是什么药，你就牵着我们的鼻子跟你走。一个凶手？也太不靠谱了吧！”

“我同意你的说法，长官，但让我们来琢磨一下！这比一天内在霍洛曼这个弹丸之地冒出12起谋杀案更不靠谱吗？其实，在我看来，这是唯一能讲得通的答案。如果11个人已经以如此不同的方式死去，这难道还不能有力地证明是一个凶手所为吗？有时也有大量的谋杀案发生，但那是某个神经病患者在人员密集的地方，拿着机枪胡乱扫射，或是一个劫机犯劫下了一架飞机，因为他并不懂得所劫持的家伙。可这些案子有所不同。”

“我明白你大体的意思，”局长说，“接着讲。”

“雇用职业杀手，这说明这个足智多谋的人——我可不喜欢足智多谋这个词——有十分充裕的资金。我不喜欢足智多谋这个词，因为至少有一次，他表现得非常冒失，于是埃文·皮尤就给他起了一个‘话痨’的绰号。所以我们没有发现皮尤进行敲诈的任何蛛丝马迹。敲诈的东西仅仅是话痨随口一说，除了埃文·皮尤，大家都忘了。要证明这起敲诈案可是难于上青天。”

“你扯得也太远点了，”丹尼·马尔恰诺说。

“是扯得有点远，可还不是远得不着边吧。那么就这三起涉及外州的枪击案，你给我个更好的理由吧，丹尼！凶手用带消音器的手枪射杀了那些精心选出的无辜市民，并很自如地迅速逃离现场。对霍洛曼来说也太玄之又玄了！一起案子还可以，但是三起同时发生？从没有过这样的事。我有这样一种感觉，指使这几起谋杀案的家伙正在嘲笑我们是乡巴佬大笨蛋呢。”

“那么说他不认识你喽，卡尔米内，”阿贝以忠诚的语气说。

“噢，阿贝，从社会层面上讲，我想他认识我。毕竟这是个小不点城市，而且我经常到处转悠。”

“你打算怎么继续进行呢？”西尔维斯特里问。

“长官，按通常的法子来吧。我会把11起案子都收回来，阿贝和科里也得回来。对不住了，伙计们，没有你们，我是什么也办不成。不管派你们两个谁去对人们进行讯问，我都确信，事情会像我亲自动手一样办得妥妥当当。取证方面我也会很放心。今天我们就专攻德斯蒙德·斯凯珀斯这起案子。阿贝已经做好了准备工作，但现在我们要拉紧套在科纳科皮亚公司脖子上的绞索。”

卡尔米内直视他的上司。“我们要是询问太多棘手的问题，哈特福德会对你施加压力。甚至连华盛顿方面也会施压。我还得告诉你，我的一个叫迈伦·门德尔·曼德尔鲍姆的蠢蛋朋友，爱上了科纳科皮亚公司的法律事务主管，一个叫埃丽卡·达文波特的女人。我已经警告过他，他知道不能邀请她到我家来，不过我可不希望因为他挨你的批。”

西尔维斯特里保持镇定自若的样子。“几分钟后我要召开一次新闻发布会的话，哈特福德和华盛顿方面会不会批得更厉害？那些贪婪的骗子发疯似的要得到一些斯凯珀斯死亡的情况，因此我特意透露给他们一鳞半爪的斯凯珀斯的事情。让他们一直抱着他的死骨头去啃吧。12起谋杀案？是怎样的12起谋杀案？我很有把握，斯凯珀斯的谋杀案当然不会是当地嫌犯所为。因此联邦调查局也在这里露了脸。我们要调查一下纽约和其他的金融之都。我要召开一个接一个的新闻发布会，以这种方法玩下去。让那些贪婪的骗子离霍洛曼远远的。”他挥了挥手。“走开！我要思考一下。”

卡尔米内皱着眉头离开了。联邦调查局？西尔维斯特里的话是什么意思？

▶▶|

科纳科皮亚大楼坐落在枫树街和克伦威尔街的交界处，刚建成一年，那里是市中心商业购物区。那栋楼高40层，是霍洛曼的最高建筑。楼顶是德斯蒙德·斯凯珀斯的住处，而下面的39层是科纳科皮亚旗下许多公司的主要办公地点。德斯蒙德·斯凯珀斯自己的办公室也设在39楼。在他的办公室和住处之间没有直接通道，要回到住处，他得离开办公室，下到一层，乘私人电梯才能回到楼顶，这真有些令人摸不着头脑。卡尔米内心想，这样就能真正把业务与享乐分开吧。

楼下的门厅用彩色大理石砌成，手工制作的大理石盆里生长着茂盛的棕榈树，摆放在那里作为装饰；仔细观察一下可以看出，这些棕榈树可以一下子从小塑料盆里端出来。那里有一张咨询台，还有一张来访者接待台。工作人员的唯一任务就是在每个来访者的身上别上一个标记牌。那些在大厦中工作的人不太注意进进出出的人。一个电梯可以上到2楼至19楼，其他电梯到20楼至39楼；到楼顶房子的电梯独立位于角落里，在两扇铮亮的铜门前面，立着一块漆着“闲人免进”的木牌。

卡尔米内手拿钥匙，打开了门。电梯内部墙面用浅棕色厚皮革装饰，带有精工细刻的镀金镶边，法国红色大理石地面，非常奢侈豪华。控制板只有“上”和“下”两个按钮。这也太自大了吧！卡尔米内这么想着，感到很是有趣。在顶楼，电梯门一开就是一套很大的公寓。首先进入眼帘的是一个像多数客厅一样大小的门厅，再就是一个和多数房子一样大小的起居室，两边都是玻璃墙壁，从一边能俯瞰霍洛曼的北部，从另一边可以看到长岛海峡和港口。卡尔米内可清晰地看到他家的防波堤和四方塔。一个安装在三角架上的低倍望远镜使他感到好奇——德斯蒙德·斯凯珀斯能看到他卡尔米内的家，还能看到许多其他人的家。斯凯珀斯先生，我可不喜欢你，他暗自想道。隐私是我们对于粗鲁无礼之辈的最后一道防线，而你也同联邦政府一样，是个大粗鲁鬼。

整体布置装饰都呈室内装修常见的米黄色，这种色调既守旧又稳妥；公寓里没有摆设贵重物品，这说明斯凯珀斯不收藏艺术品，甚至连粗劣的工艺品也不收集。墙上的一些图片属于二流水彩画，装饰者可能把它们都当做了一流作品，然而在卧室里单独挂着一幅蚀刻版画，是从维多利亚时期特大部头的书上撕下来，然后又装进框里。这肯定是花费了大把的钞票，但对那些看到二流作品都分不清的人，卡尔米内从来都不予同情。

凶手不是在斯凯珀斯的床上，而是在按摩椅上杀害了他；按摩椅是又高又窄的一种家具，这对凶手的杀人动机而言，真是再合适不过。不是斯凯珀斯自己主动爬上了按摩椅，就是在他喝完格伦利维特威士忌和水合氯醛后，强壮的凶手把他拖了上去。他当然不会在这个苏格兰人疲倦地躺在临死前的床上时杀死他。强壮的杀手，卡尔米内自言自语道，这时他又想到了捕熊夹的案子。这两起凶杀案都是一人所为，也都证明是力大无比的家伙干的。只要盯住那些钱多得可以在里面打滚并且壮得像健美先生一样的家伙，那就不会找错对象。但要是没有人符合这两个条件该怎么收拾？要是连符合一个条件的嫌犯都找不到又该如何是好？

帕齐的队员小心翼翼地检查了犯罪现场，所以他就不用费心再去检查。他只想了解德斯蒙德·斯凯珀斯住所里的摆设。

他所知道的情况，其他世人也都已经知悉，而且信息来源也是同样的：八卦杂志，专栏作家，《华尔街日报》或者《纽约时报》中偶尔出现的严肃性文章等等。斯凯珀斯的父亲是一个成功的汽车零部件生产商，经历了1938年欧洲的战争风云，也没有忽视东南亚的市场。他当初创建科纳科皮亚（他说，这个名字仅是富饶的象征）是为了生产大炮，后来又分别生产飞机发动机和战争机器。珍珠港事件后，他的帝国雨后春笋般地发展起来，并且从未停止过发展步伐。1967年的今天，公司又开始生产外科手术器械及设备、枪支和榴弹炮、汽轮机、发电机、原子反应堆、导弹以及小型武器，并有了分支机构生产塑料制品，特别是生产那些具有重要军事用途的产品。科纳科皮亚拥有庞大的研究设施，都是自己生产的顶尖设备。公司与军方签了大量的国防合同。

斯凯珀斯的工作量巨大，但都不是很实际的事情。他手下有50个常务董事，他们的工作也都不很实际；大约是三四个地位低的人看着那些地位高的人的眼色行事，卡尔米内这样猜测。是的，这是所有联合大企业的通病，科纳科皮亚就是一个联合大企业。卡尔米内得到的对斯凯珀斯的外表的描述是这样的：他高高瘦瘦，皮肤黝黑，动作笨拙，却对女人有着磁石般的吸引力。但那都是因为他的权势在起作用，就像迈伦·门德尔·曼德尔鲍姆一样。斯凯珀斯曾娶了个倾城倾国的女人，他的嫉妒心硬是把她给赶跑了，也没再另娶。他们有一个儿子，今年13岁，在三一格雷学校上学，他的名字自然就叫斯凯珀斯三世。孩子完全由他妈妈抚养，这也说明斯凯珀斯做了些一失足成千古恨的事。

斯凯珀斯怎样看待儿子和妻子，实在是无人能讲得清，因为公寓里并未悬挂他们的照片或是画像。他当然必须去看望孩子的妈妈，这样就必然得去位于科德角的奥尔良，菲洛米娜·斯凯珀斯就住在那儿。根据得到的消息，目前他儿子确实已大病初愈。他已经辍学五周，在三一格雷学校这一学年结束前，就没指望再返校。这就意味着他得重修一年。这可真没劲！

“你们都是怎么想的？”阿贝和科里外出回来后，他问道。

“有人在验尸官到达前，已先一步到了，”科里说。

“是啊，”阿贝顺手指了指已被取过两次指纹的花瓶，上面的粉末说明了这一点。

卡尔米内一脸怒气。“这是我的错，”他说。“我琢磨着，我们在解决斯凯珀斯先生这条真正的大鲸鱼前，应先解决掉这条小鱼。恐怕他不会给我们一点自由，先去处理别的案子。问题是，有人拿走了什么吗？有的话，是什么？为什么要拿走？又是谁干的呢？”

“司法部的人，”阿贝说。

“联邦调查局——局长听到了一些风声，漏出了点口风，但他的消息不是从官方得来的，是在我们到达前不久得到的。天啊，真可恶！”卡尔米内大叫道。“为什么不来找我们，告诉我们，他们也对这起案子感兴趣呢，还用得着像婚礼蛋糕上来回挣扎的蟑螂那副德行吗？”

“他们过一会儿会下楼到办公室来，”科里显示出很凶的神气。

“伙计们，我们就装得跟没事儿似的，”卡尔米内说。

当他们钻过扯在德斯蒙德·斯凯珀斯办公室入口处的警戒线时，得知到现场的就是联邦调查局的人马。有个家伙身高六英尺半，体重一百多磅，伫立在主办公室中间，监督两个科纳科皮亚的看门人搬走带有四个抽屉的橱子，橱子上摇摇晃晃地放着一个玩具娃娃。他非常英俊，头发又浓又黑，双眼漆黑，他怎么就成了一名特工，这对三个霍洛曼警察来说，就成了一个谜；就大多数调查而言，他庞大的身躯实在太惹眼。

“先生，以你这么大的块头，干吗不一把抓起它来搬走呢？难道这有损你的尊严吗？”卡尔米内以和蔼可亲的语气问。

那个巨人蹦了起来，尽力摆出高人一等的架势，结果没成功。“我希望，你不要碍手碍脚，”他顺手亮了一下他的证件。“我是联邦调查局特德·凯利特工，这是重要证据。”

“你有搜查证吗？”卡尔米内问。

“还没有，可我会尽快拿到的，比你的猫舔耳朵还要快，”他说，“所以搜查证的事你连想都不用想。”

“凯利特工，我的猫耳朵干净得很。我手上就有搜查证，所以我要拿走这重要的证据，这是康涅狄格州霍洛曼县赋予我的权力。我是卡尔米内·

德尔蒙尼克，这位是阿贝·戈德堡，那位是科里·马歇尔。伙计们，把我的证据推出去。而你这位凯利特工却是在破坏犯罪现场。你为什么不去拿证件来，使你的搜查合法呢？”

“我会弄到的，对不？”凯利满脸涨得通红。“我得说，你是在警告我吧！”

卡尔米内把警戒线提了起来。“再见了，凯利先生。除非你愿意与我们霍洛曼警局分享所了解到的所有情况，否则你就甭回来。”

妈的，当对方离开，他成了胜利的一方时这样想。不管迈伦要什么鬼把戏，那个档案橱的事意味着我今晚不能早回家。明天，联邦调查局会不遗余力把证件搞到手。他们还没盯上其他的档案橱，所以不管凯利特工想抓到什么证据，那些证据都会在这一个档案橱中。可我怎么就觉得联邦调查局不是到场例行公事呢？背后肯定还大有文章。他走到一个最近的电话机前，拨通了电话。

“迪莉娅吗？乖姑娘，把我们的安全通行证找出来。把你自己的保存好，把我的立马送过来。我可不想让人家将联邦逮捕令一挥，就把我给送进去，要再搞到个出狱证那可就比上天还要难了。”

听到迪莉娅尖声尖气的叫声，他挂上了电话。他咧了咧嘴，又拨通了电话。“是丹尼吗？联邦调查局的人在这儿呢，我察觉到科纳科皮亚的情况很糟糕。告诉西尔维斯特里，他管辖的这一摊要有一场超出我们预料的激烈战斗。现在给我再接通迪莉娅的电话。”

她不再嚷嚷了。“你的证件已在路上，”她快活地说，“我的证件放在了手提包里，紧靠在我的手枪边上。探长，还有什么吩咐？”

“科里和阿贝应尽快把档案橱运到县服务中心。迪莉娅，这可是大家在争抢的一块大肥肉。或许我们很难把它保留住。档案橱一到，立即搬到我的办公室，只要电力供应能行，尽量多影印一些。把打字室的女孩子都调去影印这些内容，”他咧嘴笑了笑。“要比你的猫舔耳朵还快。我再补充一句,那些内容只能我们两个过眼。”

“那些女孩呢?”她焦急地问。

“我们不必对她们担心。她们都干得非常快,不会去注意影印的具体内容。”

“还有,她们都很优秀,但是分不清连锁反应和聚合物链。”

“说得很到位。”

那样也就该可以了,他又把电话听筒放下,心中暗自这样想。伙计们,赶紧把档案橱送回到县服务中心去!大老爷们干事拖拖拉拉,那也太荒唐了吧,希望特德·凯利先生穿了不跟脚的大号码鞋子。等他回过神来,想在途中把档案橱劫下来,已经晚了。但愿这个档案橱不会弄坏我的费尔林车后座。

它们看起来像是普普通通的办公室。卡尔米内一个房间一个房间走动着,很留意那些日常的用具:书桌、椅子、打字机、电报机、静电复印机、计算器等。接着两个小小的房间深深吸引住了他的目光,房间里的桌上,摆满了巨大的控制台。他之所以认出这些是控制台,是因为有时应邀去参观查伯的电脑——当查伯不用它们的时候,就会出租给一些公司和机构。这些就是电脑终端设施,因此在大楼内部有一个温度极低的空调拱顶室,里面放的全是电脑。科纳科皮亚拥有自己的电脑库,这也有道理。

警戒线只把德斯蒙德·斯凯珀斯带围墙的办公室封锁起来,大约占了楼层一半的空间。在远处墙的另一边,有更多继续使用着的办公室,那里的环境相差太多。灰色木板围成了小间,大约有齐胸的高度,使每个人只能站起来向四周观看。今天人们站了很长时间,连神经也都紧张起来。在更远些的角落里,他发现了一个大一些的完全封闭的办公室,外面挂着一个标志,上面写着这是一个叫M.D.赛克斯的人的小巢。他打开了门,发现里面有一个身材很矮的中年男子,在桌子后面显得更加矮小。

“我是霍洛曼警局的卡尔米内· 德尔蒙尼克探长。先生,M.D.是什么含义?您担任什么职务?”

这个小个子有些害怕,站起身来,又向后退缩了几步,显出上气不接下气的样子,咽了一口气。“迈克尔·唐纳德·赛克斯,”他尖声尖气地答道。“我是科纳科皮亚总部的总经理。”

“哪一个公司?”

“探长,公司总部,监管着科纳科皮亚其他所有的公司。其他的都是它的子公司,”赛克斯先生鼓了鼓劲说。

“我明白了。是不是可以这样举个例子来说明,地标机械公司,它自身没有所有权,只是隶属于科纳科皮亚的一个公司?”

“是呀,是这么回事。科纳科皮亚旗下的公司都没有多大自主权。”

“斯凯珀斯先生死后,就由你负责了?”

那张圆脸扭作一团,好像要失声大哭起来。“哦,不,探长,千万别那么说。我只是处在中层与高层之间被人忽视的位子上。菲利普·史密斯先生是一位资深副总裁,也是一位名誉常务董事。他会担任一些领导工作。”

“我上哪儿去找菲利普·史密斯先生呢?”

“就在下一层楼。他的办公室正好在斯凯珀斯先生办公室的下面——有风景,你明白的。”

“还有总裁盥洗室的钥匙?”

“史密斯先生有自己单独的盥洗室。”

哇!卡尔米内低声感慨。他乘电梯下了一层楼,照着标志向前走去。一位穿着华丽上了年纪的女士拦住了他,在她勉强同意他去见史密斯先生前,上上下下仔细打量着卡尔米内,好像他是个来看大门的。

从他的办公室望出去,两面也同样秀色可餐,只是没有安装望远镜。菲利普·史密斯身材高挑,性情温和,穿着灰色丝绸衣服,干净又整洁。他神气地戴着一条领带,卡尔米内只是听说过,但从没开过眼:是由一位意大利设计师用真丝手工制作的查伯款式的领带。他的衬衣袖口是法式的,链扣都是真金的，鞋子则是伦敦圣詹姆士手工制作的。他白皙帅气，拖着费城人讲话的腔调，一双灰色眼睛老转来转去像是想要找面镜子照照似的。

“太恐怖了，吓死人啊！”他递给卡尔米内一支雪茄。卡尔米内拒绝了，他又请他喝咖啡，这回卡尔米内接受了。

“斯凯珀斯先生的死对科纳科皮亚的运行有什么真正的影响吗？”卡尔米内问。

史密斯没料到他会问这个问题。他眨巴眨巴眼睛，稍作停顿，盘算着该怎么给出个回答。“实际上，影响不太大，”他终于开了口。“科纳科皮亚各个公司的日常工作都由它们自己的管理团队去做。科纳科皮亚总部有点像一大群孩子的父亲——要做小孩子们自己做不了的一切事情。”

你这个一副屈尊态度的蠢货，卡尔米内心中暗自思忖道，脸上却显出礼貌得体、很感兴趣的神态。史密斯先生，作为对你张开尊口的报答，我真应该把你带到县服务中心审讯室呆上几个小时，不过尽管你穿着那么一身考究的行头，却只不过是个小虾米。

咖啡端上来了，趁势利眼的秘书倒咖啡的当儿，正好史密斯可以喘口气——但愿秘书歇歇手吧，他该自己倒的！

“史密斯先生，为什么联邦调查局的特工会调查到你的眼皮底下呢？”一剩下他俩单独在一起，卡尔米内就又对他发问。

但这位名誉董事已经有所准备。“我们签订的国防合同的数量太大，不可避免要受到调查，”他很圆滑地说。“我可以想象得出来，这起暴力谋杀涉及一位重量级人物，华盛顿和五角大楼自然会感兴趣。”

“你觉得斯凯珀斯先生谋杀案的暴力成分有多大？”

“这个呀，呃——我说不太准。人们一般听到谋杀就会认为是很具暴力性。”

“凯利先生什么时候到的？”

“昨天中午。这人挺古怪，不是吗？”

“不，史密斯先生，不古怪，‘古怪’这个词有令人感到不快的成分。凯利特工是人堆中特好的那种人。他来了后都干了些什么？”

“要求去看德斯蒙德的公寓和办公室。我们自然要全力配合他。”

“联邦调查局的人出现在当地的谋杀案现场，就没有人想到去打电话通知西尔维斯特里局长吗？”

“没有。”

“太遗憾了。”

“我看不出为什么要那么做。你们都算是一伙的。”

“我们算吗？这话听起来真舒坦。不过，凯利先生要想拿走任何地方的东西，都应先告知霍洛曼警方，但他上次就没吭声。你本人要是注意到什么东西不见了，我建议，你要立马告诉我。”

“嗯，除了德斯蒙德的个人档案橱，什么都没少，”史密斯心神不安地应了一句。“他把它放在进入式保险库中，但凯利先生有钥匙和密码。霍洛曼警方不会对里面的东西感兴趣——绝密呀。档案里的国防合同都是些敏感问题。德尔蒙尼克探长，你没法弄到安全通行证。”

“史密斯先生，你可能会感到很吃惊。”

史密斯满带嘲弄地大笑起来。“噢，得啦，探长，你可是小水坑里的一条大鱼。不要把这事搅和到你的脑子里去。”

“谢谢你给我的提醒。还有，你要是以董事会的名义给全体科纳科皮亚总部的员工下一道指示，让他们与我和我的手下合作，我将不胜感激。”卡尔米内站了起来。“你的咖啡蛮好喝，谢谢了。”他走到能看到长岛海峡的窗户边上，看着自己的房子，皱起了眉头。“先生，现在请你坐到你的桌子后面去，我们就可以开始谈正事了。”

史密斯落了座，看上去很不自在；那种世故的文雅不见了。

“告诉我你所知道的有关德斯蒙德·斯凯珀斯的情况。”

“他挺可恨，”史密斯双手掌心向下放在桌子上。“你问任何一个认识他的人，包括过去曾认识他的人，也会得到一样的说法。科纳科皮亚虽也是上市公司，但德斯蒙德持有大部分股票，所以他能干许多乐意干的事情，也确实都已经干了。”

“你能举个例子给我说说他是怎么做的吗？”

“当然可以。如建立科纳科皮亚研究所的事。主要是因为公司涉及的工业领域太多，我们都反对他设立我们自己的实验室，不过他很坚持。也就是说，这要投入几千万购买大量的设备。他有一点是正确的——我们用不着再低三下四地去外面的实验室了。这个研究所就在霍洛曼。他从英国石油公司那儿把邓肯·麦克杜格尔偷偷挖过来，科纳科皮亚研究所人就齐全了。世界上只有三个人能管理这么一个单位，麦克杜格尔就算一个。我为什么在抱怨呢？因为我们的收支再也没法平衡，红利急转直下。”

“你和斯凯珀斯先生有私交吗？”

“自然有了！不过，在他与菲洛米娜结婚的时候，交往得更多。真是一位理想的大亨妻子！有女子应有而少有的教养、美丽、魅力和谦逊。那时候的女人都是些荡妇。德斯蒙德迷恋菲洛米娜，尤其是德斯蒙德三世出生后，但是他克服不了自己毫无来由的嫉妒。他是她的情人，也成了她的园丁、电话技术员，甚至报童。最后，任何想要保住工作的男人都不会去接近她，这可怜的女人崩溃了。当她恢复过来，便永远离开了德斯蒙德，即便身无分文。我尊敬她，探长，真的尊敬她。”

卡尔米内瞥了一眼他的材料。“先生，我的表格上显示斯凯珀斯夫人住在马萨诸塞州奥尔良。这并不说明她生活贫困。你得解释一下她为什么就——呃——身无分文。”

“她起诉离婚时，德斯蒙德做得有些过火，”史密斯说。“他骚扰她——雇用一帮下三烂私家侦探纠缠她。夫人虽仍让他看望孩子，他却绑架了德斯蒙德三世。这个案子告到法庭上的时候，她花重金聘了一个名叫安东尼·贝拉的律师。她简单陈述案情后，得到了一大笔赡养费，还得到了德斯蒙德三世单独的监护权。去年她在奥尔良买了处房产，把孩子送进三一格雷学校。虽聘用贝拉先生关照她的利益，探长，但她的确是个不记仇的女人。德斯蒙德和这个孩子还在不停地接触，母亲并没有给孩子灌输仇恨父亲的想法。”

“我明白了。他们分手多长时间了？”

“到去年 11 月已经有五个年头。”

“从那以后，斯凯珀斯先生与别的女人有亲密交往吗？有情妇吗？有女朋友吗？”

“我哪儿知道？”史密斯看起来有点火气。

“你和这个人接触很多呀。”

“探长，说到他拈花惹草，在这上面我和他接触不多！大家都知道，我不赞成干那种勾当。”他吸了一口气。“去问问埃丽卡·达文波特得了！”

迈伦的恋人！“为什么问她？这事她插进了一脚？”

“没那事，压根就不可能。那个女人冷若冰山。但她对德斯蒙德的荒淫生活方面可能更知情。”

“史密斯先生，多给我说说那座冰山吧。”

“这不就像是班上打小报告嘛。”

“只是闲聊聊呗，史密斯先生。”

“埃丽卡是法律部的主管，她监管着科纳科皮亚有合同约束的和其他的所有事务。”

“先生，解释一下‘其他的’事务是什么？”

“哦，我怎么会知道？比如用词不慎啦，可能带有诽谤的话啦，还有高级人员的妥协行为等等。”

“哇，斯凯珀斯先生管理得井井有条。”

“他必须那样才成。我们和五角大楼有不少业务往来。”

“公正地说，达文波特小姐管着科纳科皮亚公司的克格勃了？”

“哦，这样说太刻薄！其实她是个‘博士’，埃丽卡·达文波特博士。她跟我们一起共事十年。她本科在史密斯读的经济，接着又去哈佛读了法律，然后，跟所有律师一样，她也进行了单调乏味的实习——在波士顿一家律师事务所。来到我们这儿后，我们资助她在查伯读公司法博士学位。她是个聪明绝顶的女人！十年前，她从沃尔特·西蒙兹那儿接手了科纳科皮亚法律部。探长，她在波士顿呆那几年还真没白混。我们得到了她这颗光彩照人的明珠呀。”

“史密斯先生，说一说她童年的背景？”

“来自马萨诸塞一个很有钱的白人家庭，”史密斯先生端详着泛黄的指甲。“她在各行各业认识不少有用的人，据说她当年也是美冠一方呀。”

她是在哪里做到这一点的呢？卡尔米内很想弄明白这一点。绝色姝丽在枯燥的波士顿律师事务所一般是呆不住的。

“史密斯先生，打扰你这么长时间，谢谢了。请你记住，无论联邦调查局对科纳科皮亚的哪些方面感兴趣，首先，这是一次有关谋杀案的调查。”他走到门边时，收住了脚步。“科纳科皮亚法律部怎么走？”

“就在下面。”

又是按森严的等级安排的！如果不大大缩小达文波特博士办公室的面积标准，很显然，按等级她应分到一个两面带窗可看风景的房间。

她的房间一点都不小。这里有典型的女性空间的特征：一盆一盆春季的花卉，精美的彩色壁纸贴在了两面坚固的墙壁上，漆成淡绿色的家具与皮沙发垫子的颜色很协调，淡黄色木地板上铺着具有东方风格的桃红色地毯。整个房间散发出柔和、美观和浓重的女性气息。卡尔米内暗想，这统统是一堆装点门面的臭狗屎。菲利普·史密斯描述的那个女人应该穿着带拉链的黑皮衣才对。一个女人肯定要非常狡猾、冷酷无情、极度冷漠，才能在科纳科皮亚这样一个公司当上部门主管。她唯一会为之哭泣的人就是她自己。迈伦可就真成了个倒霉蛋！

她走过来迎接他，正好给了他一个好机会去掂量她。是呀，那个昔日私立学校的小公主已经完全进入了她怒放的季节。他知道，她生于1927年2月15日，已到不惑的年岁，但看上去也就刚刚30岁。中等身材，体形窈窕，步态优雅，一双玉腿格外匀称修长。着装更是无可挑剔。上身穿钴蓝色衬衫，下身穿随风飘动的略长的迷你裙，脚蹬法式高跟鞋。耳朵上戴着两克拉的钻石耳钉，脖子上戴的那条项链上的钻石又有四克拉。浓淡相间的金发剪得跟男人的头发一样短，晒黑的皮肤显得很结实，面庞的骨架如同雕刻出来的一般，头发全都梳向前面，将脸部的轮廓烘托得更加分明。嘴唇红润饱满，有一点鹰钩鼻子，一双大大的眸子也呈上衣的钴蓝色。她就是一只蜂后，斯凯珀斯是怎么掌控她的呢？

他把手伸了出去。“我是霍洛曼警局的卡尔米内·德尔蒙尼克探长。”对于她如何能爬上科纳科皮亚法律部主管的宝座，看她第一眼后，他开始改变自己的看法。这么漂亮的女人躺在那里睡大觉也能当头。他和她的眼神交会在了一起，从而打消了她是平级调动而来的想法。那双眼睛中充满着残忍、狡诈和冷酷无情，而且也都很好地派上了用场。她不屑于女人的那套骗人把戏，而是用对手自己的武器去对付他们。

她握手的力气像男人一样大，但很短暂。她示意他应该坐在客人的椅子上，自己坐在了桌子后面。在任何场合，埃丽卡·达文波特都绝不会有意失去半点权威的架势，那可是得来全得靠功夫呀。

“我们有一位共同的朋友，”他说。

“迈伦·曼德尔鲍姆？是的。可惜呀，不能在他的地方见到他，不过当然我能理解这种情况。谁能预料德斯蒙德会死呢？”

“真的，谁会呢？达文波特博士你能料到吗？”

“料不到，那就像是晴天霹雳。”

“你觉得，这会不会和他的生意来往有关系？”

“说实在的，我 点也不知道。”

“现在怎么样了——我是说生意上?”

“我们等着看德斯蒙德的遗嘱,因为他持有大部分股权,是科纳科皮亚事实上的主人。”她也像史密斯一样端详着自己的指甲。她的指甲长长的,涂成淡淡的粉红色。他想,也许不是个女同性恋。

“还要多长时间才能公布遗嘱?”

“这要看他的私人律师了。他们都住在纽约。我相信,明天就会有人把所有的遗嘱文件都带过来。他儿子肯定会继承遗产。不管指定谁作为小德斯的法定监护人,他都没有资格去篡改德斯蒙德的安排。”

“即便是这样,遗嘱一宣布,我希望能拿到一份遗嘱复印件,”卡尔米内改变了一下策略。“达文波特博士,过去几天有什么反常吗?譬如说他的情绪方面?”

她皱了皱眉,冥思苦想着。“我觉得没有。”

“你知道他的女人是谁吗?”

她大笑起来。“哦,那种事呀!我不信他有女人。”

“你很漂亮,难道不是你吗?”

“不可能,当然不是我,”她的语气很平静。“他不喜欢金发碧眼的女人,你看看斯凯珀斯夫人就明白。”

“他们都没再婚?”

“没有。以我的浅见,他们都没再瞧上别人。”

“联邦调查局怎么会在这儿?”

“我想,这和我们跟五角大楼的合同有关吧。”

“这有没有给科纳科皮亚法律部的人带来恐慌?”

她修得细长的眉毛扬了起来。“为什么要怕呢?科纳科皮亚的人又没做错什么。我很有把握地说,联邦调查局的人来这里只是例行公事。”

“你在我眼里不是个可信赖的人。”

她僵住了。“你是什么意思?”

“只是一种预感。你还有什么要告诉我吗?”

“没了,”她草率地应付道,露出一个迷人的微笑,让人觉得,她这是想起了她非常喜欢的迈伦和卡尔米内是拴在一条绳上,因为卡尔米内心中有所牵绊。

“那我就不打扰你工作了。”

在外面门厅里,他又碰见了阿贝和科里。

“你们把它安全运回家了?”他问。

“卡尔米内,把它当小宝宝一样小心了。我们把它交给迪莉娅看管。”

“很好。”

“那个靓妞是谁?”科里问。

“埃丽卡·达文波特博士,漂亮却很要命。”

“她不是迈伦的新女友吗?”

“是的,真不幸。”

“卡尔米内,哎呀,迈伦可不是个没有定力的人,”阿贝说。

“如果她是个想傍大款的荡妇,我就不会担心了,可她不是。她的脸蛋或许没有使一千艘轮船起锚的本事,可她的工作能力和智商加在一起也许就能了。不过都不关我的事。凯利特工怎么样?”

阿贝和科里都大笑起来。“他发觉,没有证件档案橱在这地盘就不准动,心中很不爽,要去哈特福德找一个联邦法官。所以我们就叫他去见好疑心的道格·思韦茨。”

卡尔米内和他俩一起笑了。“太高明了!他还得花不少时间了。”

卡尔米内、阿贝和科里决定一起去科纳科皮亚餐厅吃饭。卡尔米内引导他们来到一张宽大的桌子边,正巧,迈克尔·唐纳德·赛克斯一个人在那儿吃午饭,这让阿贝和科里有点惊讶。卡尔米内要捕捉的猎物——就是他——一开始看起来很不自在，后来就显出很高兴的样子。

“你不是有资格去经理餐厅吗？”卡尔米内放下了新英格兰蛤蜊汤、鸡肉米饭和上面带有奶油和梨肉的酸橙吉露果冻。

“想去就可以去，”赛克斯有所防范地说。

“那儿的食物不比这儿高级吗？”

“这就是麻烦，确实高级，还挺贵。我喜欢吃得简单点。还有，你也见过菲利普·史密斯——你想不想听他说说油煎小牛肉片该和哪种葡萄酒搭配？那个家伙真招人烦！”

“赛克斯先生，你对葡萄酒不贪杯吧？”科里问。

“不管是吃的还是喝的，我都不着迷，”赛克斯答道。“我们可都是模范士兵，不过眼下可是另一番天地了！”

“塞罗战役[①]在下层人士中广为传播，嗯？”阿贝问。

赛克斯露出满脸的轻蔑。“不对！我可是拿破仑时代的堂堂男子汉！经历过奥斯特利茨和马伦戈战役。”

“经历过滑铁卢吗？”卡尔米内问。

“滑铁卢啊，就跟内战一样——一回事。”

“科纳科皮亚高层的钱袋都一样鼓吗？”卡尔米内想知道赛克斯的战争游戏是否已延伸到了工业巨子们的军事掠夺中。那样的话，他的下层活动就可以更上一层楼。

“除了我和埃丽卡·达文波特以外，他们都跟克罗伊斯王一样腰缠万贯。”赛克斯小心地将吉露果冻切成小块，并在上面涂上一层奶油。“这是个老校友帮——全都来自五月花号家庭，上的是昂贵的私立学校及查伯大学。就算他们之间都互有联系，我也不会感到诧异。说到德斯蒙德·斯凯珀斯的父亲，就有很多人给他出资，不然他一辈子也不会搞到那么多钱建起科纳科皮亚。一直到 1938 年，他都在制造汽车零部件，那不过是挣点零打

①美国内战中一场重要战役。

碎敲的小钱，没法养活科纳科皮亚。不过，他神通广大，能从家族或是学校的朋友那儿借到钱。像他这样精明到家的人，不愿与他人分享红利。二战后他搜刮到了一些钱，就立马连本带息还上了借款，然后便一个人坐拥整个公司，活像一条狗啃上了一根恐龙骨头。”

嗯，好嘞，好嘞，卡尔米内向后倚了倚身子。赛克斯可能处在中高管理层之间的位置，但他一定了解一些真相。这是个爱八卦的家伙，太棒了。

“那么菲利普·史密斯是怎么安插进来的？”他问。

“肯定是和斯凯珀斯有血缘或婚姻关系。都是大款！看看他们的工资和津贴数额就知道他们有多阔。巨额财产会使人自动有资格拥有更多的财富。就说格斯·珀维吧，他是陆标机械公司——其实是制造陆军和海军所用枪炮的公司斯文一点的说法——的总经理。这既不是最大，也不是利润最高的子公司，可格斯·珀维赚的票子几乎和菲利普·史密斯一样多。跟波利科恩塑料公司的弗雷德里克·柯林斯，还有多默斯汽轮机公司的华莱士·格里尔森旗鼓相当。探长，他们光实际工资就多得能把你给吓晕。就钱来说，他们的钱多得让美利坚合众国的总统都惊得两眼发直。不论他们为何而工作，但都不是冲着钱去的。他们中就算是最末了的人，都可跟花花公子一样随意挥霍到死，钱袋子也瘪不了多少。”

“具有清教徒的工作观吗？”阿贝猜测道。

“没准有捞更大把票子的冲动？”科里补了一句。

“嘿嘿，”迈克尔·唐纳德·赛克斯咕噜一声吸掉了最后一块吉露果冻。“我觉得，这些原因都不靠谱。像花花公子一样生活他们会觉得倒胃口，可整天呆在家里和老婆耗在一起，他们又真的受不了。他们甩开老婆，又不会去拈花惹草使她们感到悲伤。你能见到菲利普·史密斯干一丁点出力流汗的屌事吗？没门！八辈子你都见不着。”

他们走开了，科里说：“赛克斯是只布谷鸟。”

“也许是吧，可我们更加了解了科纳科皮亚上层的那一大帮子人，”卡尔米内满意地说。“菲利普·史密斯、格斯·珀维，还有华莱士·格里尔森，这些都是美国老一代响当当的白人的名字，很显然，与这些名字相伴的是与唐老鸭的舅舅史高治一般的财富。我得深入挖掘一下凯利特工档案橱中的内容，不过也得深挖一下那四位先生，那帮子人可都有钱雇刺客。”

“正说他呢，”卡尔米内的话说了还不到一分钟，凯利特工就从电梯口出来了。“弄得怎么样了？”他态度友好地问。“拿到搜查证了？”

“探长，跟我聊聊有关情况吧，这个巴掌大的州里每个人都很古怪吗？我们的老板们都相信，西尔维斯特里局长已经准备好见精神病医生了。那位法官终于给了我搜查证，他就像朗费罗诗里的人物。”

“朗费罗这位诗人，”卡尔米内说，“他没有写过有关古怪人的诗歌。不过你拿到了搜查证，我感到挺高兴。”

“是啊，还有我的文件橱那事，”凯利得意洋洋地说。“真是吉星高照呀，你们要是早插了手，会惹出一些麻烦。还得问一句，你们是怎么搞到迪莉娅·卡斯泰尔斯的？局长听说她终于离开了纽约警察局，就下功夫想找到她，不过她已经钻进别的窟窿眼里去了。”

“一个叫霍洛曼的窟窿眼。瞧瞧，她真是一大怪，”卡尔米内严肃地说。他的脑袋猛地转向餐厅的一张空桌子，餐厅的人转眼都走了。“特工，就在这儿吧，这是最后一次我用这么个傻乎乎的职衔叫你了。从现在起，就直呼特德。叫我卡尔米内，这一点也不是小瞧我。科里和阿贝还要回到德斯蒙德·斯凯珀斯的办公室去搜查，这会儿，我和你闲聊聊吧。”

他们坐了下来。

“好吧，聊聊间谍活动，”卡尔米内说。“我认为，间谍活动的意思就是把官方秘密出卖给敌对的力量或国家，可大致推测一下，也应包括敌对方的个人。如果科纳科皮亚搅进去，那么，这个间谍活动就不只是个地点的问题了，而是涉及计划、程序、定位。我猜，这些秘密都是有形的，如原子反应堆、分析仪器、塑料制品，还包括一大堆别的产品的最新发展情况。我说得对吗？”

凯利感到有些不知所措，目不转睛地盯着他。“你是怎么搞明白的？”

“特德，我倒觉得，但凡有点脑子的人都会想得到，这很明显。我了解你，粗知一二吧。我想起来了，你是负责间谍活动的特工，这对我只是个时间长短的问题。要不然联邦调查局的人在这里有何公干？因为一起谋杀案？不会吧，甭管受害人多重要。是科纳科皮亚的合同太敏感？除非整个公司已经处在监视之下，而且斯凯珀斯谋杀案确实引起了联邦调查局的怀疑，否则，联邦调查局就不会露脸。我说得挺在理，是吗？”

“哦，是这样，”凯利严厉地说。“这里有人向苏联泄密已经有两个年头。”

“你们是怎么发现的？”

“我们曾费了天大的劲，还搭上了几条人命，从苏联人那里偷来了最高机密的导弹燃料控制器，就是在那时发现的。结果那个控制器是我们自己的，是由科纳科皮亚研究所发明的。赤色分子甚至都没费吹灰之力去改装一下呢。”

“那个恶棍就在科纳科皮亚研究所？”

“他就算是在这儿，我们也难找到他的蛛丝马迹。不是邓肯·麦克杜格尔。他在英国石油有份同样的工作，他们连一份铅笔刀的图纸都没丢失过。这也是我们常在私人企业中碰到的麻烦——人们达到一定层次后，在任何地方都可来去自由。安全问题？只不过是放在保险箱中的一纸空文。”

“你说的是高层的那些大佬吗？”

“那是一定了。”

“他们为什么要为赤色分子偷盗呢？他们手头又不缺钱，爱国心也不容怀疑。”

“卡尔米内呀，任何人的爱国心都不容怀疑，可叛国的事还是屡有发生。如果金钱不是这场游戏的目标，那就是意识形态方面的问题了。我用‘游戏’这个字眼，因为我曾碰到过两个间谍，他们这样做只是为了显摆一番他们有多聪明。”

“可他们最后还是栽了。还丢什么了？”

“很难说，可一旦你知道有什么秘密泄露，去查查苏联那些突飞猛进的设备就明白了。别的公司也丢失了一些机密，不过只是些他们与科纳科皮亚共享的东西。”

“我很惊讶你继续抓住科纳科皮亚不放。”

“噢，得啦，探长，你又不是蠢人！制造机密器械的公司全世界都很少！而且不论叛徒是谁——我们给他的代号都是尤利塞斯——他只偷窃国防部在别的地方得不到的物品或零部件。这也需要取证。科纳科皮亚法律部振振有辞地辩称，机密泄露问题很少发生在五角大楼，而是发生在华盛顿的其他地方，比如那些顾问们，他们就有口难辩。可驳斥科纳科皮亚最有力的一点是，我们知道的或怀疑的所有被偷盗的东西，都与他们有牵连。”

“特德，你觉得德斯蒙德·斯凯珀斯的档案橱会揭示答案吗？”

“不会的。斯凯珀斯的谋杀案对我有所启示，他已经找到尤利塞斯那个家伙了。”

“嗯，一般情况下，我会叫你呆在这里，观察一下谋杀案专家的破案工作，但你可能也知道，那些谋杀案已把整个霍洛曼压得喘不过气来，而你又搁下了手头的工作，来找那个间谍。我不是不想帮你一把，可斯凯珀斯只是 11 具尸体之一，而且我还没法确定哪些人的死亡与尤利塞斯有关。包括斯凯珀斯的死亡，我也同样吃不准。”

“你管好你的谋杀案就行，”特德·凯利咧嘴笑了笑。“明天十点左右咱们一起喝咖啡成吗？”

“没问题。”

卡尔米内下了七层楼，到了波利科恩塑料公司，见到了公司的总经理弗雷德里克·H.柯林斯。

他有点像菲利普·史密斯，可又不太像。他的西装是从萨维尔街购买的羊毛料的，领带是丝绸料的查伯款式，衬衣的袖口是法国式样，链扣和他大学的旧制服的一样，是铂金和陶瓷的，鞋子是在伦敦定制的。他看起来已近五十，胡子刮得很干净，指甲也修得很整齐，可他没有史密斯那种萎靡的贵族气。卡尔米内心想，其实，他的脸更像是个杀猪匠，他的一对黑眼珠子显得不安分，不是因为想照照镜子，而是想掩盖一些东西。

“太可怕了，真恐怖！”他在椅子上扭动着身体。

“先生，你和斯凯珀斯先生是朋友吗？”

“噢，是的，还很要好。我们董事会的成员都是亲密无间的朋友。我们比德斯略大一点——他在毕业班里没有交往过密的人。”

“你觉得那是为什么呢？”

“我不清楚，不过听说他的同学不喜欢他。那时他经常喝醉酒回去，喝醉了就——哦——爱发脾气。老德斯蒙德·斯凯珀斯在德斯毕业后一周就归西了，所以德斯就以董事会主席和最大股东的身份进入了科纳科皮亚。他各方面的经验都很欠缺！格斯·珀维、华莱士·格里尔森，还有我，我们三个人已经在这里做了初级主管。大家都是查伯人。菲利普·史密斯是德斯的表兄，德斯愣是把他塞进来。他肯定很欣赏菲利的相貌和谈吐。因为对菲利来说‘工作’这个字眼就跟‘操’一样陌生，我们已经习惯了他作为一个装饰品晃来晃去的样子。他至少60岁了，非常了解德斯的父亲。也是查伯生，比我们高几届。”

“柯林斯先生，董事会有几个人？”

“菲利普·史密斯、格斯·珀维、华莱士·格里尔森、埃丽卡·达文波特，还有鄙人，德斯是主席，菲利普做他的副手。”

“这肯定算是个规模很小的董事会，对吧？”

“探长，没有法律条文规定董事会的大小。”

“外部的股东的情况呢？”

“就是我们四个，再加上成千上万的外面的股东。埃丽卡是他们的代表。”

“那就是说，她要站在你们的对立面了？”

柯林斯哈哈大笑起来。“老天啊！那是不会的！把我们想成国际商用机器公司吧——拥有20股是很少的一点财产，只算是点毛毛雨。”

“你能谈论多少绝密的内容呢？”

“全部，”柯林斯看上去很惊讶。

“你是波利科恩塑料公司的经理。先生，你们在哪里研究那些最先进的技术？在工厂吗？”

这个五大三粗杀猪匠的脸上使劲挤出一丝笑意。“不是的，先生！我所做的只是制造经过试验的可靠的塑料制品。研究工作在它应该在的地方——也就是在科纳科皮亚研究所。”

“所以你身边没有绝密配方？”

“是呀，我没有！我见到一种新型塑料时，它已经经过了彻底的试验，在波利科恩的每一个人的眼中都和其他的一切产品没有区别。我不宣布新发明。”

“苏联人为什么那么渴望新型塑料？”

“探长，你有安全证件吗？”柯林斯问。

卡尔米内递给他皮包中打印的材料。

柯林斯仔细检查后，耸了耸肩。“超硬质塑料适于制造手握和肩扛的武器，”他说。“不同的超硬质塑料还能用作制造装甲板及发动机的材料。够了吗？”

“谢谢，足够了。你们的研究有没有泄露给共产主义分子呢？”

柯林斯大喘了一口气，双手捂住了眼睛。“哦，老天呀！我还没有发现过。自从我们知道尤利塞斯以来，第一次突破性的进展只是在不超过一个月前的事，而我拒绝接手配方。其实，我命令麦克杜格尔博士把实验的任何一点余渣和削片都放到保管库中盖上公章封起来。探长，赤色分子也不是傻冒，他们也开展研究。但是我看不出共产主义分子能从我的研究中得到什么好处！在把尤利塞斯抓到手前，我们不会生产任何新型的塑料。”

好吧，卡尔米内心想，他虽不是个太讨人喜欢的家伙，不过我相信，他是真心的，还算是一个真正的爱国者。

“凯利特工怎么说？”他问。

“连个臭屁都没放，”弗雷德里克·柯林斯抱怨道。

该换个话题了。“先生，你结婚了吗？”

“结了，”柯林斯面无表情。

“多长时间了？”

“这一个两年了，我曾有过三个老婆。”

“有超过两年的吗？”

“第一个，艾基。我们一起过了 21 年。”

“你有孩子吗？”

“艾基生了两个男孩，米歇尔生了一个男孩，黛比生了一个男孩，现在的老婆坎迪也生了一个男孩。”

“那要不少的抚养费吧。”

“我还付得起。”

他算栽进女人堆了，卡尔米内心想，不知他结婚都 21 年了，为什么又离了婚。唉，等他死了，那一堆孩子还不得吵个没完！虽然他雇得起职业杀手，这是明摆着的事，但肯定不会为乔大叔斯大林的徒子徒孙们效力。没有一点证据显示间谍活动和谋杀案之间有什么联系。弗雷德里克·H.柯林斯的大名会一直储存在卡尔米内脑袋中的名单上。

卡尔米内又下了两层楼，到了陆标机械公司，这儿的总经理是奥古斯塔斯·巴勒拉夫·珀维。他与史密斯和柯林斯两人有所不同。珀维从头到脚都穿着布鲁克斯兄弟牌的服装，戴一个圆点花纹蝴蝶结，穿一双昂贵的平底便鞋。浓密的鬈发正逐日变成灰白色，那副光滑的脸蛋十分迷人，深蓝色的眼珠径直与对方的眼睛对视着。与史密斯和柯林斯相比，卡尔米内更喜欢他。

珀维说，从陆标机械公司泄露到共产主义分子那儿的唯一一份绝密改进方案，就是一种新的瞄准器。

他继续说道："我们的真实目的是几年后把炮火和电脑关联起来，这样就能精确计算目标位置。这项工程异常复杂，需要我们发射卫星在全球定位，所以这个项目并不是科纳科皮亚一家在研发。我们其实只插手了一小部分。从国家航空航天局到下面的机构，大家都在做这个项目。"

"这个项目的具体内容对苏联的国防计划会有什么影响呢？"卡尔米内继而问。

"影响很大，十分巨大。他们嗅到了一些味道，但他们要关心的事情太多了。"

"如果尤利塞斯知道了会怎么样？"

"知道什么？探长，我刚才跟你描述的这件事，不过只是些设想，而且——而且——才刚开始，我自己都没有信心，我们是不是能搞得成。"

"珀维先生，谢谢你坦诚相告。说点别的吧。你结婚了吗？"

"结过，不过是十年前的事。"珀维笑眯眯地说。"在我眼里，不值得在女人身上受那么多罪。我想在家清清静静吃顿饭吧，她偏想去参加派对或宴会，弄张照片登在社交界的报纸上。我的错！我该去找个和我同类型的，而我弄到了个鸡尾酒女郎。去参加个派对或宴会倒也没什么，但不能天天晚上都去！"

"有孩子吗？"

"没有。有了她倒有的忙活了。"

“你也约会吗?”

“噢,约呀。”

“有我认识的人吗?”

“埃丽卡·达文波特常和我约会。从交际方面讲,她是可以接受的,对我这么个见了鸡尾酒女郎还想沾腥的家伙说来,她只是睁一只眼闭一只眼。埃丽卡很讨人喜爱。”

“珀维先生,你的钱都花在哪儿?”

“唐齐摩托艇。康涅狄格州的湖太拥挤,我在缅因州的穆斯黑德湖有个小木屋。”

“你怎么去缅因州过周末?”

“坐我的西科斯基直升机去——我是本地产品的忠实用户①。”

“你还常到别的地方旅行吗?”

“纽约。我在东78街有套公寓。”

“你有中意的鸡尾酒女郎吗?”

“没有,先生!我已经吸取了教训,现在很喜欢不固定地找。”

“谢谢了,珀维先生。”

卡尔米内又下了六层楼,来到了多默斯。太凑巧了,这里有三个他要找的人。

在这儿卡尔米内碰上了华莱士·格里尔森,他身穿褪了色的衬衣,没有打领带,穿着蓝工装裤,脚蹬卡特彼勒牌长筒靴,像一名汽轮机工程师,而且看上去也很像那么回事。身材和特德·凯利差不多,个头高挑,肌肉结实,肤色白皙,长有雀斑,一头蓬乱的黄棕色鬈发,一双机灵的灰色眼睛。卡尔米内一眼看去,就挺喜欢他。

“探长,我在这儿是因为有人命令我到这儿来,”他越过自己放在桌子上的靴子,对卡尔米内宣布道。“按理说呢,现在我该呆在我的工厂里。”

①西科斯基公司总部位于康涅狄格州。

“真有点遗憾呀，格里尔森先生。”卡尔米内边说边坐了下来。“至少在董事会这个层面，我想不会有管理人员亲自动手干活吧。多默斯在这方面有什么不同?”

“没有，我是个例外。和那些只配充当裁缝衣服架子的人不一样，其实，我是个合格的工程师，包括车间的管理工作，都很在行。除了我，谁也管理不了多默斯。”

“你们有丢失给赤色分子什么绝密的东西吗?”

这个问题一点也没有使他感到惊讶。“探长，有两个不同的部门。第一个是制造冲压式喷气发动机的部门，主要制造速度超过两马赫标准机翼的飞机。第二个是我们制造火箭的部门，这里的泄密异常严重。他们在苏联人的火箭上发现了我的控制器，简直是捅了马蜂窝，我也就要给牵连进去了!要是不快点把尤利塞斯抓出来，科纳科皮亚就完蛋了。”

“国防合同对科纳科皮亚那么重要吗?”

“见他娘的鬼，可不是嘛!是德斯·斯凯珀斯想要那么干——给美国国防部制造武器，他能赚到钱。探长，就算我们涉足国防以外的领域，间谍也一样会盯上我们。对于进入新领域的制造商来说，工业间谍其实要比背叛性的间谍危害更严重。你要不瞪大眼可不行，这可是个人吃人的世界。”

“但背叛性的间谍使美国真正的敌人有利可图。”卡尔米内改变了一下策略。“你看起来不像身家百万。”

“可那些衣服架子们都像。我能买卖菲利·史密斯或是弗雷德里克·柯林斯，我和格斯·珀维一样有钱。”

“你结婚了吗?”

“是的。五个月前，我们还庆祝了银婚纪念日。我们是在加州理工学院认识的，两个人都是做工程的。”

“呃，兴趣相同吗?”

“兴趣相同那才是双倍地倒霉呀，探长。玛格丽特也是个大美人。”

“有孩子吗?”

“有四个,两个女孩,两个男孩。两个大的在布朗。”

“先生,你的钱都花在哪儿?”

“我花得不多,我们在酣睡巨人国家公园那边有个不错的家,房子并不算大。又想住大房子又想养四个孩子,那得多少钱?我们在缅因州有个打猎的小屋,不过我们不打猎,喜欢徒步旅行。孩子们都开野马车,我们有个这样的车队。在怀俄明的大蒂顿山脚下,我们有个大农场,夏天一般都去那儿。”

“格里尔森先生,你生命中最重要的是什么呢?”

“我的家人,”他毫不犹豫地答道。

“除了家人呢?”

“多默斯。科纳科皮亚要是停了摆,我会买下来,继续给轮船和飞机造涡轮机引擎。”

“真有意思,”卡尔米内站起身来。“这些日子我老是忘了轮船是靠涡轮机提供的动力。”

“探长,从 1906 年起,就一直使用涡轮机,无畏战舰也是使用的涡轮机。”

只需要再见一下埃丽卡·达文波特了。卡尔米内在去科纳科皮亚法律部的路上,碰上了菲利·史密斯正好走出来。

“占用你一丁点时间,史密斯先生。你结婚了吗?”他问。

史密斯感到有点上火。“我当然结婚了!”

“一次?两次?三次?还是更多次呢?”

“34 年间,纳塔莉是我唯一的老婆。我可不信什么离婚还是私通那一套,她也不信那个邪!你这个粗鲁的笨蛋!看看我们怎么睡觉就能满足你这好色之徒的兴趣了吗?还是想把你油乎乎的脏爪子在我们睡衣上蹭蹭?”

“先生，那就不必了吧。有孩子吗？”

“有三个！女儿没上大学，两个儿子一个上了哈佛，一个上了麻省理工。”

“哦，不是上的查伯？真有意思。”

“我孩子在哪儿上学关你屁事？德尔蒙尼克探长，你的问题已经超出了可以接受的限度！我要把你的行为通报给你的上司们，让你放规矩点，明白这一点吗？”他满嘴的唾沫星子开始飞起来。“你是一个——一个——盖世太保一样的盘问佬！”

“史密斯先生，”卡尔米内温和地说，“警察调查谋杀案时，要用很多技巧来搜集信息，而且他还能利用技巧在能支配的短暂的时间里，看透盘问的是个什么样的人。在我们第一轮问讯中，你非常粗鲁专横，那么虽然你的脚指头躲在手工制作的鞋子中，别怪我冒犯，我还是要踩踩的。你的意思是说，你有能力让我‘放规矩点’，但我必须告诉你，上边绝对不会在意你的闲言碎语，因为他们都很了解我。我的地位是自己打拼得来的，不是花钱买来的。在我把你从嫌疑人的名单上去掉前，这场谋杀案意味着你生活中的方方面面都与我有关。明白了吗？”

从他那双眸子中，骤然显示出了两个菲利普·史密斯的形象。一个是傲慢无礼的贵族；另一个是警惕、小心、严谨、非常聪明的人。卡尔米内装作没有看破这一层。

史密斯与他擦肩而过，没有作任何回答。卡尔米内进了埃丽卡·达文波特外面的房间，里面配的一个瘦瘦的模样很难形容的年轻人引起了他的兴趣。

“你的秘书是个男的呀，”他走到窗边。

“听起来是对女主管不错的评价。探长，我还有什么可效劳的吗？”

“你没和我谈过，你是科纳科皮亚董事会的一员。”

“有关系吗？要是有的话，我可还没有看出是为什么。”

“达文波特博士，调查一起谋杀案，每件事都有关联。你真以为，我就弄不明白联邦调查局为什么会对科纳科皮亚感兴趣吗？你和史密斯先生都自认为与之无关。可我也知道，你和格斯·珀维先生经常约会，他非常青睐鸡尾酒女郎，在他的朋友们面前，你老爱帮他打掩护。”

她不再顶嘴。“探长，那我最好告诉您，珀维先生的鸡尾酒‘女郎’都是男扮女装的。他们把头发留得长长的，把身上的毛都脱得精光。他喜欢这些十八九岁的人。”

“一个人的怀疑得到了证实，那就好，”他微笑道。“那么凯利先生怎么样?”

达文波特小姐双颊红彤彤的，嘴唇抿成一条线。她拐弯抹角地回答：“探长，对于两个最后可能会常见面的人来说，我们相处得并不太愉快。按我的愿望，我一辈子也不会交你这样的朋友——你彻头彻尾就是一头男性沙文主义的猪。”

他大笑起来，心中很理解她。“很多年没有人在你的法律专业范围之外劈头盖脸地问你一些很不舒服的问题了。但现在有了这么个人，你不喜欢这种事，也不喜欢这样的人。可达文波特博士，我们这不是在搞社交。现在我在把你当成一起谋杀案可能的嫌疑人进行谈话。以后我们真在社交场合碰了面，就把这事忘了吧，不要把它当成一种多余的负担。”

她那双钴蓝色的眼睛逃避开他的目光，显出很惊诧的神态。她的内心深处挣扎着，然后，叹了口气，点了点头。“是啊，探长，我该道歉才是。没错，我是董事会的一员，这纯粹是因为德斯蒙德·斯凯珀斯觉得，需要有个法律部的人来做董事会的代表。还有，我并不是和格斯·珀维先生经常约会。只是董事会认为非常有必要，我们才约会。说到凯利先生，我认为，你已经知道，他来这里是要调查间谍案。不过我说这些对你的调查都一准是多余的。德尔蒙尼克探长，你简直就是个贪得无厌的好奇之徒，不弄清每个人生活的每个荒淫细节就不罢手，真是个叫人很心烦的家伙。”

“你对我性格的解读真是很到位!贪得无厌的好奇之徒!达文波特博士,一语中的呀。不过,正是有了这种贪婪的好奇心,才使我有了解决问题的本钱。”

“长官跟我们说了,你很难缠哟。”

卡尔米内从窗户边走开时,暗自下定决心,在这次调查期间,一定要打开天窗说亮话。野蛮人可真是太多了。

“女士,明天见。”

他疾步如飞走了出去。达文波特博士还站在桌子前,紧闭着嘴巴。

文件橱里装着科纳科皮亚所有与德斯蒙德·斯凯珀斯有理由认为明确或可能已经泄露给共产党的项目相关的全部资料。

迪莉娅的安全许可证的级别和卡尔米内的一样高,她已经着手看文件。卡尔米内过来和她一起看时,已是下午四点,她已经检查了上面两个抽屉,是关于明确被盗过的东西。

“天哪!”他喊道。“美国还有什么秘密吗?”

“卡尔米内,开心点得了,没看起来那么坏,”她说。“你刚才看到的是八个项目的日常文书,从火箭燃料控制器到瞄准器。还有对冲压式喷气发动机分别进行的两处特别改进,再就是火箭的一个部件,实验性的飞机机炮的图纸,一个新式大气分析仪和某种钢的配方,最后这种配方很有实验价值。情况很不妙,不过一开始我还以为会更糟呢。斯凯珀斯先生把包括信件和备忘录之类的所有东西都放在抽屉里,他需要亲自逐页翻阅——要是他的谋杀案和间谍有关,没准他已经看过了。”

“可能有关也可能无关。底下那两个抽屉里有什么?”卡尔米内问。

“斯凯珀斯先生会认为,这些可能比已经被偷掉的材料更可怕。这里面涉及十年前就已投入生产的项目。”

卡尔米内吹了一声口哨。“真吓人呀!要是斯凯珀斯考虑得对,那也就是说，尤利塞斯已在科纳科皮亚活动了十个年头。”

迪莉娅扑通一屁股坐到了一个带轮子的凳子上，凳子嗖的一声滑了出去，卡尔米内顺手一把抓住了它。这时他俩都扑哧一笑，又戛然而止。“要是联邦调查局不知道的话，一打开底下的抽屉，他们就会知道了。每个生产国防产品的公司都丢了一些东西，”迪莉娅说。

“我本不需卷入搜查科纳科皮亚的间谍，这是一份额外的差事，真叫我感到非常上火。我很想把尤利塞斯称作红鲱鱼，可他又有蓝鲸那么大的块头。我掌握的材料还不够充分，难以确定斯凯珀斯的谋杀案与尤利塞斯无关。迪莉娅，我感到自己好像陷到流沙中，都快要没到下巴颏了。”

“电影里的流沙不过是在浴池里水的表面放些锯末子，”迪莉娅是个电影迷。“这次的麻烦也许是一个样。”

“这池子水很深，我的双脚根本够不着底。”

“干吗要够呢?卡尔米内，使劲踩水，把锯末子都溅出去不就得了。”

“你说得太对了!凯利才是间谍专家，我可不是那块料。我会继续追拿杀人凶手，要是凶手碰巧就是那个间谍，那可是块额外的大肥肉，”他咧嘴笑起来。“没准也就是一把锯末子。”

那天晚上，卡尔米内来到家门口时刚好过七点，他期待着听到迈伦·门德尔·曼德尔鲍姆欢快的声音。然而，他的耳朵中只是一片寂静。他走进那间小起居室——开饭前他们常都聚集在那里。世界上他最爱的五个人中有三个在那儿，他们都鸦雀无声。戴斯迪莫娜拉着脸，索菲娅的脸上挂着泪痕，迈伦显出一副沮丧痛苦的复杂表情。

“卡尔米内，告诉她们我不是故意伤害她们娘俩!”迈伦叫喊着跳了起来。

“我要是知道你们都在说些什么，我会告诉她们的。”

“爸爸，他要走!”索菲娅开始哭起来。

"要走?"卡尔米内吃了一惊。"迈伦,你才刚到呀!"

"不是离开霍洛曼," 戴斯迪莫娜站起来给卡尔米内倒饮料。"他想搬到克利夫兰饭店去。"

"你在开玩笑!"

"卡尔米内,不是的,可不是开玩笑,我想比较随便见到埃丽卡,她想什么时候来就什么时候来,我想叫她什么时候到她就什么时候到。我很理解,你为什么不能叫她到你家做客,我真的很理解。虽然我也很爱索菲娅,但她不是我这次来东部旅行的原因。我要和埃丽卡在一起,她正在经历一段艰难的时光……"迈伦踉踉跄跄地跑过来,站在那里无助地凝视着卡尔米内,两个人对视着。

天啊,他一定是爱死那个女人了,卡尔米内心想。迈伦竟会口不择言地伤害索菲娅,他是不是太毛躁了?这应该是他第一次这样失态。索菲娅跟个五岁的娃娃一样嚎啕大哭。迈伦说话不注意策略,戴斯迪莫娜对此感到很恼火,而迈伦浑身颤抖着,好像就要栽倒。卡尔米内呀,怎么收拾呢?一个一个哄吧。那就先搞定迈伦得了。

他把一只胳膊搭在迈伦肩头上, 一把把他推搡出了房间。"东西都收拾妥当了?"

"妥了,"迈伦大喘了一口粗气。"卡尔米内,真是太抱歉!我不晓得该怎么跟她们说,然后我就把一切都搞砸了。索菲娅哟,我的索菲娅哟!"

"不用担心她,她会原谅你。你真想搬走吗?"

"真想搬。"

"那我叫辆出租车好了,"卡尔米内一把抓起门厅的电话。"你带着行李到路上等出租车得了。我留下来陪索菲娅和戴斯迪莫娜。"

"卡尔米内,多谢,我永远记着你的好处。一旦你们逐渐了解了埃丽卡,你们会爱她的。她真是——呱呱叫。"

哈哈,卡尔米内回到起居室时想。你的埃丽卡很狡猾,不喜欢男人,你讨厌的女人的毛病，她身上应有尽有，只是你还看不透。她到底有什么魔力，我怎么就感觉不到呢？

索菲娅伤心透顶，卡尔米内花了好长时间才让她平静下来。从迈伦踏进这个家门到现在，他还跟她说过些什么，竟使她伤心欲绝，好像世界末日来临一样？他坦坦荡荡地来到这儿，索菲娅也似乎对他要来的消息很开心。可现在是两重天，一把鼻涕一把泪，哇哇大哭起来，连住得大老远的邻居们都惊动了。好似她把迈伦的过错转嫁到了他的头上，现在他对她的劝说也无济于事。因为他是另一个男人，或者说因为他是另一个爸爸吗？卡尔米内想不明白，不过孩子的悲伤就像一把钝刀子刺痛着他的心。

虽说他也没见戴斯迪莫娜这么伤心过，但心中也部分地感到欣慰。这说明，她全心全意爱着索菲娅，不管出了什么事，都会为她操心。

“那家饭店呀！”她牙齿咬得咯咯响。“他怎么敢这样？克利夫兰饭店都快老掉牙了。”

“他要是不喜欢厕所冲水的方式，可以叫管道工修理。而且，去年他们也曾重新粉刷过那套房间。你了解迈伦，他才不会住在梅西百货背后那种狭小的单人间里。戴斯迪莫娜，迈伦要和她睡在一起。”

最后，索菲娅饭都没吃就睡下了，戴斯迪莫娜也略微平静下来，卡尔米内则喝起了小酒。

“我很纳闷，他是在哪儿认识她的？”戴斯迪莫娜问。

“亲爱的，只要有时间，我们会弄明白的。”

“政客们真的常这么说？太自以为是了。”

“他们就是那种做派。不过，还有个更重要的事，朱利安怎样？就算旧金山地震了——这小东西也不怕噪音，还能呼呼大睡。我把刚才索菲娅嚎啕大哭的事都给忘了。可怜的人儿啊。”

“有埃丽卡也好，没埃丽卡也罢，迈伦会高高兴兴带索菲娅出去吃午饭，也会给她买那套橄榄石珠宝首饰，她已眼巴巴地盼了好几个星期。”

“那不会太贵吧?”卡尔米内急迫地问。

“亲爱的,不算贵。是苹果绿色的半宝石,硬度中等,镶在 14 开的金子上。”

“他真能给她买吗?”

“哦,不那么简单!她爱他就像爱自己的父亲,她会原谅他,不过她必须让他明白,原谅得有个代价。今天她走过了架在地狱上面狭窄的拱桥,小时候的孩子气不见了。我们都亲眼目睹了人生的一场悲剧——再亲密的关系也会松动。卡尔米内,索菲娅把迈伦当成她最亲的人,从某种程度上说来,你倒从来还没到那份儿上。以后她可能还会跟以前一样爱迈伦,不过不会再完全相信他。他把这个新出现的女人看得比她还重,是背叛了她。”

“这就像是在夺你的蛋糕吃,而且确实已咽进了肚子里,”卡尔米内反驳道。“要是她不来找我们,迈伦就不会那么孤单,现在他成为了受责备的目标。”

“我们俩都清楚这一点,她也知道。不过她头脑中还有太多的孩子气,以为能拥有自己的蛋糕,并且能把它吃下去。现在她知道这不一样了,她悲痛的一方面原因是她要离开他了,”戴斯迪莫娜说。

“我的孩子们都很幸运,”他把她拉到椅子里,亲切地吻了她一下。“他们有一个聪明的妈。”

“不,是个老婆子了,”她亲了他一下,她那修长的身子坐在他的大腿上。“我们的晚餐算是泡了汤,也不敢叫伊米莉亚进来看孩子,索菲娅有要自杀的架势——不,不,她不会做傻事,不过她还真会想到那一茬,我还是自己呆在这儿吧。你可以在大红肠和奶酪中选一样夹在三明治里。或者你两样都夹进去得了。”

德斯蒙德·斯凯珀斯的谋杀案一直萦绕在卡尔米内的心头，他和特德·凯利在科纳科皮亚餐厅一个很僻静的角落里见了面，阿贝和科里没有同行。

“档案橱里的内容很让人失望啊，”卡尔米内吃着夹着炒鸡蛋的烤面包片、十多片香脆的熏肉还有些烤豆子。夹着大红肠的三明治不够吃，可是戴斯迪莫娜又拿出了炒锅时，朱利安犯了绞痛。

“你是怎么知道档案橱里有什么的?”凯利问。“在你有空看以前，我已经拿回来了。”

“噢……看的复印件吧?”

凯利目瞪口呆地看着他。“你怎么能复印绝密文件呢！那会判绞刑的!”

“我这辈子也弄不明白联邦的死刑——你们绞死他们？枪毙他们?还是给他们用电刑呢?报纸上报道那起叛国罪案件有些日子了。特德，得反驳一下你的说法，复印件从复印机上印完后，除了我和迪莉娅·卡斯泰尔斯，没有人看到过，我们可都有安全许可证。还有，你能看到尤利塞斯溜进霍洛曼县服务中心大楼搜集情报吗?我们的影印本锁在证物室，那里面从带血的斧头到伪造的牌照，还有几公斤海洛因，应有尽有。证物室是个小部门，这就是说，那儿的警卫记得每一张走进那扇门的警察的脸。其实霍洛曼警局的安全性要远远高于科纳科皮亚，这一点你是清楚的。未经审查你就让他们在科纳科皮亚当保安的那些蠢货，他们两手插进自己短裤里，连屁股都摸不着。保证安全的关键就是要记住所有经过这扇门的人的脸，并对他们每一个人都要记录在案。如果真做到了这些，即使德斯蒙德·斯凯珀斯本人就是尤利塞斯，你也会把他认出来，因为并不是每个人去那里都心存歹意。特德，人们都常常有惰性！那些人就是钻了这个空子。更糟糕的是像科纳科皮亚这样的雇主们为董事会的成员节省下来大笔的票子。可是不多给钱，只有笨蛋才肯干活。就是有登记簿，多久会用上一次呢？没错，没错，这不直接归你管，可这就该你来管一下。你长得像大力神赫拉克勒斯，可这些腥臊烂臭的牛圈中，牛粪堆积得很快，你铲都铲不完。”

他一直在一边吃，一边说，特德·凯利像着了迷似的看着他；每个人都会认为，那个家伙一口饭都没沾牙！可他像个大法官的忠实仆人，只有点头称是的分。

“卡尔米内，我对你的所有观点都很认同。我们需要更强硬的法律和刑罚，从这方面来说，有了尤利塞斯倒是件好事，”特德苦笑着说。“我很高兴，你已经检查过档案橱。至少现在我知道，它很让人失望。”

“什么意思？档案橱在哪儿？”

“武装人员正护送档案橱去华盛顿特区。运到那儿后，还得再过几个星期，我才能得到有关档案内容的消息。”

“哼，联邦调查局和我们其他的国家资本一个样——全都是一帮坐办公室的家伙，为的就是证明他们还在喘气。”

卡尔米内把盘子里的东西吃得一干二净，又喝了些咖啡，心满意足地凝视着特德·凯利。“我想知道，你从德斯蒙德·斯凯珀斯家的顶楼里拿走了什么？”

“我什么都没拿。”

“胡说八道！在我的法医检查官和他的小组到达现场前，你就下了手。”

“你说这话毫无根据。”

“我有证据在手。朋友，你不该在验尸官去之前，扰乱我的犯罪现场。你应和我一样都懂得规矩，也该清楚，在没有越过州界的地方，谁应对一起和间谍活动没有关联的谋杀案具有管辖权。在斯凯珀斯家的顶楼里，一定有你不想让我们这些土包子看见的东西，我就是想弄清楚是什么。”

“我连个曲别针都没碰！我就看了一眼尸体，在周围转了转。”

“你动过尸体？”

“没有！”

“那就描述一下尸体的状况吧。”

“都已经过去了二十四个多小时，是不？让我喘口气！”

“少废话，你是经过专业训练的观察员，谈谈尸体的状况。”

特德·凯利特工闭上了眼睛。“斯凯珀斯躺在按摩椅上。胳膊上有个四号针头扎过的针眼。一小滴清澈的粉红色液体滴落下来，那绝对不是血。没错，于是我用一支棉签取了样，又把它擦干。斯凯珀斯浑身光溜溜的，有人草草把他身体的汗毛一直剃到阴茎根部，但没有再往下剃。他的名字烙在他的身体上。还有另外一些烧伤的地方。有人用笨重的钝刀子把他的两个乳头割了下来。另外，他的手腕和脚踝处有捆绑过的红印子。就是这么多。”

“老天啊，你是个骗子，凯利！你说从没碰过尸体，是那么回事吗？”

“我没碰过尸体，是那支棉签碰的！”

“从你离开顶楼到奥唐奈博士到达之间有多久？”

“半个小时吧。”

“你一直就在附近？”

“没有，我去了楼下斯凯珀斯的办公室。”

“你就是不想告诉我你拿走了什么东西喽？”

“我什么都没拿。”

“特德，好吧，我知道，间谍罪非常令人讨厌。你要是不掺和这个事，我们很乐意与你分享一些成果。可惜的是你这个人就是一根筋。除了给你一些警告，我没有什么同行间的好话跟你讲了。”

"尤利塞斯害死了斯凯珀斯,这是属于联邦调查局的一起案子。"

"那就给我一些确凿的证据吧。"

"我办不到。"

"或者说,是不愿给吧。"

"说真心话,卡尔米内,我也做不了主。"

"还好我不是,"卡尔米内刷地站起身来。"特德,所有自助餐厅里的咖啡都难喝得要命,对不?知道这一点倒还叫人心里挺舒坦。现在你身在一个周围都是古怪人的巴掌大的州里,要想吃上顿像样的饭,喝上杯美味的咖啡,那就去迈尔维利奥饭店,就在县服务大楼旁边。"他顿了顿。"你成家了吗?"这似乎是一个人们很讨厌回答的问题。

"过去的事了,"凯利面带愠怒回答道。"她很讨厌我老不回家,以为我在外面有女人。"

"他们有没有让你去做秘密工作?"

"就我这么大块头?"

卡尔米内咧嘴一笑,接着向外走去。"联邦调查局中还有一个有点脑子的人,知道这点蛮不错。回头见。"

卡尔米内把特德·凯利所做的一切都告诉了帕齐,帕齐说:"注射四号针的针眼不可能流出任何一滴液体。我知道我们晚了一步,不过斯凯珀斯被发现时已经死得太久了,不可能渗出液体让凯利用棉签吸起来。顺便插一句,这就是说,当时他随身携带着样本瓶、试管、棉签等所有的工具。他一定对每一个伤口都取了样,并用放大镜仔细检查了尸体。我可以把大话放在这儿,那里的人甚至都没有发现他随身携带了那些工具呢。"

"那我立马向联邦调查局索取他们的分析结果,尤其是要那滴液体的分析结果,"卡尔米内说。"思韦茨法官会对这个结果看得很重!真是个朗费罗式的古怪货!凯利居然不知道朗费罗是个诗人,这头无知的蠢猪。有时我都纳闷，他的哪些行动会真正有点结果。”

“眼下我还是很担心那滴液体，”帕齐接过话来。

“是肝素吗？”

“老天，为什么？斯凯珀斯一动不动，就算四号针头掉出来，也还有其他一些血管。除非杀手对注射不是很专业。没准他很幸运在第一条血管就已得手，于是就决定不再冒失败的危险。因此，就用到了肝素。我要亲自检查一下那个地方，”他看上去很不开心。“这明确提醒我，无疑对斯凯珀斯的尸体我还要再去看一眼，先前的检查还不够彻底。”

“帕齐，斯凯珀斯的谋杀案只是12起中的一起。”

“这才是真正让我担惊受怕的。那些案子中有多少我已是全力以赴？那个婴儿和母亲……我要重新调查那11起案子中的9起，卡尔米内，这一次，每一起案子都得使出吃奶的劲来。”

争来争去也无济于事，帕特里克已拿定主意。卡尔米内说：“那么就从埃文·皮尤的案子下手得了。”

“你觉得这起案子最重要？”

“我不是觉得，是知道。”

“埃文·皮尤的案子的确很重要。对了，顺便也问你一声，”帕齐漫不经心地说，“我听说迈伦已搬离了东区？”

“这事到底是怎么传出去的？”

“东部霍洛曼的小道消息呗，警察们可是躲都躲不开，伊米莉亚大妈大动肝火。”

伊米莉亚大妈就是卡尔米内的母亲，他无奈地耸了耸肩。“那么，我知道的你也都知道了。”

“没准更多点呢。他已经包下了克利夫兰饭店的最顶层，打算把他的宝贝埃丽卡介绍给霍洛曼所有的头面人物。”

“哇！他真要这么干？”

“我倒盼着他真这么干呢。”

“我只希望她和这些谋杀案没有牵连。”

“怎么,她已进入了你重要的嫌疑人名单?”

“还没呢,不过快了。”

卡尔米内离开了帕特里克,集中精力准备对埃文·皮尤的案子再一次发起进攻。他回到办公室,桌上堆着一小摞单页的材料等他阅读。大部分是备忘录,还有一些正式的信函。这些文件先到了迪莉娅手中,都打印得很整齐,上面既没有署名,也没有首字母签名,它们的来源让人摸不着头脑。

最上面的一份备忘录写着:“先生,谨提醒您已和我约好面晤,进一步讨论已提出的原子反应堆设计问题的修改意见,时间、地点照旧。”

这15份材料中,有4封信函、11份备忘录,迪莉娅觉得这些东西有些不对劲:“它们像是在同一台打印机上打印的,可如果公司用的是国际商用机器公司高尔夫球型号打字机,字母键还没磨损或变形,就很难确定了。我似乎觉得,所有的行政秘书都用崭新的或几乎是崭新的打字机。碳色打字带只用过一次,并且没有一点错误,这都说明打字员很娴熟。卡尔米内,我真不愿多嘴,可凯利先生不应只是去查那些高层,还应该去查一下那些行政秘书。不会有管理人员为挣得几个子儿,去干打字这种活儿。”

“要是一个女主管呢?”卡尔米内问。

“除非她是秘书出身,不然她也不会劳神去干这种差事。达文波特博士可从没干过秘书。在大学的时候,她甚至雇了一个打字员给她打作业和论文。”

“这种情况倒还是个宽慰,”卡尔米内考虑到了迈伦。

“你收到邀请了吗?”

“邀请去干什么?”

“周六晚上,曼德尔鲍姆先生要在克利夫兰饭店举行一个招待会并提供自助餐。约翰舅舅、我和丹尼都收到了邀请,”迪莉娅说。

“你大概也会在那里看到我、戴斯迪莫娜和索菲娅。对了，档案橱里还有没有其他的东西需要我处理？或者说我交给你来办行吗？”

“我会把剩下的东西都安全地烧掉。”

“那么，我们就不要为特德·凯利卖力了，那个狗娘养的骗子。我们会回到谋杀案上去。今天是周四，如果开车去奥尔良再返回，就会太晚，赶不上吃晚饭，那样斯凯珀斯太太那儿就得等到明天。通知她我明天去，好吗？阿贝和科里在哪儿？”

“在资料室看报呢，需要电话叫他们一声？”

“不用，我顺道接着他们俩得了。”

公共图书馆在离锡达大街不远的地方有自己的建筑，但资料室设在县服务大楼里，便于警察局和消防局的人前往。老百姓也可以光顾这个资料室，居民区的一些常客追梦般地翻阅着大幅旧版的《霍洛曼邮报》，那些报纸上总是有着非常丰富有趣的当地新闻。有人正慢慢地把《霍洛曼邮报》制成缩微胶片，卡尔米内很纳闷，读者怎么会喜欢盯着黑白屏幕看那些缩微的东西。他总结道，总有一天，人们会很腻味。这时他朝阿贝和科里那边瞥了一眼。

“进步也会扼杀许多有趣的东西，”他说。这话对他困惑不解的心来说，等于没说。这时，他们抬腿走了，接着一起离开了大楼。“有什么线索吗？”

“有连篇累牍关于登巴夫妇的报道，他们的事业真是如日中天。登巴博士的太太很有文学素养。院长研究的是文艺复兴时期的文学。他们俩都积极资助儿童疾病治疗方面的慈善事业。登巴太太还是妇女解放运动的名人。也有许多有关德斯蒙德·斯凯珀斯的报道，这一点我们也预料到了。我们还注意到关于他的那些文章并照相复制了他的一些特写。他们离婚的事提到得不太多，这倒有点蹊跷。”

“这个呀，是有点反常，一定是科纳科皮亚想尽量把这事给捂住呗。”

科里向卡尔米内汇报完后，卡尔米内对他报以微笑，不过还要确保这微笑的对象也包括阿贝——那个中尉职衔真是块心病，他想退出职务分配小组，不过西尔维斯特里说，他要继续留任。

当他们沿着南格林街向枫树街驶去时，阿贝问："我们要去哪儿？"

"去克利夫兰饭店，得去见见老皮尤夫妇。他们来认领遗体，但打算一直等到能把遗体运回家。他们的律师也一道来了。"

"卡尔米内，会有麻烦吗？"

"也不见得，是丹尼·马尔恰诺接的电话，说听他们讲话，像是很有教养的人。"

老皮尤夫妇住的套房就在顶楼的下一层，可以俯瞰北磐石海岸的红色岩石。成片的树木刚刚吐出新叶，整个霍洛曼掩映在树林中，蒙上了一层飘渺不定的半透明绿色面纱，可卡尔米内知道，戴维和伊妮德·皮尤无心欣赏这些景致。

他们在40至50岁之间，皮肤晒得黝黑，身体很健康，衣着颜色鲜艳，说明他们住的地方气候很宜人。他们比儿子潇洒许多。要说世界上存在着被偷换的孩子，埃文·皮尤就算是一个，他骄傲自负、自赏自怜，非常缺乏道德修养。卡尔米内与皮尤父母在一起呆了五分钟，发现他们压根没有那些臭毛病，律师在场只是帮忙办理一些他们要办的法律手续。他们把自己的悲伤藏起来，可心中又确实非常痛苦哀伤。他们怎么会生出埃文这样的孩子？他们坚持要知道这起谋杀案件的全部情况，这让卡尔米内很为难，可又不忍心让他们的幻想全部落空。

"没错，他总爱那么瞎胡来，"皮尤太太悲伤地说，"甚至喜欢把蝴蝶翅膀扯下来。可是德尔蒙尼克探长，我们试过了人类已知的所有治疗方法，但都没能使他变得文明。精神病医生说他已精神变态，无药可救啦。但我和戴维只是满心希望并祈祷着，当他长大成人，自己就会变得文明。他一向聪明过人！SAT考试成绩非常高……他要去上查伯大学，我们就只得让他去了——我们本想让他找个离家近一点的学校,可是他就是瞄准了查伯。那里有最优秀的医学预科专业和医学院,他认为,学医是他唯一的选择。”她叹了一口气。“长期以来,我和戴维都一直等待这种事情的到来。”

“皮尤太太,皮尤先生,我也感到很痛心,”卡尔米内安慰道。

他和警官们静静地走进电梯,卡尔米内才又说道:“我猜,他们中的一些人也一定会有这样的模范父母。”

“我第一次见到像皮尤夫妇这样的人,”科里接过话去。

“我也是头一回啊,”阿贝接着说。

他们冷不丁撞上迈伦陪伴着埃丽卡·达文波特穿过克利夫兰饭店门厅时,卡尔米内一时愣住了。达文波特博士今天穿了身紫色套装,衬得她的双眸如紫罗兰一般。由于迈伦个子不高,她特地穿了双低跟鞋,这让卡尔米内感到挺有趣。等她见到了戴斯迪莫娜就有的瞧了,卡尔米内心想,边点头示意让他的小组先走一步。

“索菲娅还好吗?”迈伦一开口就问了这件事。

“戴斯迪莫娜好像正考虑,如果你请索菲娅吃午饭——她一个人——她最近看好了一颗橄榄石,你要给她买下来,这是她一直梦寐以求的玩意儿,这样你还有机会重新获得她的好感,”卡尔米内说。

“明天学校就放假,我会带她去。”

“迈伦,还有一件事。不管你在索菲娅面前怎么说埃丽卡的事,索菲娅的脑瓜里都一准会认为,在我忙着破大案的时候,你来定会好好地逗她开心。她很喜欢小弟弟,但他耗去了戴斯迪莫娜大部分的时间。”

迈伦呻吟了一声。“呃,老兄,我真的是很抱歉,抱歉死了呀!”

“去说给她听得了,不要跟我说。”

“我一定要给她买钻石!”

“你不用太破费!戴斯迪莫娜说了,16岁更适合戴橄榄石,我百分百相信她的判断准没错。”

卡尔米内说完朝一声没吭的埃丽卡·达文波特点了点头，接着就跟着阿贝和科里出去了。

“戴斯迪莫娜是谁呀？”她以轻柔清脆的声音问。

迈伦回答了什么谁都没听见，可卡尔米内脑袋里闪出一个好点子——他真想仰天大笑，看上去神秘兮兮的，告诉她走着瞧吧。

这时阿贝说：“他们都在议论她和迈伦的那点事。”

“怪不得她戴上了那么多钻石呢，”科里接过话去。

是呀，说怪不怪，卡尔米内暗自思忖。迈伦认识她才几天，我讨厌这个女人，我和迈伦是不是连朋友也没得做了？这女人贪得无厌，把男人活生生的血肉当做盛宴享用。

那天剩下的一些时间，卡尔米内一无斩获。星期五的黎明时分，天朗气清，卡尔米内觉得如释重负。他很需要放下日常工作喘口气，于是独自驾车沿着 I-95 号州际公路，朝科德角驶去。因从事地球物理运动的巨兽的大口吞噬，海岸线已是参差不齐，巴泽兹湾便是巨兽血口鲸吞的最大一个缺口，所以他的目的地充满了艰难险阻。现在卡尔米内在康涅狄格州，不管走哪一条路，都是一段很长的旅程。于是他把警灯放在了费尔林车顶上，拉响警笛，以 70 迈的速度向前疾驶。

科德角的形状就像人的手臂，奥尔良坐落在手臂的前部，查塔姆在胳膊肘的位置。那里有许多举世公认的美丽村庄，奥尔良是其中最美的，虽然在这个时候大部分带院子的房子和别墅都无人租赁。科德角不愧是避暑胜地。房子一般都是用未涂漆的雪松板和木瓦建成，海风和日晒使木板看上去似是泛着粼粼银光。到了七月份，大片粉红和雪白的玫瑰争奇斗艳，将村庄装扮得分外妖娆。这个手臂形的半岛，像一个男子汉正在展示二头肌，环抱着科德角湾平静的海水。夏日里，这里也是风平浪静，而半岛的外部却经受着大西洋风浪的猛烈冲击。半岛的前部，浪花飞溅，拍打着沙滩。

卡尔米内十分喜欢科德角，要说有什么未了的心愿，那就是希望能在科德角的海恩尼斯和普罗温斯顿之间的一个地方，拥有一栋避暑的别墅。这里是英国清教徒第一次登陆的地方。

菲洛米娜·斯凯珀斯的住处位于小巷的尽头。到了七月份，纵横式篱笆会淹没在密密麻麻盛开的玫瑰里。房子用银白色雪松板建造，是科德角典型的殖民时期的建筑。房子搭有玫瑰花棚架，院中有大片的园地，可以说，这栋房产价值千金。房子一直延伸到带顶棚的清澈的水面，水边还建有码头和船库。显然有人喜欢在船上消磨时光。房子对着海边的侧墙上有燃油出油口，这说明，房子常年有人居住。卡尔米内愉快地看罢房子，沿着通往前门的小径向前走去。小径上铺满了鹅卵石，走在上面发出嘎吱嘎吱的声响。

斯凯珀斯夫人亲自出来开门。她有一头浓密的黑色鬈发，皮肤黝黑，眉毛和睫毛也呈漆黑色，还有一双深绿色眸子，是一位神情忧郁的大美人。

"探长，请进吧，"她领着卡尔米内穿过长廊来到房子的后部。那是后来增建的一间英式风格的温室。所有的玻璃都嵌在精美的新艺术风格的铁柱上，那些柱子都涂上了白漆。温室里摆满了植物，有些植物甚至触到了透明的顶部。即便这样，温室里还是留有宽敞的空间，摆放了一套雪白的桌椅。在另一个地方，还有两把带白色垫子的小沙发椅。卡尔米内还注意到，所有的花盆都涂成了白色。斯凯珀斯夫人真是个完美主义者。满室绿色宜人，白色又增添了特殊的情调。

她给他上了一些糕点。一路上他都没有停下来吃早饭，于是很快就解决了那些美食；因为缺少带把的大杯子，只得用小杯多喝了好几杯咖啡。他只有吃饱喝足，才能打开话匣子，谈笑风生。

"你没有再嫁人吧？"他问。

“没。我只爱德斯蒙德一个，”她从没有像这样唤出斯凯珀斯的全名。接着她顿了顿，用平静的语气说了一件让人很意外的事。“我们又和好了。”

他惊异的眼睛一直盯着她那张又平静又冷冰冰的脸蛋。“你们又和好了?都过去这么久以后?”

“没错，都是看在小德斯蒙德的分上。四个多月前，我联系了德斯蒙德，从那以后，我们谈过多次。你知道，他在外面还有别的女人。”

“斯凯珀斯太太，就算有的话，我们怎么连她的一点点踪迹都没找到?”

“你们当然找不到，因为那个人是埃丽卡·达文波特。”

“夫人，她矢口否认这件事。”

“那是自然啦!那一准不是什么大不了的情事。再说了，探长，我其中的一个条件就是德斯蒙德终止与她勾勾搭搭的关系。”

“他终止与她勾搭了?”

“没错，在我第一次和他联系后没多久就刹车了。”

“那他有没有送她钻石耳环或链坠作分手礼物?”卡尔米内好奇地问。就像埃丽卡·达文波特说的，好奇是他没完没了的恶习。

斯凯珀斯太太放声大笑起来，显出很开心的样子。“你说谁? 德斯蒙德?没有!他可能是全美数得着的大富豪，可也是个吝啬鬼。”说完，她眼睛中噙满了泪水。“哎呀，天哪，过去的那个德斯蒙德真是叫人没法启齿呀，甚至也很难让人想起他来。尽管德斯蒙德没破费一个子儿，但他送给埃丽卡的礼物要比钻石还贵重得多。”

“让她成为董事会的一员，还给了她一些别的东西。”

“一点没错。我对她这号人根本不放在心上，她和德斯蒙德搅和在一起时，他就不会来折腾我。”

“您受过良好的教育。”

“算是吧，多是从书本上学来的。”

“有毕业文凭体面些，不过只有业余阅读才真正对人有所教益。斯凯珀斯太太，你为什么要提议和解呢？正是你丈夫的嫉妒毁了你们的婚姻。”

“我跟你说过，是因为小德斯蒙德。”

“没有他父亲曾给你带来的那些恐惧性的折磨，他不是会过得更滋润些吗？我已看过你们所有的离婚材料，所以我清楚这些事。”

“我叫他向我作出保证，他一辈子都不能再有那种勾当，”斯凯珀斯太太说。“对德斯蒙德来说，那些保证都是很郑重的。要知道，小德斯蒙德就要进入青春期。不管这个父亲多么不称职，这个年龄的孩子需要父亲的关照。探长，我都可以为孩子去死！我也相信，德斯蒙德已作出了保证，绝不会食言。”

“可眼下你所有的计划都已落空。”

“是呀，但至少我是尽了力，小德斯蒙德也知道，我已尽了力。他父亲现在不在了，我的兄弟们可以照顾他——德斯蒙德活着时，他们都不敢这么做。他雇了杀手威胁他们，他说得出，也能做得到。他说，如果知道地方，任何人都可以雇杀手。”

我真想弄明白：还有谁知道在哪里可以雇到杀手？没准埃丽卡·达文波特博士知道？菲利普·史密斯呢？还有弗雷德里克·柯林斯？就连我着实很喜欢的格斯·珀维也知道？卡尔米内心中盘算着。然后他大声地问：“你儿子怎么样了？”

“他出了水痘，恢复得很慢，和病痛做着艰难的斗争。我以前觉得，这不过是孩子们闹的一种小毛病。他整个嗓子里都已经溃疡了！今年没办法了，只得留级，真是糟糕透顶。”

“要是请个家庭教师，上夏季班，那样，就不用留级，”卡尔米内建议道，他自己的身体一向都很健壮。

“那只得看他能不能吃得消了，”菲洛米娜口气很坚决地说。

噢！真是一个过分溺爱的母亲！于是卡尔米内换了个话题。“斯凯珀斯夫人，请跟我谈谈埃丽卡·达文波特吧 。”

“我很讨厌这个人。但和其他那些懒虫相比起来，她应该在董事会中得到那个位子。噢，这不能包括沃利·格里尔森！那是个不可多得的人才。老沃尔特·西蒙兹主管法律部时，那可真是倒霉死了。科纳科皮亚在合同上一直出毛病，在庭外要花大笔的钱赔偿损失并付诉讼费。埃丽卡掌管后，那些毛病都逐步解决了。德斯蒙德赏识她，因为她给公司节省了巨额开支。”

就在这时，有个人在房前大叫，应声的是个嗓音沙哑、轻声轻气的男孩。他们三言两语说完了话，不过新客人进来时，德斯蒙德·斯凯珀斯三世并没有一起过来。这个家伙活像卡尔米内的兄弟，他们都长得高头大马，似是一个模子铸出的，都是橄榄色皮肤，都有一样宽大的颧骨，还有着同样睿智的眸子。但二人头发和眼睛的颜色有所不同，他留有一头时髦的蓬乱长发，眼睛呈深褐色。他身穿牛仔喇叭裤、白色毛绒衫、斜纹粗棉布夹克，不过想法让衣服看上去很正式。他带着一副当仁不让的主人的架势，这架势在卡尔米内身上同样存在。

“我是托尼·贝拉，”他伸出手自我介绍道。

“卡尔米内·德尔蒙尼克。”

“菲洛米娜，你还好吗？”贝拉向斯凯珀斯夫人问候道。

“好得很，谢谢你了。”说完她转向卡尔米内。“托尼好像觉得全世界都在跟我过不去。”

“斯凯珀斯夫人，不要责怪一位忠实的守护者。要不是凶手依然逍遥法外，我也不会来拜访你。你没有什么危险，没事的。见到贝拉先生，也同样真是一次幸会。先生，你住这附近？”

“是的，就住在小巷里。”

“好的。根据德斯蒙德·斯凯珀斯的遗嘱，德斯蒙德·斯凯珀斯三世继承所有的家产。我本应该拿到一份文件的复印件，但还没有弄到。达文波特博士打电话给马尔恰诺探长，说你儿子小德斯蒙德是全权继承人，但没有说任何细节。贝拉先生，或许你能给我提供一些详尽的情况？”

“真希望能为你效劳，”律师眉头紧蹙，“可眼下我们甚至都还没有听到那么多的情况。”

“遗嘱应该有个宣读的程序吧，特别是要当着继承人的面宣布一下，”卡尔米内说。

“不一定。这完全依照遗嘱本身的要求而定。斯凯珀斯先生的律师在纽约，应该已经知道了遗嘱的内容。要是小德斯蒙德是继承人，我就有权查看遗嘱的全部内容。因为我是代他妈妈行使权利，所以也是代他行使权利。”

“先生，这是板上钉钉的吗？”

“哦，那倒不是。可她是他的监护人呀！”

“是呀，那是当然了。”他看了一眼菲洛米娜·斯凯珀斯。“夫人，我仍想了解几个问题。能告诉我第一次向你前夫提议和好的确切日期吗？”

“我们是在电话里商谈的，那是去年11月份第三周的星期一。”

“那斯凯珀斯先生是什么时候和达文波特博士分手的？”

“在那以后没几天，当然就是在同一周。”

所以埃丽卡·达文波特知道他们和好已有四个月，多少差不了几天。这还不能成为她到现在才开杀戒的足够理由。一个被人拒绝、脑子里装着谋杀想法的女人，不会干等这么长时间才动手。这倒像是斯凯珀斯这条大鱼脱了钩，她又重下诱饵，于是钓到了迈伦。那些钻石是迈伦给她的礼物。他真是个天底下出手特大方的男人！那些钻石加起来有八克拉，价格应该在25万到50万之间。这对迈伦·门德尔·曼德尔鲍姆来说，可也不是一瓶可口可乐呀！他是很认真的。上次他也是这样一掷千金，送给了索菲娅的妈妈一些不菲的宝石。

“斯凯珀斯夫人，那你能再说说那些……呃……懒虫们的情况？”

她轻蔑地笑了笑，脸上闪现出一种不太自然的表情。“哦，那一帮子呀！德斯蒙德称他们为‘应声虫’，理由是很充分的。菲利·史密斯很从容地接受了这一‘雅号’。他自己经管着一家公司，也不为这一‘雅号’所累，我估摸着，他又像以前那样化险为夷了。他就要接替德斯蒙德，用你的话说，就是主掌董事会。一个伪君子！每个人都对他的‘君威’深信无疑。”

“他们过去都有什么样的经历？有哪些可疑的活动？有哪些可疑的交易？又有哪些可疑的女人？”

“除了格斯·珀维，其他的人我都摸不太准。他装成男人中的男人——从一方面讲，又是男人中的男人们不太愿意追求的对象。也就是说，他是一个同性恋，对装扮成女人的青年有一种强烈的爱好。”

卡尔米内瞧了安东尼·贝拉一眼。“先生，还有什么要补充的吗？”

“没有了，我还算不上是科纳科皮亚的一员。”

或许是还算不上吧，卡尔米内站起身来，心中暗自琢磨着，不过肥猫律师大人，我打算调查你4月3日的行踪。你在奥尔良有一处专供过冬的房子，足以说明你的法律工作收益不菲。你爱上了斯凯珀斯夫人，可是除了把你当做她的一个朋友，她都不愿瞧你一眼。这可是你面临的一种很难堪的局面。

在回家的路上，他又重新玩起了那些恶作剧：车灯闪烁，警笛嘶鸣。从普罗维登斯回霍洛曼，算是轻车熟路。也许到奥尔良的访问对他的头脑有些启示，但这并没有使调查工作取得多少进展。该来点硬的！如果在县服务大楼还见不到遗嘱的复印件，他很想闯进埃丽卡·达文波特的老窝，要求立即搞到一份。但那些文件已在那儿恭候。对他来说，那些莫测高深的法律术语，习惯了以后都已是毛毛雨。他迅速浏览了许多页文件，接着向后靠了一下身子，喘了口气。有人曾走漏了风声，说他今天会去见菲洛米娜·斯凯珀斯。在他们会面前，埃丽卡·达文波特故意对他和菲洛米娜·斯凯珀斯隐瞒了遗嘱的内容。这也难怪！她们活像两只在一起张牙舞爪进行殊死搏斗的野猫。这对菲洛米娜·斯凯珀斯和安东尼·贝拉来说，该是多么大的打击啊！带着这种愤怒的情绪，他们又会说些什么呢？

德斯蒙德三世的确是唯一的继承人，但监护权却属于埃丽卡·达文波特。这监护权不是说要尽母亲的责任：菲洛米娜仍可以随意让孩子住在家里，供他饭食、衣服，教育他。在他的家里，她仍是母亲。但达文波特剥夺了她掌控德斯蒙德的命运及前程的权利，同时也剥夺了她掌控科纳科皮亚命运的权利。当涉及权力和金钱时，埃丽卡·达文波特代替他的父母行使权利。从现在起到这个小男孩第21个生日前，埃丽卡是科纳科皮亚的总头目。卡尔米内觉得，在法庭上，安东尼·贝拉没有希望能改变遗嘱的内容。菲洛米娜·斯凯珀斯缺乏生意方面的经验，无法向陪审团提供什么。菲洛米娜·斯凯珀斯只得乖乖地站在科纳科皮亚的总裁埃丽卡·达文波特博士这边，这是她唯一能有所获益的办法。而她恨透了那个女人。

迈伦算倒了八辈子霉！如果这就是怂恿她向卡尔米内的朋友的感情世界发起攻击的原因，这种闪电般的举动则说明，埃丽卡并不需要找一个阔佬丈夫。她可以趾高气扬地给自己确定工资的数额，没有人会反对她——梵克雅宝[1]，我来了！卡尔米内转而认识到，不是这么回事，对她的淘金者的形象是一种误解。这个女人要的是权力而不是金钱，这倒给迈伦提了个醒，对这个女人，他还有不了解的一面。迈伦走进卡尔米内的生活已经有15个春秋，从表面看来，他一直是个非常有钱的电影制片人；卡尔米内从没想过要干涉这位好伙计的商业事务。现在，管不了那些了，一切都已为时太晚，他开始考虑到，应该动手了。

这个四个多月前被德斯蒙德·斯凯珀斯提出分手的女人又是什么样的情况？她或许把她情人的行为理解成为她走向覆亡的开始。然而，她已经成功地接替他成为科纳科皮亚王国的统治者。那么埃丽卡·达文波特知道德斯蒙德·斯凯珀斯遗嘱的内容吗？现在，这成了一个很大的问题。如果

①法国顶级珠宝品牌。

她真的知道了遗嘱的内容，这可是个巨大的谋杀动机。但她是怎么知道在纽约市一座保险库里的文件中的内容的呢？那个保险库由一家公司严密看守，她并不知道那家公司。唯一的可能就是斯凯珀斯告诉了她，但他会告诉她吗？不，他不会那么干，卡尔米内本能地做出了这个结论，因为斯凯珀斯不是那号人。相反，他会津津有味地折磨她几周甚至几个月的时间。虽说他和埃文·皮尤有着明显的不同之处，但也是一丘之貉。我敢断定，他们都喜欢折断蝴蝶的翅膀取乐，卡尔米内这样思索着。

遗嘱是什么时候写的？为了确定没把日期搞错，卡尔米内又看了一遍。是的，他没有弄错。两个月前，斯凯珀斯写下了遗嘱，那时他刚刚结束和这个情妇勾勾搭搭的关系。这说明斯凯珀斯很冷静地考虑了她为公司掌舵的优点，并很欣赏她的那些长处。

他看了看表：科纳科皮亚的人今天下班前，他还有点时间去走访一下达文波特博士。他也没必要给她打个电话确定一下她是否在那儿。新的工作重任在肩，她应该在那儿。

他白去了一趟斯凯珀斯的办公室，最终在楼上的顶楼里找到了她。就是那儿，阿贝在客人用的盥洗室中发现了一个小小的内部楼梯。按下一排中第二个特殊按钮时，背墙就会向内打开，一道狭窄的铁制螺旋楼梯就出现在眼前。卡尔米内通过这道楼梯，来到她的面前，好像是有意利用了那套设备。他的出现并没有使她感到惊恐，只是让她觉得很反感。

今天她穿了一件暗红色的衣服，那双瞧向他的眼睛变成了黄褐色。真是一双变色龙的眼睛，他暗想。那双眼睛能反映出她周围的颜色，但却反映不出那种暗红色，因为她的眼睛里不存在那种颜色。

“现在，我肯定是你的主要嫌疑人，”她脱口说道。

“那倒未必。如果你没做什么，就不怕有把柄。除非是他告诉了你他在遗嘱里写的东西了？”

“德斯蒙德·斯凯珀斯会那么轻率吗？这世上唯一能让德斯蒙德松口的就是酒，上次我见他的时候，他已经严格控制酒量。每天只喝一小杯苏格兰威士忌。就是这么回事，他是绝对、绝对不会半路改变做法的。他管理着这个国家最大的一家公司，他很清楚，随口乱说，会带来巨大损失。他刚接手科纳科皮亚时，在对最早的那个核反应堆进行投标时，有所妥协，结果让一个竞争对手利用科纳科皮亚自己的设计，以低廉的价格抢走了生意。那几乎要毁了他，正是格里尔森把他拉出了火坑——如果说德斯蒙德真心喜欢哪一个人的话，那一定是沃利·格里尔森。自那时起，他的董事会焕然一新，除了格里尔森，他应该解雇所有的人，但他作出决断，应声虫们也有他们的用场，那就是说，老板什么时候都不能喝醉。”

“达文波特博士，你明摆着是乐于大吹枕边风的。”

“哦，是她告诉你的，是她吗?她会干出那种事来。”

“斯凯珀斯先生喜欢女人吗?他和女人处得来吗?”

“哦，得啦，探长，你再清楚不过，他多么恨女人！这也就是他的遗嘱使我感到震惊的原因。德斯从不把我在商业方面的意见当回事。现在就正眼瞧瞧本人吧！我已是董事会主席，完全掌控着小德斯的股份、利润和钱财。”她喘息着朗笑起来。“我，埃丽卡·达文波特，成了一方的霸主！”

“所以，你打算一直干预斯凯珀斯夫人。”

“绝对不是那么回事。”她的眼睛非常诚挚，也变得湛蓝。“我无心去干涉菲洛米娜·斯凯珀斯，也不想干涉她作为妈妈应尽的义务。”

“达文波特博士，我还有一个不同的问题要问你。要是德斯蒙德·斯凯珀斯三世丧了小命，会怎样呢?”

她的皮肤黯然失色。“不，噢，千万别那么说！”

“你是个律师，那种无法预测的事情你一定也碰到过。会发生什么呢?”

“斯凯珀斯家族还有其他的成员。他最亲近的父系亲属会得到继承权。”

卡尔米内的心沉了下来。“是菲利普·史密斯先生吗?”

“不,一准不会是他。史密斯先生声称有血缘关系,但对他们血亲的远近程度还从没有进行过调查。他还有个侄子和一个堂兄,他们会首先成为继承者,堂兄应具有优先继承权。那个堂兄是老斯凯珀斯弟弟的儿子。不过,那份遗嘱是按纽约州的法律写定的,我对那东西还很缺乏研究。”

“这不打紧,反正小德斯还活得倍儿棒,谢谢了。”他环顾了一下四周。“你还打算住这儿吗?”

“不住这儿,住哪儿呢?不过我要重新装修一下,可怜的德斯蒙德太没品位。”

“你有吗?”

“我要说的是,我的品位非常,非常不同。按照我的退休金计划,我要买些油画,把它们挂在这里。要把这里的那些污七八糟的东西统统扔出去。”她用手拍了拍望远镜。“他常干那种偷看别人的勾当。”

“那我明白了。他是不是在望远镜上安了照相机?”

她一跃而起。“没错,他安了!他确实安了!不过那东西现在不见了。”

“他的尸体还在那张按摩椅上时,那个照相机就已经不在了,”卡尔米内严厉地说。“得啦,我总算知道特德·凯利拿走了什么。”

“也许是那个凶手拿走了呢,”她回应道。

“有可能。”

他朝电梯走去。

“探长?您和家人明天会去参加迈伦的派对吗?”

“要是得到邀请的话,会去的。”

“太好了!我迫不及待地想见到尊夫人。”

“干吗特别要见她?”

“迈伦和我说过,她很勇敢。在女人身上一般很难见到这种品质。”

"胡扯八道!"卡尔米内受了刺激,喊了一句。"女人们在每天的生活中都很勇敢,这常会超出人们的想象。在我这个警察眼里,她们就是一些猎物。总有些人在外面监视、跟踪、窥探,而且没人知道哪个女人会成为目标。女士呀,我真不想谈到这些事。女人们真的很勇敢,因为她们要生儿育女、维系家庭,这些对男人来说,可真太难了!"

"你真是个很富幻想的人!"她冷静中透出几分惊讶。

"不,我是个现实主义者。晚安,达文波特博士。"

你这身形瘦弱的上流社会公主,生活在一个行政化的如厕所般的世界里,懂得什么样的人才是真正的女人吗?他的脑海沸腾起来,回想起他在工作中所遇到的成千上万的女人。那些渺小的记忆在他澎湃的情绪中回闪着,他认识到自己不过是个目击者,看到了她们的烦恼、痛苦以及可怕的困境。他的心逐渐平静下来,开始回想事情好的一面,终于在回家的途中,那些最坏的记忆又转回到他的潜意识里。

"你的的确确是个货真价实的幻想家,"戴斯迪莫娜递给他一杯加了苏打的威士忌。

恰巧这时朱利安已经睡醒,卡尔米内把他抱起来,他在父亲的腿上上下蹦跳着,因为他还太小,耍不了其他的把戏。那双圆睁的眼睛透出浅淡的黄玉般的颜色,带有纤细的煤精似的光环,乌黑浓密的长睫毛有些拳曲,那大脑袋上的黑色鬈发会使任何女孩都产生好感,因此,绝没有人会对他的性别产生误解;他身上带有太多的卡尔米内的特质,又坚决又顽强。

他的出生成了卡尔米内永不枯竭的惊奇的源泉——他以前没想到会抱上一个儿子,心中一直想不出一种很好的方式,向戴斯迪莫娜直言表白一番,因为在他的生命中,她赐给他的这件礼物是何等的弥足珍贵。

"紧紧抓住爸爸的手,"他命令道。

朱利安紧紧抓住了他的手;卡尔米内一边咿呀乱叫一边手舞足蹈,这夸张的表演逗得孩子乐不可支，发出了声声尖叫。接着父亲对儿子纵情亲吻起来，最终戴斯迪莫娜一把抢走了孩子，把他抱到了一边。

“他从来都没有尝试着去争斗一下，”她转身回来坐下啜饮着加了汤尼水的杜松子酒，卡尔米内对她说。“我一直希望，他能试试那些有力量的游戏，至少能大哭大叫一阵子也好。我们刚才玩得真痛快，可是——呼哧！你一下子就把好戏给打断了。”

“他聪明着呢，已经知道到时候就一准躲不过瞌睡虫。朱利安想省着点劲玩点更有意思的把戏。”她嫣然一笑，把酒倒进了喉咙。

“索菲娅在哪儿？”

“在克利夫兰饭店和迈伦还有埃丽卡一起吃晚饭。”

“哄我的吗？”

“没哄你呀。迈伦要是不玩点邪的，他就不叫迈伦了——他是带她去吃了午餐，而且还送了她一条橄榄石项链。还有一条非常漂亮的石榴石项链。”

“我猜着，伤口已经愈合了吧？”

“哦，是那么回事。这个顽皮的小丫头就一直讨好恭维迈伦，非叫迈伦同意与埃丽卡共进晚餐才罢手。我让她去了，因为她要是想和那个女人顶撞的话，最好是私底下来，可不能在明晚迈伦举行的乱哄哄的宴会上，在众目睽睽之下丢人现眼。当然，我已经代表全家接受了邀请。”她看了一下表。“我想，要是事情进展得很不妙，这会儿她该已经回到家了。”

“戴斯迪莫娜呀，埃丽卡·达文波特真是一个谜团。”

“还是个杀人犯？”

“虽说斯凯珀斯的死亡使她大权在握，可我觉得，她倒还不至于是那个杀人凶手。按照他遗嘱中的安排，她就是公司的总裁。”

“老天呀，这真是一个女人的伟大胜利，”戴斯迪莫娜深情款款地注视着卡尔米内。做一个不用附和任何人的独立女性很不错，她在而立之年也曾经是这样一个女人，也许从这个体制中，早一些获得独立会更好。但与卡尔米内一起生活在这个意大利裔美国人的大家庭中，成了一家之主，无疑是再好不过的。

“晚饭来点什么？”他暗自巴望着能享用上意大利菜。

“伊米莉亚·德尔蒙尼克式宽面条和肉丸子。”

多么美好的一个夜晚啊！他要饱饱口福的愿望也得到了满足，怀抱着醒来的朱利安，也许稍后他和戴斯迪莫娜还会为儿子再生一个小弟弟或小妹妹。虽然他感到一切都来得太快，可戴斯迪莫娜并没有那种感觉。

他举杯一饮而尽。“我们开吃吧，”他说道。“明晚我们要吃些不易消化的食物了——龙虾啦，软壳蟹啦，伊朗鱼子酱啦，全都是些生乎乎的玩意儿。我听说，迈伦正从国外物色大厨。”

卡尔米内不太想去参加迈伦的派对，但好像他是唯一一个不想到场的。自从埃丽卡升迁后，从普通礼服到黑色领带，这一切的一切都改变了，没人知道，这是否是出于迈伦或是埃丽卡的怪念头；他们的派对已使女宾们为要穿什么衣服而争吵不休。

索菲娅决定不去参加派对，这让父亲心头舒了一口气。虽然没有提出什么理由，但戴斯迪莫娜却怀疑，这个小妞是让迈伦的新女友给彻底唬住了。跟他们吃过晚饭，她兴高采烈地回到家，满口是“埃丽卡这”、“埃丽卡那”，但听起来一点都不诚恳。什么高贵美丽、圆滑世故、聪明伶俐、傲然独立等等，都聚集在她一个人的身上，实在是太可怕了。索菲娅心里明白，自己已完全被人打得落花流水。

戴斯迪莫娜人高马大，很难买到合身的衣服，这样卡尔米内和她也就免于受那份“该穿什么”的罪。他们面临的问题倒还不是太严重，妻子有一橱子衣服，足以应付各种紧急状况。他私自觉得，妻子穿那件冰蓝色礼服非常漂亮。奥黛丽·赫本在电影《龙凤配》中穿过一件这样的衣服，她的这件衣服就是照赫本的那件亲手绣制的。戴斯迪莫娜在管理赫格期间，凭她的绣工大赚了一笔。她还以精湛的技艺，为罗马天主教的牧师们缝制了一些服装。她穿了一双13号银色凉鞋，后跟足有三英寸高(她在纽约买鞋很方便，因为那里有很多男同性恋者买女人的鞋子)。这次她没有刻意降低自己的身高，卡尔米内感到很开心。

在电梯里，卡尔米内和戴斯迪莫娜遇到的第一对夫妇是莫森·麦金托什和他香气扑鼻的妻子安吉拉。安吉拉离开查伯政坛，来到她丈夫身边，她研究其他方面存在的一些现象，如瑜伽和占星术等。他们真是完美的一对，因为博学的安吉拉有超强的记忆力，她对每一张脸、每一个名字还有每一次谈话都不会忘记。她要成为查伯的校长，真是易如反掌！迈伦这个在西海岸出生、长大、受教育、定居的人，如何了解到那么多东海岸的机构，而且他对那些机构很熟悉，卡尔米内对迈伦的这些表现，早已不感到惊讶。

“所以，我们今晚会见到科纳科皮亚的新头目了？”莫森·麦金托什问道。

“对啊，”卡尔米内忍在心里，没有告诉莫森·麦金托什，她其实就是一个嫌疑人。不过莫森·麦金托什可能也已经心中有数。

“亲爱的，我们已经见过她了，”安吉拉接过话来。“你真的不记得了吗？在四个月前的一个慈善晚宴上，她是和格斯·珀维一起去的。我一直对她很有印象，因为她长得很漂亮——水瓶座和天蝎座共同冉冉升起，她的朱庇特就在摩羯座中。”

“嘿！”莫森·麦金托什咕哝了一声，向后站了站，好让女士们先出去。“戴斯迪莫娜，你看上去可真靓呀。”

在迈伦和埃丽卡的带领下，他们摩肩接踵一直走了进去。女主人身着银灰色塔夫绸衣服，外罩一件银色薄纱，映衬着一双浅灰色眼睛。卡尔米内还注意到，她脚上的鞋跟还不到两英寸。无论她是哪一类型的男女平等主义者，她必须成为这样一种女人：她的方法要表现得很细腻周到，不能对男人构成有形的威胁。迈伦以她为荣,迫不及待地把她介绍给每一个大人物,明显忘记了,她本就是这场权术游戏的主角。如果在董事会上,他们撞了车,当然这也是不可避免的事情,那又会怎样呢?她也算到这一点吗?

卡尔米内在一边观察着,这时迈伦把埃丽卡介绍给了戴斯迪莫娜。埃丽卡不得不向后斜仰起头来观察戴斯迪莫娜的脸,她只有仰视的份啦,但她看到的可不是那张脸蛋最动人的部位。因此她那双眼睛选了个更舒适的角度,凝视着戴斯迪莫娜的戒指。

她勉强一笑,说:"很漂亮。"这样一个高得离谱的女人怎么可能在家中感受到自己这种离谱之处呢?竟然还穿了双高跟鞋!卡尔米内·德尔蒙尼克本身个子就很高,但戴斯迪莫娜还是使他相形见绌。不过他好似是一点也不当回事!她又怎么看其他那些人呢?

"这颗钻石是我的订婚戒指,"戴斯迪莫娜说,"这颗蓝宝石是为了纪念我们儿子的出生。"

"你是英国人?"

"没错,不过,眼下我是美国公民。"

戴斯迪莫娜笑着走开了,人越来越多。

"那位白雪女王怎么样啊?"卡尔米内问。

"不是白雪呀,亲爱的。雪是柔软可塑的,可她是位冷冰冰的女王。"

"说得很到点子。她很显年纪吗?"

"在我眼里是那么回事。她很呆板,从某种程度说来,人们在20或30岁的年纪不应是那副模样。我猜呀,她很快就得去做面部拉皮——她鼻子两边的沟和嘴角处都开始松弛了。"

"她能去搞谋杀吗?"

"那一准是一场合谋的勾当,而且用的是鲨鱼猎食的方式。你还没有充分注意到她就在你身边时,她就一口把你咬成了两半。不过我看不出她怎么就陷入了要开杀戒的境地。当然,除非是有什么事迫使她铤而走险。"

“你和她站在一起时，她把你当成个大怪物，可现在我们离她有几米远，她却一直眼巴巴地盯着你。”

“不是吧，我觉得，她对你更感兴趣，卡尔米内。她满心巴望着能勾引你，但看见我后，那些希望就全都破灭了。对那些她从没有经历过的人，她没法应付，她那点经历太浅薄。譬如说吧，在她眼里，男人们都很可怜，靠不住，又不能允许别人比自己强。眼下她又不知道该怎么想了。”

“我从她脸上看到的也是一样，但不是诱惑。神啊，请告诉我，她都在想什么？”

“傻瓜，她把你给迷住了！”

迪莉娅穿了件粉色饰边的衣服，显得格外抢眼，她款步走过来。卡尔米内让妻子和秘书在那边聊天，自己又开始暗中观察起来。他看到，该到的都已到场。

他在菲利普·史密斯先生身边收住了脚步，史密斯的妻子到别的地方去了。

“史密斯先生，你是怎么认识迈伦的？”卡尔米内问。

这只老猫立即就开始演戏。“卡尔米内，在这种社交场合你叫我菲利就成啦。迈伦是纽约一家银行的行长，我们和他的银行有很多生意上的来往。哈丁只是一家商业银行，按第一国家银行的标准而言，这里就没有多少储户。”

你这个狗屁鸟人！“这就是迈伦认识达文波特博士的原因吗？”

“叫她埃丽卡，卡尔米内，你叫她埃丽卡就成。没错，当然就是这么回事。埃丽卡是科纳科皮亚法律部的，一直参与我们的银行业务。”

“他们是什么时候开始见面的呢？”

史密斯耸了耸肩。“这我有点说不清，问问他们吧。其实，你要是和迈伦那么熟，连这个都不知道，我真的感到非常惊讶。你们之间的亲密关系或许是迈伦吹出来的？有时他挺会捉弄人。”

“问他吧，”卡尔米内和蔼可亲地答道。

傲慢无礼的东西，就只配做个衣服架子，吃屎去吧！卡尔米内离开他时在心里嘀咕着。你说话就像你的腰板一样僵硬。

接下来，他遇见了波林·登巴博士和但丁学院的代理院长马库斯·赛茹斯基博士。他们俩欣喜若狂，狼吞虎咽地吃着龙虾馅饼。

“登巴博士，您不穿丧服了？”卡尔米内问。史密斯刚才拐着弯地揶揄他，仍让他感到很不爽。

她哼了哼，一点也没有感到羞涩。“我穿身黑衣服就像得了晚期肝硬化，所以就不穿了，探长。我一直非常期待见到科纳科皮亚的新总裁。这对女人们来说，可是个天大的胜利。”

“没错，特别是这纯属按照一个人的价值作出的决定。那您怎么不做但丁学院的院长呢？那也同样是一次天大的胜利。”

“如果一个人长了阴茎，又是查伯的校友，哪怕他是来自火星，查伯也会优先用他。当莱锡斯特拉特学院建成后，我会去那儿试试。”

“所有的男子专修学院都有性别歧视，这时建一所女子专修学院不是很怪吗？”

“那是很自然了。我们一定还会招收男生。女人一统天下的管理才是真正的胜利。至少查伯在这方面还很欠缺，”登巴博士回答。

“要是你丈夫没有被谋杀又会怎样呢？或者我应该换个说法，要是莱锡斯特拉特学院建成时，你丈夫还健在，情况又会怎么样？”卡尔米内又问。

“我照旧申请院长一职。如果约翰不愿和我一起走，我就跟他离婚。这一点我很有数，莱锡斯特拉特学院在已婚夫妇的问题上不会那么缺少雅量。那点个事都是不值一提的废话。”

“赛茹斯基博士，您对那些正在消失的习俗和做法有什么见解？”

他的脸刷地一下红了，显出很困惑的神情。“啊，这真的是跟我不大沾边的事，探长，特别是这种情况带有很大的假设成分，”他说。

卡尔米内朝他们笑了笑，又继续向前走去。她真的能干出那种事来？有个想法让他心中忐忑，但必须要等到星期一才会……他的眼睛在不断搜寻各种信息，同时波澜起伏的脑海告诉他，这还不算是太扫兴。幸亏我妻子能够照顾好自己，并且清楚地知道我为什么在这里。天哪，一个戴帽子的女人！

莫森·麦金托什的妻子懂占星术，按照她的说法，接下来，卡尔米内要逮住的其实是两条鱼：两条尾巴连在一起的鱼，一条在向上游，一条向下游。他们俩也就是罗伯特院长和南希·海曼太太。她仍是魅力四射，和院长处在同一个年龄段。他们的孩子已经长大成人，都飞离了他们的老窝，所以巴拉塞尔士成了他们理想的生活场所。

“我希望，你能找到杀害那个又可怜又不幸的小伙子的凶手，”海曼太太说完，抿了一口白葡萄酒。“我请他父母一起吃了午饭，他们可真是大好人啊！怎样才能减轻他们的痛苦呢？尽快把遗体交给他们吧，探长。说到鲍勃呀，现在他都已身不由己。哎呀，他又能怎么样？我不知道大家都是怎么传的，但学院里每个学生的每位家长都知道捕熊夹的事。鲍勃不知要花多少时间，才能说服人们，其他的年轻人都很安全！你不会让我们告诉那些家长埃文敲诈的事吧？”

到底是谁告诉海曼夫妇这事的？是皮尤夫妇吗？“海曼太太，我觉得不会那么糟，”他温和地说道。“我们把这个称作‘隔离’的证据，要是大家都知道，那水可就浑了。”

她叹了口气。“是的，我明白。”接着她变得快活起来。“噢，我确实知道一些情况，没准会顶点用。”

“什么情况？”他小心翼翼地问，心中拿不准她准备怎样去减轻一些海曼院长肩上的担子。

“那天下午我没出门。平常我都不能呆在家中，因为要去塔夫脱学院上人体写生课。可老师病了，所以课就取消了。午饭我吃得比较晚，下楼的时候大约是 1 点 15 分。门厅里空荡荡的，但有一个穿着棕色制服的家伙，径直从二年级学生所在方向的楼梯上去了。我想起他来，是因为到这儿以后我看到了那边的一个女人，她里面穿着一件闪光的织锦束腰外衣，外面罩着一件棕色短袖坎肩——看见没？看见她没？就是那个戴着一顶很大的像薄煎饼一样的棕色帽子的女人！当时，那家伙头上顶着个棕色的、圆圆的东西，棕色的布料使我想到了仪器上的罩布。那东西可比帽子大得多，不过就是那顶帽子唤起了我的这些记忆。难道她不是叫人感到很恐怖吗？她为什么要戴着顶帽子进入这种正式场合？穿棕色衣服的那个家伙背着一条工具带，拿着一个布口袋，跟个木匠似的，所以我压根就没想到要去看他一眼。”

卡尔米内压抑着心中情有可原的怒火，稍稍朝南希·海曼的脸蛋前凑了凑。“女士，已经问过你两回。每次你都信誓旦旦地说，谁也没看见。其实，你甚至都没告诉我的人，上周一你在学院呢！”

“哦，哎呀！探长，请您千万别上火！除非有什么东西给我提个醒，我可不是那种有记性的人，真的！就拿那边那顶帽子来说吧，可真是丑到了家！但它砰的一声，就使我想起了那个穿棕色衣服的工人和他头上的那顶棕色‘煎饼’帽。他——他的样子就这样浮现在了我的眼前！”

“他个头高大吗？”

“很矮小，跟个小毛孩子似的。瘦瘦的……一瘸一拐的，可我记不清他哪条腿是跛的了。要是他的靴子在大理石地板上踩下了黑色脚印，我肯定会叫住他训他一顿，可他穿的不是讨厌的橡胶底的鞋，不然鲍勃就会大动肝火了。所以我一直朝餐厅走去，就把他给忘了。”

“你看清他的脸了吗？”

“没有，我当时只看到他的背影。”

“那他的头发呢？”

“全被那顶棕色‘煎饼’帽盖住了。”

“他的手呢?他是白人还是黑人?”

“我觉得,他戴了双工人手套。”

天哪,那家伙还真有种!现在,我们一直有这种猜测,趁学院里空荡荡的那会儿,他就钻了个空子,餐厅正在忙着供应午餐时,他一直都在那里。一个二年级的学生随时都可能有到楼上寝室去的想法,偶然会撞上那个瘸腿的小个子凶手。到底是个什么人,都干了些什么事呢?就算撞到他的那个年轻人是埃文·皮尤,除了一个木匠该做的外,真不希望再出别的乱子。好在真的没有发生什么晦气的事。这显然证明,那个凶手对自己的运气还是很有信心。迈伦的招待会上还会出现多少更令人心惊肉跳的事?卡尔米内思索着,戴着一顶棕色“煎饼”帽的女人是谁呢?

格斯·珀维、华莱士·格里尔森和弗雷德里克·柯林斯都围在流动服务车旁,卡尔米内也随便加入了他们那一伙儿。这会儿,他和戴斯迪莫娜在一起,他们有些畏惧,都变得很顺从。珀维的身边没有埃丽卡相随,他是一个人来的。柯林斯正在殷勤地侍候着年方20的娇妻坎迪。格里尔森的妻子玛格丽特是另一个高挑女人,德尔蒙尼克夫妇到来时,她正心烦意乱地四处张望,那副模样真是难以形容,于是她欣喜地趁机傍上了戴斯迪莫娜。她们走远了一点,有声有色地攀谈起来。

“你夫人很有气质,”格里尔森对卡尔米内说。“她以前——没准现在仍然——是个侦探吗?”

“不,她是医院的一个管理人员,那是一种新兴的职业,连阉割一只雄猫的事都干不了,”卡尔米内说。“现如今,医院的运作跟商业一个样,对医护质量不太当回事,更关心的是他们的账本。”

“遗憾呢。健康不该是商品呀,那是一种生存状态。”

“我们得让你进查伯—霍洛曼医院的董事会才对啊。”

“本人对此不感冒。”

“只要是有职业的女人我都很羡慕,”坎迪叹了一口气。

“坎迪，那就去找点事干啊，”格里尔森很友善地说。

“你已经有了自己的职业！”柯林斯打断了她的话。“又当老婆又当妈呀。”

珀维捧腹大笑起来。“不过是在起点上，那匹灰色老母马就把你给打败了，你就变得阴阳怪气了，”他哈哈大笑着说。“灰色倒是挺适合埃丽卡的。弗雷德里克，打起精神来！没准赛跑还没有到头呢。”

“对我来说，已经到头了。对你也一样。对菲利也没啥两样。当然了，对一把年纪的老好人华莱士来说，可就不同了。他会赢的，”柯林斯说。

“你是说，你会在冰天雪地里被淘汰出局吗？”卡尔米内问。

“一准会的，”珀维答道。

卡尔米内接着议论道：“我猜，打击不小。”

“什么？”柯林斯问了一句。

“我指的是那份遗嘱。”

“那真是一种侮辱！太叫人恶心！”柯林斯嘘了一声。

“你们中有人料到这样吗？”

格里尔森主动接过了这个问题。“菲利·史密斯和德斯蒙德关系最近乎，甚至连他都没料到。我想说那份遗嘱是假的，可是图姆斯、希里亚德、斯彭德和亨特起草并保管着那份遗嘱，亲眼看着德斯蒙德签上字，然后便把它放进他们的保险库里。送到霍洛曼的时候，它装在一个绝密的公文包里，并且包和信使的胳膊锁在一起，然后伯纳德·斯彭德当着我们的面打开了包。那份就是真正的原件。我真希望，那上面某个地方能说说德斯蒙德为什么选定了埃丽卡，可遗嘱根本就没提到这一点。遗嘱里没有提到任何一个证明人，甚至连个提及证明人的脚注都没有。只是一页一页地策划着，如果安东尼·贝拉要代表菲洛米娜提起诉讼，应如何将他击败。”

“先生，你不认为，达文波特博士会成为一个很称职的总裁吗？”

“她会把科纳科皮亚搞得一败涂地。这就是我打算和她签订一个协议的原因。协议要明确规定，当公司垮台时，我对多默斯拥有优先购买权，"格里尔森说。

"你们有谁知道达文波特博士是斯凯珀斯的情妇?"卡尔米内问。

这一问把他们给吓得屁滚尿流，他们的反应再明显不过。在这件事上，他们都蒙在鼓里。卡尔米内这个搞恶作剧的老手又要演戏了，他把这种带刺的问题刺入每个人的肌肤，又像是一次下毒。他用一种听似嘲弄的语气说："噢，得啦!就是早先你们不相信他们之间有任何暧昧的关系，可听到遗嘱内容的时候，肯定也会犯嘀咕吧。"

"起码我就真心相信德斯蒙德是因她的能力选择她的，"格里尔森说。"其实，我不觉得他们是情人会怎么改变这一点。德斯蒙德不是那种受感情影响的男人。他认定她能力十分过人，是错误的，但他做出那种判断，并不是因为她是情妇。"

"格里尔森先生，谢谢你了。其实，四个月前，斯凯珀斯先生就结束了和达文波特博士的关系，而且立下遗嘱的事情还没有超过两个多月。和你想得一样，不管他的情感怎样跌宕起伏，很显然，并没有影响到他的决定。在达文波特博士不能胜任工作这一点上，你能力排众议，我对此很感兴趣。你有什么理由吗?"

"直觉呗，"华莱士·格里尔森答道。"埃丽卡整天云山雾罩，就是个骗子。德尔蒙尼克探长，你是个聪明人，也是个很老道的人。每个班里总有个第一名的孩子，几乎能得满分，也有着光明的前程。但总又有另外一个孩子，总是徘徊在第一名的周围，却从来没有拿过第一，因为她的行为——我们就用女'她'吧——总是很与众不同，非常不正统。猜猜结果会怎样呢?在20周年的同学聚会上，她却是个事业很成功的人。埃丽卡就是个成绩优异出类拔萃的学生。可除了在法律部当过头，其他部门她都不在行，所以她是个井底之蛙，不过是个计算器罢了。她深深地依赖着德斯蒙德，可他就看不破这点事。"他皱了皱眉。"我的直觉还告诉我，她的心思不在管理这个商业帝国上。她渴望着别的东西，可那是些什么玩意儿，我也说不清。”

“格里尔森先生，直觉可是个金不换的东西啊，”卡尔米内严肃地说。他都没跟戴斯迪莫娜打声招呼，拔腿就走了。

他心想，聚会真是个收集信息的良机，要比正儿八经的警察盘问强得多。如果迈伦没有举办这个聚会，那个戴棕色“煎饼”帽的女人就不会唤起海曼夫人的那些记忆，科纳科皮亚先前的董事会的劣迹也同样无法显山露水。

他朝女主人那边走去，发现她的热情正在消退。她不是个喜欢搞聚会的人，热情就理所当然地难以持续高涨。可迈伦呢，从西海岸来到这么个中心，已完全迷上了聚会。别，卡尔米内呀，还是换个角度想想吧！俊男靓女炫耀着服饰，各类饰品叮当做响，还有些人喋喋不休地谈论着生意，他需要这种浮华和喧闹的气氛没完没了地包围着。而聚会只是这需要的一种形式罢了。还有像在马球休息室吃午餐和在本周的时尚餐馆吃晚餐等，这些都是同样重要的活动。迈伦来看我们的时候，他正在苦修赎罪呢。不对呀，犹太人才不干那种苦修赎罪的事呢。他就像那种家伙，在一头扎进冷水中或是蒸汽里或是别的什么地方前，要用鞭子对他抽上一顿。我们就是迈伦的鞭子，所以他能领略到自己所生存的这个世界的甜头。我为什么喜欢他呢？因为他是个十足的绅士、索菲娅真正意义上的父亲、友爱和慷慨的化身，还是个全面、非凡的男人。我觉得，迈伦在爱的隧道中艰难地穿行，我的这种直觉简直是要了命。他先爱上了桑德拉，现在又迷上了埃丽卡。他可是个很不在行的采花郎。

“聊够了吗？”他走到埃丽卡身边，插了一句。

看样子她给吓了一大跳。“我们的谈话很惹眼吗？”

“也不是。可你没有闲聊的天赋，你也没有想去获得这种能力的动机。”

“你建议我去找到这种动机吗？”

“那得看人下菜啦。你对迈伦要是真心，就应该具有这种动机。他周围的人都很擅长侃大山、逗乐、高谈阔论，还很爱用方言土语来讨价还价。你们是在哪儿认识的？”

“在纽约哈丁银行的董事会上。当时，我觉得，迈伦真是魅力四射。”

“你和大约半数的女人都会有同样的感觉。他一准是告诉过你他和我的前妻结过婚吧？”

“没错呀。我承认，我就是弄不明白，你和他怎么就会看上同一个女人。”

“噢，那是因为你一辈子都不会知道桑德拉芳龄20岁时的风采！她和你像是一个模子铸出来的，可她就是没有什么脑子。她有种讨人喜欢的柔弱气质，这使得男人们都想去为她遮风挡雨。索菲娅在身材方面和她很像，可智力明显要高一筹。”

“我觉得，那倒是好事。我很讨厌蠢猪一样的女人！”埃丽卡尖酸刻薄地说。

“愚蠢肯定不等于这个女人就招人烦。”

“对我来说是这样的呀！”

“索菲娅很伶俐，所以你感到很高兴。”

“是啊。她没有鄙视自己的脸蛋，可也不打算让那张脸蛋来决定自己的命运。”

“你用思考自己美貌的方式来衡量索菲娅——身处绝境时，容貌会是一种工具，要不就是个累赘。索菲娅可压根就不那么想。她觉得，脸蛋是她很重要的一个组成部分，也是能反映她内涵的一面镜子。她可不是生活在与世隔绝的环境中。”

“你总是挖空心思挑我的刺！”埃丽卡厉声说，接着把脸背了过去，看到了两个姗姗来迟的人。“菲洛米娜，托尼！”

卡尔米内退到了一个有利地点，看着埃丽卡领着菲洛米娜·斯凯珀斯和安东尼·贝拉去见迈伦。迈伦和平常一样，见到新面孔就会很高兴，他决不会让后到的客人有受到冷落的感觉。他像迎接第一拨儿贵客那样，以主人全部的热情，对他们表示了欢迎。

卡尔米内心中断定，菲洛米娜比埃丽卡可能至少要年轻五岁，让冷冰冰的皇后相形失色。她和迪莉娅一样，穿了一条紧身束腰的粉色褶边裙，不过她们之间的对比还是到此打住吧。尽管她曾和卡尔米内说过斯凯珀斯是个小气鬼，可她戴着一套很惹眼的粉钻首饰。和贝拉站在一起，她看起来十分完美。

菲洛米娜和埃丽卡聊天的当儿，迈伦便带着贝拉去见市长，菲洛米娜和埃丽卡则继续讨论着。她们举止文雅，笑容真诚，可卡尔米内还是觉得，无论她们嘴皮子上说什么，心中都一点也不会感到惬意，也不会感到太轻松。埃丽卡向德斯蒙德·斯凯珀斯的前妻敬了一杯香槟，对方拒绝了，又敬上一杯智利红酒，于是她接受下来。埃丽卡老在她的身边打转转，心里七上八下，就像紧张的新娘在严厉的婆婆面前一样。龙虾？不要？鸡肉大馅饼呢？也不要？那么美味的农家陶锅呢？噢，好！

贝拉终于摆脱了迈伦，并且也解救出了菲洛米娜，陪她走到椅子旁，然后找了张小桌子并把那杯智利红酒递给她。他把堆满食物的盘子放在桌子上，这样她可以挑选些东西吃。把菲洛米娜安顿好后，贝拉站在她的身后，两眼死死地盯着埃丽卡·达文波特，她走到哪儿，他的目光便跟到哪儿。这里有数股潜流在涌动，可卡尔米内却拿不准它们的来源和本质。菲利·史密斯和他妻子来了——天哪！她戴着一顶很惹眼的棕色“煎饼”帽，在向菲洛米娜问安呢。

史密斯和菲洛米娜的碰面很简短。他硬是把可怜的妻子拉走。她心中感到很不快，想再呆一会儿，可史密斯催着她赶紧走，好像生怕她会张嘴说出什么似的。迪莉娅认出了一个穿着很多层衣服的人，一把抓住了她，把她从她丈夫的手中拽出来，房间中这两个穿着最寒碜的女人便一道走开了。接着格斯·珀维和弗雷德里克·柯林斯过来献殷勤，柯林斯身边没有带坎迪。安东尼·贝拉很冷淡地对他们招呼了一声，然后便缄口无言，倾听着菲洛米娜的谈话。柯林斯喝大了，走起路来摇摇晃晃，情绪也开始变得激动起来。这时，贝拉赶快走到菲洛米娜的椅子前，明确告诉珀维让他走开。珀维只得顺从，可一转眼，菲洛米娜就命令贝拉离她远一点儿。贝拉表示了抗议，可她扬脸朝天，显出一副很蛮横的神气。这一举动引起了卡尔米内的好奇心。贝拉紧咬着嘴唇，昂首阔步走开，把她晾在那把椅子上。她想见谁呢？

接着，迈伦走到了她身边，可这位好心主人的举动，却毁掉了这位女士的计划。她到底是用了什么招数把他支到一边，不让他盯着她，卡尔米内摸不着头脑，可她就是把他给打发开了。她真是魅力非凡，迈伦走开时，还对她报以饱含崇拜的微笑。菲洛米娜·斯凯珀斯又是孑身一人呆在那儿了。

另外一拨人走到了她旁边，包括波林·登巴博士（可真有意思，竟是她！）、莫森，还有安吉拉·麦金托什，她用对付迈伦的同样的魔力把他们支走了。卡尔米内缓缓走近了一些，心中希望着房间里的人可不要都溜号，不然，他再也没法偷听到菲洛米娜·斯凯珀斯说了些什么。

心中向往的人终于出场；那些形体语言都很清楚无疑，就是埃丽卡·达文波特。

一个男侍从旁边经过，菲洛米娜留住了他，他把那张小桌立刻清空了。埃丽卡一屁股坐下来，侧着身子看着斯凯珀斯的前妻，而她也刷地侧过身来。她们谈话时，卡尔米内只能盯着她们的侧身，心中感到十分懊恼。如果说话人吐字清楚，看着她们的脸，他就能通过口型猜出她们的对话，可她们侧着身子，他就一筹莫展了。

她们两个在那里攀谈着，摆出一副坚决不与别人搭讪的架势，有几个人就往后退缩，敬而远之。可能埃丽卡要当监护人的消息已在聚会上传开，谁也无意去破坏她们达成契约。她们一定像是在进行一场谈判，这就解开了菲洛米娜·斯凯珀斯到底为什么要来参加这个聚会的谜底。她只得委曲求全。要想避开科纳科皮亚这个幽灵的干扰，在这种处境下，她还能找到别的地方吗？去奥尔良？埃丽卡一辈子也不会到那儿去。

安东尼·贝拉一边痛苦、紧张地注视着那两个女人，一边心不在焉地回答着华莱士·格里尔森甩给他的一些问题。接着菲利·史密斯和戴着棕色“煎饼”帽的那个人走过来，正好挡住了贝拉的视线，他看不见菲洛米娜的椅子，于是只得作罢。

协商谈判持续了足足半个多小时，最终，埃丽卡·达文波特显得疲惫不堪，而菲洛米娜·斯凯珀斯看上去却更有风致了。接着，埃丽卡在膝盖上拍了拍双手，从座位上站起来。她俯身在菲洛米娜的额头上吻了一下，抬脚朝迈伦那边走去。

“可累死我了，”戴斯迪莫娜一钻进车子就踢掉了凉鞋。

“大美人呀，我也累得够呛。今晚你看起来真是太迷人了。”

“是吗？”

“没错。你的身材跟好莱坞大明星似的，这条裙子起到了很好的衬托效果。”

“这不是很可笑吗？女人们老是抱怨宝宝们毁了她们的身材，可朱利安给我的身体带来了说不尽的妙处。”

“你觉得迈伦这会儿感觉怎样呢？”

她皱了皱眉头。“问得好。他深深明白了什么是爱情。你看到那只钻石手镯了吗？现在他肯定明白，他亲爱的埃丽卡并不喜欢搞聚会。我想啊，还是桑德拉更加适合他。”

“我确实发现，他还没有提交离婚材料。”

当费尔林车缓缓行驶到僻静的南格林大街上时，戴斯迪莫娜坐了起来。“啊哈！他还没有放弃最后一道防线呢。”

“我是那么看。”

她从宽大的座位上挪了过来，依偎在他的身上。“你注意到那个戴着恐怖的棕色帽子的女人了吗？”

▶▶|

道格拉斯·威尔弗雷德·思韦茨法官主持霍洛曼行政区法院的工作，是位知名人士。他在查伯读完本科并拿到法律学位，通过自身的努力，成了一个查伯人。他是一个康涅狄格的北方佬，心中没有获得更大司法权的鸿鹄大志，也没有在别的地方生活或开业的想法。他在布什阔什角有一栋美丽的房子，在那里，他常常可以划船消磨时光。忠实的妻子觉得他是个相当风趣的人。两个孩子都20出头，为了躲避他的专横和严酷，都远走高飞到西海岸去接受高等教育，而他觉得那个地方比水星还要远。

很可能是对伊卡博德·克兰那奇特的童年记忆，促使联邦调查局的特德·凯利特工说他是个怪人，不过无论对华盛顿·欧文还是道格·思韦茨来说，这样的说法都不公平。法官大人得意于自己的超然态度，这倒也是千真万确——如果他没有事先对人形成成见的话。卡尔米内虽对这些情况都知道，甚至对这个法官的事他还了解得更多，但4月10号星期一早上十点，他出现在法官办公室的时候，还是准备来一场激烈的战斗。在但丁学院客客气气地叫波林·登巴博士从院长的公寓搬出前，他需要一张搜查证去搜查她的住所，可心中很有数，这么做会遭到反对。

"同意！"卡尔米内开场白才说了一半，思韦茨法官便咆哮道。"那个女人可什么都能干得出来！"

噢！迈伦的那个聚会呀！法官和思韦茨夫人当然都出席了，波林·登巴博士也去了。他们肯定有过接触。她怎么知道道格对所有的妇女解放论者都极度厌恶呢？他强烈希望，她们的偏差能得以矫正，反对她们在运动中的古怪滑稽行为及大叫大闹的做法。她们焚烧乳罩，侵犯神圣的男性领域，更别提心灵的阉割了，这些都该受到诅咒。对他来说，这是立法方面的斗争，而这些恶作剧大大降低了立法的地位。

卡尔米内转头离开了，没能亲眼目睹那两个特别的巨人之间发生的冲突，心中不免有些懊恼。他一定得给多萝西·思韦茨打个电话，问问她那起流血事件的详细经过。同时，他已经拿到了搜查证。

他让四个警察挡住那些围观的人别朝这边靠近，然后敲响了登巴博士书房的门。

“进来，”她以无精打采的声音答道。

“是波林·登巴博士吗？”他手中拿着搜查证问道。

“唉，你清楚得很！”她的语气很刻薄。

“请立即把书房和院长的公寓腾出来。我有搜查这两处房子的搜查证。”

她的脸骤然失色，像老羊皮纸般蜡黄。双脚摇摇晃晃不听使唤。接着，她使自己平衡了一下，算是站直了。“这是违法的，”她低声说。“我对你的搜查证有怀疑。”

“当真相查明后，你有权利那么做。登巴博士，你有别的地方可以去吗？”

“那个小公共休息室。我要带上香烟、火机、文件、书和钢笔。”

“当然可以，不过你得先让我们检查一下。”

“就是一群猪！”她怒气冲冲地骂道，脸色也顷刻变了过来。

检查完她的物品，有人把她送到公共休息室，并有一个警察监视着她。卡尔米内、科里和阿贝开始搜查她的书房。

每本书都得打开，并且要抖抖书页，这真是一项大工程。阿贝轻轻敲了敲书架背后的墙，本能地寻找着藏匿的暗门。他仔细检查了每一块隐藏的嵌板，咚咚地敲着地板，希望能听到空鼓声。在这个房间里一无所获。两个小时后，卡尔米内宣布，这个房间里没有暗藏的东西。

“不过她是藏匿了一些东西，”他们来到院长的公寓时，卡尔米内说，“所以东西肯定在这儿。”

在卧室的储物柜里发现了一个小号的电动缝纫机。“我们快找到想要找的东西了，”卡尔米内笑着说。“针线筐在哪儿呢？”

有个会针线活的老婆可真方便！

不过找到针线筐后，发现里面都是些零碎东西：只有一些剪裁好的短外套的布片和一条带褶边的裙子。登巴博士很喜欢缝纫，她的一些衣服都是自己做的。

在厨房墙壁上一个掏空的地方，阿贝找到了一个小橱。把手平放在门上一按，门内的弹簧把门弹开。里面有一根粗粗的 U 形管，管子的底部有一个涂着润滑油的阀门。

“但丁学院已经够老了，应该好好查查身体了，”阿贝说。“这根管子应该没有和别的管子连起来。”科里取出照相机动手拍照，这时卡尔米内看到了马库斯·赛茹斯基博士。

“先生，你可是我们的证人，”卡尔米内说。

“我什么也不知道！”赛茹斯基反驳道。

“总的来说是这么回事。你在这儿看着我们把那个秘密小橱里的所有东西都拿出来，可以吗？”

管子弯头处放着一只黑色的拉链包，已经拍好了照片。卡尔米内戴上手套，把包提起来，放在柜台上。他打开包前，照相机从不同角度拍下了照片，然后他拉开拉链，呼啦一下把包的里面翻了过来。阿贝和科里在旁守着，以防东西滚走，不过并无东西滚走，甚至连缝纫机上用的线轴都在掉落的地方躺着。卡尔米内翻弄着包内的物品时，照相机的闪光灯又闪烁了好几次。

“在任何东西上要是留下了她的指纹，那就是她做的了，”科里咧嘴笑了笑。

"会留下的,"卡尔米内的语气很平静。"科里,去把证据袋拿来。"

这里有一盒登巴院长的茉莉花茶,是从专卖店买的;有一卷光滑的粉红色纸,上面印着新艺术风格的黑色文字和一些图案;有一卷制作茶袋的薄膜似的纱布;有几根细线,每根细线的两端都拴着一个茉莉茶标签;有一个线轴,还有一玻璃罐氰化钾,上面贴着一个商品标签。

"赛茹斯基博士,一个字都不许提你看到了些什么,"卡尔米内把他带到了外面。"如果被告指出,霍洛曼警方是用这个证据栽赃陷害他,法庭肯定会叫你出庭作证,不然的话,也就不用劳你的大驾。"

"她自己亲手做了那些茶袋和包茶袋的包装纸呀,"科里用一种惊讶的语气说。"她到底是从哪儿弄到这些粉色印刷纸和纱布的?又是从哪儿弄到一头拴着标签的那些线的呢?"

"从供应商那儿,"阿贝说。"标签显示,那些东西来自女王公司。"

"还有别的出处吗?阿贝,去供应商那儿查查,她是公开买回的这些零碎东西,还是偷来的。我估摸着,她是偷来的。那不是什么难事,只需夜里晚些时候去趟女王公司就行。夜间最多也就只有一个守门的。要弄清那些氰化物的来源,难度可就大得多了。"

"她真是个有办法的女人,"阿贝说。"是从化学实验室拿的吗?"

"万万不可能!在任何一个实验室,氰化物作为毒药都要登记,并要锁在保险柜里,这是人所共知的,"卡尔米内说。

"嘿!"科里咕哝了一声。"卡尔米内呀,书呆子就是书呆子。他们在那儿恍恍惚惚地走来走去,保险柜大开着,可能他们只是用这个保险柜来保证给他们带来好运的兔子脚不被人偷走吧。"

"你那么说也太偏执了吧! 我觉得书呆子跟大头钉一样锋利呢!"阿贝说。

卡尔米内只是似听非听,心中在想,这帮家伙非常得意,可我们只是又解决了一个问题,还有十个都没有着落呢。

不过，他也得承认，自己的确也十分开心。道格·思韦茨不也会高兴吗？恶棍们的鼻子是多么灵敏啊！

那天下午很晚的时候，他才走进了询问室，又见到了她。

"你知道宪法赋予你的权利吗？"他问道。

"知道，一清二楚。"她衣着整洁，神情沉静自若；局里三名女警中的一位为她找到了想要的衣服，把衣服和一整套化妆品拿给了她。她那漂亮的赤金色秀发轻拂着面颊，睫毛膏和眼线笔将那双黄色的酷似雄狮的眸子描绘得楚楚动人。她的衣服剪裁得非常工整考究，呈黄褐色，无需任何点缀和修饰，异常讨人喜欢。卡尔米内知道，她是个很冷漠的人，因为她曾告诉过他，可看着她的时候，谁也不会相信那话是真的。

"你想请个律师在场吗？"他问完后点了点头，示意那位女警把她的椅子挪到里面的角落处。

"用不着，"她烦躁地对那位警察打了个手势。"那个可怜的小姑娘一定得呆在这儿吗？我倒很想单独和你谈谈。"

"女士，很抱歉，她必须在这儿。她是你的监护人，得确保我没有做出任何不得体的事情。"

"探长，你真是个谜。你一会儿满口俗语，可一转眼你说起话来又像是个受过良好教育的人。"

"登巴博士，俗语可是好玩意儿！这能证明英语是一种活生生的语言，总在不断地发展。"他坐下来打开录音机，开始录制每一个细节。

"登巴博士，我们在院长公寓的厨房里找到了一个隐藏着的橱子，并且找到了你藏在里面的东西。"

那双黄色的眼睛瞪得大大的。"藏在里面的东西？橱子？我可一点都不晓得呀。"

"女士，可你的指纹却不是这么说的。这个袋了里装的东西上满是你的指纹，管子和门上也有你的指纹。登巴博士，你跑不掉了，”卡尔米内说。

她没有停止辩驳；更确切地说，是改变了自己的战术。“探长，在陪审团听了我的情况后，没有一个还喘气的人会指责我的行为。”

“你想让陪审团一起审理吗？也就是说你不认罪，可你实际上已经坦白。坦白意味着无需陪审团参加审理案件。”

“我可没坦白谋杀的事！我只是自卫。”

卡尔米内向前探了探身子。“登巴博士，这是有预谋的犯罪！是精心策划实施的。有预谋犯罪就不能算自卫。”

“胡诌八扯！”她对他的愚钝不屑一顾。“先生，为自己的性命担忧时，不同的人会有不同的反应，因为人与人之间有差异。我要是一个受到攻击的家庭主妇，会用锤子或斧子进行反击。可我是查伯大学的一名副教授，我丈夫——我恐惧的祸根——是这同一学府的院长。我自然希望，参与杀夫的事实不要败露，可仅仅这种事实，并没有使我变成一个冷血杀手。每天我都生活在恐惧中，我是唯一一个了解约翰性生活的人。探长，如果我谋划着怎样保全小命，那他就会谋划着怎样要我的命。约翰死后，我跟你讲的那个故事是真实的，可那不过是他丑恶的冰山一角。六次呀！没错，就是六次！有六次我丈夫都蓄谋要杀害我。一次车祸，一次滑雪事故，三次食物下毒，还有一次我们在缅因，他动用了猎枪。约翰想要射杀那些倒霉的驯鹿，然后把它们吃掉。”

卡尔米内两眼盯着她，进入了全神贯注的状态。真该感谢老天呀，像她这么聪明的罪犯可真不多见，像她这么漂亮的也寥若晨星。她 32 岁，正值盛年。“我希望，你能提供那些企图谋害你生命的证据，”他说。

“当然可以，我有目击者，”她的语气很冷静。

“你在茶袋里放进了一些氰化物，是什么因素让你决定用这样的方法来保命的？”

“就是氰化物。我是在一年级公共休息室的架子上找到的。我去那儿是为了找我的书，我知道一个新生把它拿走了，他们大多数人都很没规矩！当然他是没经过我的同意。我怀疑他拿的是因为很少有新生在入学头一年就对里尔克感兴趣。我拿走了氰化物，当然了，那是太危险啦！接着，就有了这样的念头：只要能找到一个下手的方法，不会伤及他人，那么这种药就是我让约翰从我生活中永远消失的理想方式。在他糊里糊涂的每隔两周一次课的星期一，我把氰化物放在了茉莉花茶里，"她耸了耸肩。"然后，那就简单了。商店在曼哈顿，茶袋是女王牌的。"

"登巴博士，你还没有说出对院长下手的令人满意的理由，"卡尔米内说。

"就在这儿？现在吗？我为什么要费这劲儿呢？在法庭上，我会陈述自己的案子。安东尼·贝拉先生会为我辩护，"这只母狮子幸灾乐祸地说。"贝拉先生到这里前，我要说的就这么多。这么做很公平——嗯——可以说，已经是摊牌了。你了解我会怎么陈述和辩护会是什么样了。"

卡尔米内关上了录音机。"登巴博士，你非常坦率，感谢了，不过我要警告你，原告会证明你犯下谋杀罪，并要求处以最高的刑罚。"

"她是不是能逃脱法网呢，有人敢打这个赌吗？"几分钟后，他问了西尔维斯特里这个问题。"老兄，那女人可真是聪明到家了。"

"那得看贝拉选的陪审团有多牛，"西尔维斯特里把雪茄从一边嘴角移到另一边。"他会要求别的司法机构来听审这个案件，那结果就只得听天由命了。不过要是被告是个美女，要给她定罪总是很费劲的呀。你可能觉得，女陪审员会跟她们作对，可她们不会那么干，男人们才很易受他人摆布。所以呀，没错，卡尔米内，没准你是对的。"尽管波林·登巴的审判结果还没有着落，他那张油光光的猫脸上已流露出满意的神采。"问我呀，我会关心这一茬吗？我才不会呢。登巴院长的谋杀案已经百分之百解决了，这才是要紧的事情。"

“我觉得，另外十起调查起来肯定不会太轻松。”

“你还认为凶手是单枪匹马吗？”

“比以前还肯定。长官，手段如出一辙，”卡尔米内皱了皱眉。“那个该死的臭娘们！她一直跟我瞎扯自卫的那一套，我居然没问她本该问的那件事。”

“那就返回去问问吧。”

“让贝拉在场吗？他会引导她闭上嘴巴。”

“探长，一个小时后，会有保释听证会，所以登巴博士能给你的时间不会长，”翌日清晨贝拉说。

“贝拉先生，这点我明白，”卡尔米内坐下来打开了录音机。“登巴博士，你好吗？”

“很好，谢谢，”她说话的当儿，并没意识到，会审理此案的思韦茨法官心中想着她什么事都可能干得出来。

“女士，我有个问题想要你回答。这个问题和你的案件或辩护没有多少关系，可对另外十起凶杀案的调查很重要。”

“我的当事人没有杀过人，”贝拉说。

“有十起凶杀案呢，”卡尔米内强压住心头的怒火纠正了他的说法。

“德尔蒙尼克探长，请问吧，”贝拉说。

“4 月 3 号星期一，是什么原因使你决定杀夫保命的？”

贝拉把头扭向一边，思考着这句话的弦外之音，而波林·登巴则坐在那儿侧对着他，双眼死盯着他的脸。

“登巴博士是有原因的，”贝拉说。

卡尔米内怒火中烧，摇了摇头。“这不是我想要的回答，”他说。“我需要具体的原因。”

“探长，你没法得到细节。”

“我再说一遍。登巴博士，不管你的原因是什么，是不是和——比如，你听到的可能有其他人会死这样的谣言有关呢？”

“都是危言耸听，”贝拉轻蔑地说。

“是不是和其他人要死这样的协议或约定有关？4 月 3 号星期一，你决定行动，而霍洛曼的 11 起凶杀案都发生在这一天，这难道纯粹是一种巧合吗？”

“哎呀呀！”她失声惊叫道，完全没有理睬贝拉满脸丑八怪的模样。“我明白你的意思！探长，我选择那天的原因在法庭上会真相大白，可它和这 10 起——或说 11 起——凶杀案没有关系。这纯粹是种巧合。”

大家都能听到卡尔米内松了口气。“女士，谢谢你了！我什么忙都帮不了你，可你却帮了我的忙。”他决定再碰碰运气。“有谁知道你很怕老公？还有你为自己的性命担忧这件事？”

“登巴博士，要是你回答了这个问题，我就没法帮你了，”贝拉以一种不祥的语气说。

她挺了挺肩膀，对着卡尔米内苦涩地笑了笑。“探长，现在是贝拉先生负责了。要是回答了你的问题，我的辩护就没了指望，这一点我能看得出来。”

卡尔米内走开的时候，心中在想，这真是回答他问题的绝妙方法，她至少吐露出了另外一个女人。现在，他得去找她最要好的朋友。

是埃丽卡·达文波特？还是菲洛米娜·斯凯珀斯呢？又或者是哪个不知的、未曾谋过面的妇女解放运动的支持者？

卡尔米内一直藏在门外，直到安东尼·贝拉走出了询问室，他留住了他。“你帮助她无罪释放应该不成问题，”他很友善地说。

“我也觉得没大问题。”

“贝拉先生，她怎么付你的酬金呢？查伯可不是靠多付女教师工资出名的。”

“我是无偿服务，”贝拉简单回答道。

你真是这么做？卡尔米内自言自语道。为什么呢？我得回科德角去和菲洛米娜·斯凯珀斯再谈谈。她越来越像网中央的一只母蜘蛛。

他把阿贝、科里、迪莉娅和帕特里克召集到办公室，开了个小会。

“好吧，我们还剩下十起案子，”他毫不掩饰自己心中的喜悦。“我们可以把那三起枪击案放一下，就只得先这么样了。不过只有我们把主谋抓到手，我才会真正把它们做个了断放下来，因为这三起肯定是雇凶杀人案。那么我们还剩下六起——比阿特丽丝·埃格蒙特、比安卡·托兰诺、彼得·诺顿、卡西·卡特赖特、埃文·皮尤和德斯蒙德·斯凯珀斯。我们暂时把比阿特丽丝·埃格蒙特当做难以侦破的案子。好嘞，死亡五人，咱们就从这儿下手吧。比安卡·托兰诺那起是典型的奸杀案，我们要集中所有力量对这个案子发起攻击。雇凶杀人案，这倒没错，可再稍稍转动一下脑筋，我觉得，人们一般雇不到性虐杀手。那类杀手对金钱没有兴趣。所以他肯定是个本地佬。主谋发现了他有些想入非非的念头，就对他进行一番调教和培养。我们要是不抓住他，他还会再开杀戒，现如今他已经迷上了这一道。如果这个受雇杀人的幽灵没能教我别的东西，他至少让我明白，冲着性去害命的杀手是停不了手的。”

“我们怎样才能知道该找什么呢？”帕齐问。“这正是那个幽灵让我们脑袋大的问题，我们对他不知名也不知姓。在那一方面，这个案子有任何区别吗？”他怒视着说道。“你不会再把那个凶手称作主谋吧？”

“是啊，我讨厌这个字眼，”卡尔米内耐心地说，“可这是很精确也是很方便的说法。除非你想跟所有联邦调查局的人去说一声，给那个家伙起一个代号？叫爱因斯坦或波林咋样？叫莫里亚蒂成吗？都不妥当？我们还是好好专心研究已到手的情况得了。帕齐，说到这个家伙的不同之处呀，那就全在于另外一个人了，也就是那个主谋。他把这个凶手从他那想入非非的的老巢中驱逐出来，而我们的寄居蟹对新窝还感到不舒适，侧着身子走路仍然使他很害怕，还没有完全具备一个幽灵的那套本事。到哪儿去找他，我倒有个主意——那个幽灵接受了想入非非的训练。帕齐，请你多给我们讲讲比安卡的事提提神吧。”

“发现她的时候，她浑身光溜溜的，”帕齐开口道，“手腕和脚踝都用单股钢丝捆着。除了脖子上的一条连裤袜使她窒息片刻外，她的神志自始至终都很清醒。身上有29处香烟的烫伤，还有17处类似割装饰板的刀子割出的刀伤。尤其是乳房和阴部，受伤极其严重。受害人多次遭到强奸，可她身上哪儿都找不到精液。凶手把一只破碎的瓶子使劲捅进她的阴道，她因失血过多而死。有本书里的一个关于性异常的案例，和这起案子非常相像，精神病学的学生都很熟悉那本书。”

“那本书出版多长时间了?”迪莉娅问。

“十年前出版时就遭到了强烈抗议。公众觉得，这本书太容易使追求刺激之徒搞到手。”他脸上呈现出痛苦的表情。“不像人们费了劲去啃克拉福特－艾宾的著作，之后便会疑惑‘摩擦淫’是什么玩意儿——在我那个时代，字典里没有这类词汇的定义。书的作者是个德国人，那本书也是从德语翻过来的。德国人创造了这些和性有关的词汇。”

“帕齐，谢谢啦，”卡尔米内的语气很坚定。“我们认得这个家伙。我是想说，我们肯定和他见过几次面，甚至还可能和他面谈过。这家伙个头矮小，长相也很丑陋，可我吃不准他是属于哪个年龄段的人。”

“我们去科纳科皮亚吧，”阿贝立马说，“要先从达文波特博士的男秘书下手。”

“什么因素使你这么说呢?”科里很妒忌又很沮丧地问。拉里·皮萨诺的中尉职衔每时每刻都萦绕在他的心头。

“我记得那个秘书，”阿贝说。“他的情况挺符合这个案子。”

“卡尔米内，你刚才说，吃不准他的年龄段，”迪莉娅说，“你的意思是指非常年轻、年轻、比年轻人稍大点这个范围吗?”

“不对,迪莉娅,我指的是年轻、中年或是年纪较大的范围。”

“他的职业呢?”她追问道,在幽灵出现的那些疯狂的日子里,她并不在那里。

“对于性杀人犯来说,那真是个谜,但就这起案子来看,我想说的是,他不习惯于发号施令,而更习惯于接受命令。要不然,主谋就用不着给他洗脑了。”

“这样选用动词,可真有意思呀,”帕齐说。“这是在进行思想转化吧。”

“洗脑?别忘了,联邦调查局围着这个案子嗅来嗅去,是想找到间谍,”卡尔米内说。“不过正儿八经地说吧,我觉得,这个字眼可用在任何一种深层次的精神转化过程中。”

“特别是当大势所趋时,洗脑是很有必要的,”阿贝插嘴道。

他们又回到科纳科皮亚,开始对理查德·奥克斯进行讯问,他是埃丽卡·达文波特博士的秘书。现在达文波特博士是董事会的主席兼科纳科皮亚中心的总经理。她大动肝火,可又阻止不了阿贝和科里去讯问那个年轻人,问话持续了两小时。他回来时,眼泪横流,身体不自主地打哆嗦,有周期性偏头痛突发的征兆。于是老板把他弄上了救护车,送到了查伯—霍洛曼医院。

“我要控告你们的行为!”她对卡尔米内大叫大嚷道。

“废话,”他轻蔑地说。“他跟站在起跑门口的小雌马一样紧张,完完全全就是那副德行。这跟谁要讯问他有无犯罪嫌疑没有关系,他的反应都会是一个样。对我而言,最重要的是,在他身上已澄清了托兰诺凶杀案。”

“你有什么理由相信他有罪?”她怒气冲冲地问。

“达文波特博士,这不关你的事,不过我要告诉你,我还要讯问科纳科皮亚的其他一些人,还有包括查伯在内的霍洛曼周边其他地方的一些嫌疑人。”

她懊恼地嘟囔了几句，扭头大步流星回到了办公室。

嗯，卡尔米内心想我开始明白，为什么华莱士·格里尔森会觉得她会使科纳科皮亚这条大船搁浅了。

好像迈克尔·唐纳德·赛克斯拿定主意要表现出和理查德·奥克斯截然相反的结果，他又高兴又沉着，还表现出了完美无瑕的幽默感。他欣喜若狂地认为，每个人都可怀疑他是一个性杀手，他倒打一耙质问起阿贝和科里来，这使得他们感到很痛苦。

“我相信，你们都在注视着我，”他一本正经地说，“因为我的地下室里没有葛底斯堡战役的展览。身为一个堂堂的美国人，我怎么能喜欢展示奥斯特利茨战役的图片呢？你们还会问，马伦戈是烹鸡的窍门吗？诸位呀，我得说，谢尔曼、格兰特和李将军要和那个军事天才拿破仑·波拿巴一比，可真就相形见绌啦！从血统上说来，拿破仑不是法国人，是个意大利人，不过老意大利人的天才在他身上又绽开了花朵。”

“闭嘴，赛克斯先生，”科里说。

“够了，赛克斯先生，闭嘴吧，”阿贝说。

他当然不会闭上嘴巴。最终他们把他从办公室里向外轰，他自己也就欣然离开了。经过卡尔米内身边时，他停住了脚步。

“你应该去讯问一下会计部门的一个家伙，”他笑容满面地说。“好爽！想想看，大约一礼拜前，你第一次出现在这儿的时候，我都给吓得要死。不过再也不会这样了，再也不会了呀！你那些忠诚的随从们可真够意思，他们全部接受了本人对内战将军的不屑，就好像他们天天都听到这种事似的。他们可真是大好人呀！”

“会计部门的谁？”卡尔米内厉声喝问道。

“我没听说过他姓啥名啥，不过探长，你不会搞错的。这人身高不足五英尺，偏瘦，走起路来瘸得很厉害，”赛克斯先生说。

该死！卡尔米内一手抓着阿贝一手抓着科里，匆忙把他俩推进了电梯。“科纳科皮亚总部的会计部门在哪几层楼？”他问。

“19楼、20楼、21楼，”科里说。

哪一层，哪一层，到底是哪一层呀？“21，”他跳进了电梯。“我们得一直向下去。”

“老天呀！”阿贝边说着，他们已经到了21层。“海曼夫人说的那个木匠！”

可他不在那儿，他们碰到的几个人都说见过他，可不知道他在哪儿。

“一群自高自大的蠢蛋！”科里说着，他们又下了一层楼。“对那些打零工的，他们都不屑一顾。”

我怎么才能知道这个好消息里头有没有水分呢？卡尔米内自问道，这时他们来到了一个已得到控制的很恐慌的地方。两个医护人员推着一张轮床从另一个电梯里走出来，六七个焦虑不安的人扑过去，陪同着把轮床推进了一个巨大的房间，房间里有几个齐胸高的隔室。由于卡尔米内和队友们都戴着警徽，所以他们能一路跟过来。

当然一切都已为时太晚。那个矮小瘦弱的躯体伏在桌子上，早已断了气。卡尔米内检查了一下还有没有生命的迹象，阿贝和科里叫其他的人都走开。

“伙计们，你们可以走了，”卡尔米内边拿起电话边对那两个救护人员说。“法医需给他做检查。”

几分钟内，警戒线就将现场围了起来。过了一小会儿，帕特里克·奥唐奈和队友们走了进来。帕特里克白皙的脸上显出非常严肃的神情，在他做完初步尸检前，一个字都没说。

“我可以断定，这是氰化物，”他对卡尔米内说。“看起来是一种很特别的毒药，对吗？我想知道，你们在登巴博士的拉链包里发现的那个瓶子有几个人沾过手？或者说当时瓶里装了多少东西？用来毒死一条人命的剂量非常小。”

“这个人就是海曼院长夫人说的工人吗?”

“这当然是没什么疑问的事,除非在霍洛曼会有两个五英尺高的小不点,并且左腿比右腿都短三英寸,”帕齐说。“他穿了双靴子,左脚还垫高了,可还是一瘸一拐的。两个膝盖和两个脚踝都很不协调。那只加高的靴子能保持臀部的平衡,有助于缓解腰椎的疼痛。只有让他躺在手术台上,我才能弄清楚,他是先天性的还是后天跛脚的。”

“嗯,”他们返回县服务中心时,阿贝说,“我寻思着,埃丽卡·达文波特就是那个主谋。”

“我同意,”科里满口肯定地说。

“那倒不一定,” 坐在后座上的卡尔米内心情很压抑。“我们一旦找那些身材瘦小、面貌丑陋的男性来问话,消息很快就会传开,快得出奇。海曼夫人是个好看而没有头脑的人,一点都不谨慎。多萝西·思韦茨和西蒙内特·马尔恰诺也是那种料,嘘!安吉拉·麦金托什也不例外。这个案子里净是些女人,你注意到这点了吗?我确实注意到了。嫌疑人、受害人、目击者——女人,女人,一堆老女人呀!我讨厌这样的案子!遇着这种案子,我就犯晕!我知道有两个女人口风很紧,一个是我老婆,另一个是我的秘书。嗷嗷!”

坐在前排的两个人明白了卡尔米内的意思,于是都闭上了嘴巴。

到了县服务中心,他们就分头行动。阿贝和科里带着会计部主管提供的详细资料和对数字世界激烈之处的毛骨悚然之感,走进了受害人的公寓。卡尔米内则带着一副凶恶的表情走向了尸体解剖房,丝毫都没有察觉到,看到他的人都如鸟兽散。

“乔舒亚·巴特勒,35 岁,未婚,”帕齐说,他已经把那具扒光的尸体放在了解剖台上。“他是个很可怜的人,患有先天性垂体综合征,这种疾病抑制了激素的发育。他的睾丸萎缩,身上没有汗毛,阴茎只有青春期前男孩的那么大。我很怀疑，他是不是能维持勃起状态，更别说要让阴茎自发地射精了。所以，如果他是杀害比安卡·托兰诺的凶手，那么强奸行为都是用一个物件完成的，或许在他打破那只瓶子前，就是用那只瓶子作为了强奸工具。他的行为并不算太疯狂，这你是记得的——他把现场清理得一干二净呢。他的左腿短是因为一次骨折，那是因为在童年时，他遭到了一次十分耻辱的折磨。我都怀疑，他是否请医生看过。当看到大脑的基部和脑垂体时，我就能发现在脑壳内要找的东西。组织学可是非常重要的呀。或许他的有些器官的位置不正常，心脏在右边，一些别的器官也处于错位状态。死亡原因吗？我仍没改变我的想法，是属于氰化物中毒。"

卡尔米内叹了口气。"他这号人绝不会在埃文·皮尤的壁橱里安上捕熊夹，"他说。"我知道，力量不可能总和身材或肌肉成正比，可这个家伙确实是个 90 磅重的软皮蛋。我说得很对，是吗？"

"是呀，"帕齐巴望着继续进行检查。他可不是每天都能碰上这样的一具尸体。

卡尔米内把帕齐留在那儿做检查，自己心中考虑着，某个地方有那么一个极其狡诈的滑头，可能会装扮成一个像乔舒亚·巴特勒这样的小不点儿。这个人能够在乔舒亚·巴特勒心中点起一把火，最终迫使他火冒三丈，去行凶杀人。

过了不到五分钟，帕齐给卡尔米内打了个电话。

"卡尔米内，导致死亡的原因确实就是氰化物，可我认为这不是谋杀。在他的嘴中，我发现了一枚用很薄的塑料裹着的胶囊，胶囊的碎片就在牙齿的周围。这说明他是自杀身亡。"

"这个说法有道理，"卡尔米内心中并不感到惊诧。"就跟戈培尔博士一样，只是他没有孩子罢了。"

"要打起精神来！"迪莉娅尽力安慰他。"至少你正在一点一点地打开缺口。比安卡·托兰诺又给剥离了出来。"

"嗯!"卡尔米内咕哝了一声。"所有的迹象都说明,翻动的石块堆成了堆,就必定会碰到一些可怕的东西。我们还剩下四起,这些案子才有我们问题的真正答案。"

"回家吧,"迪莉娅口气很坚决地说。"你需要朱利安给你点乐子。"

朱利安的乐子确实挺管用,不过迈伦的到来使卡尔米内的兴致一下子没了。迈伦气势汹汹地站在门口台阶上,拿出一副要干仗的架势。卡尔米内瞟了他一眼,突然大笑起来。

"迈伦呀,你这个糊涂虫!"他用一只胳膊揽住了朋友的肩膀,强行把他拉了进去。"你那副架势就像一只小惠比特犬要和一条大丹犬干架一个样!"

迈伦的怒气又持续了几秒钟,接着就屈服了。"至少你说我是只小惠比特犬,"接着他说。"我琢磨着,你没叫我吉娃娃,就算我走运了。"

"你都扯哪儿去了,"卡尔米内朝戴斯迪莫娜转动着眼睛,"你不喜欢汪汪叫。再说,虽然你骨子里确实有许多大灰狗的种性,可你的体形也没那么大,还称不上是条大灰狗。干一杯,然后和我说说你烦什么。"

"你——你真害苦了埃丽卡,这就是我烦的事儿!你干吗非逮住她不放呢?"

"迈伦,我没逮住她不放。"某些女人啊!他自己心中思虑着。为什么有些女人总爱对一个又可怜又倒霉的笨蛋说些甜言蜜语,让他去为她们干仗呢?"她做不到两者兼得。科纳科皮亚的麻烦大了,她现在是最高长官——最高女长官。你是个商人,你知道那种权力是有价格的。埃丽卡要是扛不住厨房里的腾腾热气,她最好赶紧从那里撤出去。"

迈伦的怒气已经烟消云散;他绝不会对自己的挚友一直上火,尤其当他立足未稳时,他更不会那样行事。"哦,卡尔米内,"他痛苦地说,"我夹在中间该怎么收场呢?我爱着那个女孩,不愿看到有人给她添乱,可她要我答应，我得尽力让你放她一马。”他看上去很悲哀。“可我做不到，对不对？你算不上是一条大丹犬，而是一条斗牛犬。”

“全都扯到狗那儿了，”卡尔米内递给他一杯苏格兰威士忌。“你可曾想到，把科纳科皮亚交给埃丽卡时，她都惊呆了吗？我看她是怎么都没有预料到，同时我也觉得，她在担心欠缺那份资格。”

他缓缓喝下那杯苏格兰威士忌。卡尔米内家里虽然不是酒吧，却有很多好酒。“是这么回事，”迈伦承认道。

“就你我来说，她更信任你。那你怎么不告诉她别犯急呢？对于管理大企业和政府部门这样的大事业，我的经验是，它们自身会慢慢理顺的。人们要横加干涉，问题可就出来了，你一定要明白这一点。就像歌里面唱的那条河一样，科纳科皮亚已经流转了多年。她就该放手让它继续流转下去。”

“你比我们中任何人都更会管理，”迈伦说。

“我吗？不可能！就像你爱的那个女孩所说的，我的好奇心永无止境，她说得没错。我花了大把时间打听那些和我不相干的事。”

“迈伦，和我们一起吃饭吗？”戴斯迪莫娜问。“来点烤肋排，多着呢。”

他哼唧了一声。“我倒想吃点呀，可我得回埃丽卡那儿。”迈伦把最后一口苏格兰威士忌喝完。他站起来，看着他们，眼睛中略带一丝惆怅忧郁的神情。“但愿事情都是以前的那个样子，”他若有所思般地说，“可又都不太可能，对不对？”

“这就是人生呀，”戴斯迪莫娜笑起来。“这句老生常谈怎么样？没什么，亲爱的迈伦。事情总会过去。”

她吞下一些烤肋排后，对卡尔米内说：“不过这次是过不去了。我要真喜欢她就好了！可我做不到呀。她是个很冷淡的人。然而只是冷淡这一点，我还可以做得到，只是冷酷，我就没辙了。她会使可怜的迈伦心碎的！”

“那可没准。”卡尔米内塞满了一肚子美味，语气很乐观。“她身上拥有的一切迷住了他，可我们对那些玩意儿都很不感冒。他 50 了，可爱的女士，已经准备找个婊子了。埃丽卡是他必经的阶段。”

“你觉得是那样?真心的吗?”

“没错。”

“肉馅土豆饼和剩下的烤肉一起吃,还凑合吗?”她问。“我做了一个大的,因为索菲娅说她要回家,而且还有两个朋友要来家里过夜。”

卡尔米内的怒火再次燃烧起来,满脸愠色。“该和女儿谈谈了。”

“别急,卡尔米内,先别和她讲!这点我很有把握,她准会有很充足的理由,”戴斯迪莫娜说。

就在这时,索菲娅突然从前门闯进来,翻着一双白眼,而且瞪得溜圆。“爸爸,”她喊道,径直走到他面前。“有人把我锁进了物理实验室的橱子里!”

瞧,我跟你说什么来着?戴斯迪莫娜的眼睛在说话,可卡尔米内只是远远地仔细打量着索菲娅。她的头发有些凌乱,真的受到了惊吓。“宝贝儿,你知道这是怎么发生的吗?”

“我哪儿知道,就是那么回事!不该出现这种事的,从来没有人锁过那个橱子!”她浑身都在打哆嗦,接着缩成了一团紧紧依偎在他身上。“我听见有人在另一边走来走去,还把什么东西哐当一声扔在地上。爸爸,我不知道是为什么,可肯定他是在跟踪我!轮到我值日整理室内的东西,大家都看见我来来回回走近那个橱子。起初,我还以为是谁在开玩笑,后来听到有人走动的声音,就有了一种恐怖的感觉!”

“他走开了吗?”卡尔米内感到心里咯噔了一下。“你在里面待了多久?”

“大约有五分钟。我很清楚,学校一旦安静下来,他准会打开门对我下手。所以我就从屋顶的一个检修口逃了出来。那个检修口一直通向排烟总管道。我爬了好长时间,然后从实验室另一头的排烟筒里出来。灯都关了,但外面天还很亮。因此我能看清他的模样,是一个一条腿有点瘸的矮小的家伙。我尽量不出声响,挣扎着从排烟筒里爬出来,到了地面上。接着我就拼命朝门那边爬过去，等了一会儿，听到他走到里面去，我就把门打开了一条缝，从里面使劲挤出来。接着就站起来撒腿跑了！”

惊死人了，卡尔米内心想。不愧是我的闺女。在万分惊恐中，还能讲述得那么棒。“然后你就赶到车边，开车回家了，”他说。

索菲娅用轻蔑的眼神盯着他。“老爸！我要能那么做，不早就到家了！压根儿就不是那么回事，他一准是打开橱门，发现里面人没了。我跑着跑着，很及时地一头扎进连翘丛中——他正向我的车走去。这样，我才知道他在跟踪我，不是别人，就是我！于是我就蹲下来，一直等到天黑，然后悄没声地跑到133号公路，叫了一辆出租车。直到我看清楚那个司机，才上了车。他是个黑人，我觉得，应该是安全的。爸爸，他现在在转盘那儿。我没带钱包，车费花了不少！”

戴斯迪莫娜拿着钱包，悄悄溜出去。卡尔米内带着勇敢的女儿去了卧室，给了她一杯红酒。

“孩子呀，用新不列颠市长的一句妙语来说吧，干得真不赖，”他心中充满了自豪。

不管是什么法力关照了索菲娅，他心中都满怀感激之情，从头忙到尾给她做好了晚餐——她真是饥肠辘辘——让她服下一片戴斯迪莫娜的“火山蛋”镇静剂，然后就领她上床睡觉。要是不让索菲娅高速运转、聪明伶俐的脑瓜镇静下来，一旦凭自己的本事脱险的兴奋劲过去，在睡眠中就会做噩梦。

接着，卡尔米内的反应开始出现。他坐在那里，就像受冷打寒战一样，浑身颤抖不止，双手也在不停地搓来搓去。

“杂种！狗娘养的杂种！”他牙齿咬得咯咯响，对戴斯迪莫娜说。“他怎么不跟踪我？为什么对一个16岁的无辜孩子下手？真是岂有此理。她可是人们心中能想象到的顶甜美、顶漂亮、顶善良的孩子！我一定要把他的脑袋拧下来！”

她紧紧依偎在他身上，抚摸着他的脸。“卡尔米内，你可不能那么想。那就意味着会判你无期徒刑，永远不得释放。你确定就是你查的那个凶手？”

“一个有点瘸的小不点？就是他。可干吗要针对索菲娅？他故意选择她下手——在学校里就瞄上了她，肯定下足力气好好调查了一番。他扔在地上的要是一根棒球棒，就可能要了她的命。那倒真是人类发明的最好的球棒。照理说，明天就会在物理实验室的橱子里发现她的尸首。可他没有料到，索菲娅在紧急关头会那么沉着冷静。”

“亲爱的，她随了你天性勇敢的一面。要是换个别的受害人，还会以为自己是被人误锁在橱子里呢。而索菲娅几乎立马就意识到她处在危险中。所以她一门心思想逃出去，而不是干等着有人把她放出来。”

他尽量挤出了一丝笑容。“她很善于随机应变，对吗？”

“是呀，蛮有心计。你不必担心索菲娅会受到伤害，”戴斯迪莫娜说。“她会打起精神来，也会把这一切都忘掉。”

他一骨碌爬起来，感觉自己像是变成了一个老头。“戴斯迪莫娜，今晚我没法给朱利安造出个小弟弟或小妹妹了。”

“明晚会常在呀，”她开心地说。“现在，我们打破常规，睡前喝一杯吧。我可以让索菲娅镇定下来，明天不去上学，可我不能对你那么做。一杯 XO 白兰地对你来说会有神效。”

“我需要在多马安插一个警察，保护我们的女儿，”他拿起那杯酒，放在手中暖着。“要进行隐蔽监视，可值班警官要是让一个糊涂虫当班，塞思·盖洛德必须做到心中有数。那么明天你得和索菲娅谈谈，对那件事，不能向任何人透一点风，包括迈伦。”

戴斯迪莫娜眨了眨眼睛。“包括迈伦？”

“这些日子里，我们不能相信他的嘴，因为我不知道他的女友言行是否谨慎。告诉索菲娅眼下不要独自在学校或其他地方闲逛，那样很不妥。

她一定要在一个群体里，放学时也要和其他人一起结伴走。把迈伦给她的那辆该死的红色梅塞德斯扔进车库！她可以开我妈妈那辆老掉牙的水星。”

戴斯迪莫娜身体颤抖了一下。“那辆车可像个幽灵。”

“对。这就是为什么我相信，我们最棒的武器就是索菲娅的机智。你要是不遮遮掩掩的，坦诚地跟她讲，她不会反对。”

索菲娅的灾祸给约翰·西尔维斯特里带来的震撼最大。几年前，他的女儿玛丽亚也曾遭受到一顿残忍的毒打。那是对西尔维斯特里的报复，让他有些吃不消。可后来玛丽亚痊愈了，幸福地成了家，继续过着她的生活。凶手被判刑 30 年，20 年后才能假释。这件事卡尔米内全知道，他私下告诉西尔维斯特里又有人企图谋害索菲娅。看到西尔维斯特里掉泪，对他真是一种煎熬，好在别人没有瞧见那一幕。

“恐怖呀，实在是太恐怖了！”局长抹了一把脸说。“卡尔米内，我们一定要逮住那个婊子养的。你想要什么，我都满足你。索菲娅是多么好的一个孩子！”

“我觉得，事情并不像看起来那么简单，”卡尔米内坐了下来。“不知怎么，我觉得我们已经惊动了他。从发生第 12 起谋杀案到现在已经九天了。我们确实想方设法侦破了几起，比如吉米·卡特赖特、登巴院长和比安卡·托兰诺的案子，还把暗杀三个黑人的案子列为雇凶杀人案。又出现了第 13 起死亡案件，那就是杀害比安卡·托兰诺的凶手自杀了。”

“真是大快人心呀，”西尔维斯特里已经缓过神来。“现在去哪儿？”

“去彼得·诺顿家，那个喝了加有马钱子碱的橙汁的银行家。死得真痛苦。”

“氰化物也是，”西尔维斯特里点明了那种药品。

“是的，可氰化物扩散很快。血液中足量的血红蛋白被剥离了氧分，立马就会使人丧命。约翰，因剂量不同，马钱子碱要二三十分钟后才会扩散。

诺顿摄入了很大的剂量，可他还只是喝进了一半。哇哇呕吐，肚子里的东西全倒出来了，紧接着就剧烈地抽搐，我不知道他还有多少意识，可没过多长时间，他就死了。他妻子和两个小孩亲眼看到了这一切。真是惨不忍睹。”

“你是想说凶手想要那种结果吗？”

“我吃不太准，也许吧，”卡尔米内听起来感到很惊诧。

“卡尔米内，如果选择一种折磨诺顿妻子和孩子的谋杀方式是这起犯罪的一部分，那就又出现了一些新情况，”警察局长若有所思地说。“也许我们应该对受害人的家人看得更紧些。”

“每块石头都要重新翻一遍，”卡尔米内许诺道。

一周多后，芭芭拉·诺顿夫人才从不断歇斯底里地尖叫中恢复过来。卡尔米内猜，医生已给她注射了一些强效镇静剂。她的眼神一片茫然，走起路来，像在蜜糖的海洋中艰难跋涉似的。

然而，她讲话还很有逻辑性。“是某个他不愿贷款给对方的疯子，”她递给他一杯咖啡。“探长，可也是真没辙！人们似乎想不用一个子儿担保，就能从银行借钱！大多数人最后也就放弃了，可那些疯子却不肯罢手。我记得，至少有六个傻冒把我家的邮箱塞满了狗屎，把烧碱倒进我家的游泳池，甚至还在我家的牛奶中撒尿！彼得将他们通通报告给了北霍洛曼警方。你看看那里的那些名字吧。”

卡尔米内注意到，她的身材很丰满。她那圆润的体态对一些男人来说很有诱惑力。而且脸蛋很漂亮，有两个酒窝，面颊红扑扑的，皮肤光洁无瑕。当孩子们进来时，他再次抑制住了叹息声。这已是他第二次见到他们。这一家人都胖乎乎的。遗传基因决定了孩子们也会是胖子。他还记得，进行尸体解剖时，彼得·诺顿就是一个胖子。像所有其他胖子一样，他长着肥硕的胳膊和大腿，肉嘟嘟的手和脚，不仅仅是大腹便便，从肩膀到臀部也都赘着肥肉。从警察调查邻居们的记录来看，诺顿夫人曾试着控制家人的食物，可丈夫全都当成耳旁风。他老是带孩子们去弗伦德雷吃冻糕，喝冷饮。

“诺顿夫人，你的朋友也是你老公的朋友吗？”卡尔米内问。

“哦，当然了。我们做什么事情都一起。彼得愿意和我有共同的朋友。”

“你们以前都干些什么？”

“我们星期二晚上打保龄球。星期四晚上去一个人家打牌。星期六晚上出去吃饭，然后看电影或戏剧。”

“女士，你雇过保姆吗？”

“是的。一直雇用同一个女孩，叫伊梅尔达· 冈萨雷斯。彼得开车把她接来，再送她回去。”

“你从没单独出过门？”

“哦，没有！”

“你的朋友都有谁？”

“格雷斯和查克·西蒙斯、赫蒂和汉克·苏格曼、玛丽和厄尼·特里普蒂。查克在霍洛曼国家银行工作，汉克是个税务会计。厄尼开了一个睡床和浴缸专卖店。我们这些女人都不工作。”

都属于中不溜的一类差事，卡尔米内边这么想着，边呷了一小口咖啡。咖啡四溢着小豆蔻的味道。他非常讨厌那种味道。在他看来，咖啡就是咖啡，根本不应该掺杂别的味道。

“诺顿夫人，你有没有去过别的什么地方？”

她那富有光泽的鬈发随着她的点头自动弹跳着。“哦，那是一定的了！大多是去参加一些慈善活动，可并不太固定。我和彼得两个独自去参加科纳科皮亚的活动——第四国家银行属于科纳科皮亚。其余那些活动我们八个人一起去。”她的脸沉下来，下巴在颤抖。“当然了，从今天起，我不会再常去任何地方了。朋友们都很友善，可没有彼得，我就成了个累赘。他风趣得很，总有各种各样的小把戏逗人发笑。”

“诺顿夫人，一切都会好起来的，”卡尔米内安慰着她。“你会交上许多新朋友。”

他暗自寻思道，特别是彼得·诺顿的那一大笔退休金和保险，会使她交上许多新朋友。在家庭主妇外表的掩盖下，隐藏着她决心要拯救自己的另一面。也许她会进行一次奢侈豪华的巡游，寻找某个她可以驾驭的人?4月3号，要不是这无法回避的日子，他也许会怀疑她要终结被一个不招人待见的人控制的局面。尽管他死时的场景相当恐怖，某类下毒犯却津津有味地亲眼目睹他遭受痛苦。但诺顿夫人没有沉湎其中。她歇斯底里的发作异常强烈，邻居们都听到了，都赶快跑过去。等卡尔米内到达时，孩子们已经在那儿，全都呆若木鸡。而诺顿夫人需要两个医生给她注射一针强效药才能睡上几个小时。

他转向孩子们，想知道他们的家庭是个什么样子。玛琳是个又聪明又敢作敢当的小姑娘。“也许在学校她会不怎么招人喜欢，”他心想。很显然，那个小男孩汤米是生就的一个饭桶。当他一把抓起招待卡尔米内的饼干时，他妈妈啪的一声把他的手拨向一边，接着他躲开了她瞪大的眼睛。

“你在外面就没什么爱好吗?”卡尔米内问。

“是的，一样都没有——汤米，不要动饼干!”

他想摆脱这种尴尬的局面。“如女性解放?”

“我对那种事不感冒!”她头一扬，厉声答道。“那都是些又愚蠢又丢人现眼的勾当!你知道吗?他们确实曾试图改变我的政治信仰。我不记得她的名字，但我确实回击了一通很刺耳的话，把她气走了。”

“这是什么时候的事?”

“我记不清了，”诺顿夫人答道。她正在与药物进行抗争，这时，药效正在消失，她也越来越撑不住劲。“在一个集会上或其他的什么场所，那是老早前的事了。”

“那个女人长什么模样?”

“问到点子上了!她看上去很正常!刮去了腿上的汗毛，化了妆，穿着漂亮的衣服。有一阵子，她都把我给蒙住了，她——她穿着很邪性的礼服，站在人群中间！我在学校听过这一套，都是一路货色，探长，都是一路货色。我给她讲了对女性解放论者的看法，她朝我大动肝火。我也马上冲她发了火！我一准是把她吓蒙了，她也只得作罢，接着就溜了。”

“她的头发是金色？浅黑色？还是红色的？”

“我不记得了，”诺顿夫人打了个哈欠。“我累了呀。”

“我和你们讲过，”卡尔米内对阿贝和科里说，“这起案子中全是一堆女人。女权主义者到底为什么要对这个案子插上一脚？我相信，她们就是插进来了，至少彼得·诺顿的死与她们有关。某个人或某件事刺激了凶手，于是就通过让诺顿夫人眼巴巴看着丈夫死掉的方式，去折磨她。凶手的目的已经达到。现在她仍需要服用大量镇静剂才能安静下来。但她谈到看上去‘很正常’的那个女权主义者时，那一会儿神智是清醒的。我满心希望，能知道更多一些诺顿家的事！有些事我没有觉察到，但是些什么事，我一点谱都没有。也许是没有吃准诺顿夫人是个什么样的女人。就像一个精神病医生一下接手了一个服用了麻醉品的病号，他没法下手调整诊断方法一样。”

“就不能从她那儿弄到更多的线索吗？”科里问。

卡尔米内以同情的眼神看着他。科里的妻子总是没完没了地唠叨，让他不得安宁。“她只想着合她意的那点事，”他说。“科里，你负责调查诺顿的经历。我想知道诺顿夫人参加过的每一次集会的名称和日期。这一点呀，改正一下吧，我要她这五年来的情况。”他又转向阿贝：“阿贝，你从女权主义角度进行调查。就从那个铁杆的登巴博士下手。她是运动中最活跃的人物。而且她很符合诺顿夫人的描述。她的腿上或腋窝处就没有汗毛。凑巧的是，她曾告诉我她性冷淡的情况，但我对此很怀疑。我们已把她列为杀害院长的凶手，可我们仍需调查一下她的过去。她选择 4 月 3 号下手是为什么？

嗯?”

“你相信,这和其他的凶手有关吗?”科里担心他没有抓到点子上。

“她是个天生的瞎话篓子。她说真话的时候,也总让人感觉没诚意。”

他注视着他们离开了他的办公室,然后双手托着下巴,想思考一会儿。

“卡尔米内?”

他抬起头来,心中感到很惊讶;打断正在思考的上司不像是迪莉娅的做派。“什么事?”

“我有一个想法,”她没有坐下就开了口。

“你想出来的,那倒是振奋人心。说说看。”

“档案全部是最新的,恰巧你新近让我处理的信件并不太多,”她看着他娇滴滴地说,那眼睛总会让他想到丘比特娃娃——那双眸子挺大,饱含着天真无邪的神气,而且描眉的技巧达到了巧夺天工的水平。

“迪莉娅,那倒是真的。我第一个承认这一点。”

“哦——啊——我要是顺着自己的预感行事,你介意吗?用那个词没错,对吧?”

“就某种直觉来说,是这么回事。迪莉娅,请坐!我屁股坐在板凳上时,不忍心看着一位女士站在一旁。”

于是她坐下来,因内心喜悦,脸上现出一片彩霞。“瞧,大多数死亡案件都一定有些联系,对吗?你一直有这样的感觉,可还没有找到任何证据来证实一下。它们在哪一点上同时共有同一个特征?这是我很纳闷的地方。我相信,要么在公众会议上,要么在某类集会中就可以找到答案。你明白我的意思——在那些场合,人们坐成一排,花了很长时间等着开幕,或等着诸如此类的事,于是他们开始和周围的人聊天。或者和一群陌生人坐在同一张桌上,尽力想交上一些朋友,要不然,一个晚上他们就有罪受了。大多数人天性爱交际,所以他们才会有了这样的结果。你一准是明白了我的意思,对吧？”

“我喜欢英语中用疑问来结束每个句子的习惯，”卡尔米内微笑着。“没错，迪莉娅，我确实是明白了。”

“那么，要是可以的话，有空时，我愿意调查一下，过去半年里在霍洛曼共举办了多少次公众会议和集会。”

“只调查半年的吗？”

“哦，我是这么想的。我相信，在这段时间前，凶手的危机感压根儿就没有出现。那时发生的事还没有对凶手构成威胁。可到了4月3号那天，就对凶手构成了威胁。我要能查到所有死者都参与的活动，那么我们就有了方程式的一边了。”

“迪莉娅，这是个很艰巨的任务，”卡尔米内说。“不管怎样，迟早都得做。但我想把它留给科里和阿贝去办，这也算是全部调查工作的一个死角。”

“我清楚这一点，也不会故意装作那是我的点子，”她很有尊严地说。

“哦，迪莉娅，别把怒气都撒在我身上！”他脸上显出很愧疚的神情。“说真格的，我可没想窃取你呱呱叫的好点子。”

她立马变得温和起来。“好吧，亲爱的卡尔米内，我有数。但我可以下手调查吗？”

他摇了摇头，脸上露出受挫的神情。“我正告你的时候，你压根儿就不听。除此之外，我还有什么可说的？那就干吧。”

她高兴地跳了起来。“啊，谢谢，太感谢了！我心里已有了一些谱，”她边絮叨着边走向了门口。“我要先把重点放在那些活动上。然后，我要是能查出一起或多起相吻合的案件，就进行第二阶段的调查。”

“迪莉娅，拜拜啦！”

他扫了一眼钟，知道已经快到中午。他拿起电话，拨错了好几次，最后总算拨通了联邦调查局的特德·凯利特工的电话。

“吃过了吗?”卡尔米内问。

“没呢。”

“25分钟后在迈尔维利奥见面吧。”

凯利要开车,还要在县服务中心大楼的地下停车场中找停车位,但当卡尔米内走进来时,他已经坐在一个小隔间里,占好了位子。

卡尔米内悄悄走到他对面时,他说:“你可以发誓,他们早就知道我是谁了。我看到这里不止有一个警察。”

卡尔米内咧嘴笑了。“特德,他们能嗅得出你来。别急,严肃点说,在霍洛曼这么个小地方,你还能期望着会怎样呢?整个局里都知道,城里来了个联邦调查局来的大人物。”他浏览着菜单,好像不知道已经决定了要吃什么一样。“来份千岛风味的特色路易吉沙拉吧。那么,今晚我就不用再怎么吃蔬菜了。”

女招待梅勒给他们的杯子倒满咖啡,然后静静地站在那儿。凯利要了一份辣的烤牛肉三明治,然后靠在椅背上叹了一口气。“你选择迈尔维利奥是对的,”他说。“在这个操蛋的小破镇子上,这算是最棒的了。”

凯利说得真诚而认真。这些粗鲁的话激起了卡尔米内的怒火。卡尔米内心中暗自思忖,别理这一茬,不要反驳!“那个捉摸不透的尤利塞斯查得怎样了?”

“毫无头绪呀。和我聊聊乔舒亚·巴特勒的情况。”

卡尔米内看上去煞是惊奇。“特德,我已向你递交了报告。但你想要听口头汇报,那也没问题。他对比安卡·托兰诺先奸后杀,然后嚼了一枚氰化物胶囊,倒不是别人逼他吃下去的。这起犯罪不是自发性的——我是说,巴特勒是不折不扣地仿照教科书上干出来的。”

这个联邦调查局的老兄大声咂了咂舌。“别冒傻气,德尔蒙尼克!我想知道的是其他细节。”他瞥了一眼。“有人私底下告诉我,他胆小得要命。”

“哪个家伙?”卡尔米内透过浓重的红色烟雾看着凯利。

“你不必知道,”凯利自鸣得意地回答道。

“别耍我,你这个联邦调查局的混蛋。”

那个联邦调查局的家伙下巴向下拉了拉，用怀疑的目光盯着卡尔米内。接下来,他的愤慨压倒了心头的惊异。他僵直地坐在那儿。“那么说就是想打架了,”他倒真不是在开玩笑。

“那我们就到外面去。”

这顿饭吃得鸦雀无声。路易吉向梅勒和明尼轻轻弹了弹手指,他俩都急匆匆地躲在了柜台后面。30 名不同部门的警察看似都被吸引住了。

“你当真?确实是想打一架?”

“联邦调查局的家伙竟不把我放在眼里,我真是受够了!”卡尔米内冲他咆哮着,粗暴地说。“那我们到外面去。”

“收回你的话!我们要打起来,从俄勒冈的波特兰到缅因的波特兰可都会轰隆隆响起来。”

“你这个来自大城市无所不知的混蛋,这回算你聪明!你污蔑我的小城,瞧不起我的警局——去吃屎吧!”

“我们到外面去,”凯利急匆匆地站起来。

整个过程很短。两个人摆好架势,握紧了拳头。凯利挥出了致命的一拳,但打空了。接下来,他噗通一屁股坐在了地上,不知道自己还能不能再喘气。当他抬起头时,看到迈尔维利奥窗户上全都是警察的脸庞。这时,卡尔米内把手放下来。

“我压根儿都没看清拳头打过来,”他喘上来一口气后说,这句话说得很痛苦。“但我不能允许别人叫我混蛋。这顿午饭就别吃了。”

“我打得你的屁股落了地,你就不打算和我一起吃饭了,那么隆隆的响声将会变成真正颤抖的声音了,”卡尔米内的情绪快活起来。“得让像你一样的家伙们懂得不能在当地人的头上屙屎。”

他们走到里面，又重新坐下来。

“谢谢你没让我挂彩，”凯利酸溜溜地说。

“哦，我够不到你的脸，所以只能打在你的肚子上，”卡尔米内仍沉浸在胜利的喜悦中。“那么是谁告诉你乔舒亚·巴特勒胆子的情况的？”

“是巴特勒所在部门的头头兰斯洛特·斯特林说的。”

“多么可爱的老板呀！提醒我不要向科纳科皮亚申请工作。我怎么就看不破这一层呢？”

“说句掏心的话，没什么理由！我呀，我是一时小聪明。但我从没料到，我会听见你支持像乔舒亚·巴特勒这类狗屎一样的小人。”

现在轮到卡尔米内提出他的疑虑。“老天呀，凯利先生，你可真够笨的！执法时，把那些无缘无故的流言蜚语说成是需要了解的情况，我真的很讨厌那种行为。我把你打倒在地，不是在为乔舒亚·巴特勒出力。伙计，我是为了我自己，那种感觉爽极了！就像专为一个人举行一次霍洛曼茶会那样棒。”

但凯利并不相信这一点。其实，卡尔米内倒很想知道，到了现在他是否知道打架的真正原因。

“你只是一味地回避那件事，”他说。“德尔蒙尼克，你老护着乔舒亚·巴特勒。”

“你向胡佛或其他人报告时，如果这就成了你作书面汇报的理由，也许你会免受处分，但我很幸运，我的话对我的老板来说都很中听。”卡尔米内把空碗推到一边。“色拉真是不错。啊呀，凯利先生，你几乎一点东西都没吃！嘿，肚子疼吗？”

“你这个假正经的东西！”联邦调查局的那个家伙粗鲁地说道。

卡尔米内仰天大笑起来。“我还是一不做二不休的好。我可以得到联邦调查局的埃丽卡·达文波特的档案吗？”

特德·凯利露出了狐疑的眼神，但略一思考后，耸了耸肩。“为什么不可以呢?她是德斯蒙德·斯凯珀斯死亡案件的一个嫌疑犯。我们也需要调查这个案子。越多人参与调查这个案子越好。”

“你要是熟悉船只的情况,应该知道,一个手提水桶吓破了胆的人,就是一台最棒的抽水机,我就是你的最高效率的抽水机,”卡尔米内说。

“我会把档案寄过来,”凯利摸着肚皮说。

卡尔米内用交谈的口吻试探着问:“跟我说说,你在科纳科皮亚的内线——也许我该称之为爱搬弄是非的人——是不是曾提到有人企图谋杀我女儿?”

凯利目不转睛地看着他,结结巴巴地说:“没、没有呀。”

“就连埃丽卡·达文波特也没说过?”

凯利重新恢复了镇定,看上去真的很关心这件事。“没有,”他回答道。“天哪,卡尔米内!这都是什么时候的事?”

“没什么,”卡尔米内简短地回答说。“我可以照顾索菲娅,但更重要的是,她能照顾自己。蛮好!这事还没走漏风声,你也别说出去,明白吗?我问问你是因为我需要知道,而你是和科纳科皮亚沾边的人中极不谨慎的一个。凯利先生,可不要辜负了我的信任哟。”

他太诡计多端,不能冒犯他。“那个家伙要搞点威胁吗?”

“我想是的,但他并不是想干忙活着来点威胁。他们想让我给小女收尸。我女儿要是个稀松平常的孩子,那就死定了。我真是走运,他却倒霉透顶,我女儿是很不一般的孩子。她逃掉了。直到整个事情全都过去,我才知道。”

“她一定紧张过火,身体扛不住了吧!”

“索菲娅吗?没那事!她一天没去上学。可我和妻子都很有数,在心理方面,她没有留下一丁点阴影。这很有助于她从中摆脱出来。她觉得,自己不是个受害人,而是一个胜利者。”

“我会竖起耳朵听着点动静。”

“好，只要你闭紧嘴巴就好办。”

埃丽卡·达文波特的档案并不厚，大部分是40年来认识她的人提供的一系列情况。菲利·史密斯暗示(——或是说)——她出生于马萨诸塞州一个殷实的家庭，但在她早年的经历中并没有披露这一点。如果达文波特家族的祖先是清教徒，那到1927年埃丽卡降生后，有关信息就断了线。她父亲是个鞋厂的工头。她家住在白领和蓝领工人混居区。上公立中学时，她的考试成绩全是优。可她从来都不是当拉拉队长的那块料，卡尔米内对这一点饶有兴趣。经济大萧条给这个家庭造成了沉重打击。鞋厂倒闭，她父亲失了业。就像当时的经济状况一样，他也是每况愈下。他不沾酒，也没有对到手的钱消遣浪费一个子儿，但还是无法维持生计。她妈妈给人打扫房子，可以挣点儿小钱。埃丽卡七岁时，她妈妈把头伸进煤气炉自绝于世。照顾埃丽卡和两个弟弟的重担落在了她姐姐的肩上，而她更愿意帮助男人们打扫房子。

太可怜了，卡尔米内凝视着天空想道。然而，这是典型的1930年代的故事。那一时期，对各个阶层、各个行业的人们来说都非常恐怖。那以前，男人们在十几岁找到一份工作，掌握一门手艺或从事某个行业，并盼着能一直干到退休。而1930年代打破了许多一成不变的事情。达文波特家只是千百万家庭的一个缩影。

她到底是怎么进的史密斯学院？答案就在埃丽卡最后所上的中学校长遗孀的供述中。她的言词很尖刻、很辛酸，还带有不少偏见，但所讲述的情况都很真实。那时埃丽卡·达文波特极其孱弱，身体发育不良，脸部的轮廓已很分明，想法仍很狭隘幼稚。这些劳伦斯·肖克罗斯都看在眼里，当然他还看到了更多的东西。他就试着收留下了这个有着光明前程的孩子，努力让她过上好日子。虽说马乔里·肖克罗斯拼命反对埃丽卡·达文波特进他们的家门，但1942年9月，她还是搬进了肖克罗斯家。那年她刚好15岁。

接踵而来的斗争在私底下进行，因为要是别人知道肖克罗斯的妻子不愿意这么做，他就会丢掉工作、名声和养老金。因此，肖克罗斯夫人领会到了这一点，假装很乐意为这个有着光明前程的孩子做些力所能及的事情。于是埃丽卡穿上新衣服，学习怎样照顾自己，怎样优雅地吃东西、用餐巾、正确使用全套刀叉餐具、正确发音、清晰谈吐等。劳伦斯·肖克罗斯认为埃丽卡要在世上赢得显赫名声所需要的一切至关重要的行为举止，她都一一练习过。

1944 年，据马乔里·肖克罗斯说，埃丽卡和老师成了恋人，那时她芳龄 17 岁。卡尔米内皱着眉头考虑了一下，断定埃丽卡看似找到了一个情人，但他并不是劳伦斯·肖克罗斯。那位将要成为《窈窕淑女》中的希金斯教授的老师教给她一件事情，就是永远不要吃窝边草。而她则把他说的一切都当做福音，立刻看到那个建议的大道理。

她的成绩由 A 变成了 A+。但随着战争结束，千百万军人回到家乡，埃丽卡想在一流大学占有一席之地的机会非常渺茫。她只能进入一所女子学院。尽管得到了史密斯学院的部分奖学金，可对埃丽卡来说，一切看似都很无情：1945 年，才华横溢的学生多如牛毛，分文不值。就在那时，劳伦斯·肖克罗斯患忧郁病离世。医生把他当做高血压进行治疗，记录的死因是脑瘫。肖克罗斯夫人指控埃丽卡·达文波特谋害了他，人们把她的话当做是她因极度悲痛所说的疯话，因此都当成了耳旁风，尽管他的遗嘱让她有一定理由这么说——还是不够充分。他把大宗房地产留给了妻子，但把五万美元留给埃丽卡·达文波特作为她的教育经费和受教育期间的花销。

埃丽卡进入史密斯学院，选择了经济学专业，而且数学、英国文学，还有……俄语(？)都得了高分。史密斯学院还开俄语？

他转向了她的童年岁月，浏览了一些供述，心中觉得挺烦乱。但一无斩获。达文波特从来就不是达文斯基，这似乎已是板上钉钉的事。他费了九牛二虎的力气看完她所上的各类学校的材料。运气仍是很背，没有什么发现。她上中学最后一年期间，那个神秘的情人怎么样了？他一气飞快读了许多页材料。接着他想到了迪莉娅，叫她进来。

“辨别书面文字，你的眼力比我强，”他把埃丽卡和肖克罗斯一起生活那几年的材料递给她。“看一下，你能不能找到与俄国人或俄语有关的线索。”

她快步走开，卡尔米内坐在那里，脑袋嗡嗡直响。联邦调查局知道这个特殊嫌疑人学过俄语，一定会把她列入那个尤利塞斯嫌疑人名单的前列。可他们为什么就没跟他说一声呢？他对着空房间喃喃自语：“你是一个名不见经传的乡巴佬，一个小窝窝里没有发言权的劣等警察，这个鸡窝般大的地方到处都是些怪人！下次，就算我需要长一双翅膀，也要把那个混蛋的眼珠子揍出来！”

“不，不是那么回事，”迪莉娅回来时说。“卡尔米内，你对那个人不公平。他确实把档案给了你。”

“他认为，我笨得像猪，看不懂档案。”

“那就是他的不是了，对吗？”她整理完桌上乱糟糟的东西，坐了下来，把他曾经给她的一捆文件递给他。

“这只是一些粗糙的参考材料，出自……”她咯咯地笑起来，“哪一位呢，一个送牛奶的家伙。现在，他是一个真正的大傻冒，而且我断定，你有这种印象，他曾经非常迷恋埃丽卡。在他关于她的男朋友们的只言片语中——我必须扯得远一点，这些话似乎都是空穴来风，这就是为什么没有人在材料旁作批注的原因。他们为什么要用墨水抹去一些词或短语？随便谁都能凭想象把它们再添上！”

“迪莉娅，继续说下去！”

“哦！哦，是的，当然了。她有一位男朋友讲话又快又不清楚，她也以同样的又快又模糊的方式回答。我读给你听听：‘像和他的朋友们说话一样，他和她急促而又模模糊糊地说话，说得飞快。’可以称他为一个说话很快的人。但他要是对埃丽卡也讲这么快，她一定能听懂，并通过推断作出快速回答。”

“1944 年，她有一位苏联男朋友。嗯?是个移民?”

“当然是了。照我了解和看到的达文波特博士的情况看，她老是爱遮遮掩掩的。用外语交谈也许只是她的手段。”

“送牛奶的人说她的男友有一帮伙伴。”

“卡尔米内，那都正常得很。移民都说不好英语，他们很乐于扎堆。他们都在哪儿扎堆呢?”

“在波士顿远郊。”

“那时大概那里会有很多工作机会。”

“1944 年?多着呢。”

好，那么她讲俄语。卡尔米内决定审查一下她在史密斯学院期间的情况。肖克罗斯的钱必定会有用场。那时，正式的交流项目还没有出台，但鼓励学生们可在三年级的春秋两个学期去别处学习，这有助于扩大视野及受教育水平。1947 年，有人问及年方 20 的埃丽卡，她是不是愿意就读伦敦经济学院。她的学位认可那里提供的课程。接着，她立即动身去了伦敦。在伦敦经济学院求学期间，她出众的才华及献身精神始终如一。其他学生还在适应陌生的习惯、态度和风俗时，她已顺利融入到新环境中。她用心交了一些朋友，参加了一些聚会，甚至还同几位普遍认为高不可攀的男士发生过一些风流韵事。

学年结束时，她也完成了学业，便在 1948 年夏天对欧洲大陆进行了考察。她已作废的护照上盖着进出法国、荷兰、斯堪的纳维亚、西班牙、葡萄牙、意大利以及希腊的戳记。她乘坐二等舱独自旅行，对问起的人解释说，孤独一人有益于她的灵魂。在旅游期间，她回到伦敦经济学院，把彩色幻灯片展示给同学们看。其中一个人抱怨说，景物倒是挺绝，可人在哪儿呢?

“我很敏感地拍摄了人们日常生活的瞬间，仿佛他们都是一群怪物，”

她曾解释道，感觉很烦恼。“在我们眼中，他们的服装都怪里怪气的，但对他们来说，人人都那么穿戴。”

“那就给他们几个钱，给他们拍照，”有人说。“你是个阔绰的美国人，出得起这点钱。”

“什么，让他们也堕落到我们这等水平?那可太腻味了!”

好吧，好吧!卡尔米内用手摸着那份供述，好像那张纸外面裹着金子似的。埃丽卡，很久很久以前，你也曾是豪情万丈呀!有着气冲霄汉又坚不可摧的一腔激情。还有满腹理想呢。

从哈佛大学取得的法律学位及从查伯取得的博士学位并没带来什么新的收获。在接下来的又一个20年中，他对埃丽卡·达文波特唯一感兴趣的地方，就是她的生活没起任何波澜。有一点很蹊跷：在享尽三个月的欧洲迷人风光后，她就一去不复返。以卡尔米内的经验看，特别是对欧洲的旅行，人们常常会重温年轻时的欢欣和放纵。她没有去西德，而且绕开了塞浦路斯和的里雅斯特。她赶上了一条从布林迪西去佩特雷的航船，这样就可以完全避开南斯拉夫。在冷战升温前的1948年，办理签证很困难吗?

“迪莉娅!”他叫道。“我要去科纳科皮亚!”

“你的俄语水平有多高?”他单刀直入地问埃丽卡·达文波特博士。“你的苏联男友对你的语法抱怨过吗?”

“哦，你是个爱管闲事的家伙!”她在桌子上轻轻敲着那支金黄色铅笔的底端。

“这不是什么秘密，都装在联邦调查局你的档案里。”

“我可以由此推断出，你相信，联邦调查局在间谍案调查中，已经洗脱我的嫌疑了?”她冷冰冰地问。

“联邦调查局就是联邦调查局，它有自己的一套规则。我看呀，并没有排除掉你的嫌疑，”卡尔米内答道。

“我承认，十几岁时是有个苏联男友。凑巧我也很容易就学了俄语。史密斯学院的一个教授给我特别开设了语法和文学课程，这完全是出于他看到有人对俄语感兴趣而产生的喜悦之情。我也没想去国务院当一名外交官。这让你满意了吧？”

“这些情况联邦调查局知道多少？”

“蛮聪明的德尔蒙尼克探长！你知道，我没提过男朋友的事，而你却知道他的一些事。联邦调查局的某个人说漏了嘴吧。”

“机构越庞大，泄密的可能性越大，”他歪着脑袋端详着她。“你的豪情出了什么问题？”

“你说什么？”

“豪情，20岁时你充满豪情。”

她的笑容更像是一种嘲笑。“我觉得，不是那么回事。”

“我是这么认为的。你这辈子也不会说服我相信，你没有那种豪情。你那为了全人类的远大志向，像通红炙热的拨火棒一样，让你的大脑燃烧起来。你要改变这个世界。然而，你却与这个世界同流合污。”

她的面容显得又苦恼又苍白。“我想……”她慢吞吞地说。“我想，你要是把那番豪情看作是青年人的梦，我已经给它找到了新出路。我发觉，因为力量都攥在男人手中，女性还没有准备妥当去改变世界。她们在身体和精神方面都表明了这一点。探长，事情有轻重缓急，我们一定要争取力量。这是我们眼下的首要目标。”

“我们？我们的？”

“我说的是女性们的超大军团。”

“诺克斯憎恨女人，也是个脏老头子。”

“先想一想他行使的权力吧！然后再叫我女性平等论者。你是叫不出来的。当那些老头子能控制摆布其他人的思想时，他们强奸年轻女孩就可以免受惩罚。”

"你与波林·登巴博士和那些男女平等主义者联系密切吗?"

"没啥联系。"

"菲洛米娜·斯凯珀斯呢?"

她大笑起来。"没有。"

卡尔米内站起身来。"我想会会邓肯·麦克杜格尔博士。"

"为什么呢?采用你对付我秘书的做法去缠着他吗?"

"我不太可能那么做。他可是科纳科皮亚研究所的主任呀。"

"我懂了。又是和权势搅和在一起。小卒子可以纠缠,对当官的就不能冒犯。"她拿起一份档案。"你爱干得多么败坏都成呀,"她听上去很不耐烦。"他自己安排自己的约会。"

卡尔米内与邓肯·麦克杜格尔博士交谈时,最大的麻烦不是出在合作方面,而是听不懂他说的话。在事先安排好的作为会面地点的停车场,他着实领教了一番和对方谈话的滋味。当时他注视着那个瘦弱但强壮的小不点男人向他走来,接着停下了脚步,紧盯着飞机库般庞大的房顶上成排的烟囱,然后跑过来,满脸恐惧。

"快蛋(点),课(阁)下。那盏灯在冒山(烟)!"他叫喊道,然后一路使劲推搡着卡尔米内,就像老师推着一个很不情愿的孩子一样。

起码卡尔米内认为,他就是那么说的。那位主任在房间里冲电话叫喊了一番,然后看上去轻松多了。

"那盏灯不开(该)冒山(烟),"他对卡尔米内说。

"说什么呢?"

"烟从皮博迪的烟囱中冒出来了。"

谈话就这样进行下去。卡尔米内想尽办法把邓肯·麦克杜格尔博士所说的大部分内容翻译成明白易懂的英语。他的安全措施没有任何漏洞,也看不出他需要对此做什么改进。在他的计时保险库里有许多体积小些的保险柜。保险柜的大小取决于所要容纳的物品，设计图放在又大又平的里面带抽屉的保险柜里，文件则放在更普通些的柜子里。那里的保安训练有素，能够胜任安全保卫工作。有人要想把文件带出保险库，就成了在大庭广众眼皮底下干盗窃的勾当。

“邓肯·麦克杜格尔博士，我觉得这里并没有发生盗窃，”对一些材料的综合分类过程结束时，他说道。“例如，自从柯林斯先生不愿意再运送那些物品后，波利科恩塑料公司的新配方和所有试验用过的废料，从没带出过这个保险库。我可以打包票，尤利塞斯一点东西也没拿走。关于科纳科皮亚总部的安全方面，我想指出一些很棘手的问题，先生，但这些设备不包括在内。让这些设备照常运转就是了，您一向都是无可指责的。”

“是的，但还不够完善！”麦克杜格尔博士生气地说。“科纳科皮亚研究所取得了大量卓越的研究成果。这里的任何一位工作人员都无法忍受这样的事情，那就是他的想法、精力、劳动最终都进了莫斯科的腰包。”

“先生，那么，我们一定要逮住尤利塞斯。一旦这些高度机密的材料离开了你的手，你要认真做好记录，记住谁在掌控这些材料。这样你也就算尽了自己的一份力。你还要留心每个部门和科纳科皮亚中心的人。我真想看看，你能提供出的人到底会是谁。”

“你与联邦调查局的人很不一样，”麦克杜格尔博士说。

“那是当然了，”卡尔米内说。“他们可不大愿意一起分享一些情报。”

“哟，是呀，太可摁（恨）了！”那个主任说道，或者他说的是类似这样的话。

“除了苏格兰人，谁也听不懂他们的话，”戴斯迪莫娜边盛菜边说道。她做了奶油小牛肉和扇贝，还有用白葡萄酒作调味品的蘑菇。朱利安逐日长大，在饮食方面，她越来越想做一些大胆的尝试。

“没准他讲的是一门外语，”卡尔米内几乎是以一种好色的快活眼神盯着盘子。米饭泡在调味汁里，再加上芦笋，这可真是绝配。有时就是这样，他得感谢老天赐予的这一大福分让他的胃有了健忘症——两个小时后，它就不记得它已经吃过了东西，连路易吉沙拉也全都忘了。

直到扇贝全都扫荡进了肚皮，他都没有再说话。然后，他一把抓住娇妻的玉手，恭恭敬敬地吻了吻。

“好极了！”他说。“现在你比我妈妈做得强多了。甚至比我奶奶瑟拉蒂做得都还棒。可真是不一般呢。你怎么把小牛肉做得那么嫩？”

“不断扇下面的火，”戴斯迪莫娜高兴地回答。“卡尔米内，我不是从西西里岛来的五英尺高的废物老太婆。本人是六英尺三英寸的博阿迪西亚女王陛下。我不用怎么费劲就能把手伸到炉子后面。”

“索菲娅没赶上这顿美餐，那是活该。不过还有披萨！”

“亲爱的，她正在安乐窝里尽兴呢。我真的很喜欢她，有时让你单独陪我一会儿，也觉得同样开心。”

“说得也是呀。只是本该有人在这里见识见识你的厨艺。”

“你对我的厨艺过奖了。我都不好意思出门呢。你今晚兴头很高，不仅仅是因为食物吧，那么点拨我一下吧！”

“我狠狠骂了联邦调查局的凯利一通。他坚持我们到外边试试拳脚——当时我们在迈尔维利奥——就干了一架。”

“哦，亲爱的，”她叹了口气说。“他还活着吗？”

“走起路来有些不便，但不全是因为打架造成的。他可不是个拳击手的料。就像卡内拉[①]，被自己的脚绊倒了。他的那两只脚也太大了。真好玩，我觉得蛮逗的。近来我碰到的都是些普普通通的嫌疑犯，对可怜的老科里感到很遗憾——他妻子是他沉重的包袱。最近我又捅了一两个马蜂窝，然后就把迪莉娅当做一条通人性的警犬使唤，去寻找一些新线索。我真希望能给她一个中尉头衔！”

①意大利拳击手，世界重量级冠军。

这该死的晋升问题比那些凶杀案更令他苦恼，戴斯迪莫娜看着他，心中这样想。他们二人中必有一个要输掉。我真想把约翰·西尔维斯特里给宰了，他还让卡尔米内留在特别小组内！卡尔米内知道，这就等于给他敲响了死亡的丧钟。失败者会在别的警察局得到提拔，而且旧的团队就会永远散伙。也许州立法机关会延迟退休年龄，那样，危机也就不复存在。不，那是万万不可能的事。要真有所变化，退休年龄只会下调，而不会提高。我这么爱他，他也一样爱我。我们同生共死，即使我们不在一起，也互相思念着对方。

"可怜的埃丽卡·达文波特博士！"她突然说道。

"嗯？"

"又聪明，又漂亮，又有存款，可她的日子非常空虚无聊。"

"她可并不那么想，"卡尔米内咧着嘴笑起来。"其实，一下午她都在向我灌输这一点，只有权力，才是她生活的源泉。"

"呸！那指的都是对什么的权力？是对人民的工作？对人民的生命？那不过是一种幻觉，实质上同棋子和棋盘的关系一样。那不过是聪明的人和没生命的棋子玩的游戏。只有一样东西拥有了真正的权力，那就是失去了人身自由。如果一个人的身份证没正确地盖章，或是一个人处在一个他不应该去的地方，无疑他就会被推到墙上执行枪决。可以用船把一个人送到集中营，而一句话都不解释，也没有上诉的过程；一个人生活、工作甚至度假的地方由未曾谋面的另一个人决定，也没有商量的余地。权力把人类变成了洪水猛兽。下次再见到那个宝贝达文波特博士时，把这一切都告诉她！"

对这个话题，戴斯迪莫娜也许本该再说些其他内容，可她没说出来。她发现自己平躺在了餐厅的地板上，望着那双燃烧的眼睛。

"卡尔米内！别这样！索菲娅进来怎么办？"

"那么你有十秒钟的时间钻进卧室。"

▶▶|

第二天一大早，卡尔米内问阿贝和科里："这种巧合的力量到底有多大?"

两个人谁都揣摩不透他的意思,犹豫之下像是说:是什么测试吗?

科里咽了口唾沫。"头儿,你是什么意思?"

"4 月 3 号,对吉米·卡特赖特来说是巧合。因此,这牵着我们的鼻子让我们相信登巴院长也是巧合。问题是,那个胖子银行家在 4 月 3 号被害也是巧合吗?"

"这样范围就大了,"科里答道。卡尔米内坦白讲出来让他感到如释重负。对于卡尔米内,人们永远不会知道他的脑袋中在想什么。昨晚,科里和莫林狠狠吵了一架,几乎成了一场混战,拖延了好长时间。但这一架消除了误会。今天早上,他觉得她的唠叨和牢骚似乎都打住了。她对他微笑,给他做好了早饭,只字没提晋升的事。

"卡尔米内,是什么原因让你感到好奇?"阿贝问。

"那扇机遇之窗呀。它离我们很近了。除了那个日期,我应在诺顿夫人身上多花些功夫。4 月 3 号!怎么可能是她呢?"

"4 月 3 号还有什么别的重要意义吗?"科里问。"是星期一,是一个月的第一个工作日,是很多财政年度的最后一个月——"

"因为愚人节在星期六,这真让人灰心丧气,"阿贝咧嘴笑道。"今年搞不了恶作剧。"

"有关马钱子碱的出处没查出一点线索,"卡尔米内说。

"没有,"小组成员齐声说。

"即使这样办会让我们觉得有点毛骨悚然,也还是换一种思路想想吧。”

卡尔米内不太喜欢用黑板，可有时确实需要列出些表格，这样用黑板会方便些。

“死者里面有的表情平静，有的表情痛苦，”他在黑板中间画了一条线，将人名分成两栏。“死得安详的有比阿特丽丝·埃格蒙特，卡西·卡特赖特和三个黑人受害者。我说他们死得平静，是因为他们没有意识到死神就在眼前。他们全都在眨眼间就死去了。是的，这五个人死得都很平静。”

他把黑板左边列上了名字。“死得惨痛的本应有登巴院长，在这儿我们把他排除在外，因为他不在我们的范围内。那么，我们就有五个死得很悲惨的受害人：彼得·诺顿、迪伊·迪伊·霍尔、比安卡·托兰诺、埃文·皮尤和德斯蒙德·斯凯珀斯。可我打算把他们按死亡的悲惨程度排序——从最痛快到最痛苦。谁死得最痛快？”

“彼得·诺顿，”科里说。嗨，他今天有些飘飘然了！

“这话怎说？”

“因为他从开始痉挛那刻起，就差不多丧失了知觉。我们没法打包票，但我可断定，帕特里克一定会认为是大面积的痉挛阻断了他头脑中的意识通道。”

“科里，我同意这种看法。所以我们把彼得·诺顿写在死得最痛快的一栏。在这个可怕的死亡名单上，下一个该是谁呢？”

“迪伊·迪伊·霍尔，”阿贝说。“她没有反抗，只是站着，流干了血。血从两侧的颈静脉慢慢流下，不过说它慢也是相对的——血液会喷出来，如同任何液体在泵的压力下会喷射出来一样，而心脏就是个很有力的泵。除非她一动不动，没有自卫或是逃跑，否则，她的身心都会饱受痛苦。那或许意味着迪伊·迪伊·霍尔在死亡前并没感到遗憾。”

卡尔米内把她的名字写在黑板上。“所以，我们或多或少地把她和彼得·诺顿看作是一类案件。”

“下一个是埃文·皮尤，”阿贝说。

“阿贝，你当真这么看吗？”

“我也这么想，”科里说。“他死于脊髓和内部器官的创伤。虽说死得慢，但没有沾上任何毒药。他的大脑深处在想什么，我们没法进行推测，这是最糟糕不过的了。每个人都很不同。”

“埃文·皮尤，”卡尔米内边写边说道，“快到最后一个了吧？”

“德斯蒙德·斯凯珀斯，”阿贝说。“他死得够惨的，但在我看来，不管怎么说，同比安卡·托兰诺相比，他所受的折磨就只能算是毛毛雨了。”

“卡尔米内，阿贝说得对呀，”科里的语气很坚定。“斯凯珀斯是个名流，他知道树敌很多，心中也很清楚，恨透了他的那些人中，总会有个家伙瞅准机会抹了他的脖子。虽说凶手把他的乳头切掉，他受的折磨都很表面化。然而比安卡·托兰诺忍受了那种莫大的耻辱，她却是无辜的。要是凶手也强奸了斯凯珀斯，他就和她一样悲惨了。但他没有受那份罪。他的凶手——呃——”

“保留了他作为男人的完整性，”卡尔米内说。“没错，那很重要。没有一个男受害人是因性致死的，只有一个女性受害人是这种情况，也就是比安卡·托兰诺。”

他把她的名字写在右边一栏的末尾，然后紧盯着黑板看。“我们得做出这样的推断，杀手认识他们所有的人，那么凶手是怎样根据他们的特点决定他们各自特殊死法的呢？”

“比阿特丽丝·埃格蒙特真是个和蔼可亲的老女人呀！”阿贝说。

“卡西·卡特赖特也是个很好的女人，同她的家庭和吉米度过了一段无比艰难的时光，”阿贝又说。

“那三个黑人受害者都是很善良的人，”卡尔米内说。“那么死得很痛苦的那些人呢？”

“那个银行家是个恶霸，有时滥用职权，”阿贝接着说。“迪伊·迪伊是个妓女——在一些人的眼中，那本身就是犯罪。”

“埃文·皮尤是个敲诈者，可他找错了要敲诈的主，”科里说。“从某个方面来看，斯凯珀斯或许应对好几万人的毁灭负责。”

“最惨的死者是最清白无辜的，”卡尔米内站在那里，紧皱着眉头。“她在哪方面让杀手对她恨得牙根疼？”他直盯着科里问。“科里，你已做了初步调查。发现有什么迹象可以证明比安卡并不是那么清白吗？”

“没有，一点迹象都没发现，” 科里坚定地说。“她表里如一，我敢拿脑袋作担保。”他的脸都红了。“虽说我过去有一些个人方面的问题，可做事还是很内行的。”

“我从未怀疑过你的能力，”卡尔米内坐下来，一只手朝几把椅子挥动了一下。“我们有这样一个杀手，杀死了九个或十个人，他对其中的一些受害人抱有同情心，同时对其他一些受害人的仇恨又难以抑制。只有一个案子，他的那种仇恨由冰冷变得炽热，那就是比安卡·托兰诺的案子。她 22 岁，是经济学专业毕业生，想考取哈佛大学的 MBA。非常漂亮，体形很棒，但是很害羞。不是让男人一见心动的那种女孩。第二次尸检后，帕齐断定，她很可能还是个处女。”

“她让我想起了埃丽卡·达文波特，”阿贝若有所思地说。

“什么？”

“没错，她是给了我那种感觉！”阿贝做好了防御一个难守的阵地的准备。“我能够理解这一点，达文波特博士在那个年纪，揣着最高荣誉学位，整个世界都摆在她面前。她现在变得冷冰冰的，但是我敢肯定，她没有后退。我很有把握地说，她没有性饥渴的感觉。她雄心勃勃，和比安卡一样。”

“可我怎么就没看出来呢？”卡尔米内语气缓慢地问。“昨天我花了大半个下午研究埃丽卡·达文波特联邦调查局的档案，却没看出比安卡是埃丽卡的替代品。”

“天哪，这个案子眨眼变得古怪了！”阿贝大叫道。

“好好想一想吧!”卡尔米内急切地说。“如果比安卡是埃丽卡的替代品,那么她的谋杀案也就可以看得明确了。那些偶然的因素也就排除了。眼下她们以某种方式都联系在了一起!我们可以把埃丽卡·达文波特排除在外。现在我对她的最大疑惑是,比安卡的凶杀案是否能让她转危为安。”

“再没有别的凶杀案了,”科里答道。

“我们从哪儿下手?”阿贝问。

“你们几个伙计要把注意力集中在彼得·诺顿的案子上,”卡尔米内语气轻快地说。“我越来越觉得没法相信‘机遇之窗’的滥调。诺顿夫人要是一直以来就蓄意谋害丈夫,接着有人操纵她在4月3号下手,那该会怎样?她要是有罪,一定是从某个地方搞到了马钱子碱,也许那就是牵出主谋的线索。我要你们两个掀开诺顿夫人隐瞒过去事情的盖头。她有男朋友吗?对这事,我有怀疑,但这一点疑虑必须得澄清。她是不是背了债?买了一些贵重首饰?买了皮草?买了衣服?还是赌博了?她对小城银行家夫人的生活已经腻味了?虽说她体态丰盈,但仍很有姿色。伙计们,当心身后的一切蛛丝马迹。我想知道这个凶手的老窝在哪里。”

他还有点闲暇在迈尔维利奥和迈伦共进午餐,迈伦看上去忧心忡忡。

“她还那么死黏糊吗?”卡尔米内说着滑到座位上,他的微笑使这个带有侵犯性的问题略微受听一些。

“自从上次我建议她让科纳科皮亚这条船顺水行舟后,她好多了。我早就应该料到的。”

“你是进退两难呀,”卡尔米内转向一个女招待。“我要一个用莴苣、西红柿、黄瓜和芹菜做的沙拉,加上点油和醋作调料,明尼,盘子边上再添点饼干,”他怀疑地看着明尼,又看看迈伦。“怎么,这有什么大不了的吗?”

明尼缓缓走开;迈伦无奈地耸耸肩。“卡尔米内,对你来说,吃得简直是少得可怕。来点千岛沙拉酱?硬面包卷要吗?还有黄油?”

“迈伦，你要是在我家吃晚餐，你就知道了，”卡尔米内啜了口无糖浓咖啡。“我老婆已经成了一位世界级大厨，所以我午饭只吃点凉拌菜或干脆啥都不吃。不然我就会变成气球一样的大胖墩了。”

“万能的神啊！凶杀案的情况怎样了？”

“我们正取得一些进展。埃丽卡告诉了你多少她小时候和青年时代的事儿？”

“我觉得，她跟我要比跟德斯蒙德·斯凯珀斯说得多。她骗得科纳科皮亚的主管们去掉了自我保护的外壳，但当我问她的时候，她都一五一十地跟我说了。卡尔米内，大萧条时期的儿童曾过得很艰难。”

“不用跟我说这一套，本人就是大萧条时期的一个孩子。我爸爸还算走运，一直有份活干，但挣的工资全要用来贴补家用。东霍洛曼是最早得到改善的一个行政区。所以到了 1935 年，事情又有所好转。圣伯纳德中学的学生寥寥无几，我们就能分享老师们大把的时间。”

“我对大萧条时期从没有什么感觉，”迈伦坦白承认道。“那时电影业发展得不错，我的流行音乐事业势头也不赖。”

“那是很疯狂的十年。”卡尔米内吧唧吧唧地嚼着沙拉，似是吃得津津有味。“迈伦，你怎么看她眼下这种紧张兮兮的样子呢？”

“我真是一点都摸不透，她也不会跟我说这些事。”

“她曾提到 1948 年夏天，在欧洲旅行时干了些什么吗？”

“我甚至都不知道她去过欧洲，只知道她去过伦敦。”

“这都写在她的联邦调查局的档案里，或许那能解答许多问题。”

“卡尔米内，我不会给你当密探。”

“我也不会求你去做，可间谍活动已经成了这个案子的一部分。科纳科皮亚的一个人正把秘密出卖给赤色分子，埃丽卡是重要的嫌疑人。”

迈伦的脸顷刻间变得煞白。他的叉子当啷一声掉到盘子上。“哦，天哪！那真太可怕了！”

"那也都是些秘密情报。迈伦,你虽可以告诉埃丽卡,但其他谁都不能讲。她对尤利塞斯的事一清二楚。"

"尤利塞斯就是那个间谍?"

"那是他在联邦调查局的代号。我觉得埃丽卡不是尤利塞斯,但我确信,她知道尤利塞斯到底是谁。你的保密意识远远高于我,所以告诉你我一点顾虑都没有。你要是不知道的话,你的生意和你的同事也不会牵涉进来。不过埃丽卡会对一个真正的朋友表示欢迎。"

迈伦那双灰色的大眼睛泪汪汪的。他忙不迭地点点头,变得哑口无言。又张口说话时,声音听上去又变得一如既往。

"我好像没有一点胃口,"他说。"这倍棒的烘肉饼都没有动,我觉得你……"

"抱歉,不用了,我只来点凉拌菜就够了。"

"天哪!戴斯迪莫娜的厨艺一定可与法国的大厨师埃斯科菲耶媲美!"

"那我吃不准,可她的手艺真比我奶奶瑟拉蒂强一大截,这可是很不简单呀。"

第二天,他又一次长途跋涉去见菲洛米娜·斯凯珀斯。为什么,他自言自语道,她一定要住在奥尔良呢?响着警笛在康涅狄格州开了三个小时的车,这次他怀疑她还能否给他准备点早午饭。今天天气不太好,天空阴沉沉的,呼呼地刮着大风,大西洋的海风荡平了一些小沙丘,或是把它们堆得更高。

他刚好赶上早些吃午饭的时间。斯凯珀斯夫人在门口迎接他,跟她在一起的还有安东尼·贝拉。她把他带到一个小客厅,客厅的光线来自爬满玫瑰藤的窗户,因此里面很暗。律师身穿三件式套装,打着哈佛领带,显得非常正式。菲洛米娜穿着绿苔色的羊毛礼服,使她很性感的体形显得格外撩人。为什么这个华贵的美人呆在这个咸乎乎的海角上,消磨她年华的芬芳呢?他对贝拉倒还能理解;贝拉是一条巴望着有人会扔给他一根骨头的大猎犬。

“斯凯珀斯夫人,您和妇女解放运动有什么接触吗?”他问。

“探长,没多少接触。我只是向自己青睐的项目捐了点小钱,我从来不认为自己是一个男女平等主义者。”

“这些项目是波林·登巴博士提示给你的吗?”

“我和她不太认识,不过她从没请求过我成为会员或是提供一些资助。”

“您同情女性主义者们的事业吗?”

“探长,难道您就不会同情吗?”她反问道。

“当然会的。”

“那么我们的观点都是一致的。”

“在曼德尔鲍姆先生的聚会上,您和埃丽卡·达文波特博士聊得火热,都聊了些什么?”

“菲洛米娜,你没必要回答这个问题,”贝拉说。“真的,我劝你不要说。”

“不,我要回答这个问题,”她那甜美温柔的声音从不失抑扬顿挫的音调。“因为达文波特博士眼下主宰着我儿子的命运,我们讨论了他的前程。我去参加曼德尔鲍姆先生的聚会,不为别的,就为了去见埃丽卡。埃丽卡能让他去邀请我,我也想不出别的原因。在我们家,她不受欢迎。同样,在科纳科皮亚的任何场所,我也不招人待见。所以我们就选择了个中立的地方。”

“我对这一说法很怀疑,”卡尔米内说。“可你还没有真正回答我的问题。你们都谈了你儿子前程的哪些方面?你们——谈判的结果是什么?”

“我儿子几乎必须在达文波特博士的监护下熬过八年,最后的三四年对他来说会很难熬啊。现在他不喜欢她,也从来没喜欢过。我希望,能说服她同意将来给他再找一个——第二个——监护人。我非常担心,这个女人会毁了他的继承权。不一定是故意的，可能是因为能力不够。”

“可任何一个长期监护未成年继承者的人，都有可能毁了他的商业帝国，”卡尔米内反驳道。“你对科纳科皮亚由女人来掌舵没有一点信心，对吗？”

“不，还不是那么回事，是因为她！我请她让托尼——贝拉先生——做第二监护人，可她拒绝了。我们的谈话也就到此打住了。”

“你先前肯定和达文波特博士的关系非常密切，结果才吵得那么凶，”卡尔米内说。“你儿子为什么讨厌她？他们什么时候、在哪儿见过面？”

她把头转向安东尼·贝拉。帮帮我，拉我一把！快救救我吧！我该怎么说呢？可怎么办呢？

“菲洛米娜，我劝你不要回答，”这条猛犬张口了，抢到了一根骨头。

卡尔米内从那把极不舒服的椅子上站起来。“斯凯珀斯夫人，耽误您很长时间，多谢了。”

我觉得像米开朗琪罗削掉了一大块大理石，他一边思考着，踏上了漫长的回家路。今天我已经露出了胳膊肘、前臂，还有一只手。但是伸出的是左手，还是右手呢？尤利塞斯的案子适合哪一招呢？

他回来后，发现迪莉娅侵占了他办公室一半的地方。办公室里多了一张带支架的桌子和一把带轮子的椅子。

“挤死了！”她解释道。“约翰舅舅分配地方老是不公道！探长一定得有一个秘书，还说秘书一定得有一个合适的办公室。我呢，就只有一个小橱那么大块地方！”

“那你怎么不去找约翰舅舅理论去？我要召集阿贝和科里开会，他们往哪儿搁凳子？我虽很喜欢你，可我不想让你整天呆在这儿听呀说呀的没个完。一间办公室只适合一个人用。我要是每次一抬眼皮，正瞧见你，那我还怎么想事呢？”

她心里认为，这便是已经提出了请求，可是她把堆积如山的文件和剪下的大大小小的纸张摊了一地，并没打算把它们拿走。现在我得去为迪莉娅干一仗了，他一边想着，一边像往常一样悄没声地走到门口。迪莉娅也在想，要是其他男人，就会踩得咚咚响，但卡尔米内不会。那样，下周一我就会有个大点儿的办公室了。

她等着，一直等到空气中弥漫着空旷的味道。那是她用来判断卡尔米内在不在楼里的招数。好！他走了！

"约翰舅舅，你想出怎么办了吗？"她侧身来到局长的门口，细声道。

"没呢，迪莉娅，我还没辙呢。我揣摩着，就该坐在这儿，等你来告诉我怎么办，"西尔维斯特里答道。

"约翰舅舅，你可真是火眼金睛呀！问题出在米基·麦科斯克身上。他的房间是卡尔米内或拉里的两倍大。可他从来都不着门。我建议你把他的两间屋子给卡尔米内，让米基去卡尔米内那儿。明天要我打发普兰特·费斯克尔去办吗？"

他一声没吭，只是点了点头。为什么她总是对的？

过了五分钟，在迈尔维利奥，他对卡尔米内说："你要是告诉我的话，我把丹尼的活儿给你。或是把我的给你，怎么样？"

"头儿，干杯。"卡尔米内举起了杯子。"当个探长我就很得意了，要是我能用上米基的办公室——或是我可以搬到他的第二个房间里？"

"不，你就用他的办公室。迪莉娅告诉我，第二个房间是第一间的两倍大。"他莫名其妙地装成他外甥女的样子，用尖声尖气的假声说："'约翰舅舅，给我第二间房吧！'我说可以。从长远来看，这样倒更简单一些。"他沉思着啜了口威士忌。

"我知道米基的第二个房间，"卡尔米内说，"就算按照迪莉娅的速度，要整理好那些文件橱，也要花上她两三年的功夫，"他咧嘴笑着说。"约翰，那你可就得竞选市长，给她再建一个县服务中心。"

"没门!"局长喝完了杯中酒,又要了一杯。"迪莉娅在干什么?"

"在忙什么只有她能明白或者想去做的疯狂项目吧。是有关公众会议和集会的事情,跟这个案子有很密切的关系,我把她当成一个侦探用。"卡尔米内招手又要了一杯威士忌，满怀希望地问:"你不会提拔她当副局长吧?"

"不,不会的!她让我下午四点半喝酒,真是糟糕到家了。迪莉娅和她那些文件赶得我喘不上气呀!"

没有半点糟乱的迹象；到周一中午，卡尔米内的新办公室已安置妥当。由于办公室在县服务中心后面,所以会听到一些交通噪音。阳光透过一排高高的窗户照射进来,那些窗子迎着霍洛曼的劲风,在八月的大热天不时给他带来丝丝凉意。离阿贝和科里的办公室近是一份额外的红利——就在大厅过去隔两扇门的地方。卡尔米内的旧办公室与局长的办公室在一层楼上,但隔了两段楼梯。

"我们得刷上一遍漆,布置点新家具,"迪莉娅说。

"我度假时再办,"卡尔米内以不容争辩的口气说道,一边察看她的办公地点,看到地上铺着一些大幅的印刷品。"这都是些什么呀?是一些计划吗?"

"差不多吧。要是地面空间更大些,我就真可以把它们展开。周五我就能把报告交给你。"

科里进来了。"卡尔米内,发生了一起情杀案,"他又抱怨道。"女人被击打致死,情人消失不见了。"

卡尔米内离开时自言自语道,这就是说,那个主谋是我们很难逾越的障碍。眼下,情况都和平常无异。可某个地方一定会有破绽!我不会放弃。我绝不会把这九起案件从现在的任务表中撤下，把它们扔到卡特巴大街上了事!

“诺顿家的案子有些动向，”周二早上，阿贝静静地说道。他的脸拉得老长，看上去很惊讶。

卡尔米内刷地站起来，立马走到他的桌旁。“什么？”

“那个小男孩没了。”

他脚下一颤。“噢，天哪！怎么会？为什么？”

“我听说，是喝了或是吃了些什么东西。”

“但根本没找到马钱子碱！”

“卡尔米内，我不晓得是不是马钱子碱。”

“那还能是什么？”

“我们等确定下来再说吧，好吗？”

卡尔米内又走动起来，开始忙活着，接着想，这都是为什么。可怜的小汤米死了。“帕齐在路上吗？”

“我先告诉他的。科里和他一起去的。”阿贝的声音颤抖着。

“这个小家伙的全名是什么？”

“托马斯·彼得。几天前的四月份，他就满五岁了，所以到九月份才能上学。可现在再也不可能了。”

他们上了费尔林车，阿贝顺手把警灯放在车顶上。卡尔米内坐在前面的座位上，双手紧紧捂着脸。噩梦，真是一场噩梦！警笛的尖叫声出奇地令人感到安慰。那是一种孤独、凄凉的声音。他把手从脸上拿开前，他们快到北霍洛曼了。

“她认罪了？谁见过她？”

“只有戴夫·奥布赖恩见过她——他是这周在北霍洛曼值班的警官。她镇定自若地给他打了电话，没再给其他人打。戴夫直接去了她家，然后给我打了电话。我就知道这些。”

“她那个白痴医生，怎么就不知道她藏下了什么药？那两次我见到她，她都那么呆头呆脑的，我对她一点辙都没有！阿贝，我本应该给她点颜色看看，可她竟然把我给涮了！”

“卡尔米内，我们谁都料不到。如果她确实杀了丈夫，那么现实大大超出了她的想象，她是失去了自制力——倒不是在耍心眼！可我们不知道那是不是她干的，这一点才是问题的关键。”

“除了马钱子碱，还会是什么毒药？”

“我不晓得，你也吃不准。该死的事情经常发生，卡尔米内，但我们不知道是什么该死的事情，先放放吧！”

几个邻居聚集在那里，两个北霍洛曼警察用警戒线把通往房子的小路封锁起来。帕齐站在门廊那儿等着他们。他来这里和他们碰头。

“不是马钱子碱，”他简短地说，声音压得很低。“一块草莓状的橡皮把他给噎死了。”

一种解脱感就像决堤的洪水扑向卡尔米内和阿贝，那种泰山压顶之势已荡走了他们心中的羞愧感。并非是他们的疏忽造成的！但也有这种可能，有这种可能呀。虽说仁慈的上帝免除了他们无限的痛苦，可那可怜的孩子还是死了。

“她还好吗？”卡尔米内感觉有点眩晕。

“坐吧，老兄。阿贝，你也坐。”

他们坐在通往门廊的台阶上。

“她在那儿呢，”帕齐听上去有些粗鲁，他猛地把脑袋拧向起居室窗口。“感谢老天，他不在。我再也不想看那个女人一眼了。”

卡尔米内猛地站起来，满脸震怖。“帕齐！她干了什么？把那玩意儿塞到他嘴里？”

“她也许是那么干了，不过她会把一切都告诉你的。”他领着他们穿过前门，爬上楼梯，来到托马斯·彼得的寝室。

阿贝和卡尔米内注视着帕特里克小心翼翼地将小男孩轻轻扶起来，

把他装进一个铺着毛巾的袋子里，接着迅速将他移到一张平的轮床上；那张轮床看上去有点怪，底部呈凹槽形，所以看不出小男孩躺在里面。

芭芭拉·诺顿夫人和科里及戴夫·奥布赖恩警官坐在一起。她一直都很沉着冷静，只不过她的故事展开以后，那些疯疯癫癫的行为被一层层剥开，越来越接近更深层的东西。她虽然已经知道了这件事，因为她给戴夫·奥布赖恩打电话时，曾告诉他汤米脸色发黑，已经断气了，甚至她说是她杀死了汤米，可她似乎对儿子的死又一无所知。

"既然彼得已经没了，"她告诉他们，"我终于可以干我想干的事了。"她向前探着身子，悄声说着。"彼得是个贪吃鬼。他吃什么，就愣要我们也吃什么——孩子们的肚子都撑得像气球！我从没试图去跟他理论，因为不值得。我只是在等待时机呀。一直在等待时机。"她认真地点点头，然后往后坐了坐，接着又一笑。

"谁都知道，没人真心喜欢胖子，"她又开口了。"彼得死后，我让大家节食。玛琳和汤米喝水，我喝浓咖啡。我们可以吃所有喜欢吃的生蔬菜，但不碰面包，不碰小甜饼，不碰蛋糕，一切吃的都不含糖。也不碰牛奶，不碰奶油，不碰甜点。早饭和午餐时，我叫玛琳和汤米都吃薄脆饼。我们吃不带皮的烤鸡或鱼和清蒸蔬菜。还来点米饭。我们的体重都直线下降！等到今年九月份汤米去上学的时候，他就会像树篱一样瘦了。"

沉默了片刻后，卡尔米内决定冒险问个问题。"芭芭拉，你怎么保持得那么苗条？"

"把手指头伸进喉咙里。"

卡尔米内想，那个吃橡皮的可怜孩子为什么会噎死，现在原因都很清楚了，可这种疯狂行为是从什么时候开始的呢？是什么因素导致的这种后果？是彼得·诺顿的死亡？或者说他的死是因为这种后果吗？汤米的死亡已经把她推到了承受的边缘，可我还得下功夫向她问出个答案来。

"芭芭拉，你是怎么处理的马钱子碱？"

“把瓶子扔到皮阔特河里了。”

“你先把瓶盖打开了吗?”

她显出义愤填膺的神情。“当然先打开了!我又不傻!”

“你为什么偏偏选中了4月3号，把马钱子碱放进彼得的橙汁里呢?”

“哦,傻冒,你知道的呀!”她眼睛睁得大大的。

“我忘了,再跟我说一遍吧!”

“因为只有4月3号才有效。在其他任何一天,药水就失去魔力了。他对这一点拿得很准。”

“他是谁?”

“傻冒!你知道他是谁!”

“瞧我这脑筋。我忘了他叫什么了。”

“鲁本。”

“芭芭拉,我又忘了他姓什么了?”

“他本来就没有姓,你忘个什么呀?”

“你在哪儿遇到鲁本的?”

“傻冒,在保龄球馆!”

“4月3号那药水怎么发挥魔力?”

她渐渐感到厌烦或是疲倦,也许是又厌烦又疲倦;她的眼皮耷拉下来,接着又费劲地向上抬。“鲁本告诉我,药效只会持续一天。”她开始在椅子中摇晃起来,变得越来越焦虑不堪。“他撒谎!他撒谎!他跟我说彼得只会睡一觉!我没弄错!就是4月3号那一天!”

“是的,芭芭拉,你没弄错,”卡尔米内说。“他是个大骗子。你先坐会儿,想想快活的事吧。”

四个人忍受着那一阵寂静,生怕看到彼此的眼睛,尽量不去看她。

她又开口了。“汤米在哪儿?”

不找那个女孩子玛琳，只找汤米。

“他睡着了，”卡尔米内说。

过了一会儿，他和西尔维斯特里局长说：“我觉得她不会接受审判。那个可怜的孩子已解答了这起案子。约翰，你能相信吗？饥饿突然对那个仅仅五岁的胖男孩构成了沉重的打击。自从他会走路起，就一直不住嘴地吃。那个女孩比他大三岁，非常狡猾。她从妈妈的口袋里偷钱买吃的，可她都偷不到足够的钱填饱肚皮，她弟弟就更没法提了。她很害怕妈妈有一天会数她的零钱，但只要妈妈的确还没发现，她就继续偷下去。”

西尔维斯特里摇了一下油光铮亮的黑脑瓜，快速地眨巴着眼。“小姑娘还好吗？有没有亲属愿意收留她？这种制度会使她变成又一个精明的罪犯。”

“诺顿的父母要来接她，他们住在克利夫兰。她是他们唯一的财产继承人，我认为，在她成年之前，这些财产将会有人替她保管，”卡尔米内笑了笑。“这样或许她的将来会好一些。至少，我得这样希望。”

“一块像草莓的橡皮！”西尔维斯特里惊叹道。“跟真的一样？”

“只有对于一个饿昏了头的小男孩来说跟真的一样，”卡尔米内说，“虽说他试着吃下肚前，我没看到。那不是他的，是那个小姑娘的，她那个年龄应该知道那是什么玩意儿。他为了找到吃的，把整个屋子都翻了个底朝天。”

“我寻思着，这也就是说，人们要是不想让孩子发胖，开始就应该有个合适的做法，”西尔维斯特里说。“那种愚蠢的节食法把一个小孩变成了小偷，而且还害死了另一个孩子。”他那双黑眼睛看着一向不信上帝的卡尔米内的脸。“我希望，你们给汤米的灵魂做个弥撒——如果换一个新房顶，圣伯纳德教堂可以。否则，下次下雨时，泰索列罗太太看到圣母的脸淋湿了，就会大呼小叫出现了奇迹。”

“约翰，今天我们的脸都淋湿了。好吧，我和你赌十场弥撒，不，我多加一场。”

“我觉得，我没得选择，”那晚他们在饭前小酌时，戴斯迪莫娜说。

“选择？”

“我嫁进了一个天主教家庭，所以我的孩子们都会是天主教徒。”

卡尔米内吃惊地望着她。“戴斯迪莫娜，我本以为你不会在乎。你从未提起过这事。”

“我猜是因为，在朱利安生下前，对你来说这并不太重要。你谈不上有什么宗教信仰。”

“是这么回事，这是我的工作，它把上帝排除在制度之外。可我想让我的孩子们接受天主教教育，让男孩们上我的母校，女孩们上圣玛丽学校，”卡尔米内内心中有了要争论一番的准备。“他们应该接受上帝，除此以外，还有比这个更正宗的吗？”

他妻子若有所思地说：“我们要是在英国，我会坚决拥护英国国教，可这儿没有与此相同的宗教。我喜欢关系紧密的东霍洛曼家庭圈子，不想让孩子因为父母意见不统一而脱离轨道。我嫁进了这个圈子里，还是利大于弊。可是我不会皈依，或去做弥撒，也不会叫我们的孩子们去做弥撒。”

“听来蛮合理，”他如释重负，也避免了一场斗嘴。“我虽得去参加汤米·诺顿的弥撒，但我自己只是在圣诞节和复活节才去。我已和西尔维斯特里说好了。”

“那个人高明着呢，”她莞尔一笑。

“晚饭来点什么？”

“外脆里嫩的烤猪里脊。”

“大美人儿，全听你的了，”他掠过玻璃杯的边沿看着她。“你为什么不闹得更凶一些呢？我希望你来点凶的。你的的确确坚持过不举行宗教婚礼。”

“那时我正怀着孩子，没心情为做新娘的事瞎操心。我只想尽快做卡尔米内·德尔蒙尼克夫人。”

“这并没解释你今晚的态度，”他坚持道。

“很简单，”她将杯中酒一饮而尽。“我讨厌男女同校的教育，而东霍洛曼天主教学校都不是男女同校。青少年性冲动时期，面临的最坏的事情就是在教室里看到异性。噢，大多数孩子挺了过来，可代价不小。瞧瞧索菲娅吧，每天打扮一番就为了去上学。穿一身校服对她是很有益处的。”

“让你惊讶的事情还多着呢，”他尾随她进了厨房。“你们那时穿校服吗？”

“我们大部分学生都穿。我当时去上一个英国国教教会日校，身着衬衫，打着领带，外套一件难看的海军蓝束腰外罩。帽子用松紧带勒在下巴上，以免被风吹掉——帽子都很贵，”她若有所思地继续说道，一边弯腰把烤盘从烤炉中拿出来。“我觉得，校服显示的不光彩的方方面面中，那条系在下巴上的松紧带最丢人现眼。”她敏捷地把烤肉放到台板上。“要凉一下才成，”她拍打着凸起来的美味的烤肉皮。“啊！太带劲了！男校对于朱利安来说很重要。”她不住嘴地说道。

“为什么专提他呢？”

“因为他会长得很高大、黝黑，非常帅气。要是教室和校园里有女孩子的话，他就别想安宁了。这也会使他自我膨胀。圣玛丽学校的女孩子们可以在远处崇拜他。”

“圣玛丽学校的女孩子会有办法的。”

戴斯迪莫娜看上去很好奇。“经验之谈吗？”

“那还会是什么呢？”

“你是说我嫁给了一个中学时候的万人迷？”

“不是，你嫁给了一个四十好几还得了关节炎的大老爷们。”

“彼得·诺顿的死亡证明了幕后主谋的存在，”卡尔米内说道，局长、丹尼·马尔恰诺、帕特里克·奥唐奈，还有他的几个手下都在场。迪莉娅以手头有活为由，推辞说不便过来。

“我们现在有四起案件已结案，也就是吉米·卡特赖特、约翰·登巴、比安卡·托兰诺和彼得·诺顿的案子，还有那三起枪击案有待解决。我们虽知道有个主谋，但直到芭芭拉·诺顿解释了她为什么选择4月3号杀死丈夫，他才真正露出马脚。我们永远都不能从她口里得到一些客观的描述了。鲁本这个名字也是瞎编的。我猜，有什么极为巧妙的花招蒙住了波林·登巴的眼睛；我们问她也是白费口舌。她很想获判无罪。需要让芭芭拉·诺顿放宽心，她丈夫只是会睡一觉，而波林·登巴只要不用在现场亲眼看着，她并不在乎丈夫受多大罪。院长的凶杀案将氰化物的证据切断——只有瓶子在我们手上。要是继续出现氰化物的死亡案件，那么瓶子里原来装的泻盐就已经被取出来了。帕齐，你觉得取出来了多少？”

“瓶子要是满的话，大约有60克左右——两圆汤匙，”帕特里克答道。

“卡尔米内，你先前说得很对，”西尔维斯特里说。“就是一个杀手。”

“一个足智多谋的杀手。他使用了所有可以弄到手的工具，一般情况下，人们无法使用那些工具。芭芭拉·诺顿和波林·登巴都想摆脱专横跋扈的丈夫，可又不想通过麻烦的离婚程序，也不想受到迫害。乔舒亚·巴特勒希望在现实世界中过上他幻想的生活，却需要有人点拨他怎样才能过上那种日子。”

“卡尔米内，其他那些案子呢？”科里问。

“如果你说的‘其他的’就是埃文·皮尤和德斯蒙德·斯凯珀斯，那就更直接了，比阿特丽丝·埃格蒙特、卡西·卡特赖特以及那三起枪击案，我们可以先放一下。保险公司会把这些叫作附带损失。”

“迪伊·迪伊·霍尔不是？”马尔恰诺问。

“是的，我觉得他是亲手杀了她。为什么，我也说不清。”

“好吧，下一步呢？”西尔维斯特里把他的烟灰缸和雪茄放在了丹尼的眼皮底下。

“要全面重新组合力量，”卡尔米内叹了口气。“噢，我真是对科纳科皮亚恨得牙根疼！伙计们，可它又回到原先吵嘴皮子那会儿了。”

“埃丽卡·达文波特呢？”科里满怀希望地问。

“她是陷进来了，可不是主谋。我当她是——”他戛然打住，眉头紧蹙。不行，他不能提到尤利塞斯。“我当她是一条红鲱鱼。”

“那不是你刚才想要说的话，”大家从西尔维斯特里的办公室鱼贯而出时，他说。

“唉，我没法说破！那正是我讨厌科纳科皮亚的原因，那里的秘密可是个无底洞呀。”

迈伦正在他的办公室等着，以欣赏的目光端详着房间。

“你可以刷一层漆，添置点儿新家具，”这是他的开场白。“这一准比以前的办公室阔气多了。”

他的朋友几乎一夜之间变得很苍老：眼圈通红，面颊凹陷进去，嘴唇耷拉着，生龙活虎的笔直体形也佝偻了。

“我度假时，才能找人弄一下，”卡尔米内坐到了办公桌后面。“尝一杯警察的咖啡？”

“不了，谢谢！我还想活着看到午饭的菜单。”

“迈伦，有什么我能为你效劳吗？”

“下午我要飞往西部。”

“你要早去西部就好了，要是在以前我早就该说出来了。现在”——卡尔米内耸了耸肩——“这就有争论了。埃丽卡知道了吗？”

“知道。”

“你向她求过婚吗？”

“没呢，”迈伦很不快地答道。

“为什么不呢，你要是爱她？”

“说得也是呀！——我的确很爱她！可我觉得她不爱我。至少不像戴斯迪莫娜那样爱你。”

卡尔米内叹了口气。“迈伦，你要记好了，我和戴斯迪莫娜的情况有些特殊。我们都曾面临着共同的危险，这就易于形成一种特殊的凝聚力。我们一开始并不喜欢对方。——我的天！你不能瞧着我们，希望也有同样的关系。这想法可有点幼稚。”

迈伦脸红了，紧紧地咬了咬嘴唇。“唉，那好吧，我认可这一点。我知道她不是表面上装的享有特权的冷酷白人公主，但我怎么才能钻进她的保护层，认识她的内心？”

“我帮不了你呀，”卡尔米内一脸困惑。“你凭什么认为我就有那种能耐呢？”

“因为一谈起你，她的感情就异常强烈！要不是因为你，我真觉得她没有强烈的感情呢，”迈伦疯狂地挥动着手臂。“别弄错了，她对你没有情欲，你也用不着撒丫子逃跑！我只是觉得你的警察招数很高明……”他痛苦地拖拉着脚步跟在后面。

“那可不是你心里的话，”卡尔米内安慰道。“你的真心话是想知道，我是用啥高招打入了她的防线，你希望我能知道那些招数。迈伦，可我不知道。就是知道，也不会传授给你。你可以不费吹灰之力去勾引女人。她已经叫你给迷住了。其实，你已经进入了她的防线，她都可以向你吐露心声了。在科纳科皮亚大家都知道，她是一个享有特权的冷酷公主，可你很清楚她不是。我把这一点看作你的重大进展。”

“一点点皮毛罢了，”迈伦失望地说。“她让我和她上床——我们第一次是她要求的，我没有——可她走神不知走到哪里去了，卡尔米内。‘躺在床上，心中想着英格兰’，这句话或许就是写给她的，除了她想的并不是英格兰。”

“迈伦，那不关你的事，是她的事，”卡尔米内迫不及待地盼着谈话快点结束。“我要处在你这种情况，就会去找戴斯迪莫娜聊聊。”

迈伦坚定地摇了摇头。“不去，跟你聊天真费劲，”他站起来。“告诉我们的女儿我永远爱她。”

“你应该自己去说。”

“我去不了，我得尽快离开这儿。”

于是他走了。卡尔米内伫立在那里，听着他的脚步声渐渐地消失在大厅里，心里在为他祈祷，希望挚友在他的天地里，能进入一片更清纯的女性世界。

“但我觉得你妈妈那边你可放宽心，”那天晚上，他对索菲娅说。“离婚是不可能的事。”

“他抬腿就走人了，我可以原谅他，”索菲娅很大度地说。“可那个冷血的婊子会宰了他。”

▶▶|

4月21号星期五，早上八点，卡尔米内去上班时，迪莉娅正等着他。显然，那天对她来说，是个喜日子。她穿着一身很俏丽的紫色与黄色搭配的衣服，真有点刺眼，不过和卡尔米内穿的衣服一样，穿在她身上习惯了，就感觉不出别扭了。

"你要是不介意的话，"她在他桌子对面的椅子上坐下来，"我想和你单独聊聊，可以吗？"

"当然可以，说吧。"

她恭恭敬敬地把一张卷着的纸和几张普通大小的纸铺在桌子上，卡尔米内看了看那些纸，又看了看她，扬起了眉。

"我发现，那11个人在死前都参加了一次聚会，"她小心翼翼，生怕在声音中流露出喜悦的心情。"时间是去年的12月3号星期六，在霍洛曼市政厅，是马克斯韦尔基金会为资助儿童长期紊乱症研究举办的。"她停下来，满面生辉。

"哇！"卡尔米内喘了一口气，脑袋里又蹦出了那个很妙的字眼。"他们都参加了那次宴会吗？那三个黑人受害者也参加了？"

"是的，那是一次有500人参加的晚宴舞会，每张圆桌上可坐十人或五对夫妇。有公司或机构把大部分桌子'买'下来了。要不是你们新当上了父母，你和戴斯迪莫娜肯定会和约翰舅舅坐一桌。一道菜100美元，这样，每一桌就花费1000美元。大部分赞助企业和机构会捐助1000美元一桌的开销。在总共50桌中，科纳科皮亚和它的子公司捐助了20桌的费用。查伯捐助了十桌，市长捐助了一桌，警察和消防共同捐助了一桌，等等，"她又停下来，眼睛中闪烁着光芒。

“真叫人感到吃惊呀，”卡尔米内慢慢地说，觉得应该评论上三言两语，可除了惊叹，又不知道该从何说起。

“卡尔米内，我真琢磨不透，举办这样的宴会需要多少准备工作呀，”她流露出一种敬畏的口气。“这就像要准备一场战斗一样，我坚信，如果大部分的战斗都准备得这么周密，结局肯定会大不一样。桌子的摆放位置是根据赞助那桌的组织和其他组织的关系确定的——桌子的位置分上、下、左、右及边侧，我都怀疑，基奇纳爵士在策划屠杀时是否也花了同样多的时间！桌子排放的总体布局安排妥当后，每张桌子都编了号。然后就是安排客人入座的事情！需要注意的是有的是五对夫妇一起来，或是提出想坐在X或Y桌，有的说想同另外一对或三对夫妇坐一桌。当然，也有的客人是一个人独自来的或是结伴来的，对坐在哪桌并不挑剔，比阿特丽丝·埃格蒙特就属于这种情况。一小组马克斯韦尔的志愿者全面负责后勤事务，他们确实做得十分到位。休息厅内上百人同时在布告板前看自己的名字时，他们都做到了避免出现过度拥挤的现象。六个持有名单的志愿者坐在接待桌旁，告诉每一个询问者他或她的桌号，”她就此打住了。

“迪莉娅，我懂你的意思。别逗我了，说下去！”

“在科纳科皮亚赞助的许多桌子中，有一张是由彼得·诺顿先生领导的第四国家银行赞助的。真是世事难料呀，客人到得很少。这是彼得·诺顿先生始料不及的。如他妻子染上了当时流行的胃肠型感冒就没能到场，我自己也染上了那种病，病得爬都爬不起来，也没能参加。登巴院长的夫人也是染上了那种病，没能去参加。比阿特丽丝·埃格蒙特就只一张票，没人陪她，是只身一人去的。卡西·卡特赖特夫人的丈夫去了比奇蒙特，和他那脾气反复无常的厨师在一起。比安卡·托兰诺持她老板多利先生给的一张票去的，多利本人和妻子都不能出席。比安卡似乎不用费劲就能找个同伴一道来，可她还是一个人去了。她肯定是一个很有理智的姑娘，因为她把第二张票交到了接待桌。我是怎么知道的呢？那张票上有号码，它卖给了门口的一个无票的小伙子——埃文·皮尤。因此，从某种意义上讲，他和比安卡代替多利夫妇参加了宴会。有人认为，他们夫妇真是吉星高照，躲过了那一劫。"她浑身直哆嗦，转而变得异常激动。"可是，"她拐弯抹角地问道，"为什么诺顿先生不让他的朋友坐在他那一桌呢?他的朋友甚至一个都没有到场!"

和迪莉娅相处的以往经验告诉卡尔米内，她总是以特有的方式讲述自己的所作所为。像马克斯韦尔基金会举办那次宴会一样，今天她所讲的就计划得十分缜密，也十分精彩。他必须等着她说完。

"简而言之，诺顿先生感到很恐怖，不敢邀请他的朋友到场，"迪莉娅接着说，卡尔米内听得很带劲，整个身子都挪到了椅子边上。"在第四国家银行赞助的桌子中，重要的位子留给了德斯蒙德·斯凯珀斯。他有许多桌子可供选择，可他选择坐在了诺顿先生的桌子上。他偕迪伊·迪伊·霍尔作为女伴。"

"什么?"

"作为德斯蒙德·斯凯珀斯的陪伴，她的名字白纸黑字写在主要客人名单上。看到了吗?"迪莉娅把名单塞给卡尔米内。

他一把抓过名单，半信半疑地看着。"他到底想干什么?我完全相信，是要干一些见不得人的勾当!继续，继续!"

"这就有了四个女人，卡西·卡特赖特、比安卡·托兰诺、比阿特丽丝·埃格蒙特和迪伊·迪伊·霍尔，还有四个男人，德斯蒙德·斯凯珀斯，彼得·诺顿，埃文·皮尤和约翰·登巴院长。这八个人现在全都死了。第四国家银行那桌的客人少一些，十个位子中还空着两个。"

卡尔米内摇了摇头。"难怪我这么多日子都没见到你的影子！所有这些并不都是从那个名单上搞到的吧。"

"这个呀，不是的，"她坦白道。"我得和许多人通电话，去拜访了几次马克斯韦尔基金会。我一度觉得那份很珍贵的名单早就扔掉或烧毁了，不过当时我应该了解得更到位一些。甚至有些慈善机构也十分官僚化，对任何危害到他们寄生虫式生活的东西，那些官僚们哪舍得扔掉。”

“迪莉娅，你怎么那么讨厌官僚机构的人？你自己也是其中一员呀，”卡尔米内狡猾地说。

她马上就中了他的圈套。“我可不是寄生虫！我的工作是出成果的，我是警察机构这台必要机器上的一个齿轮！你可以拿出一个例子来，看看哪个警察单位有那么多官僚的人！”她愤慨地说。

“冷静点，冷静点！逗你玩的。你刚刚就处理了那么多文件，还产生了积极的效果，要比整个政府部门效率都高呢，”他说。“德斯蒙德·斯凯珀斯！他怎么和一个街头妓女手挽手厮混在一起？这倒不是说她看着像一个妓女。迪伊·迪伊能——没准能——”

“打扮得像模像样？”迪莉娅建议性地问。

“穿上一套漂亮的衣服，给人一种有几分尊贵的感觉。这样她看起来不像一个郊区的姑娘，或是一个街头妓女，但是挽着斯凯珀斯的胳膊，看上去就入眼多了。人们心中简直无法接受，像斯凯珀斯这样有钱有势的人，怎么会拿他们开涮呢。”卡尔米内皱起了眉头。“好吧，这是那十一个人中的八个，那三个黑人受害者呢？”

“他们也在现场，”迪莉娅说。“那次宴会是由巴恩斯特普尔承办的——那类业务的一个新名字。那家公司以前的业务主要是为那些小型宴会提供服务，不过它与查伯签了合同，承办查伯的宴会。对巴恩斯特普尔来说，马克斯韦尔的那次宴会是他们的头一遭。考虑到这些情况，至少是公司总经理这么讲的，巴恩斯特普尔同意这次只获得一点小利润，将来会要得多一些。因为马克斯韦尔以前有过一些不愉快的合作经历，这次它也有一些自己的条件。1000美元一桌的晚宴舞会是一种新的尝试，他们希望这第一次能留下难忘的印象，并有意以后每年都举办一次。这样一来，巴恩斯特普尔就一定得为每桌配上三人的侍者小组才显得周到。塞德里克·巴兰坦、莫里斯·布朗和卢多维克·贝瑞森为第四国家银行那桌服务。这种安排效果很好，”迪莉娅继续说，因最精彩的部分都已倒出来，她声音中的那股兴奋劲也就不在了。“人们都趁热很快把饭吃完，酒也喝得挺爽快，谁也不愿盯着那些残汤剩羹多坐上两三分钟。”

“是用了什么招数把那三个黑人受害者安排在第四国家银行那桌上的？”卡尔米内问。

“没有，其实，他们都为巴恩斯特普尔承办的周末宴会打工，已经干了一段时间，其中塞德里克·巴兰坦为了得到那份工作，把自己的年龄虚报了几岁。他们对年龄查得不太严，塞德里克看上去要比实际年龄大一些。宴会要不是在周末晚间举办，那两个男孩就不能来做招待了，他们得上课。要是在平时，在一天的房屋大扫除后，贝瑞森夫人也不会有兴致去参加那种宴会。那天是礼拜六，可真是巧。”

“迪莉娅，我要不是个已婚的幸福男人，就会恭候在你的门口，决心把你给搞到手，”卡尔米内笑嘻嘻地说。“我相信，我们三个爷们所得到的情况还不如你搞到手的一半多呢。你是个很挑剔的人，如果说有哪份工作需要一个爱挑剔的人，这个案子就再需要不过了。真是说不尽的感谢呀。”

“感谢就不必了，我对这次调查的分分秒秒都很喜欢。”她站了起来，并没有去拿她的文件。“这些东西你留着吧，打扰了，我先走一步。”

她前脚刚走，卡尔米内就给戴斯迪莫娜打电话：“迪莉娅工作干得很不赖，我该送她什么样的花呢？”

“颜色鲜艳的兰花，”戴斯迪莫娜旋即答道。“那就卡特兰花吧，花要插在花瓶里，花束不要太小。”

“德斯蒙德·斯凯珀斯怎么会坐到彼得·诺顿那一桌？这可是个很大的问题，”卡尔米内问科里和阿贝。

“我觉得我们很难搞清原因，”科里沮丧地说。“跟那一桌有关的人都不在了。”

“我想知道的是，那次宴会和谋杀案为什么会相隔四个月?”阿贝问。

“我们眼下还还很难找出个原因，所以我建议，现在暂时把这个放一放，”卡尔米内说。

“可我们能找到那些参加了那次宴会又没有死去的人的名单，科里，我们得知道那是一种什么样的宴会。”

“西尔维斯特里!”卡尔米内惊呼道。“他去了，丹尼和拉里也在场。”片刻后，他向门口走了一半时说:“我得和西尔维斯特里谈谈。不要跟其他人提这件事。眼下我们得把这事先捂一捂。”

约翰·西尔维斯特里出神地倾听着，很为外甥女感到骄傲，转眼间，他又决定要写信告诉在剑桥工作的傲慢的妹夫，迪莉娅会比她老子在历史上留下的名声更大。接着，现实问题摆在了面前，他集中精力听着迪莉娅对卡尔米内所讲的一些新发现。“老天呀!”最终听完后惊叹道，“那个爱耍花招的狗杂种在搞什么名堂?卡尔米内，问我也没用，我和你一样都两眼漆黑。”

“是呀，约翰，可当时你在场，”卡尔米内说。“我们现在有了朱利安，以前还没有呢。请告诉我宴会是什么样子，接着发生了什么。我需要对宴会有个大体的了解。”

西尔维斯特里闭上了眼睛，想更好地回忆起宴会上发生的事。“我觉得，那次慈善宴会比平常的这类宴会给我的印象要深得多，用斯坦·弗雷伯格的话来说，进行得一帆风顺!真是呱呱叫!一小时内，我们吃完了三道菜，因此有足够的时间跳舞和交际，这样就不用在那里呆到三更半夜。饭菜美味可口，充足的男女招待人员服务中也没有任何耽搁。甜品用完后，招待人员立即给我们上了咖啡和餐后饮料。咖啡味道香喷喷的，也很热乎，还给那些愿喝茶的人们上了茶。大家都认为，一切都无可挑剔。”

卡尔米内竖着耳朵仔细地听着，接着把注意力集中在一个字眼上。“约翰，你说，有时间进行‘交际’。是什么意思?”

“卡尔米内，你要不是躲避那些大型宴会，多参加一些，就会明白了，”局长巧妙地责备道，“这里可不是纽约大都市。许多参加宴会的人以前没有在其他地方见过面，因此咖啡一上桌，他们就开始周旋于餐桌之间。如来自布什阔什的埃尔德·杰西·贝特曼，我以前从没见过他，所以，当他那桌的一对夫妇起来去别的餐桌时，我和妻子去了他的餐桌。舞池很大，乐队当时在演奏格伦·米勒的音乐，可并不是每个人都想跳舞。人们多不愿意跳舞，更乐意周旋于餐桌间进行交谈。”

“在第四国家银行那桌有两个空位，”卡尔米内说。“那就是说，其他人一定是去了诺顿和他的客人那边。”他长叹了一口气。“霍洛曼什么地方有一帮人在串桌过程中也到了诺顿那桌。我必须要找到那帮子人。”

“唉，可别指望我，”约翰·西尔维斯特里迅速说道。“当时我扫了一眼坐在那儿的德斯蒙德·斯凯珀斯，就离第四银行那桌远远的了。还有许多其他的人也离那桌很远，包括市长和那些爱拍他马屁的人。”

“为什么？”卡尔米内很惊讶，市长怎么没到那桌去。

“从大老远就可以看到斯凯珀斯已经醉醺醺的了。”

“哇！这样有关他戒酒的谣传就露了馅。长官，太感谢了，你帮了我们一个天大的忙。”

他满带着若有所思的神情回到了办公室，看见科里和阿贝在弯着腰看马克斯韦尔基金会有关安排50张圆桌宴会的计划，每张桌上都贴有标着赞助人和编号的标签。第四银行那桌是17号，16号在它左边，18号在它右边。一共有十排，每排五张桌子，17号桌靠近北头，正好远远地离开了科纳科皮亚的任何一张重要的桌子。菲利普·史密斯在43号桌，华莱士·格里尔森在39号，弗雷德里克·柯林斯在40号。17号周围的那些圆桌坐的都是些无名小辈。德斯蒙德·斯凯珀斯为什么坐在那儿？是因为他明白自己已经喝高了，还是为了陪伴迪伊·迪伊，他非得差不多穿过整个大厅才能走到17号桌？

“为什么非得和彼得·诺顿在一起呢?”卡尔米内又问。

“为什么和迪伊·迪伊凑在一起?”科里又问了一句。

“埃丽卡·达文波特也许曾是他逻辑性的选择,”阿贝补充道。

“没门!他刚刚甩了这个情妇,”科里说,“而且她早就和老相好格斯·珀维开始约会。”

“他不过是要给什么人放烟幕弹!”阿贝的语气很肯定。“他一准是故意坐到诺顿身旁。被这诸王之王注意到了,诺顿肯定是兴奋死了!”

“明摆着他当时已经喝得烂醉,”科里说。

“没错,可斯凯珀斯让在他那张桌上预留两个座位时,诺顿可不知道会有这种事!”阿贝反驳道。

“我真想知道,”卡尔米内温和地说,“特别是斯凯珀斯醉得尿都撒进了裤裆里时,比安卡、卡西和那个老太婆这些女人都怎么看待迪伊·迪伊。她们即使不认识斯凯珀斯,诺顿或登巴也该给她们一点启示。不过,我觉得,她们都当成了耳旁风。埃文·皮尤本该知道,可除了他自己,再无别人能对他留下什么印象。我可以这么说吧,斯凯珀斯和迪伊·迪伊身边会各有一把椅子空出来。女人们易于认为醉鬼会吐得四处都是,所以比阿特丽丝、卡西和比安卡一准都把心提到了嗓子眼上。”

“说不定我们能从杰拉尔德·卡特赖特那里得出些答案,”科里说。“我敢打包票,卡西肯定把斯凯珀斯喝醉的事跟他说了。”

“有人敢打赌她没说这事吗?”阿贝问。“每次不管走哪条路,我们都会陷入同一条死胡同。诺顿的妻子疯了;卡西·卡特赖特拉扯着吉米,累垮了;比安卡和那可怜的老妇人独来独往,也独居;黑人们住在斯凯珀斯从未关注过的地方。我看呢,登巴准和他老婆彼此都不会吹枕边风。马蒂·费恩对迪伊·迪伊和斯凯珀斯的约会只字没提。这事真是怪怪的。但为了抓住杀害她的凶手,他倒是愿意不遗余力。”

“我觉得,马蒂可能根本就不知情,”卡尔米内说。“迪伊·迪伊按自己的方式对他保持忠诚，不过，要是斯凯珀斯塞给她大把票子，她就会把嘴巴闭得很严实。她也可能一直在假装着有个大人物在她周围转悠。”

“我们老是没有突破，”科里说。

“哎，有呀！迪莉娅为咱们提供了那次马克斯韦尔宴会的情况，我就把它称为突破，”卡尔米内把胳膊肘放在桌上，双手托着下巴。“埃丽卡·达文波特告诉我，斯凯珀斯每天从没超过一杯酒。她甚至还跟我说出了理由。对科纳科皮亚董事会的成员了解越深，对他们告诉我的任何事情，我就越是没法相信。包括菲洛米娜·斯凯珀斯、安东尼·贝拉和波林·登巴这帮人也都没法信。还有一件事让我感到很困扰，就是那个主谋在霍洛曼肯定还有个助手，对这样一个人，没准我们甚至都还不认识。肯定不会是一个在县服务中心或是迈尔维利奥周围打转转、竖着耳朵搜集情报的人。他没有必要那么干。”

“是什么因素使你认为那是一个助手而不是花钱雇用的一些歹徒呢？”阿贝问。

“嗯，有道理。可每个师傅手下都有一个学徒，”卡尔米内挺直了身子，目光严肃地凝视着他们。“有一件事是肯定的，那 11 个人是因为彼得·诺顿的桌上发生的什么事情死掉的。我们必须得把它查出来。”

“需要找出串桌的那些人中谁坐在了那张桌子上吗？”科里问。

“那是当然了。比阿特丽丝·埃格蒙特很受欢迎，她一定有不少客人。阿贝，你有她的朋友名单，再去问问他们每一位，诺顿桌上到底发生过什么事。他们中一准有人参加了那次宴会。”

卡尔米内把注意力转向了科里。“你必须盘问一下杰拉尔德·卡特赖特。他老婆要是很反感，从没跟他提过宴会上的事，那么，他坚称要她单独去的事实就说明，他知道会有不少熟人到场。科里，搞到他们的名字，要同这些人和卡特赖特谈一谈。”

“你就去对付埃丽卡·达文波特吧！”阿贝说。

迈伦走后，虽说埃丽卡·达文波特博士的发型、化妆和服饰上仍是无可挑剔，她却日渐憔悴。今天她穿了一条长裙，裙子轻淡的蓝紫色和她的双眸很相配。她走起路来已没有往日的那种傲慢气势。她坐在喷漆的桌子后面时，双手没法闲下来，在不停地摆弄着桌上的钢笔、文件和修剪得整齐漂亮的指甲。她已经濒临某种爆发点，但究竟是什么样的爆发点，卡尔米内还是一头雾水。他知道，她不可能是尤利塞斯，更不像是主谋。他心中判断，埃丽卡要是突然意识到自己并没有那么重要，肯定会产生强烈的叛逆感。这一点很关键。

为什么马克斯韦尔的宴会和这几起谋杀案之间能拖延上四个月？卡尔米内坐在那儿，面对着科纳科皮亚中心名义上的总经理埃丽卡，觉得要说有哪位知道这个问题的答案，非她莫属。

他直愣愣地盯着她十多秒钟，迫使她直视着他的眼睛，但当她屈从看着他时，她的眼神里却充满了恐惧、忧虑和绝望，到了快发疯的地步，这倒使卡尔米内大吃一惊。老天，她都确切了解哪些真实情况？怎样才能撬开她的嘴巴？她是已经濒临某种爆发点，一点没错，可他没法给她必要的一击，将她一下子打垮在地。倏然间，卡尔米内思念起迈伦来，他心中知道，或许只有迈伦才能让她松口。要说有什么只有似水柔情才能使之开口的女人，那么埃丽卡·达文波特就是。

“想迈伦吗？”卡尔米内问。

“很想他，”她回答。“不过，探长，你来这里一定不是为了向我表示慰问吧！你想干什么？”

“我所调查的 11 起命案，全都与四个月前由第四国家银行在一次宴会上赞助的一张桌子密切相关，”他死死地盯着她，恨不得眼睛一眨都不眨。“去年 12 月 3 号，星期六晚上，也就是在马克斯韦尔基金会举办的那次宴会上。”

“没错，我记得呢，”她镇静了下来。“我和格斯·珀维一起去的，我们就坐在菲利·史密斯的桌上。”

“你知道德斯蒙德·斯凯珀斯坐在哪里吗?”

埃丽卡柔顺的眉毛皱了起来，眼帘垂下了。“我记得，他那天脾气很怪。那倒也不能说是出人预料。他已经直言告诉我，不愿和我继续下去。他的桌子在大厅的另一头，那张桌子上的人我都不认识。”

“你去了那张桌子。”说你去过了，埃丽卡，快说!

“没错，其实呀，我是去了，”她显出了一脸怪相。“白白找了个没趣，我早该知道，那是很没趣的。”

“怎么个没趣法呀?”

“德斯灌醉了。”

“照你的说法，多少年来，斯凯珀斯先生每天只喝一杯酒。你说这话时，可没提他在马克斯韦尔宴会上醉酒失态这件事。”

“探长，就那一次而已。”

“为什么?”

“你指的是他为什么醉酒失态吗?”

“没错。”

“我一无所知，探长，你要是认为他因为我醉酒失态，你就错了。我们之间已经没有半点爱意，”她想了一瞬，又说。“连喜欢都谈不上。”

“在那张桌上坐在她身边的女人呢?”

她显出大惑不解的表情。“什么女人?他就一个人呆在那儿。”

“那个有六英尺高的女人，就是坐着看上去也挺高的那个。在你眼里，就是一般个子了。有些黑人血统，脸蛋蛮好看，金黄色的头发，妆化得挺浓，胸很大。她大概穿着紧身缎子衣服，色彩很鲜亮，是翠绿或深桃红色，不是鲜红色。她还披着白色纯貂皮披肩。”

埃丽卡脸上一亮。“哎呀!她是坐在那张桌上，可她是坐在两个女人中间。其中一个女人年轻貌美;另一个是位白发的年老女人，呼吸有些费劲，老是在喘。那女人根本就没理会德斯，他也没把她放在眼里。噢，他已经喝得太醉了，看不清桌子对面坐着什么人。他说的话我一个字也没听懂，所以我没呆多一会儿就走了。”

“你要是挨着德斯蒙德·斯凯珀斯坐在这一边，那么另一边还有其他人吗？”

“嗯，还有一个胖子，椅子都快装不下他了。”

“胖子身后呢？”

“他堵得严严实实，我什么都看不见。”

“除斯凯珀斯外，紧挨你身边的是谁？”

“有个毛头小伙子，他妄想摸我的大腿，真是很恶心。那帮女人都凑成一堆，我可不是在责备她们。甚至连登巴院长也叫人感到很讨厌。”

卡尔米内和她又聊了一阵，可并没有搞到任何新情况。他离开后，心中有一种失败感。

等电梯时，卡尔米内碰见了那个男秘书理查德·奥克斯。他身边还有一个男子，看上去至少得比他长十岁。他们走进了电梯，都想到一楼去，这时奥克斯哆嗦起来，尽量躲卡尔米内远一点。

“奥克斯先生，您的同伴怎么称呼？”卡尔米内问。

奥克斯呆若木鸡，吓得说不话来。那个陌生男子倒先开了口：“我不是奥克斯先生的同伴，”他高高地抬起下颌，“我是会计部的兰斯洛特·斯特林。”

“哦，那位可爱的大老板！又能折腾人，又会耍嘴皮子。”

“什么？”

“别往心里去，”卡尔米内说。电梯在沉默中一路直下，斯特林厌恶地瞪了卡尔米内几眼，但理查德·奥克斯的表情说明，要想寻衅滋事那可就错了。科纳科皮亚的人从没谈到过，特德·凯利特工更不会漏口风，但不知为什么，行政管理层的头目都知道了迈尔维利奥外边发生的那一场斗殴。

从奥克斯的表情看来，下一层就是会计所。

到了一楼，奥克斯和斯特林站在一起，等着去地下停车场的电梯。卡尔米内则朝着大厦外的费尔林车走去。对他这辆车，交通警察们做梦也不敢给他开罚单。

几天过去了，卡尔米内、阿贝、科里和迪莉娅都在想着点子查出一个串到17号桌的人。

卡尔米内一无所获，只得去找西尔维斯特里。

“我需要做一个电视新闻公告，”卡尔米内对局长说，“放出消息，让四个月前在马克斯韦尔基金会的晚宴上和德斯蒙德·斯凯珀斯先生有过接触的人自报家门，因为可能会有关键情报。”

“坐在那张桌上的人全死掉的情况还没泄露出去，真是谢天谢地。卡尔米内，别担心，我会让这条消息听起来既普通又很重要，”西尔维斯特里承诺道。

西尔维斯特里言出必行，可就像他自己说的那样，没有一个人抛头露面。

“碰了一鼻子灰！”迪莉娅抱怨着。

“钻进了死胡同里！”阿贝接着说。

“操他娘！”科里骂了一句。

案件调查已经进行了四周，戴斯迪莫娜心中清楚，卡尔米内没有一件事是顺心的。她就动着心思给他做些美味佳肴，好让他打起精神来，聊天时也尽量扯一些朱利安的话题。案件进展缓慢，卡尔米内碰了一鼻子灰，钻进了死胡同里，可比以往忙活有收获时回家早多了，这倒成全了他多享受一些天伦之乐。

朱利安虽只有六个月大，但戴斯迪莫娜想尽快再要个宝宝。在她的观念里，兄弟姐妹年龄越近，就会越亲密无间。她婆婆一直跟她唠叨，那都是些胡说八道的话，可戴斯迪莫娜还真有那股牛脾气，在这件事上，就是这样。她的月经一来，情绪相当低落，惹得伊米莉亚·德尔蒙尼克反常地大动肝火。

"不要整天垂头丧气的样子！"伊米莉亚厉声说，"带上孩子出去溜达溜达，晒晒太阳。朱利安是感恩节那天生的，他还从没有感受过温暖的阳光。现在是阳春季节，风和日丽，出去享受享受吧！"

"我想做法式牛排调料，"戴斯迪莫娜反驳了一句。

"卡尔米内也会吃不带一点调味品的牛排，出去玩你的吧！"

"下午我就想呆在厨房里。"

"你不该老围着锅台转！你想让卡尔米内变成个有心脏病的胖子吗？"

"哪里呀，当然不是，但是——"

"别老把'但是、但是'挂在嘴边！戴斯迪莫娜，把朱利安抱到婴儿车里出去转转吧！"

"他太小了，还不能坐婴儿车。"

"瞎说啥呀！他现在能坐得倍儿直，头也能挺得老高。出去走走对你们娘俩都是很好的锻炼，现在就去吧！去吧！"

卡尔米内已经给那辆婴儿车绑上了布带，戴斯迪莫娜也无啥可争执了。她检查了一下小车，这样，朱利安要是困了，一仰身就可以躺下，于是她就放心出去了。路面实在太不平坦，婴儿车颠簸得很厉害。朱利安在车里坐起来，一双眼睛四处张望，显得很机灵，对什么东西都很感兴趣。

在东区遛了一阵弯儿后，她沮丧的心情烟消云散，甚至她无所不知的婆婆在她心中也变得和善了。今天碧空如洗，和风拂面，真是个宜人的好天气。真可谓最美莫若五月天呢。戴斯迪莫娜望着前方的漫漫小径，活像蛇的身子从大街一直延伸到家门口，她拿定主意带朱利安第一次去见识见识那万里一碧的大海：那里布满卵石的海港热闹繁忙，也很清洁干净。

戴斯迪莫娜推着婴儿车，穿过家门口，朝着黑乎乎的船坞走去。沿路绿树葱郁，枝繁叶茂，她尽情享受着周围的景色，感到肺部都吸满了清新的空气。连翘枝头鲜花绽放，连成了密实的篱笆，岸边覆盖着适合在海水环境中生长的灌木丛。虽说康涅狄格不是经常遭受飓风袭击，但房屋还都是建在了避风处。

原先在这里居住的女主人在路边放了一张长椅。从这条小径到海边的景色尽收眼底。戴斯迪莫娜坐了下来，凝视着朱利安，看他的奶喝得怎么样。结果他把一瓶奶咕噜一声都灌进了肚子。浓密的睫毛下面，眼睛睁得大大的，他像是在默默证实着伊米莉亚充满智慧的劝说。没错，自己应少呆在厨房里，多和朱利安出来逛逛。她解开朱利安身上的布带，把他从婴儿车里抱出来，放在膝盖上。她的面颊轻轻贴着朱利安拳曲的柔发，享受着他身上的清香气息。我的小宝贝！我的朱利安呀！

这里的小径上覆盖着沙子，像许多个头高大的人一样，戴斯迪莫娜脚步轻轻向前走着，就连她和朱利安坐下后，也没出一点声响。他天性就很安静，沉浸在那些美轮美奂的景色中。她寻思着，孩子长大后可能也会是个沉默寡言的人。

大约过了两分钟，戴斯迪莫娜察觉到船坞里有个不速之客，他在搬动什么东西。蓦然间，海水像是给激怒了，惊涛拍岸，发出哗啦啦的响声。她扭头一看，那扇门打开了，一个男人走出来。他身穿迷彩服，戴着头盔，从头盔上垂下的土黄色面罩遮住了面部，只露出了眼睛和嘴巴。右手持一把自动手枪，行动很诡秘，看那副样子，是不想有人发现他，即使有人发现了，他也做好了准备。

戴斯迪莫娜抱着孩子，迅疾反应过来，自己没法爬到山上去。戴斯迪莫娜看见了他，他也看见了戴斯迪莫娜。他亮出了手枪，不慌不忙地对准了她；他试图一枪就结果了她。她那双圆睁的湛蓝色眼睛追随着头盔下歹徒的眼睛，为了孩子她投去了祈求的目光，甚至把孩子向他伸了一下，似乎想让他明白他要犯下弥天大罪。她的举动并没有动摇他的意图，可对孩子的移动却破坏了他的目标。他重新举起枪，瞄准了她的头部。这一招也让这位警察夫人全然明白，那个男人是个职业杀手，绝不会失手。

就在那一刹那，戴斯迪莫娜用一只大手啪地捂住朱利安的嘴巴和鼻子，朝20英尺远的水边大步猛冲过去。她蹿到了水边，将孩子抱在身体的一侧，那双大脚用力蹬了一下海岸，顺着浪头拍打的斜面，试图尽量潜得深一些。她的大脑高速运转——该去哪儿呢？朱利安紧紧抱住她，拼命挣扎着跟妈妈作对，她都没有想到，他会有那么大的力气。他喘不上气来，就使出吃奶的劲头，想喘上一口气。

戴斯迪莫娜游离了防波堤岸，堤岸相对方向的小径与海水间，有一片茂密的灌木丛，她从那里冒了出来。松开了捂在朱利安脸上的手，他大口大口地呼吸着，就要大声吼叫起来。戴斯迪莫娜深吸了一口气，又用手捂住朱利安的脸，重新潜入水中。

海水冰冷。她知道，海水很快就会使她的动作慢下来，无法再露出水面。朱利安是她的孩子，她和卡尔米内的孩子，她不能就这么让他白白夭折。不管海水多么冰冷刺骨，她必须把他们的宝贝带到赛尔博费恩家。有些老人曾说过，这家邻居的房子建在非常靠近水边的狭长的地块上。对眼下的戴斯迪莫娜来说，那成了她的救命稻草。

经过五次潜水后，朱利安逐渐摸清了门道，至少那当妈的心中是这样想的。他会深吸一口气，然后紧靠在母亲怀里，不再使劲抵抗。可她最多也只能潜入水中七次。要是那个对头在岸边守株待兔，她就完蛋了。她把孩子托起来放到干燥的岸上，然后匍匐到他身边，已是精疲力竭。要不是潮水已经涌了上来，那片裸露的海岸就会很开阔，也会更加泥泞，难以跋涉。没有枪声传来。她再次紧紧抱着朱利安，蹒跚着来到赛尔博费恩的院子，大声喊道："救命！"过去了，总算过去了！

一旦确信妻子和儿子都是安全的，相对说来，没有受到任何伤害，卡尔米内便排除了令人胆颤的绝望感和一个男子汉不能接受的想法——戴斯迪莫娜只得自保性命。震惊和恐惧时时袭上他的心头，不停地告诉他当时应该在现场保护她和朱利安，但丰富的经验和所有的常识都已说明，十之八九是做不到的。戴斯迪莫娜已经不是第一次必须自保性命。他只能暗暗祈祷，这是最后一次。多日来，他的内心都在颤抖，悲叹着将那些不寐之夜打发掉。可卡尔米内不能将自己的内心感受展现给妻子和他人。这可不是男人的气概。他应有的是骨子里继承下来的东西，他的天性和责任。他思忖着：也许老天在保佑着我。知道今天差点失去了家人，感觉整个人都被剖开了，面对着苍穹。最终我确切地认识到他们对我的重要性。他们的的确确就是我的一切。

卡尔米内的母亲陷入了比戴斯迪莫娜和朱利安更加糟糕的境地，她责备自己打发他们去散步。他把戴斯迪莫娜送回家，姐姐、姑姑和侄女都来到了他们家，卡尔米内把她交给她们和桑蒂尼大夫。只有时间和大量的东拉西扯才能最终使她痊愈。朱利安只是受了一些罪，精神上显然并没留下什么毛病。至少桑蒂尼医生是这么认为的。小家伙吃饱后就在婴儿床上睡着了，看他那副样子和平常没有半点不同。戴斯迪莫娜洗完澡，穿上厚厚的睡袍，觉得身子暖和了许多。她安静地坐在朱利安床边的安乐椅上，身体一点都不愿动弹。

过了一会儿，卡尔米内打算沿着原路去防波堤边。现在她根本就看不到我，我不能把警方的力量摆在她和朱利安面前。

帕特里克和他的队友正站在船坞外面，他与阿贝和科里攀谈着。在他们身边一块很平展的地面上，用帆布圈起了一个围栏。

埃丽卡·达文波特扭曲变形的尸体从水中打捞出来，横躺在围栏里。斜坡太陡，轮车根本停不稳，必须把她拖到路上。

“她丧生前胳膊和腿早就断了很长一段时间，”帕特里克对卡尔米内说，“她腿上的胫骨、腓骨和股骨都断了，胳膊上的尺骨、桡骨和肱骨也断了。凶手勒死了她，我猜着，作案工具是一条细绳。”

“又一种新死法，”卡尔米内说。

“你家人怎样？”帕齐关心地问。

“桑蒂尼大夫已经检查过，没有大碍。只是我老妈打不起精神来，一直都在自责。”

“你老婆真是万里挑一呀。”

“这我有数。我马上就得去锡达大街。”

“交给我们就得了，”阿贝说。

“没事，绝不会有事。实际是在这儿我有些碍事——眼下我家已经有二十多个女人，那歹徒连个怀抱孩子的母亲都要追杀，要是咱抓不到他，这帮女人可能会把霍洛曼搅得底朝天，”卡尔米内说的是实情。“我自己也是这么个想法。先是拿我的女儿开刀，现在又对我的妻儿下了毒手，我们一定是非常靠近那个龟孙子了，只不过我们还蒙在鼓里罢了！”

卡尔米内走进县服务中心时，整个警察部门都像是开了锅。人们都簇拥在他的周围，主动请缨要为他出一把力。他好不容易才冲出重围，虽说他心中仍是空落落的，这也使他感到好多了。顷刻间，他意识到，那个主谋的覆灭已是指日可待。那家伙已经沉不住气，变得很自以为是。他虽没想过要杀死戴斯迪莫娜和孩子，可他将埃丽卡·达文波特抛到卡尔米内的船坞下面的水中，就是要给他发出一个警告。那可是在青天白日下呀！马克斯韦尔晚宴上一定是出了一些事端，可四个月过去了，一切看起来都很正常。接着埃文·皮尤寄出了一封敲诈信，四天内，那个事件的目击者全都死了。大概在 3 月 29 号，又出了一件事，凶手很担心那事会让他暴露在光天化日之下。

“我们需要一个活着的目击者做证人，”在返回办公室的路上，卡尔米内对阿贝和科里说。

“是有关彼得·诺顿那桌上发生的事吗？”科里问。

“不错。还得找个活着的证人，弄清楚是什么事情或者事件引发了埃文·皮尤寄敲诈信的企图。我觉得，埃丽卡·达文波特应该知道，可现在她死了。我没能劝说迈伦不回家，想到这一点，真想踢自己两脚。上次跟埃丽卡碰面时，我发现，她心理负担很重，都没法继续撑下去。我真希望迈伦没有甩手走人呀。他要是在的话，那些秘密，也许就会显山露水。”卡尔米内用手抹了一把脸。“现在我只能告诉他，她已经死了。”

“我们不妨碍你了，”阿贝说。

卡尔米内拨通了长途电话。迈伦听到消息后潸然泪下，可倒还没悲痛欲绝。

“早就料到要出这种状况，”他说。“也许我觉得，她本人已料到要出这种事。虽不敢说她知道自己会丢掉性命，但一定明白这种状况非同小可。看到我要走，她开心得很！不像是她看到我就腻味，更像是我成了她的又一块心病。我面临的一个难题是没法叫她直言告诉我，什么事情使她感到害怕。”

卡尔米内不想让他更加伤神，便叫他东一榔头西一杠子地絮叨下去，但是他必须告诉迈伦埃丽卡是怎么死的，以防一些知情的傻瓜蛋说漏了嘴。像菲利·史密斯或弗雷德里克·柯林斯这类傻冒经常在纽约董事会会议室碰面，他们的嘴巴就很容易走风。

讲完埃丽卡的死讯，末了卡尔米内不得不又讲了戴斯迪莫娜和朱利安的事。

“卡尔米内，你必须把他们都送走！”他叫喊着，声音中满带着恐惧。“听我说，我正打算问一下能否让索菲娅在我这里待一阵子——这不会拖她的后腿，她可以在洛杉矶完成今年的学业。”

“你可以叫她去你那儿，迈伦，”卡尔米内说。“说句掏心的话，她要是不在这里，我倒可以更消停点。”

“好嘞，好嘞，棒，实在是棒，可这还不是我的本意！”迈伦的喊声如雷，快把他的耳膜震破了，卡尔米内只得把电话从耳边挪得远远的。“我给戴斯迪莫娜汇点钱，你马上带她和朱利安去伦敦。卡尔米内，你给我闭上嘴！我可不想听你说‘不’！”

“迈伦，我必须得说‘不’。第一，我是一名公仆，不能要百万富翁的钱，我老婆也不能那么干，这是明摆着的事。第二，案子正进行到一半，我抽不开身，”卡尔米内不顾刺耳的叫喊声，耐心地解释道。“天下那么多地方，为什么非得去伦敦？”

“因为戴斯迪莫娜和你成家前就想住在伦敦，另外，伦敦隔凶手有一个大西洋，”迈伦说。

“你个老家伙呀，你的美意真叫我感激不尽，可那是没门的事，请不要多说了！”

那是一次很长时间的通话。卡尔米内挂上电话时，已感到很疲倦。在他特别讨厌的事情名单里，争论算是高居榜首，可对迈伦来说，这可是他赖以生存的食品和饮料。

阿贝和科里不在办公室。卡尔米内去找帕特里克，但愿他能给个好脸色。

“你告诉迈伦了？”

“嗯，他通盘考虑过了，还是接受了这个事实。他打算让索菲娅到他那儿呆一段时间，这倒是个好事，她会很开心去那里，他们爷俩也会互相宠上天，这样我就不用担心她。我想，操他娘的那个杀手也不会雇人去洛杉矶杀害她。”

“我觉着，也不会出那种事。戴斯迪莫娜要是没有看见杀手在船坞里，他也不会想杀害她。这也还算是一点点安慰。很可惜，她不是蒙大拿或新墨西哥人，那样也好让她有个去处。”

“迈伦也是这么说来着。不过他的方法是给我一大笔钱，让我带戴斯迪莫娜和朱利安去伦敦躲过这段非常时期。”

帕特里克哈哈大笑起来，接着转身对着验尸台。验尸台上蒙着一条布单。他把布单揭掉，卡尔米内迫使自己看了看埃丽卡·达文波特裸露的尸体。她的四肢严重肿胀变形，肤色也变了；脸上泛出深黑色，舌头耷拉在嘴巴上；躯体完好无损，看上去并不像是一具死尸。

“好可怜的女人呀，”卡尔米内惋惜道。

“真是挺可怜的，”帕特里克的口气很严厉。

“帕齐，怎么了？”

“她在十几或者二十出头时被人野蛮地强奸过，我说不清有多少次，但一准是有很多次。肛门，还有阴道；有器具，也有阴茎。那些疤痕让她没法享受床上的快乐，她一准是心有余悸害怕情人瞧见她的疤痕。要是像菲洛米娜·斯凯珀斯说的那样，斯凯珀斯和她有着长期的性关系，他肯定是看见过。我给她冲洗时，发现了这些伤疤。”

卡尔米内靠在花砖墙上。“帕齐，这些能说明很多问题。”

“我也这么觉得。”

“什么时候进行全面解剖？”

“我本打算现在就动手，但因有这个发现，那就得花上更长的时间，那样明天早晨第一件事就是它了。”帕特里克那双生机盎然的湛蓝眼睛露出了悲观的神情，他很厌恶去碰那些被强奸过的受害人。“卡尔米内，谁送她入土？”

“迈伦。他本该感到很吃惊，可倒也不是，因为他走前，埃丽卡就把遗嘱给了他。她委托他作为遗嘱的执行人。她的遗产捐给了妇女反强奸组织，我不知道她大概能有多少钱。我得补充一点，她耍了迈伦一把，他从来都不知道，她本人就是个强奸受害者。还有些事情我也得告诉他！就说在科纳科皮亚吧，她连对德斯蒙德·斯凯珀斯三世的监护这事，都从没有提起过。她一准心中有数，要有什么事降临到她的头上，菲洛米娜·斯凯珀斯会更加尽全力保护儿子。那个主谋一定也很清楚，这就说明，不管他是啥货色，他掌控不了科纳科皮亚。哎呀，不能让那群狗在那里狂吠乱叫了！"

"卡尔米内，回家吧，"帕齐说。

卡尔米内便回去了。

他家里的女人都不见了，连他妈妈都没在家。警察在周边不停地巡逻，空气中弥漫着紧张的气氛。祸事早就在东霍洛曼风传开来，甚至比平常传得还要快。赛尔博费恩一家是他们最近的邻居，从萨姆·赛尔博费恩在自家院子里看到戴斯迪莫娜那刻起，他们一家对这一紧急状况就应对得非常出色。平常那个时间他都在清洁公司上班，但那天早晨西尔维亚不太舒坦，所以他就呆在家里。卡尔米内赶到时，那里停了一辆救护车，一位内科医生的助手正在车里对朱利安进行急救。除了他的骨头快冻僵了，别的也没有大碍。戴斯迪莫娜衣服都湿透了，已冻得浑身发紫，可她始终不肯让朱利安离开她那湿漉漉的衣服，这真成了一个大难题。全靠卡尔米内说服了她，让她抱着朱利安和医生一起回去。卡尔米内衷心地对赛尔博费恩千恩万谢。回家后，他拿了戴斯迪莫娜储存在冰箱里的母乳喂朱利安，并剥下她湿透的衣服，让她在浴盆的温水中暖和暖和身子。

当卡尔米内回到卧室时，她还坐在婴儿床旁边。平常这张婴儿床放在隔壁的保育室里。她蜷着身子，蹲坐着，目光一直盯着熟睡的孩子。

卡尔米内没有把她的注意力引开。他搬了另一把椅子在她对面坐下，但没有挡住她看着朱利安的视线。卡尔米内在她脸上没看到泪水，虽然因为她蜷缩着身子，他无法得知她是否在颤抖。她的表情很坚毅，眼睛中闪烁着爱的光芒。

“现在跟我说说详情吧，”他的语气很平淡。

“问吧。”

“你能描述一下那个家伙吗？”

“他的身量算是没得说，不高不矮，中等身材，也很健壮。反应挺灵敏。手枪是自动的，大概是.22口径的。没装消音器，要打一发子弹，会发出很大的声响。我当然是没听到枪响，他朝船坞里那个可怜的女人开枪了吗？”

“没，她是给勒死的，”卡尔米内平静地答道。“那手枪一定是用来防止不测的。你成了那个不测的目标。”

“亲爱的，我现在一定要将恐惧从脑袋中轰出去，”她语气很镇定。“只要瞧着朱利安，我就没什么可恐惧的。在今后的许多个年头里，要老躲猫猫，怕那种事再次发生，那样做不合逻辑也很不理智，可我还是老爱那么做。不管怎样，我应该将今天发生的事抛在脑后。朱利安告诉了我，我能做得到。瞧瞧他吧！他今天进行了第一次游泳和潜水。他一点都不知道周围发生了什么事，但他和妈妈在一起。”

“他还太小，不会记得的，”他爸爸说。

“也许他看到海湾，或带他去游泳池，或在布什阔什海滩划桨时，他能记起来，我们现在可说不准呢。要是有些记忆给掩盖了，那还会浮现出来的。”

“这事没人能说得准。戴斯迪莫娜，看看他吧！我们的儿子睡得香着呢。他惊醒过吗？还是他在床里翻来覆去呢？”

“没有，”她答道。

“我倒不担心他——他的一半是我给的，”卡尔米内笑着说，“你把什么都闷在心里，再用逻辑压制住，这可是英国人的做派。你要是受伤后不留疤痕，那也就不是血肉之躯了。你很害怕再发生那种危险。妈妈一直都在深深责备自己，我应该跟你挑明，没准她几个月都会很消沉。你要真想给朱利安生个小弟弟或小妹妹，就不能让今天的事左右着你。我的爱人呀，你不能强制自己忘记它，只需和平常一样忙忙碌碌，享受生活中你已经拥有的——也就是我们已经拥有的。不能让那个狗杂种毁了我们，毁了我们的家庭。别老想着怎么忘记今天的事。时间会替你治愈创伤，它总是战无不胜。”他搬出了自己的王牌。“戴斯迪莫娜，你毕竟是个胜利者呀！不过就是在冰冷刺骨的海水中你和朱利安游了一次泳。就像你在纳特梅格大厦外边做跳跃练习一样，你是个英雄。今天的事不能毁了你的自信心，应该进一步加强才对。”

最后，戴斯迪莫娜笑了，目光从朱利安身上转向了丈夫。“我真的明白了，”她颤抖着伸直了身子。“噢，我那会儿真给吓坏了！当时我不知该怎么逃跑，感觉一切都静止了。接着看到了水，深深地凝视着，看见海水涨潮了，水下的斜坡很陡，知道下面很深，足可以让我逃生。一旦有了逃脱的计划，就真的没事了。可朱利安太可怜了！”她的眼睛中充满着惊奇。“哦，卡尔米内，我的体形要是不够大，有两次我可能就没命了，你注意到了吗？在纳特梅格大厦外边练跳跃时，经过多次远足，身子骨已经练得很结实，可今天使我认识到，我需要重新恢复结实的身板。12个月来，我一直很懒散，今天影响都表现出来了。我爬出水面时，已经累瘫了。真是幸运，那个家伙放弃了。要是萨姆没在花园里，我们俩可能已经死了。”

“远足不再是很好的选择，”他把她拉到自己椅子边，将她抱在膝盖上。“学学体操成吗？参加一个这种新的健身俱乐部可以吗？”

“不了，我要在自个家里锻炼，多谢了。我知道，这是个傻乎乎的想法，可我想和朱利安在一起。”

“他长得大点以后，只要你别管得太多就成。母亲的过度袒护对孩子们没好处，”卡尔米内说。

“我保证以后不会管得那么多。听好了，没准我也做不到，”她说。“他的一半是你给的。亲爱的心肝呀，多谢你的好心。我觉得好多了。你还想知道些其他的情况吗？”

“再说说那个人的外表吧。”

“他的脸上罩着土黄色面罩。”

“罩着什么?”

“面罩。一种套在头上的编织帽,在眼睛的位置有两个孔,在嘴的位置有一个孔。我一直都没有靠近过他——当时我坐着,他从船坞的小门里出来。离我们大概有40到50英尺远。我只能看到他的眼睛在闪动,但看不清眼睛的颜色和形状,他的眉毛给盖住了。他还戴着手套。”

“是滑雪面罩吧。”

“没错,就是那玩意儿!他将自己伪装起来,上身穿着紧身夹克,下身穿着宽松的裤子,裤腿塞进了军靴里——衣服呈土黄色、绿色、橄榄色,打着深绿色的补丁,活像是一头弗里西亚母牛。当时我坐在那儿看着朱利安。我意识到,他的那身着装表明,他是沿海边过来的。他要是在树丛里,根本就看不见他。”

“你看到他的枪出手快吗?”

“他的枪立马就出手了。他很警觉,可又很放松,一看到我,便顺手就举起了枪。卡尔米内,有一件事我是知道的。他是一个神枪手。我移动了一下,破坏了他已瞄准的目标后,他就将枪口瞄向了我的头。我们隔得太远,他拿的又是手枪,所以他不会失手,明白吗?”她自豪地问道。“我嫁给了一个警察,我知道这些名堂。”

“他肯定监视我们家很久了,自以为知道了我们的动向。都是因为斯凯珀斯顶楼上那架讨厌的望远镜!它正对东霍洛曼海滩。我发现望远镜后,它就消失了。可有人还在不断使用它,”卡尔米内紧紧拥抱着她,吻了一下她的脸颊。“斯凯珀斯可能一直用它来满足自己的色心。另一个人却用它来干些更实用的事儿。”

“不管是谁,”她激动地说,“肯定没在咱家前院里看见什么人!以前我怀着孕,院里的斜坡对我来说太陡了,后来生下了朱利安,就进入了冬天。

今天我是第一次去海边，还逗留了许久，”她突然颤抖起来。“哦，卡尔米内，要是当时朱利安还捆在婴儿车上会怎么样呢？我们是死定了呀！”

他一前一后地摇晃着她，能够想象到她内心的感受。“戴斯迪莫娜，朱利安没被绑在婴儿车上！他当时坐在你的膝盖上。我猜，这就意味着在那边的那家伙很喜欢你。”

卡尔米内的吼声和一连串的摇晃使戴斯迪莫娜从惶恐中回过神来。过了一小会儿，她又恢复了正常。

“我还没给你做饭呢！”

“我带回来一些烘馅饼。”

“索菲娅！我怎么能忘了索菲娅呢？”

“帕齐带她去了肯尼迪机场。迈伦想让她去他那儿。”

这时，朱利安醒了，要不是饿了，他还不会醒。

卡尔米内坐在那儿，两眼直盯着妻子喂儿子，脑袋中盘算着怎样驱走她心中的恶魔。麻烦的是戴斯迪莫娜误解了自己在他的警察方案里的重要性。在霍洛曼这座小城市，他夫人一出门就会招风，就像磁石会吸引铁屑一样，她也会吸引敌人。她那人高马大的身材、随之而来的尊严气质，还有她那种无懈可击的气势，也会招惹敌人。如果他的敌人恨他，也就会恨戴斯迪莫娜。她不是一位公主，而是一位女王。

1967 年 5 月

▶▶|

埃丽卡·达文波特的死亡成了人世间一场大地震的中心，直接震动了人们和他们建筑的根基。从科纳科皮亚的高层，到卡尔米内·德尔蒙尼克及其家人，甚至连联邦调查局都感到异常震惊。

特德·凯利到县服务中心卡尔米内的办公室找他。"她就是尤利塞斯！"特德·凯利坚持这样认为。"这一点我们已经知道有两年了！"

"那你们为什么不逮捕她？"

"证据！是叫证据？不管我们走到哪里，不管我们找到了什么，可就是拿不出一丁点证据与她对簿公堂。我们要是审判她，她就会大步流星走出去，公众舆论就会一片哗然，那样就会损害我们的形象，同时又会提高她的形象。"

"那是因为她不是尤利塞斯，"卡尔米内说。"特德，实际上我听说过有关证据，而之所以有这证据，倒不是因为她不是尤利塞斯。她应该知道谁是尤利塞斯，但这跟她就是尤利塞斯可差得远了。凯利特工，你知道吗？像上次因为我很讨厌你，把你的大屁股摔在地上时一样，今天我很烦你这种态度。你简直就是一头笨猪。"

"告诉你，她就是尤利塞斯！"凯利用拳头像敲鼓一样敲着大腿，显出沮丧失意的神情。"我们刚刚准备好了间谍史上最棒的秘密调查方案——她没法拒绝那种诱惑，就要上钩了。我们一直都在眼巴巴地等着。可现在——操！"

"你找到她传递情报的地点了？"卡尔米内看上去相当惊诧，可也很坦率。

"看这个，"凯利特工激动地拿出了一张表。"间谍都有传递情报的地点的明细，一个地点从不用两次。地点明细表是用密码编成的，他们就靠那个明细表进行活动。先是发出信号提醒联系人，要传递一些东西，通常都是在树林或是废弃的工厂这些无人的地方——”

“或是用相同的公文包，或是在公交车椅子下放上包裹，或是右边第十七排从顶上向下数第四块砖，”卡尔米内咧开嘴笑了。“得了吧，凯利，这全是胡诌八扯，你也很清楚。那个间谍说不出联系人的名字是因为他压根就不知道联系人是谁，还有那一叠钞票的事，全都是一堆废话。首先，不管是谁在干这种事，都不是为了金钱或是为了寻求一点大脑的刺激。他是个空想家，是为了他的苏联母亲或是什么伟大人物的更大荣誉而干的。不管怎么说，他有着另外一种意识。其次，失窃的那些项目都是通过电话或传真公开发出去的，使用的号码谁也不知道。你们不可能监听全国的每一个电话或者是截获每一个传真。不管你对每一个人监管得有多严，他要是像尤利塞斯那么聪明，总会在你眼皮子底下将情报发出去，而你却看不见，也抓不着。别巴望着我会相信你和联邦调查局不知道尤利塞斯的重要性！他能坐着豪华轿车在大城市里穿梭，使用着私人设备，住在五星级酒店里，他吃饭的地方，你我连个洗手指的水钱都付不起——我说得靠谱吗，特德？”

“尤利塞斯就是埃丽卡·达文波特，”凯利执拗地说。

“尤利塞斯可是活得好好的，还把那可怜的女人给勒死了，”卡尔米内的语气很严厉。“为逼她说出她知道多少事，都跟谁说过，他把她的每只胳膊和每条腿都打断了两处。”

凯利的整个假面具撕了下来。转瞬间，那个傻乎乎的、有点迟钝的联邦调查局低级特工溜掉了，代替他的是一名训练有素、专业机灵的干才。

“我算认栽了，”特德·凯利沮丧地说。“他们早就提醒过我，你不好蒙，可我还是想碰碰。请让科纳科皮亚的人都相信，我是跟你一起搜查坏蛋的。这是我需要或想要你帮我办的最后一件事。我想让尤利塞斯认为，我是个来自愚蠢机构的愚蠢特工，我的上司们也持这种看法。你正在追查杀人犯，这对你来说很好办。你可以摇头摆尾地大肆炫耀你的本事，从而有所收获，可我追查的目标大不相同。就算我们已经胸有成竹，也只能装作并没有什么进展。我的人从不会犯错误。”

卡尔米内的身子在椅子上向前探了探。“凯利先生呀，这些日子咱俩追查的目标突然间成了同一个猎物。我要找的凶手就是你们的尤利塞斯，这一点我早就知道。这并不是我的猜测，而是实情，”他瞥了一眼他的铁路上用的钟表。“你有半小时的空吗？”

“没问题。”

“那我就挂上‘严禁打扰’的牌子。”

卡尔米内关上房门，给迪莉娅打了一阵子电话。然后他回到办公桌边，告诉了特德·凯利他为什么知道尤利塞斯杀害了那11个参加过五个月前的慈善宴会的人。

“你也该明白了吧，”卡尔米内推断道，“最后我们可能会找到谋杀案而不是间谍案的有力证据。这对联邦调查局来说是个大难题吗？”

“是有些棘手，”特德·凯利特工说，“对百姓们来说，知道城门里面潜伏着间谍，会感到非常恐怖。欢迎你为荣誉而战。我会跟个笨蛋似的乐呵呵地提前溜回华盛顿，那样就可以保持良好的状态去对付下一个卖国贼。”

“我可不愿追求荣誉，”卡尔米内怒冲冲地顶了他一句。

“这我知道。可要是我们抓到那个鸟人，有人就会出人头地，那人肯定不会是我。如果你真能抓到他——不，当你抓到了他——他这辈子甭想出得了大狱。”

“他压根不费吹灰之力就会受到联邦法庭的审判或进联邦监狱，”卡尔米内说，“康涅狄格是个崇尚自由的州，我们可没法占卜以后某些白痴般的假释部门能干出什么事来，他们可都是一群理想主义分子。”

凯利高大的身躯站了起来，热情地与卡尔米内握了握手。“这点我不会担心，”他愉快地说。“那样假释部门就会堆满惯犯。我原谅你说我混蛋的事。我的行为也太粗暴了点。”

卡尔米内把他带出门外，说：“在公共场合碰面的话，我们还是继续装作对头，朝对方龇牙咧嘴嗷嗷叫。对了，你从望远镜的胶卷里看到了什么？”

“没什么值得说的，”凯利回答道。“都是些霍洛曼海港沿岸的照片，从长岛轮渡码头一直延伸到超出东霍洛曼的地方。潮涨，潮落。我们猜测着，可能和一次碰面或情报传递有关系。”

大厅里一个人也没有，特德·凯利特工大步流星走了出去，到了楼梯拐角处就看不见了。他一走，卡尔米内就去找迪莉娅。

“那个看似废物的联邦探员可不是等闲之辈，”卡尔米内咧开嘴笑着。“他是一只鹰，可当人们看到他展开翅膀，显示出火鸡的那副熊样，他会使人们觉得，他就是个卑鄙无耻的小人。”

“是一只蛮奇怪的鸟，”迪莉娅的表情很严肃。

“有什么消息吗？”他问。

“一点也没有。阿贝和科里一个不漏地查了可能坐在彼得·诺顿桌上的人，可没什么回应。我估摸着，人们只不过是把这事给忘了。卡尔米内，先别走！局长想见你。他可是喊着说就现在。约翰舅舅的心情怕是不太好吧。”

要把西尔维斯特里局长的脸看作晴雨表的话，“心情不好”还真是说轻了。卡尔米内伫立在那里等待着暴风雨的来临。

“那个狗娘养的下一步要干什么？”西尔维斯特里问。

不过是个不痛不痒的问题罢了；他打算做些隐瞒。“这要看我船坞里的那个人是不是他本人。”

“为什么？”

“这个助手很有价值。没错，局长，但必要时可把他牺牲掉。我的感觉是他还呆在洞里，而打发助手到我的船坞那儿。”

“可恶的畜生！戴斯迪莫娜还好吗？”

“长官，跟你刚才问候的时候差不离。”卡尔米内看了看表。“你一小时前就问过我。”

“你母亲呢？”西尔维斯特里在椅子上动了动身子。

“也一样。”

“我听说，迈伦已把埃丽卡·达文波特的尸体从警方领走了，现在正把她运往洛杉矶安葬。”

卡尔米内好奇地盯着上司。“你从哪儿听说的？”

西尔维斯特里的脸上闪出一丝不悦。“我——嗯——我和他聊了一会。”

“在电话里还是面谈的？”卡尔米内赔着小心问。

“电话里。坐吧，伙计，坐呀！”

卡尔米内更加小心翼翼地坐了下来。“约翰，和盘端出来吧！”

“你怎么能和上司这样说话。”

“长官，我的耐心很有限。”

“我猜着你该清楚迈伦的重要性吧？”

“清楚呀，”卡尔米内等着这话呢。

“他像钻进了裤衩里的一只黄蜂，整天在哈特福德嗡嗡乱叫。”

“他很恼火，气势汹汹，有点受骗的感觉。”

“除了这些，还有很多其他的事。他想让我们把埃丽卡·达文波特的案子作为第一要案，州长觉得这么做很妥当，于是就把这事捅到公众那里了。”

“迈伦自己把这事给捅出去的，”卡尔米内说。

“是啊，大家心里都明白得很。可州长觉得他头顶上老有这只蜜蜂在嗡嗡叫个不停，想让他离哈特福德远远的，到别处叫唤去。”

“刚才说是只黄蜂，现在又说是只蜜蜂，干脆就开门见山得了！”

“我要派你去伦敦调查达文波特博士在那儿学习时的情况，”西尔维斯特里咳嗽了一下。“因为最近发生了危及你妻子和孩子生命的事，我们收到了一笔匿名赞助款，送你和妻儿到伦敦去。哈特福德政府方面已作了特批，同意你去。”西尔维斯特里打住了，闭上眼睛，等着暴风雨的来临。

只有两条道可行得通。一条道会毁了他一整天的事，另一条呢，至少能让他宣泄一番自己的一种情绪。于是卡尔米内选了后一条道，他笑了一阵，接着又大叫起来。

“滚你娘的蛋！”他喘着粗气，双手紧抓着身侧。“我不能去伦敦，没法去！前脚一走，一切都会乱了套。约翰，你一定能明白这一点吧？”

“当然明白！我也这么说过！不过我可能是白费口舌啦。由于迈伦·曼德尔鲍姆的缘故，这次调查成了个政治皮球，给人踢来踢去。”

“他的本意是好的，但对自己不懂的事就该少插嘴。他老是把生活当成电影——一切都以光速发生，却没个人停下来想一想，这就成了一个问题。长途跋涉去趟伦敦，不能帮我找到凶手或间谍，倒可能让他钻这个空子给溜了，”卡尔米内抱怨说。

“我知道，我知道。”

“哈特福德那边开出了什么条件吗？比如说，我得出去呆多久？”

“考虑到预算很紧张，你越快回来越好。匿名资助人可不会给一个公仆提供资金。”

“能赌一把吗？”

“我能效点力吗？”西尔维斯特里问。

“替我挡着点哈特福德那边。迈伦心中担心的是戴斯迪莫娜和朱利安，所以我要是几天后能回来，就让他们在伦敦多呆些日子。离开霍洛曼前，要能找到一个人，告诉我一些埃丽卡在那边的情况，那会很有帮助。我一旦把情况都搞到手，就尽快飞回来。”

"迪莉娅!让她去找到那个人的名字得了,卡尔米内。"

"她才该去英国呢。"

"是呀,是呀,我同意,可迈伦不干呢。但是,"局长说着,一副老谋深算的样子,"我们没准能给人们施个障眼法。不要告诉任何一个人你去哪里,只是对外说,你要把家人搬出霍洛曼一阵子,摆出一副要去洛杉矶的架势,然后你就开车去肯尼迪机场。我去跟迈伦说这事,让这个犹太佬的脑瓜领教领教天主教徒的厉害。他要告诉每个人,戴斯迪莫娜和朱利安要去和他呆在一起。这听起来很顺耳,走的那天我怀疑有人会跟踪你到机场,至少也得跟到机场出发门。这样,你要是能在两三天就办妥伦敦那边的事,没人敢在你离开的这几天里翘尾巴。"

最终只有迪莉娅和约翰·西尔维斯特里知道,两天后卡尔米内带着妻儿去哪里。再三考虑后,他决定也把实情透漏给特德·凯利,他可以帮着四处散布谣言,告诉科纳科皮亚的各路人马,卡尔米内去了洛杉矶,并且一旦事情乱了套,他就会搭下一班飞机回来。

戴斯迪莫娜感到如释重负,心情也很激动,向卡尔米内家的女士们解释说,她巴望着对迈伦的汉普顿宫殿,也就是他们度蜜月的地方故地重游。卡尔米内发现,这位绅士的慷慨真是无处不在。一辆大型豪华轿车从家门口接上他们,车里大得能开个小型聚会;他们也没有挤在人群里等着登机,很快就上了707飞机。虽说妻子和儿子都坐了头等舱,卡尔米内对自己的经济舱的位置还是提出了反对意见。但最终乘务长温和地说他的位子升级了,改到了头等舱,他可以跟家人坐在一起。头等舱的其他乘客看到那个婴儿,顿时坐立不安,朝嘴里塞进更多的药片,好让自己在婴儿的哭闹声中能睡上一觉,这些都没有逃脱卡尔米内的眼睛。他心中暗自笑着,他们真是庸人自扰;朱利安在享受着这种经历,上蹿下跳,调节着耳膜的压力,声也没有号叫。对他来说,遭遇了霍洛曼港事件后,飞行真是小意思。

“我更喜欢坐火车，”戴斯迪莫娜极其厌烦地说。

迈伦把他们安排在希尔顿，他很聪明地料到，伦敦那些豪华宾馆都没配备大号的电梯、平坦的地板、高高的门框和宽大的床；戴斯迪莫娜需要一些空间，尤其是在电梯里推着婴儿车的时候，更需要宽敞些的地方。因此，还是选了希尔顿。

不管怎样，这都不是他第一次来伦敦。迪莉娅给了卡尔米内一个名字：休·勒菲弗教授。甚至还为他安排了一次会面：第二天上午11点，在圣约翰伍德区教授的家里。显然就是邀请勒菲弗博士去一家昂贵的饭店，他也不喜欢外出就餐；他告诉迪莉娅，卡尔米内可以过去喝杯茶。

卡尔米内心中估摸着那该是一个很富裕的地方，脚踏上了一条满是连体房的街道，房子有点乔治王朝时期的风格，都已摇摇欲坠。每套房都带有一段脏乎乎的楼梯，直接通向一扇门，门边挂着一块板，上面是手写的住户的姓名。卡尔米内找到了他的房子，抬脚走上了楼梯，发现休·勒菲弗住在105室，便顺着邋邋遢遢的楼梯爬上去，进了一个昏暗的门厅。那里没有门铃，当然105室也不是在一楼。卡尔米内瞥了一眼手表，明白自己很准时，于是他咚咚地爬上黑乎乎的台阶，来到有五家住户的一层楼上。他家是后面那户，从这儿可以看到楼下后院里的一切动静。他敲了敲门。

“进来！”一个声音传出来。

就是这一家，把手转动了一下，门开了。卡尔米内走进一个大房间，里面仅通过两个窗户透进来浓云密布的天空赏赐的一点点亮光。像整栋房子一样，这儿也是脏乱不堪。褪色起皮的墙纸，满是污迹的厚厚的天鹅绒窗帘，还有那套五花八门风格的家具，破旧不堪，已看不清是什么木质，那些坐垫里的填充物也都露了馅。书籍堆得到处都是，包括那排靠墙的书架上。桌上摞着成堆的书信和文件；一台小手动打字机放在一张矮桌上，那张矮桌靠在写字台的一把坐椅边上；那把椅子能够旋转，可以面向打字机或写字台。

靠窗站着的那个人把脸转向卡尔米内，他把手伸向主人，于是主人同他握了握手。

“休·勒菲弗教授？”

“就是鄙人。坐吧，德尔蒙尼克探长。”

“先生，坐哪儿呢？”

“坐哪儿都行。最好就是光线能照在你脸上的地方。哼！女人们见到你一定都傻了。真是一副新世界的面孔呀——美国、澳大利亚、南非——没什么两样。可旧世界温和些，不是那么公然地张扬自身的阳刚之气。”

“我倒没觉得有任何女人见到我就傻了，”卡尔米内轻松一笑。这真是一个绝招，既奉承了他，又让他感到不自在。好吧，教授，我们俩就来玩玩这场游戏。他四处打量着，看上去一脸困惑的神情。“这就是英国能为一位教授提供的最好的条件吗？”他问。

“探长，我是一个共产主义者。当大众都不知享受为何物时，自己沉湎于安逸之中，那种想法可不在我的品性之列。”

“先生，可你这种私人生活方式也并不能使他们受益呀。”

“那不是问题的关键所在！我选择这种简朴的生活方式，将我的品性展示给像你这样生活在安逸之中的人看，这才是关键所在。我可以想象得到，你家中奢侈品是应有尽有吧。”

卡尔米内失声笑起来。“说到家中的奢侈品呀，还不能说是应有尽有，只是些必需品，那样妻子可以不用辛苦地劳作，孩子也不会感到生活单调乏味得要命。”

啊，一次沉重的打击！休·勒菲弗教授的身子僵在椅子里，这对一个整日受关节炎折磨的人来说不是件轻松的事。20年前，埃丽卡·达文波特还是他的学生，那时他对女性一定还有一些吸引力。他身材高挑，走起路来可能会有一种悠闲的风度，英俊潇洒，鼻子又瘦又挺，眉毛和睫毛乌黑，浓密的黑发留得很长，还有一双矢车菊蓝的眼睛。风烛残年的容貌显示着他的辛劳，还有那些不必要的困苦在蚕食着他的身心。他要是能享受一些温暖的空气、像样的食物，再请人帮忙整理一下房间，那样就能远离疾病。卡尔米内暗想，可那样行不通，他有一种品性，刚才听到我有关“生活单调乏味”的说法后，他就像一头公牛被刺激了一样。

“你都怎么花费你的钱呢？”卡尔米内好奇地问。

“都捐给共产党了。”

“在那儿，十有八九，一些爱耍嘴皮子的家伙用那些钱逍遥快活呢。”

“不是那么回事！我们都是一帮有信仰的人。”

不该再打扰他了。卡尔米内向前探了探身子。“教授，很抱歉，我不是有意诋毁您或您的理想。我的秘书曾告诉过您——我很高兴您还有部电话，顺便提一句——我需要了解一点有关埃丽卡·达文波特的情况，我知道，她曾是您的一个学生。”

“啊，埃丽卡！”老头笑了笑，露出满嘴的坏牙。“我为什么应该回答你的问题呢？参议院又冒出来个新麦卡锡？你的资本主义政府在迫害她吗？探长，你真是白跑了一趟。”

“埃丽卡·达文波特已经入土了。她遭受了不少折磨，胳膊和腿都给打断了，接着凶手用特别残忍的手段把她杀害了，”卡尔米内的语气很镇定。“我不是资本主义的一个工具，只是一名凶杀案侦探，局里派我来调查她的死因。我不关心她的政治观点，所关心的是这起凶杀案。”

像老人们常有的情感那样，勒菲弗泫然泪下。卡尔米内心底下暗想，光阴荏苒，他情感的堤坝上已是裂痕累累。这个老人对她动了恻隐之心。

“先生，请您告诉我，20年前她的情况是怎样的。”

“怎样？”那双失去光泽的蓝眼睛睁得大大的。“像太阳，也像星星！闪耀着生机与热情的火焰，急不可耐地要改变这个世界。在伦敦政经学院里，我们都很左，其实，我们就因为这点出了名。她来的时候，她的思想已经人点拨到了一定的高度，所以要完成这样一个过程就轻而易举了。当我发现她能讲一口流利俄语的那一刻，就明白了她未来的重要性。于是我让她觉得，我迷上了她，接下来，我就着手去——我想应该说是'转化她'。特别是当我了解到她能力出众又聪慧伶俐时，莫斯科对她自然是很感兴趣。把一个卧底安插进某些美国的大企业里，这种千载难逢的良机，不容错过。但开始她犹豫不决——甚至非常反对这件事。"

"教授，为什么这么坦白？这不是把你和她的叛国罪都捅给我了吗？"

"什么叛国罪？我从未犯过一点罪，"休·勒菲弗自命不凡地说。"在伦敦政经学院里，除了人以外，莫斯科对其他事情没有半点兴趣，"他戛然打住，困惑地瞧着卡尔米内。"茶呀！你是要过来喝杯茶的，"他说。

"多谢了，我不想喝茶。接着谈谈埃丽卡得了。"

"我党的上级接收了埃丽卡，安排她去了莫斯科，同所有最重要的人物见了面。她是用的克格勃给她准备的一份特殊的护照，她自己护照上的盖章则表明，她去了一心向往的古老世界，还随身带了一些纪念品。考虑到冷战刚刚开始，莫斯科对埃丽卡分外谨慎，她在开展活动前，也许需要等待很长一段时间。"

勒菲弗站起身来，走到窗边，直愣愣地盯着下面的院子，里面杂草丛生，还有生锈的垃圾碎片——老式的煤气炉、便壶、锡箱子等等。卡尔米内走过去越过老人的肩膀俯视着下面，心中暗想，这儿可不会有废弃的洗衣机之类的东西。房客们一准都是一个党派。

"这样埃丽卡 1948 年夏天就去了莫斯科？"

"是的，"休·勒菲弗又打住了，眉头紧锁，狠劲向下拉了拉下嘴唇，口中叹着气，坐回到椅子上。

"在莫斯科都发生了什么事？"

"第一次旅行——三周——很令人满意。埃丽卡回来时洋洋得意——可以说是欣喜若狂。她见到了中央的所有成员，还和约瑟夫·斯大林握过手。他的身体不是很健康。接着她必须回莫斯科接受训练，莫斯科方面也想彻底确认一下她的忠心。这次逗留长达九个星期。换做他人的话，一定会呆得更长一些，不过她满腔热情，又是名很机灵的学生。这也同样给她的事迹增光添彩。”

他又一次打住，明显流露出了悲伤的神情。卡尔米内清楚，要不是她恐怖死亡的噩耗，他忙活半天也是两手空空。无疑尤利塞斯第一次出现时，联邦调查局和中央情报局的特工们便各自都同他过过招，而他也曾坚持埃丽卡去过古老世界。卡尔米内心想，幸亏他第一个给教授带来她死亡的噩耗。他已进入暮年，又孤独寂寞，也没有人理会他。现在谈论她，也不会对她构成危害。

“教授，你已经告诉我她是个叛徒。我还可以知道点什么？”

他最终决定再冒一次险。“埃丽卡在莫斯科的最后一晚有人把她强奸了。她告诉我，那是在一个众人喝得烂醉的宴会上，到场的是仅次于最高领导的政府高官和克格勃官员。除了她已经博得了顶头上司的青睐，是个美国妞，长得楚楚动人，又不轻易出轨，我不知道他们为什么偏偏要糟践她。”

“那次强奸很可怕，”卡尔米内轻声说。“20年后的尸体解剖显示，她身上仍是伤痕累累。先生，埃丽卡是怎么逃过那一劫的呢？”

“按照事先的安排，她把自己包扎好，返回了伦敦。她来找我，我把她送进盖伊医院，那里有我的一个朋友。那是狂热的岁月，要建立起国民健康体系，并为克服建立初期的一些困难而奋斗。经我们的安排，她的医疗记录不会存到系统里。那时的伦敦是个非同寻常的地方。国家仍按定量供给簿分配食物，也很难买到像样点的衣服——但对我们这些在高等学府的教书人来说，却是个硕果累累的时期。许多很有出息的学生像熟透的桃子一样到了我们手中。”

“埃丽卡怎么样呢？她从莫斯科回来，第二次出行一定颠覆了她所有的观念，”卡尔米内说。

“从一方面看，是这么回事。从另一方面看，又不是。火焰已经熄灭，取而代之的是一种冷酷的决定。一次某个高官使她明白，性是一个漂亮女人最拿手的工具，而她之前一直都拒绝所有的性行为。她学会了口交的把戏。波士顿一家银行里在她名下存着一大笔钱，我知道，她那时就开始向上爬。通了几封素淡寡味的信后，我就和她失去了联系。”

“她登上了一家美国大公司总经理的宝座，这家公司生产战争武器，这么说你不知道这个情况？”卡尔米内问。

“不知道，真的吗？”休·勒菲弗看上去很开心。“真是妙呀！”

“可她没有为莫斯科当间谍。”

“你不太可能知道这一点。经过训练后，她有本事骗过任何一个人。”

“埃丽卡只是某个人的挡箭牌。一定有个人控制着她，指导她的行动，告诉她做什么事。因为她不是间谍头目，也从没表现得像个间谍头目。她只不过是个挡箭牌。”

“探长，我希望你的看法是对的。如果这样，那么埃丽卡的公司里仍有人潜伏着。棒，实在是棒！”

卡尔米内离去后，走了老远的路回到了希尔顿。他尽量多绕点路，穿过摄政公园，公园里杜鹃花争奇斗艳，各种树木花团锦簇，芳草铺成了巧夺天工的绿色地毯。这里虽不如海德公园，但也自有迷人之处。直等他找到一个休息的亭子，喝了杯茶，才觉得除掉了口中最后一股酸臭味。那种又酸又臭的感觉活像是休·勒菲弗教授的人生。已至黄昏暮年，走起路来一瘸一拐，靠一种意识形态苟活着。有许多人同他如出一辙，也许迷信的意识形态不同，但都是同样的下场。

戴斯迪莫娜刚从海德公园大老远走过来，用她所称的“婴儿车”推着朱利安，和卡尔米内在一家咖啡馆吃了顿午餐——还不到一天的光景，她的英国腔就凶猛地杀了回来。不过尽管长途步行辛苦，她看上去倒很悠闲，也很放松。迈伦也许是个讨厌鬼，但有时也能把一些事情做得很到位。

怎么跟她说，他要回家了呢？开门见山吧，用不着支支吾吾或表示歉意了。

“我从休·勒菲弗教授那儿得到了需要的所有情况，”他抓住了她的手。“这意味着我得回家了。”

她的眼睛顿时黯然失色，但费尽心机，让自己看上去仅仅是有点失望。“我知道，要是有可能，你会留下的，”她镇定自若地说，“所以这事一准很紧急。所有警察的妻子都得经历这一关，因此离婚率才那么高。”她咧开嘴笑了笑。“唉，德尔蒙尼克大探长，你可不能就这么轻松地把我甩掉！没错，我心里就是很不满，可打从嫁给你起，我就知道你是什么样的人。那些破烂案子对你有着磁石般的吸引力！这也很快消磨去了我的一些想法，所以我也必须具有同样的品质。我的床会是冰凉的，但不会像你的那么凉——我有朱利安呀。你得向我承诺，等所有的事都办完，把我带回这里来。用不着住在迈伦奢华的大房中！在格洛斯特路边上的某个臭烘烘的私家小旅馆就足够，我能咽得下咖喱食品和卷心菜。我们也不需要租这样的婴儿车，朱利安好像更喜欢椅子型的婴儿车。亲爱的，他继承了你的好奇劲儿，喜欢走到哪儿看到哪儿。”

“好嘞，”卡尔米内亲了亲她的手。“对这事呀，我也有点担心。伦敦可是个大天地。”

“哦，我们不会呆在伦敦，”戴斯迪莫娜和蔼地说。“我和迪莉娅都安排妥了。我俩知道你转眼就得回家，所以我和朱利安会跟迪莉娅在科茨沃尔德的父母住在一起。没人能查出我们的去向。迈伦很慷慨，我们有钱过去——我直说吧，在火车上要照顾孩子，推着婴儿车，还要拉着行李，哪怕只是想一想，都让我心中直发毛。我们要坐劳斯莱斯去。”

“那下次就要坐火车、汽车和出租车了，”他提醒道。

“是啊，但下次你要在旁边帮一把。卡尔米内，我个头是很大，可我只有一双手呀。”

卡尔米内回过神来。“你在朝我发火呢！这叫我感到多宽慰呀！”

“对呀，我当然上火！”她恼火地说。“铆足了劲做个警察的好老婆真无聊，我可以把这话跟你挑明了！我没想到，一转眼工夫你要找的东西就到了手。本来寻思着朱利安和我至少能跟你一起呆上三天呢。我从来就没那种福分！”

“那就对啦，我也没有那种福分呀。”

“我还能和你呆多久？”她问。

“我本打算去看看有没有今晚的飞机，但还是明天早上再去看吧。这是个遭受私刑折磨般的夜晚吗？”

“不，至少今晚我们能在一张超大的床上相拥入睡。我会给卡斯泰尔斯太太打电话，告诉她我们要过去，然后我们明早一起退房，坐迈伦的劳斯莱斯去那儿。我们的路线是向西开，希思罗机场也在那个方向。我们可以把你捎过去，”戴斯迪莫娜说。

“大美人儿呀，这点子真是太聪明了。我觉得，你在这儿没有一点危险，但用一句特工的话来说，小心不为过。没人知道迪莉娅的父母在这儿。”

“这是个间谍案，对吗？”

“我的兴趣只在凶杀案上，”卡尔米内说。

最终，车一把卡尔米内放在喧嚣的希思罗机场，他就想，我算摆脱迈伦·门德尔·曼德尔鲍姆啦！我可以用自己的经济舱机票，忍受那有失体面的九个小时的空中旅程。不过还是迈伦笑到了最后。卡尔米内一踏上707飞机，空姐主管就来到舱尾，把他调到了头等舱。卡尔米内接受了盛在水晶杯里的威士忌加苏打水，他在这些琼浆玉液面前投降了。

卡尔米内讲完他的故事，特德·凯利说：“你可真是够幸运的。我们对休·勒非弗教授试了多种招数，可他发誓，埃丽卡·达文波特只是个聪颖过人的美国学生，学习了伦敦政治经济学院的一些知识。这个说谎的老色鬼！他满口一直絮叨着自己是个共产党员，把我们都给耍了。英国充斥着公开的共党分子，随着乔·麦卡锡的登场，我们真正的危险人物都潜入了地下。他真是成事不足，败事有余。”

“政治迫害总是这种下场，”卡尔米内说。

“我们对埃丽卡的调查还是没有一点进展。”

“我不同意。尤利塞斯已经没了挡箭牌。科纳科皮亚确切是从什么时候开始泄露机密的，你搞清楚了吗？”

“从十年前我们的线人到那儿起，机密就已开始泄露。两年前，火箭燃料控制器失窃的事变得公开化，许多人也就逐步知道了，”凯利说。

“埃丽卡变得畏手畏脚后，科纳科皮亚丢失更多的机密了吗？”

“你认为那是发生在马克斯韦尔宴会后，对吗？”

“肯定是呀。”

“我们可不知道，”凯利沮丧地说。“我们虽说确实有了很大进步，可在苏联的设计中，没有什么大的突破。我们的间谍网没能找到任何线索。”

“这事嘛，我猜尤利塞斯在玩瞒天过海的把戏。他手上有一堆机密要放出去，可他吃不准风暴是不是已经刮过去。他已将埃丽卡灭口，没准觉得可松口气了，可这还要看他折腾埃丽卡时，她都吐露了什么。”

“她会告诉他什么呢？”凯利问。

“首先，甭管在马克斯韦尔事件中，埃丽卡和斯凯珀斯之间有什么交易，”卡尔米内说，“尤利塞斯那天晚上可能不在现场，而是指使埃丽卡去询问斯凯珀斯一些事情——也许想问斯凯珀斯知道多少他的根底？可一直到冒出了皮尤那封敲诈信，她都在回避这个问题。这封信是先寄给埃丽卡，再由她转给尤利塞斯还是直接寄给了尤利塞斯，这一点我们没摸清，”卡尔米内在嗓子眼里怒吼道。“不知你喜欢不喜欢这件事——我是不喜欢！——我又得开车去奥尔良，再去见见菲洛米娜·斯凯珀斯，真是倒了八辈子霉。现在埃丽卡已经死了，那位女士也许更乐于谈谈她和埃丽卡的关系。”

“你为什么不飞去呢?”

卡尔米内轻蔑地笑了笑。“哦，是可以!可是没有航班，我只能看看局长能否批准租一架飞机啦。”

“天哪，卡尔米内，有时你就是头蠢猪!我可以让联邦调查局的直升机载你飞个来回。”

卡尔米内口气严厉地说：“这也就是为什么我们这些小不点警察讨厌联邦调查局的原因!就是个烧钱的主。不过这不会阻止我接受你的这番好意。”

“明天?”

“越快越好。”

“你在伦敦的家人怎么样?”

“整天在商店里闲逛呗!”卡尔米内说。戴斯迪莫娜和朱利安实际上呆在两个村外的一栋房子里，那两个村庄一个叫上屠村，一个叫下屠村，他不打算告诉他的新盟友这件事。卡尔米内实际上已变得非常多疑，甚至给家中的电话装上了扰频器，跟迪莉娅谈到他的家人都要窃窃私语。他脑瓜深处的角落也在盘算着，要是卡斯泰尔斯一家知道他们的电话也被装了扰频器，他们会怎么想，不过他没法在乎那种事；他要是力所能及，就不会再让任何人袭击戴斯迪莫娜和朱利安。

“可惜你不能跟他们多呆上一阵子。”

“是啊，不过他们很安全，而且可以游览伦敦的所有景观，玩得挺痛快。”

特德·凯利慢吞吞地说：“我发现，用望远镜照相机拍的那些照片很重要。尤利塞斯想弄清怎么沿着海岸偷偷地摸到你的家。那儿没有公用道路，所有的房子都直接延伸到海边。”

“特德，我估摸着也是这么回事。他虽派过去了一个帮手，那个人也许比他更健壮或是更年轻，要么就是又健壮又年轻，可尤利塞斯要是认为，我们不知道他有个帮手，那么他差个人去就可以打出一个他不在场的幌子，”卡尔米内苦涩地笑了笑。“埃丽卡的尸体并不是第一具在那块地上出现的尸体，这倒蛮奇怪。上个房主租借那栋房子期间，凶手杀害了一个十多岁的可怜少女，把尸首遗弃在那儿。那具尸体是用一条划艇运过去的，而埃丽卡的尸体是搬运过去的，或者是沿着海岸拖过去的。”

凯利的双眼发直，大惊失色。“天哪！闪电还真是击中了同一个地方两次！”他大声叫道。“那是以前那桩“幽灵”案，对吗？”

“没错。她的尸体被巧妙地安放在小路边，并没有被抛到水下。”

这位联邦特工站起身来。“你定好和菲洛米娜·斯凯珀斯会面的时间，就给我个电话。我会派架直升机，在霍洛曼所谓的机场等你。”

卡尔米内龇牙笑了笑。“我们的确有飞往纽约和波士顿的工作日航班，”他说。“查伯有一个法学院和一个医学院，那儿培养出专家就像空地上生长杂草一样普遍，难道你不记得这事？有些法庭上总要有一帮查伯专家出庭。”

飞行就是大不一样！25分钟前，卡尔米内才摇摇晃晃地从霍洛曼起飞，现在已经站在了地面上。这是查塔姆一个专停私人飞机的小型机场。这真是种好难理解的感觉，特别是俯瞰着下面的风景——多是茫茫大海——从两脚之间穿过；那架直升机里面像一个玻璃碗，外面看却就像一只蚊子。驾驶员是个沉默寡言的家伙，专心致志地伺候着这只昆虫正常飞行，卡尔米内下飞机时，他的确开了口。

他只冒了句：“我在这儿候着。”

一辆酷似福特费尔林的车停在围篱旁，钥匙插在点火器上，可车子跟前连个人影也没有。卡尔米内暗自想到，好嘞，不错嘛，联邦调查局想让斯凯珀斯夫人和托尼·贝拉先生以为我是开着警车一路颠过来的，屁股红肿生疼，脾气也暴躁得很。

从他第一次到这次的来访期间，科德角的村中都披上了绿装，五月的花已经绽放；阳光明媚，天空蔚蓝，大西洋海面异常平静。我仍想在这儿买栋夏日别墅，卡尔米内自言自语道。带孩子们在大海里划划船，教他们游游泳，帮他们一起堆沙堡，野餐时吃些花生黄油和果冻，那该是多么惬意啊。在霍洛曼港的遭遇不会把我儿子吓破胆。朱利安一点都不胆怯，也不害羞；他太像他的母亲了。

在卡尔米内开车去斯凯珀斯家的那一小段路程中，他心中想着他们。像科里妻子那样的人认为，他们外在的幸福是最重要的，不过莫林就是莫林；她这辈子都会觉得，其他女人的肚皮里也都装着和她一样的不满情绪。甚至包括帕特里克在内也会这么想，当然几乎每个人都没有考虑到年龄的因素。他和戴斯迪莫娜花好月圆时，他们中的大多数人已经成家至少十个年头，而使他俩走到一起的缘由既危险又使人感到筋疲力尽。戴斯迪莫娜以前从没结过婚，他自己的第一次简短的婚姻也只是出于性的诱惑而不是爱的结晶。他心中琢磨着，年龄让人变得聪明，能使你同自己又喜欢又爱慕的人分享生活的乐趣，并对此心存感激。

菲洛米娜·斯凯珀斯在前面花园里等着他，她穿着牛仔短裤、旅游鞋和一件普通的白T恤。她那双光滑的棕色秀腿上的肌肉很结实，显然用不着戴乳罩胸部就已显得很丰满；乱蓬蓬的黑色秀发随意束在头顶上。她要想打造一副流浪者的相貌，那么就还缺少一些特征。她不属于市井的美，而属于法国美容院打造出的那种美。

“探长，”她有力地同他握了握手。“我们要是坐在屋后，就能享受到新鲜的空气，也不会觉得太冷。我特别喜欢新鲜空气。”

“贝拉先生呢？”他跟随她走到房子后面很远的地方，来到铺着石板的后院。

“他忙活完就过来，”她指了指一把白色的藤椅。“来点柠檬水？”

“多谢了。”

卡尔米内等她坐下，听她漫谈着无限春光和新鲜空气带来的欢乐，一边观察着她，一边啜饮着私家调制的高品质饮料。在阳光下，她的那双眸子就像一池水草丛生的碧水一样绿油油的，浓密多变。

“你没打算去洛杉矶参加埃丽卡的葬礼吗？”他伸出杯子，想再来点S.S.皮尔斯牌柠檬水。

“是的，没那个打算，”那双眼睛噙满泪水，眨动一下，就滚了下来。“探长，除了听说有人把她谋害了，就再没有一个人跟我说一声，她是怎么死的。”现在那双眼睛变得直率而又坚毅。“可我当你是个坚强善良的人，所以就只得问问你，她是怎么死的？很惨吗？”

“是呀，惨透了。她先是受尽了折磨。胳膊和腿上的每根长骨头都给打断了。接着凶手用一根绳子把她勒死了。”

“是吊死的吗？”

“不。请原谅我这么说吧，就是简单地把绳子往脖子上一套勒死的。这没准也算是一种解脱。”

她现在不哭了，但躲藏在那双眼睛后面的生灵退缩到了一个他摸不着的地方。“明白了，”她说。“那肯定是一种奇怪的折磨方式，是吗？里面没有一点性的成分。”

“依我的经验，那不是一起奸杀案。有人想通过折磨她获得一些情况。当然啦，教科书上会指出，这种情况下，不会有性伤害。可有时我在想，我们对奸杀方面了解得多还是少呢？你曾听到过她也许会有危险的风声吗？”

“没想到过会是谋杀。要是强奸的话，我还能理解，那是她自找的——冷冰冰的，对性没有一点兴趣。有一种男人认为像埃丽卡这样的女人，就该杀杀她们的威风，那么还有比强奸更顶用的法子吗？”

老天爷，这真是个很聪明的女人！“你以前知道她年轻时被一伙人强暴过吗？”

“不知道，不过这样非常讲得通。”

“她没向你交过底吗？”

“探长，我已告诉过你，我们关系不是很融洽。”

“近来是不怎么好，可有一段时间，你们关系挺近乎。斯凯珀斯夫人，不认这个账也不顶用呀。”

“没错，我们曾经是亲密无间的朋友。她成了德斯蒙德的情妇——我求过她。在那以后很长时间虽说我们都走得很近乎，那种事当然就改变了我们的友谊。要是知道发生了强奸的事，我一辈子都不会问起的。探长，那时我很自私。埃丽卡能满足德斯蒙德的性需要时，他都不碰我。她那时告诉过我，他们只是来点口交，别的什么都没做，这让我很吃惊，不过当然男人都喜欢那套把戏。”

“那为什么会让你感到吃惊？”卡尔米内问。

“因为她对性太冷淡，不是不太感兴趣，压根儿是一点兴趣也没有，”菲洛米娜·斯凯珀斯把两手合在了一起。“啊，求求你了！我们可别再说这个恶心的话题了！”

“你们为什么能成为那么要好的朋友？”

“是两种思想的联姻。我们的智力能完美地吻合起来。都喜欢阅读，乐于讨论读过的东西，人世间所有的活动、现象和生灵都深深吸引着我们。热爱一切形态展现出来的美——从飞蛾的触角，动物光彩夺目的壳，到能叫出名字的各种各样的鱼，我们都喜欢。我们俩谁也不知道还会有这样美妙的友谊。所以这段友谊结束的时候，我就垮了下来。”

“为什么结束了？怎么结束的？”

“我到现在也仍然没有弄明白。埃丽卡突然和我断绝了关系。1964 年 11 月，感恩节那天，她来和我一起吃晚餐，还有托尼和小德斯蒙德。可她来得太早了。我还在厨房里，”菲洛米娜·斯凯珀斯用一种抑郁的声音说，“在柜台边，往火鸡肚子里填佐料。埃丽卡走了进来，站在离我六英尺远的地方，说我们的友谊结束了。她说她不喜欢我，讨厌假装着和我很近乎。她还说，德斯蒙德把事情搅和得让她觉得很难办。小德斯蒙德讨厌她，她也受够了。还有一堆的理由，都和那些理由差不多。我目瞪口呆，无法去和她争辩，就两手拿着面包站在那儿，听着她说下去。然后她脚跟一转就走人了。就是这么回事！除了在不可回避的宴会和会议上，我再没有真正和她照过面。”

“斯凯珀斯夫人，你一定很悲伤吧。”

“不是悲伤，那简直就是悲剧！我的生活从此就大不一样了。”

“你前夫让埃丽卡管理你儿子的继承权，你是怎么对付这件事的？”

“把我给压垮了，可并不感到吃惊。德斯蒙德会不惜一切手段，让我的日子过得很艰难。不过这让托尼过得更痛苦。遗嘱里找不到任何线索，可以让他能合法地提出一些异议。当然埃丽卡现在死了，事情就大不一样了，”她难以掩饰住声音里透出的满足感。

“你儿子为什么讨厌埃丽卡？”卡尔米内问。

她的笑容扭曲了。“这还用说吗，嫉妒呗！他觉得对我来说，埃丽卡更重要，而从一方面看，他也是对的。一位智者渴望有位与他媲美的同好，尽管说大爱无疆，可孩子永远也没法和这种智慧层面的因素较劲。一个聪明的孩子能理解这一点。可小德斯蒙德不太聪明。埃丽卡从他身边偷走了我，所以他就厌恶她。当我们的友谊结束了，我儿子感到很欣喜，这也提醒我，我不能再叫他‘小’德斯蒙德。现在他就是德斯蒙德。”

当这个非常奇怪的女人身上显示出了俄狄浦斯、克吕泰涅斯特拉、美狄亚和一大群其他已经进了心理学教材的希腊人的影子，成了他们的一个混合体时，卡尔米内是怎样始终保持面无表情的，之后他心中从来都没有搞明白，只是莫名其妙地就摆出了那副模样。他暗想，多么希望这个恐怖的混合体爆炸时，我早就安全地退了休。天哪，真是一团糟呀！

“妈妈？”一个声音喊着。

说谁谁到！

因为双亲的肤色都很暗，没办法他的肤色也比较暗，不过他的脸形和身材不像父亲，更像菲洛米娜。他正处在青春期，身高第一次猛向上蹿，已经比妈妈高了。他只穿了条短牛仔裤，显出了宽肩窄臀的体形，身体舒展，四肢也很健美。双手动起来，非常优美雅致。那张脸兼有男性和女性的特征，人们把那种脸说成是阴阳脸。卡尔米内拿不准，这种双性的模样随着他的长大是否就会消失。他简直是照着北欧人的模子刻出来的，长着浓密的黑睫毛，一双绿色眼睛又大又亮。脸上还没长粉刺，因此没有一个脓包，棕色的皮肤光滑无瑕。

卡尔米内觉得他的毛发都竖了起来。大麻烦来啦！

男孩走过来斜倚着母亲，站在了她椅子的一边。她转过头来亲了亲他的胳膊，莞尔一笑。

“德尔蒙尼克探长，这是我儿子，德斯蒙德。”

“你好，”卡尔米内站起来把手伸向他。

男孩抓住它，不过显得小心翼翼，红红的嘴唇撅了一下，显出一副厌恶的怪相。“你好，”他应了一声。接着问母亲：“是有关科纳科皮亚那个邪恶巫婆的事吗？”

“有关埃丽卡·达文波特的事，没错，亲爱的。来点柠檬水？”

“不要，”他一下站起来，摆出一副普拉克西列特斯雕像的姿势，完全忘记了这位来访者脚痒痒得要踢他两脚，好让这个自负的小王八蛋懂点礼貌。“烦死了，”他说。

“还在忙学校的那些事吗？”她大胆问了一句。

“既然我的智商都到了200，妈妈，那还有什么问题！”他尖刻地回答。“我需要一个更大的图书馆。”

“是呀，他真需要一个，”她脸上带着悲伤的神情。“我们怕是得搬往波士顿。科德角很合我的意，可这地方会扯德斯蒙德的后腿。”她的头转向了儿子。“最亲爱的宝贝，只要有关法律方面的细节问题一解决，我们就去波士顿。只需再呆几个星期，托尼是这么说的。”

“你的水痘现在全好利索了？”卡尔米内问那个男孩。

他不喜欢再提及童年时的那种乏味的疾病，因此没有理会这个问题。“托尼在哪儿？”他又烦躁又火气很大地问。

“到！”从后门传来安东尼·贝拉的声音。

小德斯蒙德的变化真是既突然又惹眼；他精神头上来了，蹦蹦跳跳地跑到贝拉身旁，抱住他。“托尼，谢谢老天！”他大声吆喝道。“我们出去划船吧，我都给闷死了。”

“好点子，”贝拉说，“可我得先和探长聊聊。你干吗不先去把东西准备好呢？我们得用些鱼饵呀。”

于是男孩走开了，不过离开前又和贝拉扯了几句。一股又悲伤又厌恶的闷气压在卡尔米内的心头。小德斯蒙德在性方面已经得到点拨，但不是一个女人给他的启示。贝拉在这方面也是他的老师。更多希腊人的影子从卡尔米内的脑海中一闪而过。

“小德斯蒙德夸大他的智商了吗？”那男孩一走到听不见他说话的地方，卡尔米内就问。

“有点，”贝拉哈哈大笑起来，“不过他也属于天才的范围。”他皱了皱眉头。“他的天赋很狭隘，仅仅是在数学方面，缺乏艺术的天分，也很欠缺好奇心。”

“对一个人做出这种不偏不倚的判断，你可真花了不少心思。”

“做其他的事也没什么意思，”贝拉说，纵然卡尔米内注意到了他与男孩间的一些事，可也没有使他感到不安。

“我猜着现在你会对遗嘱提出一些异议？”卡尔米内问。

“我吃不准是不是有这份必要。斯凯珀斯的遗嘱里没有针对埃丽卡死亡的任何条款。如果任命好托管委员会，让纽约州的儿童法庭挑不出刺来，那样事情就可一一安排妥当，不会招致任何法律纠纷，”贝拉轻松地说。“这个男孩的母亲是一位很称职的监护人，她的报复心很重的前夫对她有失公正。现在你可见过菲利·史密斯或科纳科皮亚董事会其他成员为难菲洛米娜吗？只要他们还是托管人，事情就会令人满意。”

卡尔米内心想，对一个他认为对法律一窍不通的人来说，这是个很浅显的说法，但最后事情很可能就会这样办。而且这也回答了我的问题。至少三四年间，科纳科皮亚会继续在同一种管理模式下运行。接下来会由小德斯蒙德接管——天知道？也许他那时已从哈佛毕业，成了一个干才。我不担心这个孩子的同性恋倾向，真正让我担心的是他的爱国心。在这方面特德·凯利能拿得准安东尼·贝拉是忠诚的吗？我一定要问问他！

卡尔米内站起身来告辞。菲洛米娜没有送他到费尔林车那儿，不过贝拉去了，他两眼直勾勾地盯着那辆车。

“你大老远开着它来过三次，”他打开驾驶座的门。

“是啊，要知道，倒霉事不断呀，”卡尔米内上了车，晃晃悠悠地开走了。

几分钟后，他乘飞机从空中跨越南塔基特湾。

“那是南塔基特还是玛撒葡萄园？”他问，这时海水变成了像被子一样图案的拼缀物。

“是玛撒葡萄园，”飞机驾驶员说。

接着，飞机降落在康涅狄格海岸 I-95 号公路上，那辆费尔林还正在科德角那块地上跑呢，这会他已经到了霍洛曼。卡尔米内猛一低头，走下直升机，他决定给特德·凯利特工买一瓶他最喜欢的烈酒。真是天壤之别呀！又按时回到家，正好赶得上去迈尔维利奥吃午餐。整个行程花了还不到三个小时。

他心中想着找点更有意思的事做，就在那天下午，回访了科纳科皮亚,可那又是他最不想去的地方。

菲利·史密斯已经搬进了德斯蒙德·斯凯珀斯的办公室，但没有用那个男秘书理查德·奥克斯。卡尔米内一边注意着这些变化,一边聚精会神地等着史密斯叫人来唤他。

埃丽卡的装饰没有改变,可都很微妙地去女性化了;插花的瓶子不见了,梦幻般的乡间小径的画换成了生硬严肃的画,家具坐垫上的红色小山羊皮代替了灰绿色的小山羊皮。

"你需要几面带'卐'符号的旗子,"卡尔米内说。

"什么意思?"

"这儿有那么多黑白红的颜色。纳粹味很浓。"

"探长,你就喜欢放些煽动性的大话,但今天我可不会上钩,"史密斯说。"我高兴得很。"

"不喜欢女老板吧,嗯?"

"什么样的男人能真心喜欢女老板?不过我能忍受她的性别。她的优柔寡断让我感到很恶心。"

也许史密斯为了使他的衣着看上去像丧服,于是穿了身黑西装,配了条布满白色斑点的黑领带,链扣是黑色玛瑙和黄金制成的,鞋子是最优质的小黑羊皮的。卡尔米内一面坐下来,一面心想,真是绝妙的服饰。其实史密斯这样看起来更年轻,甚至也更帅气。就像他说过的那样,成为科纳科皮亚的总头目,他已经高兴得上了天。

"理查德·奥克斯在哪儿?"卡尔米内问。

史密斯看上去目空一切。"探长，他是个同性恋，我不喜欢同性恋的人。于是就把他流放到外蒙古去了。"

"在哪儿呢?是在科纳科皮亚的世界版图内吗?"

"会计部。"

"我承认,那里对我来说也像外蒙古。那是一大片寒冷的数字废墟……可我不同意你关于同性恋的看法。对一些男性来说，这是种天生的特殊情况，不能和我遇到的性犯罪混为一谈。”卡尔米内私底下在想，史密斯注意到德斯蒙德·斯凯珀斯三世的情况有多长时间——那将是多么震撼的一件事！

那副装出来的温和面孔消失了；菲利·史密斯露出了原形。“你要干什么？”他粗鲁地问。“我可是个大忙人。”

“我想知道，埃丽卡·达文波特的尸体放进我船坞的那天，你一整天都在哪儿？”

“就在这儿，而且我可以提供证人，证明从早上八点到晚上六点我都在这儿，”史密斯说。“看在老天的分上，到别的地方去找找吧！我能做的唯一一种谋杀，就是把人扔到外蒙古去。是，我会对付埃丽卡·达文波特博士，但不会用要她的小命这种法子。那该是种什么样的惩罚呢？我和她了断后，她就收敛起了自己的拳脚。”

“史密斯先生，我接受你的这种解释。你刚才说她‘优柔寡断’，是什么意思？”

“就是这个词的意思。真的，用个同性恋当秘书就很说明问题。科纳科皮亚能名列前茅的一个重要途径，就是吸收一些比较小的独立公司，特别是那些有聪明想法或在市场上为新产品夺得一席之地的公司。接收谈判有一个模式和时间段，埃丽卡对这些情况都一无所知。因为她的失误，我们在不到四天里失掉了兼并四个公司的机会，三个属于弗雷德里克·柯林斯，一个是我的公司。我们数周数月地演练这场兼并的仪式。但她却优柔寡断，这个目光短浅的傻种，最后竟然跑去投靠华莱士·格里尔森。”

“你不能推翻她吗？”卡尔米内好奇地问。

“按照德斯蒙德立的遗嘱，我不能这么做——她手握德斯蒙德三世的大部分财产，就有了生杀大权，”史密斯愤愤地说。

“哼。你即使不采取谋杀的手段，要把她除掉对你也很有利呀。”

“探长,你也是个傻瓜吗?难道我还没说明白?”

“不,史密斯先生,我不是个傻瓜,”卡尔米内冷冷地答道。“我只是喜欢把事情弄得十拿九稳。”他站起来,漫步到那段长长的墙边。霍格思蚀刻画像经计算过一样,精准地挂在墙上。描绘的是早已远去的伦敦的画面,那是一个充满痛苦、饥饿、放荡和显然丧失了人性的地方。史密斯观察着他,显出满脸的困惑。

“这些真叫人吃惊啊,”卡尔米内转过身去看着摆放在黑漆书桌后面的塑像。“人类的苦难那时已达到了顶峰,而艺术家每天都要从苦难里走一遭。这尊塑像的样子说明那时的政府不怎么样,是吧?”

“对呀,是这样,”史密斯耸了耸肩。“当然啦,我没有经历过苦难。怎么对这尊雕塑感兴趣?”

“没什么理由,真的。只是作为一个公司董事长办公室的装饰,特别是这个公司的产品用来制造更多的人类苦难,它看上去就是个很陌生的题材了。”

“哎呀,真该死!”史密斯大叫道。“这可不能怪我,要怪就怪我老婆!我让她张罗装饰的事情。”

“怪不得呢,”卡尔米内笑着走了出去。

离开那儿他又分别去见了格斯·珀维、弗雷德里克·柯林斯和华莱士·格里尔森。

珀维是真心感到悲伤,而且飞去洛杉矶参加了葬礼。和菲利·史密斯一样,在埃丽卡死的那天,他不在现场的证据也是毫无破绽。

“史密斯先生说,达文波特博士优柔寡断,”卡尔米内对他说,心中想知道这是老新闻还是新花样。不过像是老新闻。

“我不同意这话,”珀维擦了擦眼睛。“菲利和弗雷德里克是一对鲨鱼,他们会吞下碰到的任何东西,从不停下想一想是不是能吞得下去,或者是不是能消化得了。埃丽卡认为,四个公司应该共同负担起债务,而不是争抢资产。”

柯林斯重复了菲利·史密斯的观点，但格里尔森却站在珀维一边。

“她天生就小心谨慎，”他说，“这就是德斯选她领导科纳科皮亚的原因。不过我的确知道，她赞成多默斯买断一家在太阳能方面很在行的小公司。虽说几十年过去了，但我至今很感兴趣。埃丽卡也曾很感兴趣。我不想去管理那家公司，只对他们的基础设施注入一些必要的资本，然后就可一路获利。这一方法同样也能运用在海水淡化产业上。探长，得看遍所有的小公司，可不能饥不择食，”格里尔森说。他的话无意中应了珀维有关鲨鱼的那个比喻。“在那方面，埃丽卡的优柔寡断起着非凡的作用。可大多数情况下，那种犹豫不决都是灾难性的，那真是太不幸了。”

“现在达文波特不在了，公司会发生什么情况？”

“菲利·史密斯肯定要接手。这也真可笑。过去的15年里，他一直都是死气沉沉，现在冷不丁一下醒了过来，还表现得很像个总裁，”格里尔森皱着眉头。“麻烦是我拿不准他那股子亢奋劲头能否持续下去，这也真是个麻烦事。希望他能持续下去吧。我可一点也不想坐那个位子。”

“史密斯的妻子是个什么样的人？”卡尔米内心中还想着那顶褐色“煎饼帽”。

“你说纳塔莉呀？”格里尔森哈哈大笑起来。“她是个拉普兰人，自称是萨米人。叫人很难相信她是个爱斯基摩人，对吗？怪异的湛蓝色眼睛，还有满头金发。我听说，萨米人都很漂亮。可她的英语糟透了。我喜欢她，她挺——嗯——快活。孩子们也很漂亮，全都是金发碧眼。她先是生了个女孩，后来又生了两个男孩。他们都不想随大流进公司工作——真是令人惊讶，这种事已经成了家常便饭。别管人们多富足，他们的孩子都想做自己想做的事。”

“他们中没有赶时髦的人吗？”

“都是十才，纳塔莉对这方面盯得紧着呢。她脑海里有种对故土的眷恋之情，所以每个孩子从大学毕业的那一刻起，就拔腿去了那片半夜出太阳的土地。当然不会待在那儿，而是分散在世界各地。”

“史密斯夫妇听起来真是挺奇怪的一对。”

卡尔米内心想，可真有意思，我从没想过华莱士·格里尔森是个能亲切聊天的家伙。就这么表现出来了。可他是一个女人的密友——他的妻子。

“那时柯林斯的第一任妻子还活着，和他们一家子过去的样子比起来，史密斯家绝对是很正统的人家。柯林斯的第一位夫人阿克是土耳其人，也是一个金发女郎。她是个怪异的大美人，来自靠近亚美尼亚或是高加索的某个地方。他们的儿子都漂亮极了，当然现在都已经成了青年。一个是驻西德的海军官员，另一个是国家航空航天局的科学家，努力要把人送上月球。”

“她怎么啦?离婚了?”

华莱士·格里尔森脸色严肃起来。“不是。她在缅因州他们的小木屋里，在一起枪击事故中给人打死了。一个热衷摆弄枪的很操蛋的笨蛋，把她错当成了一只鹿，一枪崩掉了她的脸。这也就是我们能容忍弗雷德里克的蠢女人们的原因吧。阿克活着时，他可不是这副德行。”

“真是一场悲剧，”卡尔米内说。

“是啊，好可怜的老弗雷德里克。”

卡尔米内的脑海里正组成一个个奇怪的画面，但它们在实际想法的边缘摇曳晃动，就像是某个有虐待狂的眼科医生，故意在视力的边缘不停地晃动着的物体。它们在那儿，可又不在那儿。当你把头转过去集中精力盯着它们，它们又“噗”的一声消失啦!

“我都快要疯了吗?”他问戴斯迪莫娜，电话里掺杂着扰频器的噪音。

“没有，亲爱的，你就像冰冷的石头一样清醒，”她说。“我知道那种感觉。哦，我想你呀！”她顿了顿，接着狡猾地给他来了点绝技。“朱利安也好想你，他真的很想你，卡尔米内！每次一个像你一样走路的男人过来，他就开始上蹿下跳——可爱极了！”

“那股可爱劲儿真是说不出来。”

“你知道是谁了吗？”她问。

“不知道——我哪儿知道。我本该知道的，可我却不知道。”

“打起精神来，你会弄明白的。那边天气好吗？”

他也来上了一句。“是康涅狄格很明媚的春日。”

“猜猜这边天气怎样？”

“正下雨吧。戴斯迪莫娜，在纬度50度上，气候温和，但雨水很多。这是因为受到了墨西哥湾流的影响。”

西蒙内特·马尔恰诺闯进了卡尔米内的办公室，他对她的打扰感到很惊讶，还不是因为她进来的那种方式，因为西蒙内特总是爱瞎闯，这是她的本性使然。她一直没有从1940年代的战争岁月中走出来，那时她取得了人生中最辉煌的成就，利用婚姻的诡计一把抓住丹尼·马尔恰诺少校，可少校现在已从那个圈套中逃之夭夭。西蒙内特刚刚成年，就同她那个年龄段的女孩很不合群。她需要一个成熟的男人，一个能从他们的关系一开始就使她感到很有脸面的男人。看见马尔恰诺少校的那一刻，西蒙内特就开始追求他，耍尽了青春、美貌和饱满的情绪等所有甜蜜的花招。现在她才刚刚40出头，而他不出几年就要从霍洛曼警局退休。

今天她穿了一条前面带排扣的粉色裙子，上面点缀着深粉红色圆点。裙子刚没过膝盖，露出了穿着接缝长筒袜的玉腿。脚蹬粉色小山羊皮靴，鞋跟是老式样子的中跟，前面系着蝴蝶结。黑黑的秀发打着一串串香肠形状的卷，从脸部向后梳去，在脑勺上别着一个很大的粉色缎子蝴蝶结。最近流行粉色或棕色口红，西蒙内特却偏偏涂着鲜红色。所有这一切或许会让外人以为她是个轻佻的女人，那他们可就错了。她热烈而又全身心地爱着丹尼和四个孩子，她所有低劣的品质都表现在扯淡上。天下可没有她不知道的事。她的触角遍及市长办公室、查伯大学、县服务中心杂七杂八的部门、商会、哥伦布骑士会、扶轮社、共济会上层人士联谊会等等，还有许多其他可能会发生趣闻的地方。她丈夫打趣道，有西蒙内特在你身边，就可以享受到国会图书馆所有的好处，而且还节省了借书的麻烦。

“你好，”卡尔米内打了声招呼，走过去在她擦了胭脂的脸蛋上匆匆吻了一下，把她让到椅子上。“内蒂，你真是美极了。”

她心中沾沾自喜。“从你嘴里说出来，那才叫赞美呀。”

“来杯咖啡？”

“不用了，谢谢，我不能呆在这儿，正要去参加在巴佛酒窖举行的妇女解放聚会，”她咯咯地笑了。“那里提供午餐、意大利上等红酒，还有很多下流黄色的玩意儿。”

“内蒂，我过去还不知道，你竟是个女权主义者呢。”

“我才不是呢，”她哼了一声。“我关心的是同工同酬。”

“我能为你效点力吗？”卡尔米内非常困惑地问。

“哦，不劳你大驾！我不是为那事来的。我到这儿是因为想起丹尼说过，你和手下在寻找参加过马克斯韦尔基金会晚宴的人。”

“你就去过，内蒂。”

“我是去了，坐在约翰那桌。我们那桌人谁也不知道你们要查的那些个事，这我很清楚，”她突然转换了话题。“你知道美安殡仪馆吗？”

“那谁还不知道呀？巴特怕是已埋葬了东霍洛曼一半的人了。”

“甭管怎么说，那一半人可都是蛮重要的。”

这话引起了他的兴趣；这才是典型的西蒙内特，一个玩扯淡的高手。把面包屑撒进水中，把所有的鸭子吸引过来，然后就顺手端起猎枪，那就是西蒙内特爱干的事。

“自从科拉去世后，他就变了个样，”内蒂说。

“他们是一对很忠实的夫妻，”卡尔米内正色道。

“可惜呀，他没有一个儿子可以接下生意！女儿都不错，可她们好像一辈子也不想步老爸的后尘。”

“内蒂，我回忆起来了，那个大女儿的丈夫是一个殡葬商，他已接管了巴特的生意。”

“可别让巴特听到你叫他‘殡葬商’，他喜欢‘殡仪员’那个老叫法。”

卡尔米内真有点受不了啦。“内蒂，你要说什么？”

“我就要说到了，就要说到了！科拉去世已经 18 个月了，巴特的闺女们都很担心他，”她拿定主意继续绕圈子。“开始的六个月她们没去管他，可当他开始不外出溜达时，她们就催他出去转转。每当城里有新的表演，她们就唠叨着让他去舒曼剧院看看，还要他去看查伯大学定期的季节性演出，去看电影，去参加公众集会——可怜的老头子得不到片刻的消停。”

“你是想要告诉我他参加了马克斯韦尔基金会晚宴吗？”

内蒂看上去有点泄气。“天哪，卡尔米内，你真缺少耐性！好吧，巴特的女儿们唠叨着让他在马克斯韦尔基金会晚宴上买个座儿，”她的兴头上来了。“昨天我和巴特的小女儿聊天，她说了一些巴特在晚宴上的事。他那晚似乎过得并不愉快，至少在一张桌子旁坐下来时，他告诉多洛雷斯那桌上都是些酒鬼和怪人。我们俩紧挨着坐在格洛丽亚美容院里，当我问到多洛雷斯巴特好吗时，多洛雷斯提到了这事，”她咧着嘴笑了。“我知道巴特前后变化的每一个细节，那会儿我们有大把的时间等着护肤液吸收进去，”她刷地站起身来，顺手抓起毛线衫、车钥匙和粉红色塑料手提包。“卡尔米内，得走了，得走了呀！你去见巴特得了，没准他能帮你一把哟。”

她抬腿就走了出去，在门口差点撞在迪莉娅的身上。

“天哪，这是谁呀？”迪莉娅问。

“西蒙内特，丹尼·马尔恰诺的老婆。霍洛曼警局最有价值的信息库。其实呀，要是联邦调查局能用上她，他们那些挠头的事也就都没有了。”卡尔米内看了看表。“快到吃午饭的时间了。迪莉娅，请你帮我找找约瑟夫·巴特洛密奥的电话好吗？还有他的地址。”

卡尔米内记得，美安殡仪馆的主人以前住在殡仪馆附近一栋很漂亮的房子里，走着就很方便，灵车从圣伯纳德教堂到那儿也只有很短的距离。但从他妻子去世后，他就把生意交给女婿打理。纳特梅格保险大楼坐落在从县服务大楼沿锡达大街几码远的地方，巴特在保险大楼附近买了一套公寓，卡尔米内以前就住在那儿。

经过一番考虑，卡尔米内决定让迪莉娅给那个殡仪馆的老板打电话，约他到迈尔维利奥饭店吃午饭。他在家里，很爽快地接受了邀请。

卡尔米内走进迈尔维利奥饭店时，他的客人已经坐在这家大饭店偏远角落的一个小间里，正在抿着一大杯明尼磨好的咖啡。他的全名叫约瑟夫·巴特洛密奥，可认识他的人都叫他巴特。这个名字没有种族背景和身体特征的隐含意义，因此很适合他这个人。卡尔米内想，从斯大林到麦卡锡，这个世界上满是叫乔的人，但叫巴特的就寥寥无几。巴特眼下已经快70岁，看上去却有可能是从50到80岁之间的任何一个年龄。因为他身上有像亚历克·吉尼斯那样默默无闻的品质，人们不会记得他长得什么样，也不会记得他的行为举止。体格很平常，脸蛋很平凡，肤色很平淡，举止也很平板。作为一个拥有大量财富的殡仪馆老板，一个谦逊低调的人，巴特认真负责地照料着那些人们热爱的死者，组织指挥他们的葬礼，而不留任何他在背后指挥的痕迹，免得破坏了那最后的记忆。

“巴特，你好吗？”卡尔米内在他那边坐了下来，同时伸出了一只手。

是的，甚至他的握手也是那么普通，既不太松也不太紧，算是恰如其分。

“蛮好的，卡尔米内，”巴特微笑着。

一年半过去了，再说些安慰他的话也没必要；卡尔米内曾参加了科拉的葬礼。“我们先吃饭，然后再聊聊，”他说。“喜欢来点什么？”

“明尼说，特色菜胸脯肉不错。我就来一份，再来点布丁，”巴特说。

卡尔米内要了一份用千岛调料调制的路易吉特色沙拉。没有戴斯迪莫娜在家做那令他贪吃的美餐，他又恢复了当单身汉时的饭食。

他们吃得很开心，像老东霍洛曼人那样消磨着时光。只有当明尼收走了盛布丁的碗时，卡尔米内才开始变得严肃起来。

“今天早晨内蒂·马尔恰诺来我那儿，”他说，“她告诉我，你出席了马克斯卡尔的晚宴。是吗，巴特？”

“是的，我买了个座。晚宴真的安排得挺好，可我觉得并不自在，至少一开始觉得很别扭，”巴特回答道。

“从头到尾跟我说说，我得知道这些情况。”

“嗯，我该和朋友们坐一桌，可等我到了那儿才发现，他们的胃都出了毛病，所以都取消了计划。他们就叫我和五位牙医、四位太太坐在了一桌。其中有个很古怪的女牙医，她别过脸去不搭理我。他们那些人我一个也不认识。他们那晚很快活，而我却觉得不舒坦，”巴特叹了口气。“自己一个人去哪儿都是个麻烦事儿。做个殡仪馆老板也是一样。当人们问你靠什么混口饭吃时，他们看着你，好像你就是演恐怖电影的鲍里斯·卡洛夫。”

“真替你感到挺难受，”卡尔米内温和地说。

“甜点收走后，我果断地要找个更舒坦的地方坐。”巴特继续以他温和平淡的声音说着。“第一次我遇上了律师杜布罗斯基和他一帮从外地来的律师朋友，算是碰了一鼻子灰。他们都在谈自个儿的生意经，谈的像是提高律师费客户能不能接受这类的事情。我只是告诉他们我是一个殡仪馆的老板，接着就受到鲍里斯·卡洛夫那样的待遇，我就呆不下去了。”

“律师们都是些坑人鬼，”卡尔米内深有感触地说。

“告诉我一些我不知道的事情。”巴特停了一瞬，眉头皱得更紧。

“后来你又去哪儿啦？”

“去了很怪诞的一桌——非常非常怪诞！那桌有四个女人和四个男人，可你很难相信，他们任何人之间会是朋友。有个家伙是查伯的，他对那一帮人都瞧不上，我记得他称他们是‘俗夫子’。还有一个家伙特别肥实，我琢磨着不久他就得去殡仪馆。有个年老的女士也是那副德行，喘气有些毛病，指甲下面略带蓝色。他们中有些人喝高了，我说的是真的喝醉了，特别是一个身材又高又瘦、皮肤黝黑的家伙，坐在那儿，专心对付一杯烈酒，咕咚一声全灌进了肚皮里。有一个蛮漂亮的小妞，看上去已经不胜酒力。还有一个女人看上去很疲惫，她就要在桌上倒头睡着。她不是喝醉了，只是非常累。我认识第四个女人，因为大家都认得她，就是叫迪伊·迪伊的那个妓女。她在那儿干什么，我可真琢磨不透。”

卡尔米内听得入了迷，心中合计着是否要打断巴特流水般的叙述，或是等他说完再问他问题。卡尔米内拿定了主意，不能打断他，让他说下去。

“另一个男的很年轻，还是上学的年纪。他让我想起了查伯大学的学生，可他相貌平平，而查伯的学生都很帅气。在那个胖墩和查伯大学生中间，有两个空位，我就在那儿坐下。另一个座位在较远的‘酒鬼先生’那一侧，在他和那个自高自大的年轻人中间。我刚刚落坐，就有个女人走过来，坐在那个年轻人和‘酒鬼先生’之间。她也喝高了，双脚都站不稳，看样子她好像要和‘酒鬼先生’斗嘴。”

该打断他的话了。“巴特，你怎么能在五个月后还能记得住每个小细节?”卡尔米内问。就算他不发问，一些精明的辩护律师也会问的。现在知道巴特会给出怎样的答案是再好不过。

“记住每一个小细节是我的工作呀，”巴特很有尊严地说，心里多少有点给刺痛了。“谁坐在哪儿，谁和谁没有搭讪，马谢蒂一家子讨厌什么颜色或是卡斯特兰诺一家子讨厌什么颜色——丧葬是一个非常细腻的活儿。而且我也不能忘记明天的任何事情。死神都是看人下菜，没有人能拿得准什么时候这同一批人就会回来埋葬他下一个家人。”

“说得太对了，巴特!你能描述一下那个新过来的喝醉的人吗?”卡尔米内问。

“哦，没问题。她是一个很漂亮的女人，比在座的那四个女人高好几个档次。金发碧眼，头发很短。服装很考究，是很浅淡的蓝色。那个胖家伙以主人的架势试图照应她一下，她却狠狠回了他一闷棍。其实，我觉得她都没有注意到其他人在场，她一门心思关注着那个‘酒鬼先生’。我估摸他是个很有分量的角色，从那个胖家伙、查伯大学的家伙还有年轻人对待他的方式上可以看出来，好像他们又怕他又很需要他。不，那个年轻人不是这样，他就像内蒂·马尔恰诺那副样子，忽闪着耳朵打听着天底下所有的闲言碎语。”

“他听到了什么吗？”卡尔米内问。

“嗯，那个大美人和‘酒鬼先生’曾是相好的，刚刚分手。要是用个得体的词来说，那就是她感到很不爽，”巴特歉意地笑了笑。“我几乎一辈子都在说些委婉语，现在已用不着了。卡尔米内，我现在对你说吧，她可真是火大了！‘酒鬼先生’压根儿不理那一茬——他醉得太厉害了，我想。她显得很不理解。”

“你还记得他们说了些什么吗？全是有关他们了结了私情的事吗？她提到了谁的名字吗？”

巴特双眉紧锁。“她是提到了，可我一个也想不起来。那都不是我熟悉的人的名字，除了一个名字引起了我的注意，那就是菲洛米娜，因为这是一个圣人的名字，可我从没听到任何一个女人叫这个名字。侍者们都很专心地侍候，我想那是因为‘酒鬼先生’的重要性吧。不知道头儿在他们耳边小声嘀咕些什么，反正他们急匆匆地把杯子重新倒满酒，把桌子弄得很整洁，换上了干净的烟灰缸。于是大美人喝得更醉了，开始瞎扯一通。净是些稀奇古怪的话！都是有关苏联的，什么握着斯大林的手啦，亲吻赫鲁晓夫光溜溜的脑瓜子啦……说了一大通那类的话。她开始时是和‘酒鬼先生’耳语，说要是他知道在他自己的公司内部要发生什么事，某个人怎样成了他的敌手就好了。她不停地说着，是一种咬耳朵的窃窃低语，听上去真的是很刻薄，一副要进行报复的架势。他只是昏昏欲睡的样子，所以我觉得他什么也没听见。那个胖家伙试着劝他们俩来点咖啡，可那三个侍者都犹豫不决。”

自从以前的那次“幽灵事件”发生后，卡尔米内第一次感到像是有一根冰冷的针穿透了下巴。他以敬畏的眼神盯着巴特洛密奥，对他的运气感到很诧异。“后来又发生了什么事？”

巴特耸了耸肩。“卡尔米内，我不知道了。看到正好对着后墙的一桌全是我认识的人，就拔腿跑了。呃呃！”他浑身颤抖着。“能坐在朋友们中间开始一段快活的时光，我一辈子都没那么开心过。”

“巴特，日后你可能得到法庭上给这事作证，”卡尔米内说，“所以可不要忘了任何细节呀。”

他那双难以形容的灰色眼睛睁得很大。“干吗要我去？”

卡尔米内和他一起走在回纳特梅格保险大楼的街区上，和他热烈地握手告别，接着就进大楼去找阿贝和科里。

他对这起案件中的间谍活动早就在不经意中有所暗示，或者说那些暗示也需要他们有数，只是受到了一些限制，因为他的小队还没有获得安全审批。

“哎，去他妈的，”他在更加安静的新办公室里骂道。“要是你们两个有谁敢泄露一个字，哪怕是对老婆走漏了口风，我都会把你们的蛋给剁下来。所以一定不要漏了风。否则我和你们的职业生涯都很危险。伙计们，我相信你们，我对特德·凯利可不能扯这么多。”

卡尔米内说罢，科里和阿贝交换了一下眼神，目光中交织着轻松和愉悦；他们终于知道了这个深陷困境中的案件的来龙去脉。

“埃丽卡一清醒过来，”卡尔米内说，“就对控制她的人，也就是尤利塞斯，招认了她做的事。那使你们感到很惊讶吗？你们觉得那样做很愚蠢是吗？天主教徒要向牧师忏悔，对吗？就像一个人受到了一种宗教的灌输一样，也有人对埃丽卡进行了灌输。得不到尤利塞斯的允许，她就不能放个屁。依我看呢，她一五一十地告诉了尤利塞斯所发生的事情，也告诉了他，在她看来，没有人发觉这件事，斯凯珀斯更不可能注意到这件事。尤利塞斯会明白，她说的都是实情。她彻头彻尾地依赖于他，他让她感到很恐怖。”

“所以呢，没错，就在，比如说，12 月 4 号，第二天，埃丽卡暴露了她的身份，尤利塞斯也一清二楚，”科里说，心中正苦思冥想他觉得难以理解的那些行为。"卡尔米内,可四个月都过去了呀!然后所有和17号桌有关的人都被害了。尤利塞斯为什么要等那么长时间呢?"

"科里,对这事要想想——想一想吧!"卡尔米内的语气很耐心。"要杀害11个人是一个天大的事情,就算他尤利塞斯吧,也需要时间好好谋划一番。"

"世人该是把那里曾经举办过一场慈善晚宴的事忘了,"阿贝心中已明白过来。"尤利塞斯是一个既强悍又精明的人——他聪明过人,知道谋杀带来的后果与间谍活动很不一样。我并不是说间谍就不搞谋杀,可他们都是在暗地里下手。对平民的谋杀都是公开的。要是他计划的是大量的谋杀,肯定也知道任何地方都可能有警察在行动,而且他们中的一些人也很强悍,很精明。负责谋杀案的警察个个都是虎视眈眈的干才。"

"我明白了!"科里说。"尤利塞斯不想制造任何一起谋杀案,但如果非做不可,他更喜欢将受害人之间的时间拉开点空当,一次干掉一个。在一个大城市,这只是毛毛雨。在霍洛曼呢?没门。受害人中有多个是好生了得的人物,他们的死亡可能会成为标志性的事件。他很清楚,潜在的受害人会马上醒悟,明白发生了什么事。他们都知道,那天晚上坐在了那个地方。他只不过是不敢冒险错开时间除掉他们。可他要是必须得干掉他们,就必须同时把他们全都杀光。"

"你们俩说得都很对,"卡尔米内微笑着。"要是得死的话,他们必须立马一起死,甚至包括那些侍者也活不成。倒不是在宴会刚刚结束的时候,而是两三个月后。所以他等待着因埃丽卡的轻率行为所导致的后果,可是他白费了时间。什么事情也没发生,半点动静也没有出现。我琢磨着第四个月过去后,尤利塞斯就仰天长长地舒了口气。他已万事大吉,侦办谋杀案的警察不会闯进他那个小小的世界里。接下来,3月29号,他收到了埃文·皮尤的信。从某种意义上说,埃文的出现可谓是上天所赐的甘霖。醒悟过来的这个人正是另一个邪恶的狗杂种。"

“皮尤没有给埃丽卡寄信吗?”科里问。

“没有,她的那通醉话无关紧要,甚至包括她说的拉着乔·斯大林的手啦,和中央委员会委员们亲嘴啦等,都不重要。要是有人控告她,她会当面嘲笑他们,说那不过是个神话故事罢了。随后她肯定在德斯蒙德·斯凯珀斯耳边低声说了些什么。当她谈到科纳科皮亚内部有一个叛徒时,我想她提到了他的名字,”卡尔米内说。

“可要是她说出来了,埃文·皮尤为什么要等上四个月才动手呢?我虽明白顺其自然的道理,”阿贝说,“可我就是搞不明白埃文·皮尤为什么要干等上四个月。”

在卡尔米内桌子对面远处的墙上,挂着米基·麦科斯克唯一的一幅装饰品:一幅廉价的卡纸复制品,上面画着一枝插在花瓶里的枯萎的海芋百合。倏然间它变得让人没法容忍。卡尔米内刷地站起身来,走过去,猛地拽了一下那幅画,把它扯下来,放在一个空空的废纸篓上面,然后满意地拍了拍手上的灰尘。

“我讨厌那玩意儿,”他对受惊的伙伴们说。“米基说过,那幅画让他想起洞房花烛夜时他的老婆,虽然从没说是哪一个。”

他又坐了下来。“我相信,答案就在于埃文·皮尤的性格,”他说。“因他残忍成性,所以埃丽卡到来后,萦绕在周围令人不快的气氛使他感到极度刺激。但那晚宴会结束后,他回到巴拉塞尔士,又着手去做另一个令人不寒而栗的恶作剧。他忘记了在17号桌发生的那些事情,直到没人能预测的命运机缘又提醒了他。《新闻周刊》杂志3月末的一期刊登了一篇专题文章,写的是关于1930年代末大清洗后共产主义领导人的事情。那期《新闻周刊》大约在3月26号对外销售,迈伦来霍洛曼把我们介绍给他的情人埃丽卡·达文波特时,手头曾带了一本。他狂热地推崇那篇文章,并力劝我也读一读。我没有空,因为我们有12起谋杀案缠在手上。”

“我的天!”科里失声叫道。“埃文·皮尤读到了!”

“是啊，而且那个记者写的关于中央委员会成员的一些事和埃丽卡曾经说过的完全一致。过后，他一定想起了她低声说的那些话，也就是我们从巴特洛密奥那儿得知的那些很重要的话。我猜她的话里有很多实情。想一想我们真是鸿运当头咧！我们在马克斯韦尔晚宴结束后五个月找到了巴特，而且他是一个十全十美的目击者！他受到的职业训练使他能留意一些事情并能记住。”

“埃丽卡告诉了斯凯珀斯谁是尤利塞斯，”阿贝说道，“哇！”

“没错，埃文·皮尤记住了。”

“皮尤弄清楚那个名字了吗？”科里问。

“我吃不太准，”卡尔米内说。“他只需要那个名字就够了。他是个成绩全优的医学预科生，知道怎么去进行调查。《新闻周刊》出版后，他一准就断定他所有的大好事立马就要来到。于是他有了一个捉弄、折磨某个家伙的机会，要叫他失去的不仅仅是金钱。而他自己并不需要钱。这也是这个案子万分离奇的一点——没人是冲着钱去的。”

“于是他就把信发了出去，”阿贝说。

“尤利塞斯要被迫杀死与17号桌有关的所有的人，”科里补充道。

“卡尔米内，回答我这一点，”阿贝皱着眉头说。“尤利塞斯为什么不从州外雇一个杀手把他们清除掉呢？他为什么还要有意做作一通？要弄什么毒药、注射、枪击、强奸、刀子、枕头之类的玩意儿。他在取笑我们吗？”

“不，我觉得，他试图要让那些谋杀看上去彼此之间没有什么联系，”卡尔米内说。“没错，他自我膨胀得像东京那么大，但还没有完全被自我统治。在克格勃，这个家伙或许是上校甚至是将军的级别，他不像政客们那样矫揉造作，而是冷若冰霜。从12月3号以后，他试图做的一切都是为了弥补埃丽卡·达文波特的过失。我们需假定他自己从未犯过错误，也许埃丽卡并不是他选的，埃丽卡更有可能是莫斯科为掩护尤利塞斯而选的唯一一个卧底。伙计们，女人有个弱点。她们和男人爱的方式有所不同，这就使得男人们很难驾驭她们。”

“所以尤利塞斯试图使他的谋杀多样化，期望迷惑住我们，让我们忙得不可开交，”阿贝认真推敲着说。

“就是这么回事。”

停顿了一阵子后，科里打破了沉默。“卡尔米内，还有一件事让我感到迷惑。”

“什么事？”

“他为什么没有干掉巴特？”

卡尔米内看上去有点吃不准。“可能埃丽卡甚至从来都不知道他在那儿呢，这是我能找到的最好的答案。他坐在那个胖家伙较远的一边，一直沉默无语，如果她坐下时就没留意那张桌子，那她就注意不到他。我们知道，她没有注意到，因为她喝多了，把所有的注意力都放在了德斯蒙德·斯凯珀斯身上。她要是从没注意到巴特也在场，就不会告诉尤利塞斯这个名字。还有一种可能是，埃丽卡注意到了他，可他是一个没有特点的人，转眼就被忘在了脑后。伙计们，有一件事情我敢肯定，巴特还活在世上，尤利塞斯要么不知道他这个人，要么就是搞不清楚他是谁。”

“我们得留意点巴特，”科里说。

“也不能对外泄露了他的重要性，对吗？这就是为什么我要公开地和他吃午饭，甚至还和他一起走回纳特梅格保险大楼。我们看上去不像是一个侦探和一个目击者，就像两个很近乎的老伙计。我过去曾经住在纳特梅格保险大楼那边，尤利塞斯会知道这件事。所以我在那儿肯定会有朋友，对吧？”

“没人会注意得到，”科里内心对自己争取中尉的事大打了一些折扣。

“对内蒂该怎么办？”阿贝空泛地问道。

“我们只能盼着她能在巴佛的酒窖听到一些真正很带劲的事情。那可是个好机会。是一次妇女午餐会，有很多主张妇女解放的人士会到场。波林·登巴在名单上吗?”

“有一件事我们可千万别搞砸了,”科里说。“不管是谁见到内蒂,都不要提巴特的名字。”

翌日,卡尔米内、丹尼·马尔恰诺、约翰·西尔维斯特里得去参加市长的一个“仪式”——局长曾用了这个词。伊桑·温思罗普天生就是一个货真价实的康涅狄格州北方佬,可他又有着P.T.巴纳姆般的性情。他备受爱戴的市长任期里有许多讲究排场的场面。他要说服议员们原谅,那也就是说这样的场面太多。他把那帮议员们都彻头彻尾地给唬住了,只要他们能享受议员津贴,并不真心地在乎那些事。塔夫脱和特拉维斯中学的乐队收到了丰厚的津贴,还有不少其他的好处:他们带着乐队的战利品四处游行。在市长大人的仪式中,他使霍洛曼的空气中回荡着光亮夺目的铜管乐器的声响。

警察局的头头必须参加这样的活动,让他们烦恼不已,这也是卡尔米内升为探长后碰到的其中一件很不自在的事情——中尉就可幸免,而探长就得到场。更糟糕的是,那就意味着得翻箱倒柜找出制服。平常只有丹尼·马尔恰诺穿制服,因为他是穿制服的警察们的头儿。西尔维斯特里我行我素,更愿意穿上一套黑西装,还有一件黑色高翻领套衫。卡尔米内一直穿着一条棉布裤子,一件不打领结的衬衫,一件口袋里装着查伯领结的粗花呢夹克,脚穿平底便鞋,又整洁又舒适。

高级警官的制服带有银色穗带和一些细小的装饰。制服不是黑色,而是海军蓝,因为黑色有盖世太保的含意。像迪莉娅·卡斯泰尔斯、戴斯迪莫娜·德尔蒙尼克,还有西蒙内特·马尔恰诺等女人私底下都觉得这三个高级警官穿上制服看上去简直棒极了。三个人都是腰板笔挺,肩膀宽阔,英俊洒脱。内蒂将丹尼身着整套制服的照片贴满了墙,周围只配有几张西尔维斯特里和卡尔米内的照片作点缀。裹在制服里的殉道者可不那么看——制服都带有中国式的高领，卡尔米内诅咒说，那些领子使他觉得就像受刑一样难受。

但是，需要你穿，你就必须得穿。卡尔米内、丹尼和西尔维斯特里来到格林大街，两个中学的乐队边演奏边游行。市长和查伯大学校长肩并肩前行，校长身穿礼服，头戴礼帽，光彩照人。在学年即将结束时，这是城市对大学的一种礼赞。真是幸运，那天风和日丽；格林大街变成花的海洋，芳草如茵，生机盎然。最可喜的是那些欧洲山毛榉，又吐出新绿。温思罗普市长友好和睦的庆典有时又显得很脆弱，山毛榉为其高高撑起了华盖。

他们聚集在演讲台的上上下下，演讲台用紫色和蓝色装饰着，紫色代表查伯大学，蓝色代表霍洛曼。台上站着一些重要人物，市长和莫森·麦金托什处在最显赫的位置。三位警官站在比演讲台低三个台阶的地方，他们戴着帽子的脑袋和台上显贵们的膝盖正好齐平；消防局长和他的副手穿着稍淡一些的蓝色制服，伫立在他们的两侧。

“典型的伊桑派头，”西尔维斯特里朝消防局长比德·墨菲说道。“强迫我们像些操蛋的花朵一样站在这儿摆样子。”

卡尔米内没大在意他们的谈话；高高的领子扎得脖子生疼，他都快憋死了。他像仙鹤一样把脖子伸得老长，不停地摇晃着脑袋，尽力把下巴高高抬起。在最近的一棵山毛榉高耸的树枝里，有什么东西闪了一下。他停止了晃动，盯向那边，刷地一下变得面无表情。一种古老的本能反应使他回到战争期间那没有法纪的日子。在那种岁月，士兵扣动扳机动手射击他们痛恨的人，如军官和议员等。那儿！又一次闪光，有人正趴在树枝上瞄准；那是望远镜瞄准器的玻璃末端反射过来的阳光。

“趴下！”卡尔米内大声喊道。“所有人都趴下，趴下，趴下！”

他的右手已经从枪套中拔出.38长管枪，从眼角的余光里，看到约翰·西尔维斯特里也拔出了枪，丹尼就在他身后不远处。演讲已经开始，两支乐队都安静下来，孩子们就像从来没听说过抽大麻叶烟卷或是偷轮胎罩的事一样娴静地坐在草地上。

显贵们倒不是因为听到了卡尔米内的喊话，而是看到以他领头的三个穿制服的警察拿着武器，像短跑运动员一样疾步冲向山毛榉的情景后，都陷入了一片混乱。孩子们疯狂地四散奔逃，女孩们尖叫着，男孩们叫嚷着，围观的群众都撒丫子跑了，只剩下六频道的新闻记者在忙活，自从去年那个令人难忘的日子后，眼下他们捕捉到了最佳新闻镜头。

丹尼·马尔恰诺倒了下去，紧紧抓住左臂，但卡尔米内和西尔维斯特里已经靠近了，对方的长管来复枪在这样的近距离上使用相当不便。

狙击手又开了最后一枪，但没有射中目标。卡尔米内和西尔维斯特里两支左轮手枪啪啪啪一起开火，接着又开了一次火，接着又开了第三次，他们的手枪发出了更大的声响，将狙击手的枪声完全淹没，因此没有人听见他的枪声。随着细小的树枝发出噼噼啪啪的断裂声，一具疲软无力的尸体朝他们这边扑通一声跌下来，一动不动地躺在了地面上。

警报声在哇哇哀鸣，车灯的光束在南格林大街上诡谲地闪烁；几乎在卡尔米内开始行动的同时，带着对讲机的人肯定也已经用无线电进行了呼救。

“他死了，”卡尔米内说。“遗憾呀。”

“我们不能让孩子们冒风险呀，”西尔维斯特里张口喘气。

“天哪，太恶毒了！”卡尔米内蹲着，抬头看看西尔维斯特里。“丹尼怎么样？我们得拉起警戒线把这儿隔离起来，约翰，现在立马就得干。”

卡尔米内一把扯下银色夹克，把它扔到一边，跪下来检查他的猎物。真叫人失望，是个完全陌生的家伙。那人40岁刚出头，穿着一身棕色运动服，身体结实，也很利落，脸上用棕色油彩画着条纹，这样他在高高的欧洲山毛榉树上，人们几乎很难看到他。

西尔维斯特里回来了。“丹尼没事，就是左臂受了点伤，但子弹没有伤到要害。这个杂种是哪一个？”

“我们不晓得。”

“他想杀谁呢?”

“我猜是走在市长前面的莫森·麦金托什。他要是有时间,也许要杀死台上所有的人。”卡尔米内拿起那支步枪,那枪用一条带子挂在暗杀者身上。对方很专业,不会让它意外掉下来。“是一支雷明顿.308步枪,装弹量五发,是一种新式武器,我从来都没有见识过。”

“那是今年海军陆战队最新式的武器,”西尔维斯特里注意听着这些情况。“他怎么敢呢?”局长的满腹怒气让人惊恐,双唇向后咧着,露出了牙齿。“竟然有人敢在老子的城里干这种事?老子的城市!我们的孩子在这儿——都是我们的孩子呀!有人竟敢在我们的头上屙屎,那还是个能搞到新式武器的家伙!”

“我们必须阻止住那个家伙,”卡尔米内说。“约翰,有一件事我得跟你说——我再也不会埋怨这件制服了。制服领子戳得我的脖子生疼,我就摇晃着脑袋。正当我伸长脖子时,一缕阳光悄悄穿过树叶照在他观测器的镜片上。我瞧见一道闪光,接着又看见了一次。那让我想起一次在布拉格堡时的情形。知道吗?丹尼老让我换一把自动手枪,可如果我带的不是一支长管左轮——你也带了这么个玩意儿!——我们绝对抓不住那个混蛋。”

“是呀,说得对,卡尔米内,”西尔维斯特里朝自己的背上捶了一下,让六频道的人认为像是个祝贺的手势。“可丹尼说得没错,狙击手的事是过去了,我们不会再碰上另一个。该换自动手枪了。”他悔恨地叹了口气。

“我们在现场查不出什么来,”局长继续说。“去看看那些笨蛋吧,得确保不会有人受伤。”

他们的尊严受到严重的伤害,几个感恩戴德的人把亨利·霍华德的都铎式礼帽当成了呕吐的痰盂,除此以外,其他也就没啥大碍。莫森·麦金托什作为可能的首要袭击目标,想到他的尊严或脸面受到侮辱,简直怒不可遏。他阔步走向西尔维斯特里和卡尔米内,脸上显示出一副凶相;那凶相在他舌枪唇剑把国会委员都撕成碎片前，就早已使他们颤栗不止了。在这个世界上他唯一惧怕的人就只有上帝了。

“先生们，这个世界到底怎么了？”他质问道，眼睛中闪着怒火。“这里还有孩子呀！”

“M.M.，我很有数，你肯定不愿意满口答应说‘好’，但今晚还是在浪花饭店和我一起吃晚饭吧，我会给你讲一个很长的故事，”西尔维斯特里说。“七点，不要带老婆，还有，我根本不在乎什么狗屁安全许可证的事！”

查伯大学校长的那张脸由怒发冲冠一下又变得和颜悦色。“我很清楚地意识到，我只是一知半解罢了，”他说。“约翰，我会去的。我要知道全部的情况。”

“你会知道全部的情况。”

卡尔米内把一声叹息憋在肚子里。不管特德·凯利特工和华盛顿形形色色的部门的各种头目会说什么，过去霍洛曼的人遭受侵犯时，都会精诚团结，一致对外，甚至连哈特福德也不敢轻易招惹霍洛曼。

今天风和日丽，他在走回锡达大街和县服务中心时这样想。到了那儿，他要做的第一件事就是在当班警官那儿存放好随身武器。幸亏那场枪战拖得时间不长；他不用在制服里装备用子弹。从这方面看，那还不算是一件太叫人讨厌的事。虽说他妻子和儿子已经受过一场劫难，但包括今早在格林大街上，还没有人企图一枪把他撂倒。是自己无足轻重，不足以成为目标？好哇，尤利塞斯先生，你就继续这么想得了。

“局长一进来就得存放他的.38手枪，”卡尔米内对泰斯科警官说。“我们拿不准是谁的子弹击中了狙击手，所以两支手枪都得送到子弹测试中心进行测试。”

“卡尔米内，没问题。”泰斯科显出有些吃惊的神色。“这么多年过去了，局长终于把他的.38老长管枪派上了用场！我都不知道你也有一支长管枪呢。”

“远一点的距离射得更准，”卡尔米内说。“今天早上才用上了。”

“你离他多远？”

“大约30码。”

“可狙击手的位置比那要远得多！”

“乔伊，当遭到枪击时，不应躲开它，要冲着枪响的方向跑。”

他步行到了楼上，少不了要开个会，迪莉娅已经为这次会议摆好椅子；她很镇定也很能干，显然对上司和舅舅的这次危机泰然处之。

阿贝、科里和局长一起走进来；卡尔米内的手下比西尔维斯特里要显得匆忙，局长瞥了一眼曾挂着那张枯萎百合画的墙壁。

“谢天谢地，你把它给扔了，”他坐下来时对卡尔米内说。“米基的幽默感还真怪。”

“我打算换上戴斯迪莫娜和朱利安的照片。”

他们都落了座，包括迪莉娅也坐下来，但似乎谁也不想先开口说话。

西尔维斯特里开腔了：“这是恐怖活动吗？”

“长官，尤利塞斯很乐意我们这么想呀，”卡尔米内说。

“我们快要抓住那个狗日的了吗？我们甚至还没有搞清楚他是谁？”

“真相还在秘密调查中，”卡尔米内严肃地说。“我有了一些朦胧的想法，可还没有足够的证据扫除其他一些怀疑。甭管怎么说，我确实认为，我们已经离真相更近了。怎么这么说呢？因为证据在增加。丹尼怎么样了？”

“三四天后他就能出院。可怜的内蒂都快垮了。”

阿贝和科里交换了一下眼神，可没有逃过卡尔米内的眼睛；那眼神的意思似是在大声说，丹尼受伤的胳膊能救巴特洛密奥一命。同巴特和慈善晚宴的情况相比，西蒙内特就有了更大的谈资去扯淡。

“我要接手莫森·麦金托什的案子，”局长以一种不容置疑的口气说。“他的安全许可级别可能比其他校长要高，可我不在乎。在我的词典里查伯大学比科纳科皮亚重要得多。它建立的时间要长得多，给这个世界带来的利益也多得多。”

“是，长官，谁也不能否认这一点，也没有人能否认您要接管他的案子的决定，”卡尔米内耐心地说。“在所有的案件中，有两起谋杀案发生在查伯的学院里。查伯大学也受到了攻击。这里面带有恐怖的因素，这个事实使我心中感到高兴。那说明尤利塞斯都担心死了。他试图立马把我们打发到十多个不同的方向，就像台球桌上台球一样四散而去。想象一下吧，如果在有人发现狙击手的藏身之处前，他枪杀了 M.M.、市长、汉克·霍华德，还有许多他要设法杀死的人，那场面该有多么混乱。树叶会分散枪的回声，一个携带雷明顿.308 的优秀神枪手会持续不断地射击。政府部门、联邦调查局，所有你能说得出的地方，都会像潮水一般向我们拥来。这个鸡窝大的地方就会开了锅。在混乱中，尤利塞斯就有时间抹平埃丽卡迫使他留下的痕迹。”

“我可以问个问题吗？”迪莉娅大着胆子问。

“问得了，”卡尔米内说。

“我猜测着，你觉得狙击手已做好了死的准备。那就意味着他是一个政治性的刺客？一个为理想而献身的人？是那么回事吗？”

“这是一个需要问的问题，”卡尔米内说。“不管怎样，我相信，赤色分子那里还不会有那么多的精英，为一些相对鸡毛蒜皮的事牺牲这些优秀的生命。我想他们和我们基本一样——勉强地维持着局面。苏联很富足，可美国的腰包更鼓一些。科纳科皮亚向他们提供机密，军用项目肯定是他们最梦寐以求的玩意儿。可在我看来，全部行动都由尤利塞斯决定——莫斯科的利益和尤利塞斯面临的现实是相互脱离的。埃丽卡·达文波特的死不能说是克格勃的失误，而是莫斯科的败笔，所以莫斯科对这件事负有责任的人肯定正忙活着掩盖他们的蠢行。要靠尤利塞斯去弥补莫斯科的大错，这一点他是清楚的。就我对他的了解来说，他会使出邪招找一个没有任何政治理想的职业刺客。”

“但要是叫他去死呢?”迪莉娅涂着脂粉的脸显得很苍白。“一个职业刺客一准会想要活着享受那笔酬金，我猜着那肯定是非常巨大的一笔财富。”

“迪莉娅说得没错,”阿贝说。

“那要是他梦寐以求的活儿,会怎样呢?”西尔维斯特里问。“他要是在某个地方有个家庭,尤利塞斯给他一大笔钱,他家人的余生都会过得很舒坦,又会怎样?比如说几百万?假如他不是一个政治上的理想主义者,那么还会有另外的原因诱惑他破釜沉舟接下这个活儿。他不能被人活活地捉住,这肯定是他和尤利塞斯合同的一部分,否则就不能支付全部的酬金。”

“长官,太英明了!”中尉头衔又成了萦绕在科里心头的头等大事。这倒还不能说他的赞扬是虚情假意,只是平常情况下,他就不会启齿。“一个人干这桩事没准全是为了他的家人。”

“狙击手是很特别的一类人。他们杀死猎物后,从不走近看一眼。他们眼中看到的只是一个二维的图像，然后看到的就是地面上一堆物体的图像。这和一个战斗机飞行员看到的一样。谋杀要干得干净利落,狙击手也从来不会把现场弄得一团糟。所以我能理解,一个人成了职业狙击手,却至少仍能保留着一点点人性,”卡尔米内说。

“唉,六频道对发生过的混乱从来也没有这么重视过,”西尔维斯特里叹了一口气。“从现在到下午两点,我得为《邮报》亲爱的老戴的采访编造一个可信的故事,还要应对主持六频道《六点新闻》的什么狠角色女主持。老戴采访完后,我还得面对外面来的记者。太刺激啦,嘿?”

“有人对霍洛曼和查伯很妒忌,”卡尔米内咧嘴笑着。“我们只得希望从他的指纹上查出他是谁,可不知怎么回事,我怀疑,不知能不能从档案里找出相匹配的指纹。他是个外国人,可能是由东德经巴西或阿根廷过来的。长官,我会使尽全力,给你们提供他所有的经历和情况,为了保护无辜者我们不会公开他的真实身份。”

局长站起身来，满脸沮丧。“我已是个老朽，没法在格林大街上玩追逐的把戏，”他做了个鬼脸。“最后我只得开了枪！太不中用了。”

“卡尔米内，现在要做什么？”阿贝问。

“我们去思韦茨法官那儿，向他要到菲利普·史密斯先生、格斯·珀维先生、弗雷德里克·柯林斯、华莱士·格里尔森、兰斯洛特·斯特林先生的住宅、其他资产和办公室的搜查证，”卡尔米内说。“他们拥有支付一个狙击手五百万或一千万的资金。从一方面来说，今天早上的骚乱也是天赐良机。爱疑心的道格·思韦茨听到这事就会上火，除了M.M.和迪莉娅的约翰舅舅以外，他会给我们搜查证去查任何人。”

“我们人手不足呀，”科里眉宇紧锁。“我们要是想有好效果，一定要马上对他们出击。卡尔米内，为什么要搜查像斯特林这样钱不多的人？他又不是亿万富翁之类的料。”

“凭我的直觉吧，”卡尔米内说。“他是一个性虐待狂，这使他变得蛮有意思。说到人手，这是狙击手事件发生后，我们警察能大显身手的大好时机。霍洛曼的每一个恶棍都在将各种各样的赃物扔进马桶里，将各种武器藏在床垫下和墙壁里，都在躲避风头。穆罕默德·埃尔·内瑟和黑旅也面临同样的命运。我们要让空气中充满警笛声，所有人都会觉得我们仍在追捕杀人犯。”

“先搜查办公室？”阿贝问。

“不，先搜查他们的家。”

迪莉娅神情沮丧，开始把那些椅子搬走。

“迪莉娅，你负责搜查华莱士·格里尔森，”卡尔米内说。“你已经宣过誓，现在我正式任命你为霍洛曼警察局侦探警佐。搜查格里尔森是在浪费时间，所以就算我不发给你随身武器，你也会很安全。但搜查还是一定要很彻底。我不想让科纳科皮亚董事会的任何人认为我对谁有所偏袒。在缅因州，他们中大多数人都有一个小屋——缅因州政府会处理这个问题，他们会特别留意谷仓、棚子和捕熊夹等。泰斯科调集好队伍时，我会给他们打电话，但他们不能事先知道我们的意图。”

迪莉娅欣喜若狂，甚至卡尔米内用华莱士·格里尔森去搪塞她，她都满不在乎。“卡尔米内呀，我们要找什么？”就像一条猎鸟犬看到主人的猎枪时一样，她那双棕色眼睛在闪闪发光。

“查一下他们那些很不相称的爱好，”卡尔米内立马说。“可以放大或缩小彩色胶片的家庭暗室是最重要的地方，还要查一下他们对有关纳粹德国和披着各种意识形态伪装的苏联等的书籍的特别兴趣。还有我们无法预料的更高水平的科学。阿贝，你有发现暗门和隔层的窍门，那你就去搜查兰斯洛特·斯特林。我会打发拉里·皮萨诺去搜查格斯·珀维。还有你，科里，你去搜查弗雷德里克·柯林斯。”

“那就把菲利普·史密斯留在自己手上了，”阿贝若有所思地问。“有什么原因吗，卡尔米内？”

“没，真的没有。弗雷德里克·柯林斯讨厌得要命，可我又不想用我们最厉害的人去吓唬他。作为总裁，菲利普·史密斯会希望我去搜查他。”

“他妻子可是个种子选手，”迪莉娅皱了皱鼻子。

“迪莉娅，你的意思是？”

“她说她是萨米人，可我不大信。她有许多鞑靼人的特征。对于一个在说英语的国家度过了大半辈子的人来说，她的口音很重。更像是一个中国人说英语的方式，我是说，她母语的句法和语音同任何一种印度雅利安语相差很远，”迪莉娅说。

“没错，你在迈伦的聚会上和她聊过，”卡尔米内说。“你觉得她人品怎么样？”

“哦，我蛮喜欢她。我跟你说了，她可是个种子选手。”

思韦茨法官非常乐意地发了搜查证，卡尔米内下午两点动手搜查。这次行动的步调很一致，在同时闯入房屋前，每个小队都已各就各位。在搜查过程中，除一家之主外，要将每个家庭成员都赶出房子，因此产生了一些冲突。狙击手唬住了霍洛曼和周围地区的每一个女人，因此，所有的男人都窝在家中。

菲利普·史密斯美丽的府邸坐落在远郊北磐石的一侧。裸露的玄武岩层形成一个小峡谷，峡谷的两翼越来越矮，环抱着那座用石灰岩建造的庞大的乔治王朝时期的古典豪宅。它立在姹紫嫣红的英式花园中。从树林和灌木到喷泉和雕塑都安排得很有条理，像是伊尼戈·琼斯[①]的风格。卡尔米内发现这儿还有一个庞大的建筑。那是一座带有爱奥尼亚圆柱支撑的开放式的圆形庙宇，里面摆放着一张桌子和几把椅子。它俯瞰着一个人工湖，湖里的天鹅在悠闲地游荡，垂柳装点着远处的湖岸。孔雀没有开屏，只是在款步漫游，在青草间啄食着蛴螬和蠕虫，在这里看到它们，也倒不会使人感到意外。

菲利普·史密斯心中感到不悦，但仔仔细细看过搜查证后，就让妻子在庙宇那边等着，他陪着卡尔米内和警察进行搜查。卡尔米内注意到，他的仆人是清一色的波多黎各人，看上去早已被史密斯的傲慢态度吓怕，他们都统统给赶进了车中。

史密斯穿着驼绒裤子、淡黄褐色丝绸衬衫和淡黄褐色山羊绒衫。卡尔米内心想，庄园主们在家中就是这样的装束呀。他修剪得十分讲究的铁灰色头发直接梳到脑后，中间没有分开，刚刚刮过的脸上散发着昂贵科隆香水的淡淡气味。

“这是无法原谅的强人所难的行为，”他随卡尔米内走进房子。

“史密斯先生，平常情况下，我会同意您的说法，可在今早格林大街发生的事情后，恐怕就得认真起来了，”卡尔米内环顾了一眼这个有三层楼

①伊尼戈·琼斯（1573—1652），英国建筑家，首次将意大利文艺复兴时期建筑风格引入英国。

高的大厅。大厅的穹顶装着着色的玻璃天花板，玻璃上没有与天空相冲突的红颜色，只是些蓝色、绿色和白色。地板上铺着石灰华，墙上涂着淡淡的米黄色，挂着昂贵的艺术品。无论是谁装潢的房子，都无意显示一个男爵的气派——没有成套的盔甲和交叉的长矛。楼梯呈喇叭形向上延伸到二楼，又以同样的造型延伸到三楼。栏杆环绕着二楼和三楼，都紧紧地连着高高的大厅。史密斯的艺术品位属于折衷派：古老的、印象派的、现代的、超现代的，还有很高水平的摄影作品。

"好嘞，开始吧，"他对史密斯说。"先生，每幅画都得摘下来。必须检查画的背面和画后面的墙壁。我的人会小心行事，你是想留在这里监督着还是跟我一起来？"

"探长，我还是跟着你吧，"史密斯翘动了一下薄薄的嘴唇。

卡尔米内留意着各个起居室，但如果史密斯就是尤利塞斯，除了在某幅画的后面藏着什么东西，他不会利用起居室搞阴谋活动。可每一幅画都得检查。

虽说卡尔米内断定图书室的主人从自身爱好来说并不是个学者，可那是一个让任何读者都惊羡不已的房间。很多镶着金边、包着精装皮面的书卷摆放在那里只是为了展示：有精美的维多利亚版本的布道集、过时的科学理论书籍，还有从希腊到罗马的古典文学。史密斯经常光顾的是那些装着有五颜六色护封的小说和非小说的书架。还有一些从赞·格雷到电影明星传记等的无关痛痒的书籍。他很快在各种版本的《大英百科全书》后面发现了保险箱；史密斯用手转动把手的地方，缀着珠子的胡桃木饰物已经磨损。

"史密斯先生，打开它，"卡尔米内说。

史密斯苦笑不已，照办了；可并不担心。

里面有一万美元现金，一些证券和股票，三绺亚麻色头发，其中两绺用蓝缎带扎着，一绺用粉红色缎带扎着。

“我的孩子们的头发，”史密斯说。“你也这么做吗？”

“不，”卡尔米内说。“为什么放在这儿？”

“防止入室盗窃或纯粹的破坏行为。艺术品倒真不打紧，可孩子们的头发不能给糟蹋了。”

“他们都离开了，是吗？”

“是呀，我想念他们，但一个人不能为了让孩子呆在身边，而阻碍了他们的发展，”史密斯有点伤感。

“他们都去哪儿了？”

“安娜在非洲，参加了和平队。她妈妈老是担心她，她已经染上了疟疾。”

“对啊，是个马大哈的行动，”卡尔米内说。“人们一辈子也无法为孩子预卜祸福。男孩子们呢？”

“彼得在伊朗，是个石油地质学家。斯蒂芬是海洋生物学家，在伍兹霍尔海洋地质研究所工作。眼下他正在红海的什么地方。”

关上了保险箱，他们继续检查。卧室都已仔细检查过——史密斯和妻子仍睡在一起——他们一起上了顶楼。

“大都是些废品，”史密斯说，“纳塔莉喜欢将东西摆放得井井有条，你搜查起来不会太费事。”他比刚才开始检查住宅时放松了许多，也和气多了；当目标明摆着显出满不在乎的神情时，简直让卡尔米内怒不可遏。

“你没有住家的仆人吗？”卡尔米内问。

“没有，我们像其他人一样，很喜欢尽量保护自己的隐私。”

“这是什么？”卡尔米内瞧着一扇密封的门问。他推了一把，没有推开。

“我的暗室，”史密斯简单地说，顺手掏出了钥匙。

“你是说家中所有那些精美的照片都是你在暗室里的杰作？”

“是呀，有时还当做小型电影院。纳塔莉叫我塞西尔·B.德·史密斯①。”

①此处借用了塞西尔·B.德米尔的名字。德米尔（1881—1959）是美国电影导演，其最广为人知的作品是《戏王之王》和《十诫》。

卡尔米内应付地笑了笑，然后进入那间他见过的设备最精良的暗室。里面一应俱全，每件东西都是自动化的设备。甚至连迈伦也没有这样的设备——但他既然有一个工作室，干吗还要有一个暗室？如果菲利普·史密斯想，他就可以把一些蓝图缩成一个微型胶卷。但他想那么做吗？有一招可以搞明白。

“史密斯先生，就这件事的性质说来，恐怕我得把你暗室里的东西扣押起来，”他的语气中没有歉意的成分。“包括你所有的胶卷——冲洗过的、没冲洗的，还有关于摄影的书籍、相纸和照相机等。随后就会都统统还给你。”

这间大暗室中紧张的气氛明显能感觉得到，他最终从菲利普·史密斯的皮肤下面感觉到了。但为什么呢？

“塞住你的耳朵，”他吹响了挂在脖子上的哨子。“伙计们，去拿几个干净的箱子来，”他对立马赶过来的警察们说。“就当这些玩意儿都是用薄纸做的，每件东西都得包好，要当心每一件物品——尽量靠着边走，从相片到每一件小物品，什么东西都不要丢下或弄脏了。马洛伊和卡特，你们俩守在这儿，其他人去拿些盒子和箱子。”

“我会丢失那些很珍爱的图片呀，”史密斯说。

“史密斯先生，没必要担这份心。所有没冲洗的照片都会在我们自己的暗室里冲洗，我们会尽力避免损坏你没用过的那些胶卷。房顶上是什么？”他已经穿过门向外走。

史密斯怒火中烧，但清楚地感到，跟着卡尔米内要比呆在那儿保护暗室更为明智。“什么也没有！”他气呼呼地顶了一句。

“也许是吧，可这些楼梯中间部分的漆已经踩得很旧了，”卡尔米内拾阶而上，推了推一扇带斜角的门，门向一侧打开。

他来到了一个铺着沥青的平展的巨大房顶上，站在那里直愣愣地看着；从地面上看，那好像是一个圆顶。最近富人们很向往这样的建筑，里面肯定有个水箱，重力使水通过管子流向整栋房子，这真是很罕见的奢侈品。在圆屋顶的上方有一根细细的柔韧天线，刚才从地面上他并没有注意到。屋顶平直的一边，护墙后面有一扇门。

“那是什么?”卡尔米内走了过去。

“我的无线电设备，”史密斯说。“很可能把我当成尤利塞斯了吧，你也想扣押那些设备?”

“没错，我会的，”卡尔米内兴冲冲地说，等着史密斯用另一把钥匙把门打开。“尖端设备呀，” 他在里面仔仔细细地看着。“你可以在这儿和莫斯科通话。”

“在北磐石包围着我的情况下?探长，有可能，但又不见得，”史密斯轻蔑地笑着。“在我们圣主耶稣的1967年，我很怀疑，间谍能直接和他们的头儿通话。这个世界正以空前的速度变得越来越先进，难道你就没有注意到吗?你可以在这儿查到死，但你不会找到一件东西能说明我有过那种愚蠢的活动!我压根儿就没机会改变频率，或者是有意破坏无线电设备，那你就查扣得了。一旦我的律师采取行动，我会把它要回来——最好是毫发无损。”

“史密斯先生，很抱歉，”卡尔米内温和地说，“要说有什么值得宽慰的话，那就是你的董事会成员也都在接受同样的检查。”

“探长，回答我一件事!你的差事不是查间谍案，是查谋杀案。间谍案是属于联邦调查局的案子，超出了你的职权范围。为了寻找间谍活动的证据，你扣押了我暗室和无线电室里的设备。我要控告你，”史密斯说。

“先生!”卡尔米内叫喊道，看上去非常吓人。“思韦茨法官的搜查证明白无误地写着‘搜查杀人犯’，现在我正在搜查杀人犯。毒药可以密封在冲洗液瓶子里，注射器和皮下注射针头可以藏在各种设备里，割断喉咙的剃刀可以藏在浴室壁橱或者小型切纸机里——在你暗室里有几台切纸机——手枪可以藏在最隐秘的地方!还要我再说下去吗?你厨房的东西也得扣押。”他以一个典型的意大利式的手势伸开了双手。“史密斯先生，在我查扣的每件东西都经过了检查以前，我没法肯定它是不是一件谋杀凶器。”

“耍滑头，”史密斯的鼻孔缩得扁扁的。

“先生，你就像一头喝醉了的猪，”卡尔米内说。“你说得没错，间谍活动不关我的事。除非有其他的考虑，我接受的训练不是搜查间谍活动的证据，霍洛曼警察局的其他任何人也没有接受过那种训练。要是联邦调查局的凯利先生对你的暗室和无线电室感兴趣，我相信他会弄到搜查证。他做什么那是他的事。我的差事一准就是调查谋杀案，今天早上发生的案子就是另一起大规模的谋杀案。”

史密斯站在房顶上听着，心头的怒火慢慢熄灭。“是呀，我明白了这次突击搜查的原因，”他尽量使自己的话听上去很在情在理。“但是把科纳科皮亚作为搜查的重点，我感到很不满。”

卡尔米内显出一副心照不宣的神气。“史密斯先生，让我来告诉你一个很隐秘的证据，没准会帮助你理解。那个狙击手不是疯子。他是个职业杀手，技术高超，要雇用他必须出一大笔钱。这样就使每一个拥有大笔钱财的人成了重要的怀疑对象。除了科纳科皮亚董事会的成员，霍洛曼几乎没有百万阔佬。”

“明白了，”史密斯倏然转身朝屋顶上的门口走去，接着就消失了。

卡尔米内缓缓跟在后面。

调查结果显示，华莱士·格里尔森和格斯·珀维都有全套装备的暗室，但只有史密斯有无线电设备。

“他们照片的质量很高，”第二天早上卡尔米内说，“考虑到他们可以买卖 J.P.摩根的事实，我们不能因为他们豪华的暗室就责难他们的爱国心。所有我们已经做的事情，也正是我们要开始做的事情——让他们没机会把科纳科皮亚的秘密变成微缩的小玩意儿，偷偷运出国门。我认为，尤利塞斯至少对一些他从未传递出去的东西，已经在暗室里作了奇妙的加工。我同意菲利普·史密斯的说法，间谍活动不是我的差事。我们其他的目标就是要打草惊蛇，我们已经做到了。通过史密斯，他们很快就会知道我们有关暗杀的论调。"他透出探询的眼神。"哪位还有什么有意思的事情要报告吗？"

"我有，"阿贝的口吻中并没有显得很得意的腔调。"卡尔米内，你对兰斯洛特·斯特林的判断没有错，他就是一个性虐待狂。他独自住在科学山那边的一个非常豪华的公寓里，他的天地里从未有过老婆或孩子。他墙上的照片全是些肌肉发达的年轻男子，拍照的重点都集中在屁股的部位。他有一个封闭的橱子，里面全是皮鞭、锁链、手铐、脚镣，还有一些非常古怪的人造阴茎。我估摸着，他满心巴望着我找到这些就满意了，可他的态度告诉我，还有其他藏得更严实的东西。所以我继续不停手地翻找折腾。在他厨房一个奇特的切菜台下面，我找到了几条能把皮肉抽碎的鞭子。鞭子都还带着血腥味，所以我就没收了。不过让我感到恶心的是他公然装在裤袋里的一个带拉链的零钱包。那钱包看上去像皮制品，浅棕色，但要比小山羊皮或羚羊皮要好一些。我盯着它的那一刻，他开始高声叫喊着他有公民权利，还质问我怎么敢那么胆大。当我把它拿到手时，他也就蔫了。所以我把它带回来交给了帕特里克。"

卡尔米内问："阿贝，你已经考虑过，有什么看法？"

"卡尔米内，和我们的案子不相关的另一起谋杀案把我们给绊住了。公寓在一楼，有独立的地下室，我已叫人在公寓外扯起警戒线。我需要两名得力助手跟我回去，可能还得要把手提电钻。我敢打包票他杀了人，可我还拿不准他是把尸体放在那个用砖砌死的地下室里，还是放在了其他的什么地方。我让他今晚住进了梅杰·迈纳旅馆，不过他需要找一个律师。"

"阿贝，现在你去思韦茨法官那儿再申请个搜查证。拿根带血的鞭子去检测，"卡尔米内说。"还有别的事吗？"

大家都摇摇头表示回答。他的队友都人困马乏，没有心情再讨论下去了。

卡尔米内去找帕特里克。

帕特里克·奥唐奈博士真是个干才，抓住谋杀案的有利时机，扩充了他的法医科。经市长和哈特福德批准，他更新了一些设备，也把他的地盘扩展到了弹道学、文献学和验尸官一般不涉猎的其他学科上。霍洛曼警局的渺小，他的三寸不烂之舌，还有他很具魅力的品格，让这一切变得轻而易举，也很入情入理。他又增加昌·波作为第三验尸官，这一新的举措对他的副手古斯塔夫斯·芬内尔是一个莫大的安慰。虽说古斯塔夫斯·芬内尔很乐于做尸检工作，可昌·波是个更为在行的法医。

"这阵子怎么样，老兄?"卡尔米内一边问，一边倒着咖啡。

帕特里克把穿着长筒靴的脚放在桌上，咧嘴笑着。"今儿个上午真是太棒了，"他说。"瞧一眼这个玩意儿，老兄。"

他把手伸进一个证据箱，箱子里有放进一对灯泡大小的空间。他顺手从里面拽出一个浅褐色拉链包。

"当心哟，"卡尔米内拿到手中时他提醒道。"阿贝觉得拉链包会变化，但它的变化主要是在橡胶衬套里。"

卡尔米内好奇地用手把包翻过来，发现它缝制得很别致。包在复杂的接缝两边鼓出来，他很纳闷谁能有这般耐性把它缝得那么精细。

"有什么想法吗?"帕齐两眼都在发光。

"有那么点，"他表弟缓缓地说，"不过提示我一下吧，帕齐。"

"这是一个人的阴囊。"

卡尔米内要不是有钢铁般的自制力，就因为恶心透顶把它扔在地上了。"老天呀!"

"有一些当地人进行大型动物阴囊的加工处理，"帕特里克说，"维多利亚时期，在一些优秀的猎人间流传着一种风尚，猎获大象或狮子的阴囊作为战利品，然后交给制作标本的师傅，做成水袋或烟袋。但是，"他继续快活地说，"阉割是令男人们吓破胆的一招，很少有人愿意拿人的阴囊作为战利品。阿贝的这个嫌疑人就有这么个玩意儿。"

"你保准这是人的阴囊？"

"他留下了几根阴毛，要是受害人的阴囊不是紧绷绷的，而是又松又垂，那么这个形状和大小也恰好对头。人的睾丸没什么区别，阴囊却大不相同。干这种事的人都是变态狂。"

"阿贝去找爱疑心的道格前，我最好告诉他这些情况。"

卡尔米内很快打完一个电话后，就有了闲空询问帕特里克其他一些事情。"是谁的子弹打死了刺客？"

"西尔维斯特里的。他都能端掉整个纳粹机枪窝点，这一点也不奇怪！这人永远离不开那把老.38，可真是个奇人。我斗胆说吧，他这辈子甚至连靶场都没有去过，"帕齐说。"刺客头部中弹身亡——嗯，这点你也知道。不过卡尔米内，你表现得也不坏。你的三发子弹有两发击中他的右肩，第三发打进了树枝里。西尔维斯特里的另两发子弹击中了他的胸部。"

"我可从没说过自己是神枪手狄克，尤其是射程在三十码或更远的时候。"

"我知道你的心思，你原本指望能打伤他的胳膊，留个活口好审问，"帕齐很机灵地说。

"是这么回事，可约翰也是对的，我们不能拿孩子们冒险。我是失误了啊。能帮我一把吗，帕齐？"

"成呀，什么事都成。"

"把这家伙的指纹送到国际刑警和我们的军方。他不是本地人，这我清楚得很，但他也可能引起其他人的注意。我估摸着他出生在东德，可他又压根儿不是一个理想主义者。他干这事是为了挣钱，这意味着在别的地方他还有家人。”

“希望渺茫呀，不过当然我会去办的。还有一件事老弟，你离开前跟你说一下。”

“说吧。”

“那个房间塞满了一箱箱的影像资料和广播设备，我该怎么处理呀？”

“帕齐，由于我们没有足够的人手检查那些玩意儿，我打算把它们捐赠给特德·凯利特工。让联邦调查局到缩微照片或快照中去查老奶奶抢蓝图的事去吧，”卡尔米内咧嘴笑了笑。“我会让迪莉娅通知科纳科皮亚董事会，我们的证据已经让联邦调查局拿走。会还给他们的，不过要等上好几周的时间。”

“那样到底能顶什么用？他们都很有钱，可以买些新的设备，几天内又可以运转起来。”

“他们是可以那么办，但是买新的设备会引起人们的注意。再说，有钱的人也不愿意花钱买手头已经有的东西。他们知道能要回来，那还着什么急？他们谁也不想引火烧身，这种想法是有理由的。”

“你是说尤利塞斯？”

“你怎么知道他的名字？”

“卡尔米内，交个实底吧！特德·凯利的嘴巴简直和他的蹄子一样大。他还有个习惯，就是当有其他联邦调查局特工到城里来时，用迈尔维利奥作为他们见面的地点。我是说，我们都是些土包子，在他的国家版图上仅次于奥扎克的土老冒，”帕特里克说。“可霍洛曼就是霍洛曼。它包不住任何秘密。”

“拜托你告诉我，内蒂·马尔恰诺不知道这事！”

“她当然不知道！这是男人们的事。”

因此卡尔米内离开时，心头蒙上了一层阴影。在他的天地里，所有的人都知道尤利塞斯，他思考着，这对一个特立独行的人来说，简直是一种惩罚。他和其他人一样有一种负罪感，约翰·西尔维斯特里也感到很愧疚。这让他想起曾经有一位比伊桑·温思罗普还热情的市长，试图在霍洛曼引入单行线交通制度。这里自从有了马车就一直是双行线，因此霍洛曼人不喜欢单行线，拒绝遵守这种交通制度。这样年复一年过去，迫于机动车严峻的行车压力，最终还是建立起了单行线。他认为，妄图建立乌托邦的人，一定是些笨蛋政治家。我深信，赤色分子们明白这一套。

兰斯洛特·斯特林没有搬回公寓。那里一直处于警戒状态，因为阿贝在他的地下室的墙边发现了一个长长的、大容量的储物箱，在箱子暗底下面，有一具保存完好的尸体。拿开暗底的盖子后，发现里面藏有一些个人的物品：衣服、书籍、一组砝码、地理杂志、地图、一顶帐篷、一个睡袋，还有其他一些物件。这些东西表明属于一个长途徒步旅行者。

尸体赤裸着，阴茎虽还完好无损，阴囊却被割掉了。从喉咙到阴阜部位，在身体正中有一条切口，又小心翼翼地缝合起来，不过躯体的外部形状完好。尸体基本没发生腐烂，帕特里克心想，那是因为在尸体下面有许多吸湿性晶体的缘故。有一个人，大概是斯特林吧，每次使一桶晶体重新起作用，结果晶体变成了粉色或无色的混合物。

“他把那些晶体放进烤炉中加热，蒸发掉吸进去的湿气，”帕特里克解释说，“这就是变色的原因。堆积那么多晶体肯定花费了斯特林大把的票子。他在晶体周围放置了几盘小苏打，去除掉任何异味，可我觉着这里和一年级学生的解剖室一样难闻，”他指着切口说。“我必须把他放在解剖台上，才能搞清楚，不过我猜斯特林已经取出了他的内脏：消化道、肝脏、肺、肾脏、膀胱等等。可能心脏还在原来的位置。这就成了一具木乃伊。因为有个暗底，我估摸着那个隐秘的隔间内部的湿度会接近为零。我要用湿度计测一下。”

卡尔米内刚才是在和阿贝说话。他已把这个案子移交给他，看他会怎样去下手处理。他很高兴，看来这个决定很合逻辑。阿贝原先就是负责调查的警官。这样，科里就没有有效的理由认为，阿贝受到了重用，或是他因和拉里·皮萨诺的中尉职衔有关的原因，而被排除在外。现在卡尔米内希望有个案子可以交给科里办。委员会一起决定谁能升职的日期就在眼前。眼下有四个人——两名探员和两名主妇，他们会用显微镜去检查他们受到的待遇。日期越是迫近，卡尔米内心中就越焦虑。为什么兰斯洛特·斯特林会是那个棘手的杀人犯？他又该怎样和科里搞好均衡？

卡尔米内走进尸体解剖室；尽管那些罪行都很恐怖，阿贝的脸上依然洋溢着热情。他发现了暗藏的隔间，使这起案子有了突破口，这就是他的不同凡响之处。同其他人相比，他能把一项工作做得更为出色，也从中饱尝到刺激与快乐。他本性不是个野心勃勃的人，也不自私自利，可对工作和自己来说，有一种自豪感。

“储物箱里有个钱包，”阿贝对卡尔米内说。“从受害人的驾照上看，他叫马克·施密特，驾照是两年前他 18 岁生日时在威斯康星领取的。包里的钱都已没了，但万事达卡还在，最后一次消费收据的日期是七个月前的 1966 年 10 月。没有发现照片或信件。”

“胸腔和腹部都塞满了床垫里用的塑料泡沫，”帕特里克说，“还塞进了许多支香和香料。在木乃伊制作中没有使用希罗多德提议的泡碱，这是个很认真的尝试。斯特林把埃及人的技术带到当今社会，不过他有更先进的工具，更精湛的工艺。你能看出来，马克非常帅气，满头 M.M.式发型的柔发，染成了杏黄色。这可能就是为什么斯特林没有试图取出他的大脑，因为他不想冒险毁坏那满头秀发。那个青年的身体很棒。大概是药物使他入睡后，有人用塑料袋把他捂死。窒息毁坏了他的身体。我不能确定他肛交的时间，所以也不能告诉你他是不是有同性恋倾向。去年确实有不少肛交侵害的案子。结扎线缝紧了直肠——切断了结肠——在肛门内十英寸处，这意味着斯特林已经有恋尸癖。”

阿贝所有的兴致转瞬烟消云散，以恐惧的眼神盯着帕齐。“不！”他低语道。

“阿贝，一准是的，”帕齐温和地说。

“你知道他是什么时候死的吗？”阿贝又勇敢地打起了精神。

“我觉得，阿贝那个收据比验尸报告提供的信息还要多。那是七个月前写下的，”帕特里克看了看卡尔米内，“兰斯洛特·斯特林在哪儿呢？”

“在楼下一间拘留室里。”

有人从那里把他带到审讯室。阿贝进行了审问，卡尔米内从远处单向观察窗那儿监视着。

卡尔米内心想，他看起来没有半点危害性。就像是芸芸众生中的一员那样，上班时间在办公室处理些书面材料，以前没做过其他的工作，以后也不会去做新的工作。过着单调乏味的日子，巴望着能跷起二郎腿，喝几听啤酒，看看足球比赛。

可斯特林在一般人中又比较扎眼，他有一头深棕色秀发，五官端正，本应该出落成个俊男，却又算不上帅气。部分原因是他非常高傲自大、自命不凡，又缺乏幽默感。一双眼睛算是另一个重要的因素，显得死气沉沉。卡尔米内暗自思忖，他绝对干不出折断蝴蝶翅膀的事，因为他甚至都可能注意不到它们的存在。无论他生活在一个什么样的世界里，那里都没有色彩，没有生机，没有快乐，也没有忧伤。他的世界里只有骇人的冲动。他的的确确就是一个恶魔。逮捕他几乎没对他形成打击，他感到最重要的是失去了马克·施密特和他的零钱包。

“你觉得他还杀害了其他人吗？”阿贝稍后问道，巴望着能得到令人佩服的意见，多年来他都很爱听到对方的高见。

“阿贝呀，这起案子你比我知道得多，你是怎么看呢？”卡尔米内反问道。

“噢，没有，”阿贝说。“有人花钱雇他迫害年轻人，马克·施密特是他杀害的第一个人。他需要花几年的时间凑齐工具，还有诸如70磅具有吸湿作用的晶体之类的东西。”

“你觉得他还会再开杀戒吗？”

阿贝思索了一会儿，接着摇了摇头。“或许不会，至少在马克·施密特对他还具有吸引力的时候是不会的。要是他的兴趣减弱了或尸体腐烂得很严重，就是要等上很长一段时间，他也会等下去，一直等到他能找到合适的人选。有关他们同居六个月的事实，他毫不掩饰，没错，丝毫都没去遮掩。他坚持认为马克是自然死亡，他不忍心和其分开。”阿贝拍打着双手，神情很沮丧。“他发疯了倒还是件好事，没错，真的发疯了。没有人想去审他，那会弄得满城风雨。”

“阿贝，你了解了不少情况，那么，你对这个案子办得很恰当，就该这么办。这对我们来说是个安慰，”卡尔米内注视着他的眼睛。“你今晚还睡吗？”

“多半是睡不成，不过所有的事都会过去。我宁愿不睡觉，也不愿失去人性。”

卡尔米内回到空空荡荡的家中，径自走到楼上的卧室，伫立在那儿呆呆地盯着那张大床。床上很整洁，因为他是个爱干净的人，不喜欢乱七八糟的样子。他天生就是个天主教徒，也依照天主教的教义长大成人，可他离开有组织的宗教生活已有很长时间。他的工作和智慧常常同“信仰”这个字眼背后数不清的难题相抵触，那些事情他看不见，也难以感觉得到。朱利安当然会和一大帮子熟悉的哥们去圣伯纳德男校，那也符合一定的逻辑。孩子们需要一些伦理知识、原则观念和道德规范，这些都要在学校和家中逐步灌输给他们。至于朱利安和他可能的兄弟们长大后视什么为“信仰”，那是他们自己的事。

尽管这样，卡尔米内凝视着那张床时，才意识到这房子充满了爱人、儿子还有其他人生活过的气息，有一种捉摸不透的精神在游荡。这种意识不但没有减轻他的孤独感，反而雪上加霜。哎呀，连他装饰这个房间时花费的时光和一些思绪也涌上心头！戴斯迪莫娜曾经说过，这个房间很普通，但色彩却很富丽堂皇。她对他在颜色方面的直觉感到分外惊诧。他藏有一组三扇的中国古董屏风，屏风边缘饰有黑白相间的织锦花纹，白底上漆着黑色，布局匀称的群山在雾霭中崭露头角，疾风中的松树倾斜着脑袋，一座小宝塔高耸在蜿蜒的千级台阶上。他把屏风挂在床头上方，房间刷成淡淡的紫蓝及桃红色，任何性感的色调也无法同这种颜色相匹敌。戴斯迪莫娜喜欢这个房间，她怀着朱利安时，曾模仿那个屏风，用黑白线在床罩上绣花。他坠地后就中断下来。她打趣说，那刺绣活正躺在杉木箱中候着呢，等到她再身怀六甲时重新拾起来。要是他们能生一大窝孩子，总有一天会把它绣完。床罩也是淡淡的紫蓝色，间杂着点点桃红色。

卡尔米内心中想着她很是难受，转身走到楼下厨房里。他姨妈留下了一些做意大利面的蛤蜊酱。因戴斯迪莫娜上次遭遇危险，他妈妈还在絮叨着责备自己，无心理会做饭的事。他的姐妹、姨妈和表姐妹都在忙活着，不会叫他饿肚子。从起居室通向索菲娅阁楼的门关得紧紧的。那个闺阁中的公主眼下在洛杉矶过得很不自在。当迈伦徘徊在焦虑崩溃的边缘时，她打电话告诉了生身父亲自己那边的情况。因为迈伦还在让这个十几岁的姑娘挂心，卡尔米内情有可原地感到很上火，于是给他打了电话，劈头盖脸把他数落了一顿，告诉他要尽快摆脱掉沮丧情绪。该死的埃丽卡·达文波特！他一边把精细的意大利面抖进锅里滚开的加了盐的水中，一边心中咒骂了上百遍。她伤害了不少他深爱的人儿。

前门传来说话声，还有钥匙在锁孔中转动的声音。卡尔米内纹丝不动地伫立在火炉旁，手中剩下的意大利面刷地全都滑落进水里。戴斯迪莫娜！那是戴斯迪莫娜的声音呀！可他挪不动腿去迎接她，双脚像是被震惊的情绪钉在了地板上。

“我本该料到的呀，他这会儿应该还呆在锡达大街上呢，”她在对一个人说话，“我说呀，他一准是忘记购物啦。”接着提高嗓门说道：“先生，谢谢您啦。我这儿一切都妥了。”她是在和一位出租车司机说话。

她身着便服，披着一件短外套，满身衣服在旅途中都弄起了许多皱褶，脸蛋红扑扑的，眼睛冒着火花，左臂抱着朱利安，像一艘全速疾驶的战舰，冲进了厨房。

“卡尔米内！”她一看见他，就迅速收住了脚步。美不可言的笑容使她那张朴素的脸蛋焕然一新。“心肝呀，你瞧上去像躺在小船底下的一条鱼那样沉闷。”

他紧闭着嘴巴，上前紧紧拥抱她和孩子。在寻找她的嘴唇去吻她时，他的睫毛已经湿润。朱利安叫嚷着，提醒他们他都被挤扁了，这才把他们拉回到现实中。卡尔米内抱过儿子在他满脸上亲吻，朱利安很喜欢这种待遇；戴斯迪莫娜朝炉边走去。

“意大利面和蛤蜊酱，”她两眼紧盯着碗和锅，“我猜呀，那一定是玛丽亚姨妈拿来的。我们都有好几吨了。”她把朱利安从他老爸手中接过来。“抱歉，我得喂他吃晚饭，再洗个澡，然后他得去睡觉了。”

“孩子，你要倒时差吗？”卡尔米内问婴儿。

“别担心，”戴斯迪莫娜说，“我有意让他一直都醒着，头等舱里的客人可都感到很不快呢。”

“你是怎么从肯尼迪机场过来的？”

“坐了康涅狄格的巴士。我没告诉迈伦我要回家，他没法理解这种事。”

她在他耳边说了几句无关痛痒的话，带上朱利安就离开了。心中所有可怕的幽灵从而也就拜拜了。

“在那间暗室和无线电设备中，我们什么也没找到，”特德·凯利阴郁地说。“他妈的什么玩意儿也没有。”

“你真以为能找到什么吗?”卡尔米内仍沉浸在戴斯迪莫娜和朱利安回家的喜悦中。

“我猜着没太大指望，可还是觉得有点失望。卡尔米内，我得承认，你还有局长对格林大街狙击手事件处理得很巧妙，”凯利透露着一点不情愿的口气。“我们这辈子也找不到理由去搜查科纳科皮亚董事会成员的家。不过你现在的处境是如履薄冰，那帮家伙有的是钱，可以把霍洛曼县告到最高法院去。”

“在眼下的重重压力下，我们已经为行动过于仓促道过歉了。特德，你真觉得他们会起诉我们吗?”卡尔米内微笑着。

“不会的，那会引起太多的街谈巷议。有人要告诉埃德·默罗[①]有关尤利塞斯的事，他们就吓破了胆。”

“局长和我也都这么想。”

“德尔蒙尼克，你真是个混蛋。”

“出去比试比试。”

“算我没说得了。怎么每个人都知道尤利塞斯了呢?”

“应怪你自己呀。就你那大嗓门，连喇叭都用不着，可你还是坚持在警察餐厅里开会。那些人耳朵都扑扇得跟小飞象似的。”

“我真讨厌小镇子!”

“这是一座小城市，不是一个小镇子。”

①埃德·默罗(1908—1965)，美国著名记者。

“没什么不同。大家都是耳熟眼熟的。”

“书归正传，科纳科皮亚董事会所有的成员都要飞往苏黎世，试图收购一家生产晶体管的瑞士公司，这事是真的？”

“你从谁那儿听到的？”凯利以怀疑的口气问。

“从埃丽卡·达文波特的前任秘书理查德·奥克斯那儿听到的，他现在屈尊为迈克尔·唐纳德·赛克斯效力，是高层管理者中另一个不幸的受害人，”卡尔米内手头随意调拌着一盘素沙拉。“我和奥克斯今早沿着皮阔特河边溜达了一会，我们的话都随风飘走了，只有一群海鸥听得见。接下来我们一定会经历一场暴风雨。”

“我们为什么会经历一场暴风雨？”凯利想转换话题。

“那些海鸥预示着呀，特德，进入点状态没？”

“噢，奥克斯到底跟你说了些什么？”

“他说，这阵子造晶体管比造布谷鸟钟表赚钱多，还说这家瑞士公司手下有单大生意。这话放出去了，所以每个人都跟在这家公司屁股后面转。奥克斯说，科纳科皮亚是水中捞月。他和赛克斯都不能理解董事会的人为什么要去苏黎世。”

“可我们知道是为什么，”凯利的神情很严肃。

“我们明白这一茬。这趟旅行可以让尤利塞斯带上他窃取的秘密。凯利先生，这就告诉我们，从 4 月 3 日前的某个时间起，尤利塞斯就没能给莫斯科发去任何情报。眼下他手提箱里的秘密一定是满满登登的。”

“跟我说说！我们是什么都干不成，卡尔米内！这个要出国的混蛋可是个香饽饽，有董事会同僚们团团保护着他。”

卡尔米内想出去遛遛腿，可那样就会把人们的目光都吸引到自己身上来。没法子，他只得把双手伸到空中狂乱地挥动了一番。“可他是怎么说服其他人去旅行的呢？他们可都是些商人！要是赛克斯和奥克斯明白他们不过是水中捞月，那么他们心中也是知底的。他是怎么说服他们的？”

“那简单呀，”凯利的语气中听起来有点后悔。“董事会刚刚提了一架崭新的利尔牌喷气式飞机，配有可持续长途飞行的油箱、自动升降式座椅、充足的飞行员，还有充足的配件。他们一准都急切地想去看看苏黎世的天空是什么颜色。他们的妻子都呆在家中，这就更妙了。有三名机组人员，再加两名空姐，机舱里就没有足够大的地方盛下她们了。”

“他们的旅行什么时候开始？”卡尔米内问。

“明天下午。飞机就在这边的停机坪上，然后他们飞往肯尼迪机场领取国际出入境许可证，”凯利叹了口气。“是呀，明儿下午，科纳科皮亚全部的秘密都飞走了，可我们就是束手无策呀。”

卡尔米内顺着锡达大街去县服务中心时心中想到，尤利塞斯打算带着秘密溜号了。虽说还有些疑云笼罩着，但我了解他是个什么样的人，这已无关紧要了；我手中就是没有一点证据。那只是出于一个警察的本能，大量的细枝末节一起涌进我的脑海，其中的一些事实和细节引起了巨大的痛苦，真需要有人伸出援助之手呀。

凯利不知道这些底细，我也不能把实底交给他。命运把他推到这个地步，一桩大案，这其中隐含着一个信息：他属于一个庞大的机构。他不是什么大难题，倒是那些不露面的老板们，那些负责揿开关、处理文件的人，那些在准备开火的大炮面前迈着沉重的步子、发号施令的人，才是问题的关键所在。等到那门16英寸口径的大炮响起时，尤利塞斯应该已经表演完了他的魔术，看上去又非常干净利落了。尤利塞斯只是一个人，用不着派一支军队去抓他。其实派一支军队也抓不着他。他从满天飞舞的灰尘中偷偷溜走，也没有人能瞧见他。让特德·凯利按他自己的路子行事吧，我走我的阳关道，因为我知道，该去对付什么人，该去对付什么事。自从巴特洛密奥那番重要的话印入我的脑海中，我心中就亮起了一盏灯。

我现在要干的就是以谋杀的罪名逮捕尤利塞斯。这样更干净利索，更一锤定音，如果说一锤定音也有程度的话。我搜查到的间谍案真相和细节可拼接成一幅画，可我还是缺少一个核心的证据；只有当尤利塞斯自己描绘出同样的一幅画时，才更有说服力。他杀害了那些人，一定留下了一些蛛丝马迹，这些就是强有力的证据，要是我找对了地方，就一定能找到。

卡尔米内已走过县服务大楼很远，决定继续走一会儿。风力大了一些，不过吹到脸上感觉挺舒坦。他举目眺望天空，看着那儿的一片鱼鳞云，抽空理了一下思绪，想确定一下自己在上床前是不是已经关好了房子的百叶窗。接下来又回到尤利塞斯的身上。

想一想，卡尔米内，要使劲想一想！尤利塞斯亲手杀死了谁？德斯蒙德·斯凯珀斯。迪伊·迪伊·霍尔，她的案子使我很困惑。为什么要谋害一个口交功夫不错的娼妓？再没别的目标了。尤利塞斯的助手杀死了埃文·皮尤、卡西·卡特赖特和比阿特丽丝·埃格蒙特。职业杀手开枪杀了三个黑人——杀手是黑人，因为要融入周围环境。助手扮成一个叫鲁本的卖药的小贩，哄骗彼得·诺顿的妻子，可能还煽动了乔舒亚·巴特勒。尤利塞斯可能亲自下手刺穿了波林·登巴的盔甲，但他没有杀死院长。我就没有机会找到一鳞半爪的证据去证明其中的任何一个案子。要么证明斯凯珀斯，要么证明迪伊·迪伊的案子，要么两个案子都拿下来。

尤利塞斯用的是什么武器？

对付德斯蒙德·斯凯珀斯……用的是一个皮下注射针头和几个注射器，凶手使用那些注射器时，技术不是很专业。曾经有人给他展示过怎么使用注射器，不过那都是多年前的事了，而且斯凯珀斯的静脉肯定很复杂。马钱子。一种含氨的家用液体。德拉诺。一条止血带。掺在纯麦芽威士忌中的水合氯醛。一把安全剃刀。一个小型烙铁。钢丝。

对付迪伊·迪伊……用的是一把致命的剃刀。尤其是杀手面对一个站立的女人时，除了那种剃刀，只有外科手术刀才会留下那样的伤口，即使帕齐的尸体解剖刀也不可能留下那样的伤口。关键在于握刀的方式，食指和拇指握在刀柄和——刀身接合处?杀手站得很近,也很有一套自己的特点。尤利塞斯一定像一个站在喷涌的水龙头下的人一样,全身都沾满了迪伊·迪伊的血。直到颈静脉的血慢慢变成细流,他才切开了颈动脉,这样他又洗了个血水澡。是仇杀!同德斯蒙德·斯凯珀斯相比,对迪伊·迪伊他有着更加不可遏制的仇恨。斯凯珀斯陪同迪伊·迪伊参加的那次宴会。这说明即便斯凯珀斯不知道尤利塞斯其人,也知道他为什么仇恨迪伊·迪伊。那迪伊·迪伊又是怎么回事?照帕齐的说法,她站在那儿,没有任何反抗,就被人结果了性命。所以她知道尤利塞斯为什么恨她,也承认自己犯下的罪过。

我想知道尤利塞斯是不是把那浸满血的衣物保存了下来。要是他仇恨的火焰高涨,可能会想留下一点纪念品。留下那把剃刀了吗?他一准是留下了,珍藏在某个地方。不是为了缅怀那次谋杀,只是作为一件凶器保留下来。

他眼前浮现出一幅异常清晰的画面,吓得他连后脑勺上的头发都竖了起来。老天!我知道藏在哪里!我知道藏在哪里了!

他放慢脚步,停了下来,接着转身迈着坚定的步伐,朝县服务大楼走去,欢快的心情飞逝了。心里明白是一回事,集结人力去查证又是另一回事。思韦茨应该已经恢复老样子,要拿到一张搜查证,搜查那些案子的证据,真比从石头中榨出油来还要难。要不然,尤利塞斯为什么没有脱手那些引起警方关注的凶器呢?从那方面看,倒也不用操之过急。严格说来,需要着急的不是他尤利塞斯,因为这里牵扯到的不是谋杀案的凶手,而是间谍案的问题。不过卡尔米内可是个美利坚的爱国者,挫败那些间谍也是他的一项任务。

等卡尔米内回到办公室时,他的心情已恢复常态。当迪莉娅身穿绿色和橘黄色相间的佩兹利涡旋纹花呢衣服突然出现在他面前时,给他一种受惊的感觉;要在几天前,那也只会使他笑笑罢了,可今天就显得很不协调。

“阿贝在楼下和兰斯洛特·斯特林在一起，”她说，“科里正潜伏在机场。他报告了些关于一架新利尔喷气式飞机的情况，不过坦白说，我听得有点心不在焉。那会儿我正和戴斯迪莫娜通电话。”

“我早就该知道这事，”他很为难，一心想把满脑子的事情都告诉迪莉娅，可又不想用他受到的挫折去折腾她。

“他们娘俩在这儿挺安全，”她粲然一笑。

这让他定下了心思。“坐下，迪莉娅，我得和你聊聊。”

迪莉娅听了这话，显出大为震惊的样子。接着她做出了一种她平常不会有的举动：她抚摸着卡尔米内的一只胳膊。“亲爱的卡尔米内，我完全理解你两难的窘境。可要是尤利塞斯对迪伊·迪伊恨之入骨，一准与一些祸因有关联，迪伊·迪伊一定是沦为了那种祸因的工具。我得对迪伊·迪伊的背景进行一番彻底的调查，可能会有收获。那也是妓女所面临的大麻烦。谁也不愿劳神拿个放大镜对她们仔细瞧上一眼。现在我还有权继续做侦探吗？”

“你很清楚，我还没有取消那项指令。”

“那我这就去见迪伊·迪伊的皮条客、朋友、敌人还有和她相熟的人，”她停顿了一下，扬了扬眉头。“要是我有枚警徽的话，调查起来会比较顺当。”

“迪莉娅呀，我可不能做得太过火。别再碰运气了。”

半夜时分，狂风大作，暴风雨袭击了霍洛曼。卡尔米内蜷缩在床上，面对着戴斯迪莫娜的背，倾盆大雨噼噼啪啪敲击着窗玻璃，把他惊醒。他抬起头听了听，叹了口气又躺下。这场雨要能多下些时间，就能将科纳科皮亚董事会成员去苏黎世的事情耽搁下来。可老天的事是没法指望的。下午大风就会停下来。

“嗯？”戴斯迪莫娜问。

卡尔米内抚摩着她的酥胸。“只是暴风雨而已，接着睡吧。”

“虽然没破坏什么东西，可花园里全都乱了套，”第二天早晨，戴斯迪莫娜在洗衣房一边脱掉胶鞋一边说。“我本来巴望着樱桃树能挂满果子，可惜一根刮下来的树枝把它砸坏了。这场暴风雨使我们可爱的家受了不少苦。”

“美女，一个人可没法拥有一切哟。”卡尔米内耸耸肩穿上夹克，从衣钩上取下雨衣穿上。“雨得下一整天，不要带朱利安出去，你要是需要买什么东西，就打个电话得了。”

冰冷的雨水打在卡尔米内的脸上，他沿着小径拖着沉重的步伐朝大车库走去；车库单独矗立在东边，比房子足足矮下去五十多英尺，和房子间也没有相连的遮雨棚。卡尔米内进入车库，上福特费尔林前，脱下了雨衣；他把车子停在车库里，免得被雨淋湿。他用钥匙打着火，顺手打开警方的广播，坐在那儿听着。没有多少信息，只是些简短的谈话，还夹杂着一些让人费解的数字和文字，这说明，警务就是警察的正道。要真是那样就好了！他这样想着，把车开进整夜暴风雨后的那片狼藉中。我或许可以绕一段路去看看科纳科皮亚董事会的新飞机。不过我可不想在广播上把我的打算吆喝出去。很多人都有听收音机的习惯，他们倒也用不着无线电室。

霍洛曼的小机场坐落在海港的西翼，围着铁丝栅栏。那里部分是工业废地，部分是正在生产的工厂。机场和繁忙的交通主干线I-95号公路之间耸立着成片的高大圆形油罐，罐里装着各种从原油中提炼出的燃料，从航空汽油到柴油、取暖油等。

这么短的距离没必要走I-95号公路，卡尔米内驾车沿海滨码头前行，经过储油区等地方，最后穿过敞开的机场大门，开到混凝土停机坪上，那里现在已当做了停车场。他穿过停机坪，转到供霍洛曼的通勤者使用的高档车库，放眼一看，就被一架利尔飞机吸引住了。它停在车库不远处，小得有点令人失望，机体雪白，完美无瑕，科纳科皮亚的丰饶角标志醒目地印在飞机尾翼上。

卡尔米内听到敲打副驾驶座窗玻璃的声音，吓了一大跳。科里打开门挤了进来，衣服上哗哗淌着水。

“科里，你都湿透了。”

“卡尔米内，衣服是湿透了！抱歉呀，我得把车藏起来。除了在雨里跑来跑去，可真没别的辙呀。我琢磨着你会过来瞧瞧。你觉得怎么样？挤进那架小飞机里，肯定就像挤进一支牙膏里一样难受。看上去人在里面没法站起身来，不过我猜他们可以在中间过道上站起来。我觉得还是乘火车舒服些。”

“科里，这是权力的事。他们可以高高在上，对普通人不屑一顾。你一整夜都在这里吗？”

“那倒不用。在这么个暴风雨天气里，他们哪里也不会去。要是今天雨还不停的话，他们可能哪儿也去不成。”

“你想找到点什么呢？”卡尔米内好奇地问。

科里黢黑的长着鹰钩鼻的长脸紧紧皱成一团，那双黑眼睛也眯成一条缝。“我希望能知道！头儿，这只是我的一点感觉罢了。有什么东西在风中，在雨中，或是在浪花中。我也搞不清楚。”

“我会差人给你送个夹熏猪肉面包卷和一壶热咖啡。开没标志的车来，送到飞机库旁边，”卡尔米内说。“科里，那就照你的预感去做得了。”

那么你对这事怎么看？卡尔米内驱车离开时，这样问自己。科里找到了自己想办的案子。要是什么都查不出来，那也不打紧。我早就该预料到科纳科皮亚董事会那帮人会偷偷摸摸提前溜号。

两个猪肉面包卷和一壶咖啡真算是雪中送炭。科里·马歇尔暖和起来，衣服也干了许多，于是定下心来，再枯燥地等上几个小时。他把车窗适当摇下来，免得挡风玻璃被雾气蒙住；他狡黠地缩在座位上，外面的人看不到他，可他又能眼观六路。雨势平稳下来，既不算倾盆大雨，也说不上是毛毛细雨，算来都已下了八个小时。裸露的地面还很硬，大片的混凝土和打了补丁的柏油路面上，成片的积水哗哗淌着；机场门外的路面上，有一段路基坍塌下去，水越积越深。科里心想，鸭子会很喜欢这种天气——他试着对每件事都产生点兴趣。他必须保持清醒，更重要的是要保持警觉。

他花了很长一段时间思考着晋升的事情。他逐步恐惧地认识到，婚姻并没能铺平自己曾设想过的路。哦，他爱莫林，胜过爱两个孩子，他们似乎更多地忍受着莫林的那些毛病，比他受的罪还要多。他很可怜孩子们，当父亲的有这种感觉，真是糟糕透顶。他心中明白一个人的天性是上天注定的，可又满心巴望着莫林的天性中要少有些贪婪和尖酸刻薄就好了。9岁的女儿已经搞明白躲避麻烦的招数，常常是把自己关起来；可12岁的儿子开始延续母亲对男人世界的挫败感，在学校里总是麻烦不断，如不修边幅，大嗓门号叫，考试成绩差等等。两周前事情发展到了不好收拾的地步，他希望莫林意识到自己也并不完美，会对家中的两位男性宽松点。也这样想这样做了——持续了一周。现在一切又照旧了。

科里内心里清楚，离婚是躲不过去了，因为他知道就算他得到了拉里·皮萨诺的工作，莫林也能找到一些新的理由挑他的刺，如噪音太大的二手车啦，不如意的厨房啦，加里乱吃垃圾食物长了粉刺啦，涨的工资不能维持开销啦，这一切她都会唠叨上一通。也不是因为别的原因，就是她一辈子都不知道满足，对这一套你又有什么办法呢？要不是为了孩子，明天就可以提出离婚，可为孩子着想，永远也不能那么做。他一点都不傻，他知道孩子们爱戴他，他是家庭生活中能被孩子接受的一方，是他们的同谋，也是他们的同盟军。可这是在进行一场战争吗？

正午过了，已到了下午，唉，他拿定了主意，马歇尔一家得迈过这个坎。在丹尼斯上大学，家里只剩莫林和我以前，这一切都不能改变。那么就是大便劈头倒在风扇上，我也不在乎。

科里一看到一辆小客车穿过大门驶来，悄悄驶向利尔飞机，他刚才的忧虑就全都烟消云散了。是机务人员，他们一下车科里就认了出来，一帮人有说有笑，主要是因为雨停了的缘故吧。飞行小组有三个人，身穿订制的海军服，机长的袖子上有四条金色穗带，其他两人的袖子上有三条。哇！为保证空中飞行安全，科纳科皮亚董事会花钱雇人可真是一点都不吝啬。还有两个身材颀长、面容姣好的女孩，也身穿海军制服，科里估计她们是机上的空姐。在这方面，科纳科皮亚也一点都不吝惜。机上的梯子放了下来，男士们进入驾驶舱，其中一人胳膊下夹着个带夹子的写字板。两个女孩来到客车的后备箱，着手整理用锡箔纸包裹着的盒子，一个装冷冻食品的泡沫塑料大箱子，还有各式各样的毛巾和日用织品。科里看着女孩们忙活了半天，心中感到很惊愕。他甚至还看到了几件小的插花饰品。

地面工作人员也来了，其中一个给利尔连接上供油管，小心翼翼地不让一滴油落在混凝土地面上。各种管子接到利尔上，他们检查了轮胎，各项工作都一一进行完毕。科里可以看到驾驶舱内主驾驶和副驾驶的脑袋，他们的手在仪表盘上方按来按去，他猜着按的应该是转换键和传动装置开关按钮。

接着一辆劳斯莱斯银色幽灵开过来，车前坐着华莱士·格里尔森和格斯·珀维。他们从车上下来走进了机场，科里估计他们要进卫生间，那里的空间要比私家飞机上的大得多。每人手里都拎着只公文包，但两人的衣着都很随便。他们都穿着牛仔裤，开领衫，带扣的毛衣，胳膊上都搭着夹克。他们笑着走向利尔，接着登上舷梯，进入机舱时，一辆福特车开过来，里面坐着两个男人。一个下了车，朝劳斯莱斯走去，接着上了那辆车。然后福特车和劳斯莱斯都开走了。科里心想，当人们不想要司机时，就得这么办。让打工的人把你丢掉的东西捡回去。

从第二消防局开过来一辆消防车，那是专为机场制造的特殊消防车。

任何比专供兜风用的大一些的飞机，没有消防车待命，都不能起降。机组人员看上去都很开心，他们从阴雨天中解脱出来，很显然，都对这架简洁的小飞机赞赏不已。飞机油箱加满了油，他们负责驾驶飞机安全出行。

只有菲利·史密斯和弗雷德里克·柯林斯还没有到。空姐进入机舱后，各项准备工作全部完成。那辆小客车开走了，消防车开到了指定的位置。

科里不再蜷缩在那里。他在座位上转动了一下身子，放眼朝后面的路面望去，陡然发现，在路面下陷形成的水坑旁边，一根四英寸粗的钢管从柏油路上冒出来，像船上的一根电缆或灌满水的消防水管一样，正好穿过马路。雨停了，四周一片岑寂，科里听到一辆大马力赛车正从远处呼啸着驶过来。那辆车风驰电掣般飞奔着，刚听到车轮声，就出现在视野中。是一辆12缸捷豹XKE，车身涂着英国赛车标志性的绿色。菲利·史密斯坐在驾驶座上，弗雷德里克·柯林斯坐在他身边的座位上。两人都朗笑着，脸上好似写着“最终总算溜之大吉”！

那辆捷豹先是前轮哐当一声撞到管道上，接踵而来的就像是一个慢动作。赛车长长的发动机罩先是直立在空中，其他部分也跟着蹿了上去。它翻了个筋斗，接着一个倒栽葱摔在水坑边，前轮仍在疯狂地打转转。在车子栽到水坑边上前，史密斯和柯林斯已经扑通一声给甩到路面上。

“救护车！机场急需救护车，出了紧急交通事故！”在那辆赛车落地前，科里通过无线电发出紧急呼救。“医生！需要医生！机场发生紧急交通事故！紧急交通事故！”

科里几乎还没有发完求救信息，就已经跳下车，朝事故地点跑去，突然意识到再没有别人看见这次事故。他先是跑到弗雷德里克·柯林斯那边，靠近后俯身摸了摸他的颈动脉。还成！脉搏很有力，他身边好像没有出现大摊血迹。他的一条腿扭曲着压在身子底下，在不断地哼哼呻吟。要是他没有内伤，就算是不错了。

现在得去看看史密斯，他躺在柯林斯的右侧，双眼紧闭。没错！还得摸一下颈动脉，相当有力。他的身子一动也不动。

突然刮起了一阵风；一张纸吹到科里的眼睛上，他不耐烦地一把把它拂掉。接着科里看见史密斯的公文包，这会儿还攥在手里。难道这个傻冒一手开着那辆手动挡赛车，一手紧抓着那只公文包?或是在事故发生时他又顺手去抓那只公文包?公文包由不锈钢材料制成，很美观，有两个密码锁，但撞击力已将密码锁撞开，纸张四散在地上。大部分都漂浮在水坑的水面上。

“小子，我什么也帮不了你了，”他说，“不过趁风还没来得及把那些纸吹走，我能帮你收拾起来。”

科里发疯地干起来，把能找到的每一张纸都捡起来。许多张已在水中湿透，可是他不管那一套，一直不停地捡，直到听见远处传来警笛声，才朝他的车跑去。消防人员正在赶过来，可他有理由再次使用无线电求救，谁还会在意他当时还抱着一抱纸?他们的注意力都集中在事故上。

科里把那些纸全都放进车子后备箱里，免得有些科纳科皮亚好管闲事的家伙打探这些东西。他顺手抓起话筒和调度员通了话，调度员告诉他，德尔蒙尼克探长正在赶过去，两辆救护车应该已经到了现场。

“承蒙老天作美，雨停了，”片刻后他跟卡尔米内说。“要不要我告诉飞机上的那帮笨蛋，除非他们想把两个董事会成员扔进医院不管，否则他们哪儿也去不成?”

“阿贝已经去了，”卡尔米内双眼直愣愣地盯着科里，“我真纳闷，你怎么看起来就像那个糊涂虫，在那个纯婊子的相好之前惹恼她。”

为了回答他的话，科里把卡尔米内带到车子后面，打开了后备箱。“这就是菲利·史密斯公文包里的东西，”他说。“真希望能告诉你，我拿到了四只公文包，可一只包也是个开始。我看到这只箱子时，那个家伙躺在路上已不省人事，里面所有文件都飞到了那边的水坑中。所以我做了任何一位处事周到的公民应该做的，把散落的文件都捡了起来。我猜着，事后我总还可以说，我们警察实验室有一些先进设备能把这些文件烘干，不然就有可能破损。我尽力把所有文件都收集起来，把这事当成一项公民义务。史密斯不会信这个，可他也是有口难辩。”

“科里，干得好，”卡尔米内的语气很真诚。“发生这场事故是我们的运气，不过全是由于你的主动和镇定自若，史密斯的这些文件才落到我们手里。”

两个人转回到路上，伤号正在往两辆救护车里抬。多亏科里呼叫了急救医生，两位内科医生的新助理和一些相关医护人员都一同赶来了。

他们首先去救弗雷德里克·柯林斯。

“我认为，内脏没大问题，”那位女士随手收起听诊器。“血压正常。右股骨粉碎性骨折——有一阵子是没法去滑雪了。还有些擦伤和青肿。大概就是这个样子。”

“头部受了伤，”为史密斯检查的医生说，“右肱骨断裂，怀疑右肩胛骨也已断裂。脑袋撞到地面上，可路面积水起了一些缓冲作用。我没有发现他的左侧有伤，可我们想进一步了解伤情，必须要让他到神经外科做些检查。他的瞳孔有反应。您要是同意，我就把他送到治疗脑积水的医院。”

警戒线禁止华莱士·格里尔森和格斯·珀维向前靠，他们正心急如焚地等待着。特里·蒙克斯警官和手下刚刚到达，要对事故现场展开调查，对事故责任进行界定。

“两个蠢老头在这辆既没保险杠也没安全带的E系列捷豹中搞什么名堂？”特里·蒙克斯气呼呼地问卡尔米内。

“保险杠会影响车的外观，只有开扬基坦克[①]的人才系安全带。特里呀，公平点说，你也得认这个理，正是因为没系安全带才救了他们的小命，”卡尔米内这么说就是为了惹特里上火。

“是呀！有了保险杠和安全带这两位愚蠢的怪老头子就可以溜之大

①指美国车，尤指二十世纪五六十年代产的体型巨大的车。

吉了。”

卡尔米内朝格里尔森和珀维走过去。

“这太可怕了！太可怕了！”珀维面无血色。“我和菲利都说过不知多少次了，要他不要学斯特林·莫斯[1]那一套！他开起车来快得要命，就像蝙蝠从地狱中飞出来一样！”

“好可惜呀，他还不省人事，听不到有人说他是个愚蠢的怪老头，”卡尔米内说。“这可是我们交通事故警察下的结论。”

“蠢就是蠢，”气愤压住了格里尔森心头的不安，从牙缝中挤出了这么一句。“我估摸着我们是去不成苏黎世了。格斯，你去告诉纳塔莉和坎迪一声，我得在这儿处理这些事，”好像是有所暗示似的，那辆小型福特和那辆劳斯莱斯出现了，停在了路上。“上这辆车。回去取了你的车，这车马上回来接我。”

珀维显出一副卑躬屈膝的窘样，沿着机场铁丝围栏，朝劳斯莱斯走去。

“我原以为你是开野马车呢，”卡尔米内说。

“劳斯莱斯是开起来最舒服的车，”格里尔森轻声一笑。“天哪，真是一团糟！”

卡尔米内瞧着科里和阿贝。“科里，你开车穿过这条柏油路，从远处那个大门出去。阿贝，你还得和我在一起。”

费尔林紧跟着科里的车，一直到他们开出远处那个大门上了路，又驶离油库，卡尔米内才松了一口气。他趁那点空把科里后备箱里的东西详细告诉了阿贝，阿贝兴奋得双手都一直在颤抖。他瞥了卡尔米内一眼。

“有四分之一的概率，这就是我们要找的那只公文包，”阿贝说。

“迪莉娅在哪儿？”

“正像一条警犬一样在外头寻找迪伊·迪伊的线索。”

---

①斯特林·莫斯（1921— ），英国传奇赛车手。

“那儿有个电话亭，我清楚记得电话还能打通，”卡尔米内把车停到路边。“阿贝，联系丹尼，让他派出搜索队寻找迪莉娅。这件事我不想用无线电去通知；这很重要，不能让卡车司机和无聊的家庭主妇们听到。这次行动我们最需要的人物就是迪莉娅。”

卡尔米内和阿贝走进来时，迪莉娅一直在等着他们，两眼发亮。两位设备维护工已经在办公室尽量多地支起了一组搁板桌，桌上新覆盖了一层牛皮纸，都用图钉固定在上面。菲利·史密斯公文包里浸湿的软乎乎的纸张杂乱地堆积在一把椅子上，迪莉娅严密监视着它们。最后两张桌子一支好，两位工作人员就出去了，她就开始把这些纸分开，一次一张，摆放在灰白色的牛皮纸上。

“这个人就是个宝贝蛋！”她一边大声说着，一边拿着一张张纸从一张桌子忙到另一张桌子。“简直细致入微到了极点！这不是他的秘书干的，我可以向你打包票——除了结束语‘敬颂’外，没有哪位秘书能梦想着做得那么细致。看到了吗？在每页的左上角都标明了这个文件的题目或是人物加日期，页码都标在了右上角。太棒了！太棒了呀！”

共计 139 页信件和报告，另有一本 73 页关于维持研究机构的优势的论文。这使卡尔米内感到好生奇怪；科纳科皮亚的研究所至少成立了有五个年头，为什么要随身带着这本大部头的材料，里面的内容早就是整个工业界人所共知的事实？

迪莉亚把每一页纸都铺好，并把那本装订的报告用一条干净的毛巾包裹起来，吸干外面和页边的水。随后她说：“他特别喜欢纸，除了高级优质纸就没别的了，连记事本也是。史密斯先生决不会用那些低廉的纸张！标题和信头也不是普通印刷，用的都是热压印刷。同时，他用的东西都很不显眼。普普通通的白色纸张，黑字印刷，甚至都没有彩色丰饶角标志。是的，每种东西都是最名贵的，可又都很不显眼。”

“迪莉娅，我和你得动手看看这些玩意儿，”卡尔米内说。“科里，你到医院去监视着。一听到史密斯的状况有任何变化，立马向我报告。神经外科主治医生汤姆·丹尼斯是我的朋友，所以肯定一有变化，我们就会知道。阿贝，你负责迪伊·迪伊、兰斯洛特先生、波林·登巴和任何与此相关的人。要有新情况，你就去处理。”

“我们要找些什么呢？”阿贝和科里走后迪莉娅问。“我自然有一些想法，不过还是想听到点详细的指示。”

“要是些文字密码，我们就没什么希望能破解出来，这就是个很棘手的事，”卡尔米内皱起了眉头。

“你是指像‘可爱的老列宁格勒上空乌云密布’这样的句子吗？”

“没错，如果‘膛线始于枪管下两英尺处’实际上是‘不要期望从我这里很快得到更多情报’的意思，我们就真黔驴技穷了。可我认为，我们不会对那种信息感兴趣。我们是在找计划和公式，这些东西很可能缩到缩微照片上。”

“多大的照片？”迪莉娅问。

“按凯利的说法，甭管多大都符合逻辑，可能是字母‘i’上的小点，还可能是一粒飞尘，或是一个两英寸大的靶心。不过它们没有必要都是圆形。圆形的较少被查到，因为自然是非线性的。”

迪莉娅的脸蛋皱成一团，显出一副很愕然的神情。“哎呀，卡尔米内！逐字逐句找的话，这些文件有上百万个字母‘i’！史密斯先生就是昏迷上好几天，我们找出一点点东西的机会也都很渺茫。”

柜台上放着一只玻璃壶，里面有新煮好的咖啡。卡尔米内顺手倒了一杯，坐在一把轮椅上，那椅子是他从打字员办公室偷偷拿过来的，这样他屁股不离椅子也能随处移动。“这就是为什么我认为，我们要找的不是字母‘i’上的小点。或者说至少不是字母‘i’上普通的小点。我们应该找那些个头老大的圆点。看起来像是排错或涂掉的点。凯利是一个很机警的人，我没有能很好地利用他的长处，迪莉娅，我们俩要快马加鞭。我知道，相机都有一定的局限性，或许到目前为止只有在不得不再次拍摄并缩微之前才能进行缩微。从太空竞争开始以来，事物开始快速微型化，可是……我确实不晓得怎样进行微型化处理或是东西到底能缩到多么小，"卡尔米内耸了耸肩。"迪莉娅，按常识行事吧，这是我能给你的最佳指点。要是一个点看上去不对劲，我们就应该看看能不能把它取下来。要是能取下来，就把它拿到帕齐的显微镜下，放大50倍或100倍进行检测。"

于是他们就动手阅读那些文件，迪莉娅读信函，卡尔米内读报告。就这样在默默的紧张气氛中度过了一个小时。

"太出奇了！"迪莉娅说。

卡尔米内跳了起来。"嘿？"

"史密斯先生不是一直有无所事事的名声吗？"

"照我了解的情况是这么回事。"

"唷，有个人在他懒懒散散的那么多年里，就这么飘飘然混过来了。他可是留心观察着五花八门的人。似乎是在他离开的那段时间，不进行观察，心中对此感到很不自在。我正在读史密斯先生的一封信，显然是写给赛克斯的，赛克斯是科纳科皮亚中心的总经理。我猜想，赛克斯负责订购文具、核对薪金、清理合同等各类事情。在过去的许多年里，赛克斯先生要不时顶替他上面的人工作。"

"神啊！"卡尔米内惊叫了一声，有女士在场，他很当心自己的诅咒语。"史密斯会那么青睐科纳科皮亚中心雇用的一位总经理，这事我还从未想到，更别说是赛克斯了。但可能是为了观察赛克斯干了什么事！这封信有意思吗？"

"有，也没有，信挺长。史密斯列出了赛克斯先生这几年顶替其他高级行政头目过程中所取得的成绩，并夸奖他勤奋有加，经验丰富。史密斯告诉赛克斯，在他任董事会主席期间，要把他擢升为总经理，直接在董事会的领导下。在行政层面上，现在赛克斯先生负责监管科纳科皮亚所有的子公司，只需要向董事会报告就可以。”

“太出人意料了，”卡尔米内咧嘴笑了笑。“迈克尔·唐纳德会很高兴！我可以理解，史密斯离开时为什么不想把这个放在办公桌上，可我还是很纳闷，他走开前怎么没有把它作为内部邮件寄出去？这是一个小小的谜团。他在玩拿破仑战争游戏。”

“谁呀，史密斯吗？”

“不，是迈克尔·唐纳德·赛克斯先生。以他新的工资水平，他满可以浑身戴着珠宝玉器，在巴黎圣母院大教堂威风八面地行加冕礼。”

“太古怪了！”迪莉娅仍在看写给赛克斯的那封信。

“什么古怪？”

“史密斯先生的表格体系——顺便说一句，他对这个很热衷。可我制表时一直喜欢按字母表的顺序进行编号，因为一般人用不了 26 项，这样项目栏就保持同样的宽度。要是用数字编号，每多一个十位数，表格就要多出一个数字的宽度，还要左边对齐。真是烦死个人呀！可史密斯先生既没有用数字，也没有用字母制表——他用的是一个大大的黑圆点。”她倒吸了一口凉气。“大黑圆点！”她尖叫道。

卡尔米内坐在轮椅上飞移过来，看了一眼。“见他娘的鬼！”他叫骂道，忘记了眼前还有女士在场。

“卡尔米内，还有一件事呢，”迪莉娅的声音在颤抖，“什么样的机器能打出这么大的点呢？打字机是办不到，我能想到的只有印刷排版才能制作出来。这些表中的点点一准是手工制作的。它们要不是缩微照片，那么史密斯先生要用莱特斯特印字传输系统，可就麻烦大了。他是一个爱整洁的人，就算硬逼秘书去制作那些黑点，那他的脑子也一准是出了毛病。”

“迪莉娅，我可以吃得准，史密斯先生的脑袋瓜没有出什么毛病，”卡尔米内严肃中流露着喜悦。“我算逮住这个混蛋了！”

“你是说他就是尤利塞斯?”

“哦,这事我已经知道有一阵子了。”

他移动轮椅靠近一张小桌子，桌上堆着他收集来的一箱子显微镜用的载玻片,另一只箱子里装着盖玻片,有几把很精致的镊子状的钳子和一把又薄又尖的解剖刀。他用托盘端着那些东西又回到史密斯给赛克斯的信件前,很灵巧地试着把解剖刀的尖插进黑点的边缘,没太费事就插了进去,那黑点脱离了纸面,在刀尖上乱晃动。卡尔米内把黑点移到载玻片上,盖上了一片盖玻片。他从赛克斯信上的 11 个黑点中随意挑出了五个。

卡尔米内带着托盘中的五个载玻片,由迪莉娅陪他去了医学化验科。

“这不应该是莱特斯特印字传输系统做出来的点吧,”他递给帕特里克那个托盘。“你看看他们是不是在这些黑点上打上了文字、图表,或是其他一些本不该出现在这上面的玩意儿呢。”

帕齐检查完了第一片载玻片，说:“你们找到了百分之百货真价实的 24 开的微粒照片,非常精致!100 倍的放大率——伙计,这相机真厉害!微缩的比率真高!必须得经过十几次分别拍摄才能缩到这么小。相机的分辨率很高,什么也没有漏掉!”

“我们现在算是知道史密斯为什么在离开前没用内部邮件给赛克斯发信了,”在他们返回办公室时,卡尔米内对迪莉娅说。“他一定要把它带出国。在苏黎世,缩微照片会被去掉,用莱特斯特印字传输系统做出的点替换。一返回霍洛曼,他就可以把升职通知交给赛克斯先生。”

“噢,卡尔米内,真为你高兴啊!”

“迪莉娅,可别高兴得过了头。现在我得给特德·凯利去个电话,告诉他我们已经得手的东西。一旦我们下手了尤利塞斯的案子,那个间谍的气数也就到头了。”

卡尔米内的预言很准。大受震惊的特德·凯利几分钟内就火速赶到,气喘吁吁地说，这是卡尔米内的造化。

“不对，这不是我的什么造化！”卡尔米内起了性子，气呼呼地顶了他一句。“凯利特工，它是科里·马歇尔警官积极地为你找到的间谍活动的证据。我坚信，他的功劳是大大的！他的大名和功绩要是没有出现在你的报告中，我可让你到华盛顿都不得安生！”

“好吧，好吧！”凯利高高举着手向后退去。“我答应，会写进报告的！”

“凯利，我不会像把你扔出去那样快就相信你！”卡尔米内把两张打印好的纸甩给他。“这是科里有关这个案件的报告，也就是你的报告开始的内容。操蛋的联邦调查局！滚你的吧！你们是站在我们肩头上摘到果实的，我要你们认这个账！”

“什么事情我都乐意答应下来，”凯利说。“史密斯的文件在这儿吗？”

卡尔米内递给他一只霍洛曼警察局的纸箱。“全都在，除了从给赛克斯的那一封信上取下的五个点。我还要提一句，为了确保赛克斯先生收到这封信，我已经把它影印了。在史密斯的办公室可能还有一份拷贝，可我这是以防万一。赛克斯已经烦够了。”

凯利捧着箱子，好似里面装着皇冠上的宝石。他流露出了好奇的表情。“嗯……五个点？”

“我已经把那些东西和显微镜送到思韦茨法官的办公室。我需要一些犯罪证据，才能搞到一张搜查证。一把这事搞定，就把证据交给你，”卡尔米内说。

“你不能那么办！”

“想阻止我是吗？我跟你说过，会把那些东西还给你。凯利特工，当我说不信任你和联邦调查局时，我可不是在开玩笑。我知道，史密斯公文包里的东西也许永远不会再见天日，也许会因叛国审他。但因他至少犯下一起谋杀罪，法庭会审判他，因此他会到监狱里呆上老长时间。现在滚你的蛋吧，我得忙正事。”

“你认为他们会因卖国审史密斯先生?”迪莉娅问,两眼瞧着堆满搁板桌的房间。

“我不知道。迪莉娅,把这些桌子都清理出去。我要去看看你约翰舅舅,”走到门口时,他收住了脚步。“迪莉娅?”

“嗯?”她一手抓着电话问。

“你干得挺出色。没有你,我真不知该如何是好。真的就是这么回事。”

他的秘书就像一只给挤着的小猫,发出了一声尖叫,满脸绯红,拔腿走开了。

“约翰,只要思韦茨看到那些缩微照片,我就能拿到搜查证,”卡尔米内说。

“他会更乐意给你的,因为这证明在狙击事件后他发给你搜查证的决定很正确。他可不蠢。卡尔米内,我希望你能顺利找到迪伊·迪伊谋杀案的证据,因为我有种异样的感觉,联邦调查局不想让这家伙因卖国受审。罗森博格夫妇[①]的时代已经过去。史密斯是波士顿白人中享有特权的高层人物,”西尔维斯特里说。

“我觉得不是那么回事,”卡尔米内若有所思地说。“准是曾有个人叫菲利普·史密斯。可在过去25年间的某个时间,一个克格勃上校冒用了他的身份。有时史密斯会不可思议地搞错美国的风俗和传统,而且据迪莉娅观察,他妻子也不是拉普兰人。迪莉娅认为,她应该是来自西伯利亚或中亚草原。她的母语不属于印度雅利安语系。”

“那么说,她讲的不是土耳其或匈牙利语。”

“没错。约翰,尽管如此,我在史密斯案件上要赌最后一把。在非洲的美国和平队没有叫安娜·史密斯的。在红海——颜色的选择蛮好玩——从事海洋生物学研究的斯蒂芬·史密斯也并不真正隶属于伍兹霍尔。伍兹霍

①美国共产主义者,1953年因战争期间进行间谍活动而被判死刑。

尔有的项目资金短缺，他给捐了不少款，因此他获得了一定的荣誉地位。作为一名石油工程师，彼得·史密斯在伊朗为英国石油公司工作，后来冒险去了阿富汗，足迹踏遍了那儿的所有地方。”

“你怀疑那三个孩子都在苏联？”

“是呀，没有任务时，他们就呆在苏联。他们可真是些宝贝疙瘩呀！都能操两种语言，伪装成美国人像美国苹果馅饼一样地道。”

“卡尔米内，天底下苹果馅饼多了去了。”

“是的，可都不是桂皮味，而是丁香味的。”

“到底是什么事让你担心？”西尔维斯特里问。

“首先呢，就是那个助手，我们一直还没有找到他，每次搞谋杀，他比史密斯都更有办法。有他在，所以我才让丹尼在史密斯医院的病房里安排人守着，而且要最警觉的人，还得两个人一班。”

“他是谁你有数吗？”

“只晓得他是科纳科皮亚的人。我原以为是兰斯洛特·斯特林，可我错了。也不会是那个男秘书理查德·奥克斯，他蔫乎乎的。所以，不管他是何等人物，还没有一点线索让我们对他产生怀疑。要是逮着了他，我们都不知道他长什么模样，至于他叫什么就更摸不着边了。”

“卡尔米内，他们这种信仰的人不是经常在密室聚会吗？”

“那些空想家们会那么干的，可有谁了解这群指挥进行积极破坏和间谍活动的人呢？这就是他们政治迫害老失败的原因。意识形态和破坏活动双管齐下，可又老是跟不上趟。可能在霍洛曼有一小撮搞破坏活动的人，头儿就是菲利普·史密斯。我们知道埃丽卡·达文波特是其中的一员，史密斯还有一个助手，这就有了三个人。一个小组有多少人？我不想去问特德·凯利，可我这人就是这么倔。会不会有四到六个成员？在那种情况下，对他们中的一到三个成员，我们仍是蒙在鼓里。”

“波林·登巴呢？”西尔维斯特里问。

“我很怀疑。她是个精英，也是个女权主义者。赤色分子中也许会有一大堆医生或牙医，可高层并没有很多女性，是不是？不对，有人哄骗她在恰当的日子杀死丈夫，又不让她承认这件事。”

“菲洛米娜·斯凯珀斯的状况怎样？”

“她只是太过分溺爱孩子，别的也没大碍，我打算再去会会她，”卡尔米内说。“还有一件事，科纳科皮亚的最终控制权会落到谁的手里还没有决定下来，这次车祸也没让这有所改观。菲洛米娜·斯凯珀斯能管理公司吗？也许她会把公司交给马前卒安东尼·贝拉？或者她不知道他是个卖国者或是个杀人犯，于是干脆就把它扔给突然显得精力充沛的菲利普·史密斯？”

“也许迈克尔·唐纳德·赛克斯先生会接下这个烫手的山芋，”西尔维斯特里笑嘻嘻地说。

卡尔米内深深叹了一口气，声音挺大，局长眨巴了一下眼皮。“干吗叹气呢？”他问。

“乘联邦调查局的直升机很方便就能到达科德角上的奥尔良。我觉得，县服务中心花不起这笔钱吧？”

“卡尔米内，就跟弄一张去火星的票一样难。”

“我讨厌开车去那儿！”

“那就和戴斯迪莫娜一块去，痛痛快快地玩上一天。”

“我会的，可是得等到周六才有空，”卡尔米内说。

“史密斯怎么样了？”

“汤姆·丹尼斯说，快醒过来了。没有脑硬膜血肿或是严重的脑挫伤，只是颅骨断裂，大脑有些肿胀，现在已经消肿。他的上臂和肩胛骨疼得更厉害。柯林斯的断腿得做手术，他诅咒发誓一辈子也不会再坐敞篷车。科里说，能看到汽车在空中翻筋斗真是够惊讶的。”

“都是些中年浪子呀！”西尔维斯特里倏然间露出了好奇的眼神。“卡尔米内，你是怎么知道史密斯是尤利塞斯的？我是说，那可能是他们中的任何一个人。”

“约翰，那不可能，我从来都没有怀疑过格里尔森。埃丽卡·达文波特在马克斯韦尔宴会上跟德斯蒙德·斯凯珀斯谈过话，就是巴特洛密奥描述那次谈话时用的一个动词提醒了我。倒不是指埃丽卡·达文波特说的话，她的一席话他都没入耳。可他说，她老是发出嘘嘘声。我也说不清，从什么时候起，怀疑变成了肯定，但不可能嘘柯林斯、珀维或是格里尔森。可是能嘘史密斯。棒极了。别管她接下去又说了些什么，一准是很有料。她要是中断了嘘嘘声，提到过一个人的名字，巴特肯定会留意。我一旦领会了巴特说的话，注意力就集中到了菲利普·史密斯身上。”

“所以，名堂全都在一个名字里，”西尔维斯特里说。

卡尔米内拿到了搜查证，翌日清晨就带上一辆警车和帕齐的法医车，一同去了菲利普·史密斯建造豪宅的那个美丽山谷。

纳塔莉·史密斯在门口见到他。她那双深邃的蓝眼睛中怒火汹汹，满腔愤怒扭曲了那张淡黄光滑的脸。“你们就不能放过他吗？”她那一腔浓重的异域口音让人很难听懂她的话。

“史密斯夫人，对不起。我得按搜查证行事。”

“我必须得等在这儿吗？今天天很冷，”她说。

“女士，没那必要。我们要搜查这座建筑，你可以呆在自己的房子里。”

卡尔米内走过园圃间葱翠的草坪，来到那座圆形的小庙前。小庙的每一根爱奥尼亚式柱子上都刻着凹槽。屋顶上盖着赤褐色陶瓦，就像是中国苦力的一顶帽子。只有英国人才会将一个花园装饰物都称为建筑，卡尔米内边想边拾级而上。台阶和地板都是绿色水磨石的，建筑的其他部分都是用纯白色大理石建造的。他惊叹道，在美国，谁能有这等精湛的技艺打造这样一座建筑呢？他断定，尤人能做到。那些柱子或许都是从意大利进口，意大利可是雕刻家云集啊，而美国的同行只配刻刻各式墓碑罢了。

他粗略地搜查了一遍，并没找到明显的可供藏东西的地方。可有阿贝·戈德堡在身边就大不一样了。

“你能找到隔间密室吗？”卡尔米内问。

阿贝满是雀斑的白皙脸蛋上露出了微笑，那双湛蓝的眼睛闪闪发光。“就跟胖孩子会放屁一样，这不都是明摆着吗？”

卡尔米内走下台阶，来到草坪上，看着阿贝在忙活。他先让两个警察把白色的桌椅都搬走，接着站在小庙的正中间开始转圈，斜着脑袋看着房顶。看完房顶后，又盯着地板转起圈来。然后，以卡尔米内作为参照物，走遍了所有的圆形台阶。最后，仰面朝天躺在地板上，用指关节砰砰叩击地板。

“没什么，”他简单回答道。

每一级圆形台阶都由 30 度宽的弧形组成，也就是说，每一级完整的台阶都有 12 块。最高那级台阶的边缘每块弧长大约有 3.75 英尺。

“不好移动，可是能移动，”他抓起一根撬棍，插进台阶伸出的弧形部分的下面。

他撬到第五次才撬动了一块。这块和其他的一样紧密，可撬起来后就散成了碎片。

“卡尔米内，他可不会用撬棍打开密室的隔间，明白吗？这一块就像一个昂贵的抽屉，可以顺顺溜溜地拉出来，可我给弄碎了，”他语气里带着一些遗憾。“这么好的活儿也干砸了，”他耸了耸肩。“遗憾也不能当饭吃。我的相机呢？”

霍洛曼警察局用超市里的棕色纸袋、小号棕色纸袋和信封装大小不同的证物。阿贝的相机在眼睛下咔嚓咔嚓闪烁着蓝光，卡尔米内嗅到了从隔间里溢出的一股气味，向后退缩了一步，接着伸出双手从里面拽出了一套与连衫裤类似的工作服。相机还在咔嚓咔嚓闪着光。衣服上棕色的血迹已经干透，变得硬邦邦的，要把它折叠起来塞进袋子得费一番周折。衣服已经发霉长毛，裂开了长缝，成了小虫趋之若鹜的避难所；物主并没有把它当做兰斯洛特·斯特林留下的纪念品好好加以保存。

“里头没有任何其他的东西，”阿贝感到很失望。

“得啦，我们已经把它在里面时的原样和取出来的样子拍了照，台阶、滑轮装置和其他能想到的东西都拍了照，”卡尔米内蹲下来，“足够了，可我想找到那把剃刀，它能在哪儿呢？”

“你提到过秘藏东西的事，可一个人不会把他崇拜的东西和血衣藏在一个地方。卡尔米内，想想那次幽灵事件！也朝崇拜物这方面想想！”阿贝提醒了一句。

“那会藏在这儿的其他一个地方，阿贝。就在一根柱子里！某根圆鼓形的柱子中一定有一个隔间……一人高的地方。这样他不用接触柱子就能看得到。”

“不会的，”阿贝的语调很悲观。“大理石都很厚，没法听出来是不是空心。肯定有一个弹簧，一按门就能打开，但不可能是手动的。考虑到重量，假如门与那根鼓形柱子的长度一样，史密斯会做一个电子控制弹簧。线路都埋在地下，在台阶和地板下面，再引入小庙石柱的中间。这些柱子都有可能是空心，但藏东西的那根更有可能是空心。我断定，他是用手中的无线电控制器去开那扇门。他是个无线电爱好者，对里面的小把戏了如指掌。他要是没有带着遥控器去苏黎世——他肯定也不会带走——那么遥控器肯定在他的无线电室中，和其他的杂物堆在一起。”

“阿贝，先用放大镜检查一下这些柱子。要是有门的话，肯定能看到接缝。”

“你仔细看一下柱子，卡尔米内，任何一根柱子都有接缝。”

“他妈的！”卡尔米内两眼盯着柱子。“每个凹槽中间都有一条细细的缝。”

“我们必须找到那个遥控器，要么就得拆掉整座小庙！”

“那可就太遗憾了，”卡尔米内赞同道。“好吧，阿贝，去看一看无线电室，我们搜查证的搜查范围不包括那栋房子，可是能够搜查房顶上那间小屋。只要能找到遥控器就行，那就没大关系——不，关系太大了！史密斯腰缠万贯，我们可没法子唬住他请的那帮子律师。我得回去见见法官才成。”

两小时后，卡尔米内带着对无线电室的搜查证回来。思韦茨法官听说所找到的证据意味着史密斯卷入了杀人案，感到很震惊，于是给予了他们彻底搜查的权利，他们要是感到有必要，也可以搜查那栋房子。

可他们没必要去搜查房子，从无线电室就搜出来三个常用来开车库的遥控器。不同的是，这三个都是他自己制作，用第二个遥控器就打开了一根石柱里的暗门。

那把剃刀折叠装在象牙鞘内，摆放在两个交叉的银色支架上，支架下面是精美的金丝饰品。

“这个架子太亮，不是银的，”阿贝说。

卡尔米内两眼紧盯着那个支架，说：“我估摸着不是白金的，很可能是镀铬的。”

他用干净的手帕拿起那把剃刀，小心翼翼地，尽量避免弄脏它的表面。剃刀没有清洗过，上面有厚厚的血迹，铰合处血迹更厚。他把它装进了一只棕色信封，封好后又签名作为见证。

“我该记着带些橡胶手套来，”帕齐的技术员遗憾地说。“奥唐奈博士强烈要求收集证据时一定要戴手套。”

“没问题，我们想想办法吧，”卡尔米内说。“等这起案子所有挠头的事都弄妥了，局长和你老板会组织一个研究证物的智囊团。这可也真叫人头疼。”

阿贝拿起了照相机，说：“剃刀上要是有史密斯的指纹，我们就算抓住了他的辫子。”

“那要手印跟血迹混在一起或是在血迹上面，”卡尔米内接着说。

“会有的，卡尔米内，一准会有的！”

“可我在纳闷另外两个车库门按钮能开什么。尽管爱疑心的道格算计着折腾我，可我必须得弄到一个能搜查这里全部家产的搜查证，里里外外都搜个遍。所有房间、塑像、日晷、柱子都要查一查。我非要打开另外两扇电子控制暗门不可。我有一种感觉，它很值得我去这么做，”卡尔米内说。

“可你已经拿到了不少的搜查证，”阿贝反驳了一句。

“是呀。阿贝，但审判方面风云多变，警察要是跟不上它的变化，就成了一群大傻瓜。我得去要一个新的搜查证，指定我能搜查那两个开关到底能开启什么装置。”

“那得保证开关里面的电池都是新的。”

星期六，德尔蒙尼克夫妇把东西都堆到费尔林车上，然后就起程去了奥尔良。戴斯迪莫娜心中明白，卡尔米内盘问菲洛米娜·斯凯珀斯时，她得在别处候着，可对这次出远门旅行她仍感到美滋滋的。她可从没去过科德角，一想到能与卡尔米内在外面呆上难得的一天，就使她感到很兴奋。在霍洛曼，他得受庞大的家庭的支配，连带着她也得受其摆布，要是他工作方面需要，那就更得随时听从召唤。眼下她差不多有了十成把握，在八到十个小时内，他能属于她了。没有人踏进那扇门，也没有人打电话要他出警。而且那天是盛夏最宜人的一天。

朱利安跟玛丽亚姨妈和一大群表姐在一起，她们会把他给宠上天。戴斯迪莫娜不会因朱利安一不在跟前就上火，她不是那种很溺爱孩子的母亲。这天适逢假日，在这个美丽的日子，她从 I-95 号公路上的车流量可以看出，有不少人已决定开车去科德角。唯一让她感到不爽的就是卡尔米内皮带上别着把.38 自动手枪和他的金质探长警徽。当她想把一袋糖放进杂物箱里时，又看见了第二把.38 自动手枪放在备用子弹夹中，她惊恐地喘了一口粗气。

“哎哟，我真是不敢想象！”她失声叫道。“我们要去哪儿？去道奇城吗？”

“你不是一直在看电视吗？”他笑眯眯地责问了一句。

“说句掏心的话，卡尔米内，你一直就是个收集狂！干吗要带两把枪？还有备用子弹？我坐在一个军火库里，怎么能过得舒心？朱利安也得看到这些玩意儿吗？”

“戴斯迪莫娜，备用品一直放在杂物箱里，你平时不要打开看它，不就得了。我都快忘了它在那儿了。”

“胡说八道！你首先忘记的是你那个脑袋瓜子！”

“嗯，说不准哟，”他咧嘴笑笑。“腰里不别上把手枪，我就觉得空落落的，这倒是实情。我们去霍乔吃早饭时，我就穿上夹克，没人会知道。约翰·西尔维斯特里叫我带上你，戴斯迪莫娜，你可别让我后悔。今儿个，我要见两个嫌疑人。虽说我不想听到枪响，可作为一个警察，要是不留一手，那可真是够蠢的。”

她默默地坐了一阵，咀嚼着他声音中结论性的意思，不喜欢卡尔米内指责她，就好像是她的不是似的。她有自己的实力和独立性，对此有所反感，可正义感告诉她，选择嫁给了一个警察，早就应该明白这份责任。不过当涉及枪支时，男女之间的认识差异使她觉得很困惑。女人都很讨厌枪支，男人却都很珍爱它们。朱利安将会站在他父亲一边。

最后她发话了：“我很纳闷，要是别的女人知道老公在枕头底下放了一把枪，会怎么入睡呢？”

“美女呀，跟你差不多。倒头就睡，只要孩子们别找茬，爱睡多长时间都行。”

她朗声笑了。“说到点子上了！”

“我要是做文职或是加工金属制品，就用不着携带枪支，”卡尔米内说。“可警察就是和平时代的士兵。现在战争仍然在继续，士兵必须武装起来。最糟的是，这场战争也殃及平民了。看看你和朱利安在船坞的那场遭遇不就得了。”

“虽说我不佩带枪支，可没准我也该学会用枪，”她咽下了一口气。

“太明智了，”卡尔米内的语气很热切。“那些射击事故都是因无知造成的。我会安排你在警察射击训练场学习。最好用.38自动手枪进行训练，我已经转用那种枪，可西尔维斯特里是不会用那种家伙的。”

戴斯迪莫娜暗想，又吃了一个败仗。没能让他接受我的想法，可他竟让我接受了他的观点。要是有人跟踪朱利安，该怎么办呢？我想保护他呀。

他们就这样慢慢腾腾地穿过了罗得岛海滨的豪华大厦，现在那些大厦大多都已变成公共机构和休养所，但它们高贵的身份依然如昨。他们用罢一顿美味早餐，就驶进了海角，戴斯迪莫娜对那里的胜景惊羡不已。

“七月份景色会更美，到那时玫瑰都开了，”卡尔米内说。

“我从来都不晓得美国这个地方有多少像欧洲那样令人难忘的胜景。康涅狄格海滨埃塞克斯式的村庄都很美，但科德角的村子更迷人。不，有一种别具一格的秀丽，”戴斯迪莫娜说。

刚刚过午，他们就到了奥尔良。在升高了科德角靠大西洋一边海岸的沙丘上，卡尔米内把戴斯迪莫娜放下来，接着就开车去见菲洛米娜·斯凯珀斯。

她在这里心如止水般地等待着。好嘞，我到这儿就是要搅起一些波澜，卡尔米内心想，坐在了后院中的一把白椅子上。

“你什么时候搬到波士顿？”他问。

“九月前不会搬的，这是最后一次在海角过夏天，”她回答。

“可你会留着这房子，一准会吗？”

“是的，虽说我也拿不准是不是偶尔周末能过来看看。德斯蒙德很想去个能看电影、玩弹子球游戏机、和朋友们在一起的地方。”

她讲起话来一直用着同样的温柔语调，声音也一直都很平和，可声色掩盖下的愁云就像地下的暗流一样在涌动。啊!卡尔米内想到,她已经开始意识到儿子的性取向问题。

其实,在短短的几周内,她就微妙地变得苍老了。眼角已开始出现皱纹;面频上两条隐隐约约的线一直伸到嘴角,现在又在向下延伸;左额上部拳曲的黑发中竟然冒出了几大缕很显眼的白发,这应是最令人惊愕的变化,使她看上去就像中世纪的女巫一样怪里怪气。

“你确定好科纳科皮亚的未来了吗?”

“是的,我认为,已确定好了,”她牵强地笑了笑。“菲利普·史密斯还是继续做董事会主席,眼下所有的董事会成员都继续干下去。我还是在幕后做我儿子控股权益的托管人。要是没出现什么麻烦,也没有必要去做任何改变。埃丽卡死后,董事会有了一个空缺,我想让托尼·贝拉补上。”

“斯凯珀斯夫人,我今天到此是因为一些与科纳科皮亚董事会的组成有关的事情,”卡尔米内同样以一种很正式的口吻说。“菲利普·史密斯要永远离开董事会。”

她深绿色的眼睛瞪得很大。“你是什么意思?”

“他因犯下谋杀和间谍罪,已经被逮捕。”

她的胸脯在剧烈地起伏,用手抓住自己的喉咙。“不!不,那是万万不可能的!菲利?探长,你一准是搞错了。”

“请你放心,没搞错,铁证如山。”

“间谍活动?”

“哦,是的。至少十年来他都一直在向莫斯科送情报,”卡尔米内说。

“那就是他为什么——”她戛然打住。

“斯凯珀斯夫人,什么为什么?”

“那就是为什么他和纳塔莉单独在一起时说俄语的原因了。”

“夫人,您要早些跟我说一声,还会顶点用。”

“以前我从没想过这种事。纳塔莉不喜欢说英语,虽说俄语也不是她的母语，可她说得很好。菲利说，他和她成婚时，他学过贝尔利茨[1]的课。他过去经常因这事大笑一通。”

“好啦，现在他可笑不成了。”

她在椅子上扭动着，烦躁不安，显得六神无主。“托尼！我要找托尼！”她叫喊道。“他在哪儿？他应该在这儿！”

“我了解贝拉先生，我猜着他这会儿就躲在外面等着合适的时机呢。”卡尔米内站起身，走到房子的角落。“贝拉先生！”他大吼了一声。“她需要你！”

贝拉眨眼间就冒了出来，看了菲洛米娜一眼，接着愤怒地瞪着卡尔米内。“你都跟她说了什么，让她变成这种样子？”他质问道。

卡尔米内把谈话内容告诉了他，很显然，他像菲洛米娜一样感到格外震惊。他们俩靠在一把铁质长椅上，眼巴巴地死盯着卡尔米内，好像他手中握着他们的死刑判决书一样。

“董事会有两个空缺，”贝拉大声说。

卡尔米内心想，他说这话的意思是他有进入董事会的优先权！他一点都不在意间谍或谋杀案的事，在意的只是要有个顺从的董事会能保护小德斯蒙德的——还有他的——利益。安东尼·贝拉在静观事态发展。

“要说还有点安慰的话，那就是史密斯先生最后一道行政命令是要为科纳科皮亚中心任命一位新总经理，”他爽快地说。“虽说那个人没有进董事会，可他顶替了埃丽卡·达文波特董事会以外的那个位子。那个人就是M.D.赛克斯先生。”

这条新闻没引起他俩的兴趣，可卡尔米内本来也没觉得会引起他们的兴趣。他把这话放在那儿，就是想看看会有什么反应，如果他得到了一种反应，那他就得去查一查M.D.赛克斯先生过去的经历。现在看来没有

①贝尔利茨（1852—1921）是一位语言学家，1878年在罗得岛州首府普罗维登斯成立了第一家贝尔利茨语言学校，后发展成全球性的培训机构。

那份必要，这也倒是一种宽慰。

卡尔米内抬腿走了，他心中确信，托尼·贝拉在今后的八年间，会不遗余力把小德斯蒙德的财产搜刮得一干二净，可那属于白领犯罪，和他都不相干。

他和戴斯迪莫娜朝一家龙虾馆的方向驶去。“这个世界也真是怪，”他说。“有些家伙从公司里偷走一万美元，就进了大牢，而另外有些家伙从公司资金里偷了千百万美元，却没有人起诉他。”

“宁做鸡头，不做凤尾，”戴斯迪莫娜说。“噢，卡尔米内，我在沙子里打滚，在浅水中漫步，让风吹拂起头发，看着这些漂亮的村庄，真是大饱眼福，简直就是天堂！今天得谢谢你呀！”

“我只希望能收获更丰富些，”卡尔米内嘟囔道。“那两个人也许不是间谍或杀人犯，可他们一准是干过许多违法的事。贝拉先是钓菲洛米娜上钩，可他也下手引诱她的儿子。这个狗娘养的两边的油水都要捞到手。”

“噢，真可恶！”她惊叫道。“竟然和他们母子俩都发生过性关系！她难道就不知道？”

“是呀，她不知道。可她已经开始怀疑小德斯蒙德异常喜欢男人。你要是看到那个孩子，就会明白，甭管怎么说，他的处境都好不了。太漂亮呀！那种事也许在学校时就已经开始，她也老在责备这件事。”

“你的意思是这孩子是天生这样？”

“肯定啦。”

“他很女孩子气？”

“不，壮得像头牛，像钉子一样结实。”

这时，费尔林驶进了龙虾餐馆的停车场。

除了作为母亲的身份外，戴斯迪莫娜抛开了所有与她不相干的烦心事。她觉得高兴得过了头，很难平静下来。她点了一个龙虾卷。她之所以匆忙从伦敦折回霍洛曼，是因为她知道，最佳受孕期已到，这几天她要是错过与卡尔米内在一起的机会，那就得等到下个月再碰运气。朱利安已经快满六个月，她要现在怀上孕，小宝宝降生时，他就十五六个月大。这段间隔够长了。他们要是兄弟俩，朱利安长大离家前，小儿子的个头也快赶上哥哥了。她惬意地遐想着，那就是说，就算两个人合不来，大的也不能对小的大打出手。

戴斯迪莫娜的肚皮里塞满了龙虾卷，还没到普罗维登斯，就进入了梦乡。

这就是西尔维斯特里所谓的俦侣理论呀，卡尔米内心里这么想着，妻子的脑袋把他的右臂压得生疼。但凡有点运气，我这辈子都再也不愿重返奥尔良，不过今天还过得蛮带劲。

▶▶|

星期一，卡尔米内获准去看菲利普·史密斯。他住在查伯—霍洛曼医院高层的一间单人病房里。按照卡尔米内的要求，这个病房是长廊尽头的最后一个房间，比其他房间离逃生楼梯都远得多。县里征用了病房对面的房间，作为休闲的场所。这样就可以让全天看护史密斯的警卫们使用它的盥洗室，有现成的咖啡喝，休息时也有舒适的椅子坐一坐。卡尔米内无心知道局长是用什么花招搞到了手，反正是由联邦调查局买单。

史密斯的房间里堆满鲜花，墙壁呈淡紫色，还摆放了一些乙烯基面的家具。乍看上去，根本不像是医院里的房间。当人们的视线掠过这些东西，就会落到那张消过毒的病床和那些绳索与滑轮上；用上这种可怕支架的患者身体会自动萎缩，他的权威和权力也就不复存在，这真有点令人难以置信呀。

菲利普·史密斯看上去要比他 60 岁的年纪老了许多，那张英俊的脸蛋干瘪下去，那双蓝灰色的眼睛带有一种难以言传的倦怠。

卡尔米内走进他的房间，只有他的那双眼睛转动了一下。他的胳膊和手处于那种状态，或许该有个护士帮他翻身调整一下身姿。可他身边没有一个护士照料，这真叫人感到意外。

“我盼你好几天了，”史密斯说。

“你的私人护士呢？”

“一个傻了吧唧的娘们！我让她在护士站候着，有事我按按钮叫她。需要时得到些帮助，我挺领情；可我讨厌那些多余的担心。我可以为你做这个吗，为你做那个吗？哼！我要需要点什么，长着嘴会要的！”

卡尔米内坐在一把乙烯基面的椅子上。“按他们要的价码，这些椅子都应该是用意大利山羊皮制作的。”

“好让访客刚会走路的毛孩子朝上头撒尿?还是积点德吧!”

“是呀。省下那些意大利山羊皮装备董事会会议室和行政办公室得了。史密斯先生,你去的那些地方,连乙烯基面的东西都用不上呢,只有硬塑料、钢材、床垫布和混凝土。”

“胡说八道!他们永远也别想判我的罪。”

“霍洛曼会判的。联邦调查局审查过你啦?”

“他们都没完没了的。探长,所以我才渴望见到你啊。那帮联邦调查局人员的脸上没有你那种罗马人的高贵气质。唯一一个没从华盛顿赶来看我的就是J. 埃德加·胡佛本人,可我听说他那身肥肉软绵绵的,让人感到很扫兴。”

“外貌往往会有欺骗性。指控你了吗?”

“间谍罪吗?是的,可他们并没有一追到底。”史密斯缩了缩嘴唇,露出了因住院没刷过的黄兮兮的牙齿。“算我倒霉,栽在你们手里,”他简短说道。

“以你这把年纪不该开那种12缸的跑车。那天下雨,道路挺湿,也很混乱,你开得又太快,而且注意力不集中,”卡尔米内说。

“别老戳别人的疼处。为了乘租用的飞机,那条路我跑了够上百趟。我猜着,这回我总该乘自己的飞机了。”

“史密斯先生,我将控告你谋害了迪伊·迪伊·霍尔。我们找到了你的工装和那把剃刀。”

他的怒火熊熊燃烧起来;身体变得僵硬,拼命想摆脱身上的束缚,直到疼痛袭来。他呻吟着。“那个不足挂齿、不值一提的妓女!她该死,所有的妓女都该死——该把她们的臭嘴都豁开!那些荡妇的嘴巴就该统统给她们豁开!”

“迪伊·迪伊干吗没有逃跑或反抗呢?这一点我更感兴趣。”

“我得找护士，”他又一次呻吟道。

卡尔米内揿了一下按钮。

“瞧你都干了些什么！”一个女人一边斥责着，一边把一个注射器插入他的静脉点滴上。

“傻瓜蛋，不知道就少废话！”史密斯低声道。

她压住心头的怒火，走开了。

“我想知道迪伊·迪伊为什么……”卡尔米内问。

“你就真那么感兴趣？问题是，我想不想告诉你。”疼痛有所减轻，史密斯舒心地缓缓躺在枕头上。“就我俩在这儿？我说的话你都录音？”

“就我俩，我也不会录下咱俩的谈话。在法庭上，要是没有在场的证人和你的同意，录音带不能当做有效证据。我正式起诉你时，会有证人出庭，也会提醒你依法所具有的权利。”

“承蒙厚爱，全是为了成全在下呀！”史密斯嘲讽道。他的眼神黯然失色。“是呀，干吗不呢？你既是一条獒犬，又是一条斗牛犬，可身上还有猫的癖性。好奇心一直是你的恶习，埃丽卡跟我说过这一点，她很害怕。”

他的眼皮耷拉下来，打起了瞌睡。卡尔米内耐心等待着。

“迪伊·迪伊——！”他冷不丁叫了一声，睁开了眼睛。“我猜着你在查我在和平队的女儿吧？”

“没错，可我没能找到。”

菲利普·史密斯说：“安娜不喜欢干正事，就喜欢干些纯粹破坏性的勾当。美国很适合她是因为这儿的社会制约框框少，人们拿这种倔孩子没办法。她在很不合适的年纪从西德搬到波士顿，接着又搬到霍洛曼，迎面而来的放纵、淫乱、幼稚的渴望和无拘无束的热情像一阵风一样将她往日经历的黯淡阴郁都刮跑了。错误的年龄，错误的地点，错误的孩子……”史密斯打住了。

卡尔米内一言没发，一动没动。史密斯随意爱说多快就说多快，爱说多少就说多少。

“学校?除了是个躲猫猫的场所,学校还有什么用?安娜玩疯了,迫使我和纳塔莉放出风去,说在家里我们自己教她。真是一筹莫展,根本管不了她。于是她笑话我们,嘲弄我们。政治方面的一些启蒙知识又没法讲给她听。从她 14 岁起,家中就像有了一个敌人,她知道我们隐瞒着一些事情。所以,我和纳塔莉就统一了做法:她爱拿多少钱就拿多少钱,爱干什么就干什么好了。”史密斯邪恶地咯咯笑起来。“既然她老不在家里住,也不认我们,所以就很少有人知道她,是不是很怪?我们只有摔掉安娜这个破罐子,才能继续履行我们信仰的职责。”

又停顿了一阵,史密斯打了个盹,卡尔米内注视着他。

“她 14 岁就有了个男朋友,一个 20 岁的年轻罪犯,叫罗恩·戴维,是个黑种!”史密斯大声叫喊着,卡尔米内跳了起来。“性使她神魂颠倒,她对性和那个男人永远都不满足,和他不分时间、地点、方式野合。他在靠近阿盖尔街贫民窟的边上有一套房子,那里老鼠横行,疾病泛滥。到处都是娼妓,迪伊·迪伊·霍尔就是其中的一个,她是那个小黑鬼的好朋友。罗恩把安娜介绍给了迪伊·迪伊,迪伊·迪伊向安娜推销海洛因。德尔蒙尼克探长,有没有吓着你啊?可别让这事吓着!也别让我的下一条消息吓着你:安娜和迪伊·迪伊相爱了,她们爱得难舍难分。难舍难分呀……”

噢,天啊!卡尔米内心想,我可不想听这一套。休息会,史密斯先生,睡一觉。你爱那个反复无常的女儿吗?还是觉得她是一个叫你丢脸的累赘?这话又不能说。

史密斯继续说下去。“对于安娜来说, 迪伊·迪伊和海洛因没什么区别,对她都是难舍难分。安娜从罗恩的房子搬出来,与迪伊·迪伊住在了一起。”他又发出了一阵邪恶的咯咯的笑声。“可罗恩不想放安娜走。安娜挥霍在他身上的钱现在都挥霍到迪伊·迪伊身上。你可能会想,探长,你会想我女儿会接受我的帮助, 让我养着她和迪伊·迪伊在西海岸过奢华生活吗?

不可能，那对她的父母来说可就太省心了呀！她和迪伊·迪伊喜欢生活在邋遢肮脏的地方！那里海洛因伸手就来，其他还有什么要紧的呢？”

“安娜和迪伊·迪伊在一起多长时间？”卡尔米内问。

“两年。”

“五十年代初期？”

“是的。”

“那么迪伊·迪伊也比安娜大不了多少。就是两个黄毛丫头。”

“你别想可怜她们！也别想可怜我！”史密斯吼道。

“我的确可怜她们，可我不可怜你。接着出了什么状况？”

“罗恩拿着一把剃刀闯进了迪伊·迪伊的公寓，想教训她们一顿。我并不太懂他们的黑话，可我猜出了一句，说他嗑药‘嗑昏了头’。所以，安娜用那把剃刀一下割断了他的喉咙。迪伊·迪伊来到我家，告诉了我。没法子，我只得去处理那场噩梦。那时我在科纳科皮亚的爱国职责刚开始。罗恩消失了，探长，别指望能找到他的尸首！他离康涅狄格远了去了！”

“眼下安娜在哪儿？”卡尔米内问。

“在西伯利亚的一个集中营，在那里她就和海洛因、性或是妓女都沾不上边了，”她父亲说，“她 31 岁了。”

“所以这么多年后，你就把满肚子怨气一股脑都撒在一个又可怜又无力反抗的妓女身上？”卡尔米内以怀疑的口吻问。“天哪，你压根儿就没想过这事你也该受到一些指责？”

史密斯不想继续听下去。“无力反抗，扯淡！可怜，扯淡！”他叫喊道。“迪伊·迪伊·霍尔就是让美国躯体腐烂的疾病的一个兆头，像她这样的女人就应该一枪崩了，或是罚她们劳役！那些娼妓——毒品——犹太人——同性恋——黑鬼——青少年的荒淫，都该统统消灭掉！”

“史密斯先生，你真让我恶心，”卡尔米内心平气和地说。“我觉得，你不是一个爱国的社会主义者，你是一个纳粹分子。你披上菲利普·史密斯的外衣有多长时间了?他是美国军队的一个陆军上校,但他是个幽灵,不对任何人负责,想干什么就干什么,想去哪儿就去哪儿。他西德基地的所有人都猜得出他是个执行秘密任务的大人物。联邦调查局都误以为你是中情局的人,放弃了对你的审问。可我是怎么知道这事的呢?史密斯先生,这很简单!战争期间,我是宪兵,所有的人和事我都能了解。1946年,他去执行一次秘密任务,一个叫菲利普·史密斯的人遭到绑架并给枪毙了;另一个菲利普·史密斯取代了他。这个菲利普·史密斯——你——1947年早春从德国返回波士顿,就像其他许多占领军的家伙们一样,你也带着一个洋老婆。最难遮掩的事情就是你结婚有多久和孩子的年龄问题,可你都做得天衣无缝。你以一个卸任的陆军上校的身份,带着家人出现在波士顿。"

史密斯不动声色地听着,嘴唇显出了冷笑的模样。他的脑子因注射吗啡变得很迟钝,可作为心灵之窗的那双眼睛看上去既迷惑又惊恐。

"有着贵族气质的波士顿百万富翁以一种冷漠的姿态出现在众人面前,这样使他顶上了1940年以后少有人见过的史密斯的位子。真正的史密斯没什么亲人,他在珍珠港事件前就参了军。你以一种狡猾透顶的绝招编造了与斯凯珀斯家的血缘关系,轻描淡写地向众人抖露出了这件事,迟早大家都会相信,就连斯凯珀斯家也会相信。1951年,也就是你在波士顿社交界现身的四年后,你进入了科纳科皮亚董事会。那栋美丽的房子建好后,你就搬到霍洛曼,也就恢复了你本来的面目——一个粗鲁、傲慢、残酷无情的卑鄙家伙。包括年轻的德斯蒙德·斯凯珀斯在内,科纳科皮亚所有的人都认可了这样的事实,你使董事会有了新起色,但没有做什么工作。可那又有什么稀奇的呢?绝大多数的董事会成员都能拿到大把的薪水,可又都无所事事。"

"羡慕吗,探长?"史密斯喉咙里发出呼噜呼噜的声响。

"羡慕你?没门,史密斯先生。我只是由衷钦佩忠心不贰的特工,富足地生活在意识形态敌人中间,履行着爱国的职责。你从没住过没有热水,没有电梯，水管都结冰的六层的公寓，你永远也不会住进那种地方。史密斯先生，你比常人高一等，这一点是不会改变的。无论你在哪个国家，都不会改变，是不是？嗯？不管在苏联还是在美国，你都坐在大型高级轿车里，有随意使唤的仆人，是一位领着各种津贴的阔佬，又是一位拥有大权的党棍。这边是资本主义政党；那边是共产党。对你来说，没有什么两样！唉，你两边都没讨到好，已没有丝毫利用价值。"

"德尔蒙尼克，你可真是个浪漫主义者呀，"史密斯的嘴都气歪了，没法掩饰这股火气。

"以前也有人指责过我这个，可我觉着那也算不上是一种侮辱，"卡尔米内的身体从椅子上向前倾着，一直把他的脸伸到史密斯的面前。"你知道最浪漫到家的是什么吗？像有产者的性感跑车那样一件玩物就把你的老底给抖露出来，显出了你的本来面目。你竟然差点坐着它就溜了号！你没能溜掉也完全是你的不是。寻思一下你坐在监狱单人间臭烘烘的马桶上，眼巴巴地盯着脏兮兮的床垫的情景吧！他们会把你隔离起来，作为一个卖国贼，大多数堕落的杀人犯或亵童犯会把你看成个坑人鬼。哦，你估摸着，不会因卖国罪而会因谋杀罪给投进大牢，是不是？作为一个大阔佬，你想贿赂监狱长，搞点特权吗？史密斯先生，不会有那种好事。不管哪个监狱荣幸地看到你大驾光临，都会对你的卖国罪了如指掌。到那时，你的书上都会沾满粪便，杂志会被撕成碎片，笔也会写不出字来——"

"闭嘴！快闭上你那张臭嘴！"史密斯尖叫道，他的脸像床单一样惨白。"你没那个胆！联邦调查局和中情局不会让你那么干，他们需要那些人的名字。他们认为我能给他们一串名单！会让我住得挺舒服，走着瞧！"

"这里谁是个浪漫主义者呢？"卡尔米内笑着问。"他们会把你扔给康涅狄格州发落，直到你提供的一个名字有了结果，不过怕是一个也不会有结果。你知道的名字只是你所呆的监狱中那个房间里的人的名字，那一切都和谋杀案搅和在一起。"

“你的算盘打错了!”

“我对着呢,永远不会以卖国罪审判你,那是很敏感的问题。史密斯先生,但以谋杀罪的名义可把每一个人关进去,那可就一点也不舒服了。”

史密斯没打吊瓶的左手挥舞着。“这一切全都是为了那个婊子吗?”

“那是板上钉钉的事,”卡尔米内的口气很严厉。“德斯蒙德·斯凯珀斯查明了迪伊·迪伊和安娜的事,于是把迪伊·迪伊带到马克斯韦尔宴会上,当着你的面炫耀。我估摸着他大概是指责你破坏了他的婚姻大事,接着又破坏了他和埃丽卡的好事——都是为什么呢,这一点你还不如我知道得多呢。他是个妄想狂型的家伙,而你身上有一大堆让他流口水的东西。你穿衣戴帽就像你变换嘴脸那么简单,上帝分发礼物时没有他的份,他在门后边呢。他有一些毛病,如缺乏胆量等,所以那天晚上他就借酒劲为自己壮起了胆子。他不知道的是你老人家就是尤利塞斯,可埃丽卡知道。埃丽卡告诉了他。你真是够幸运的,那天他喝多了,就把这一茬当成了耳旁风。但那场宴会就成了你走下坡的开端。”

“胡说八道,全都是胡说八道,”史密斯的话说得有气无力。

“不是胡说八道,都很在情在理。你一准是冒汗了!表面看上去你好像混过去了,但实际上你仍在盘算着要是混不过去该如何是好。四个月过去了,整整四个月!接着埃文·皮尤厚颜无耻地出现在你的办公室,交给了你一封信。你看完那封信时,他已经走了,但你仍然关注着他,知道他要干什么。你俩可真是半斤八两。你的计划立即变成了行动,”卡尔米内打住了。

“我累了,还很疼,给我滚,”史密斯说。

“还有一个捕熊夹!它有什么重要的价值呢?”卡尔米内问。

“一点价值都没有,我不知道你在说什么。就是因为像他那样的人,你来作践我。倒还不是因为那个婊子。迪伊·迪伊·霍尔算什么。”

“对我来说她很重要,”卡尔米内走出了病房。

“这都是些子虚乌有的事，约翰，”后来他跟局长这么说。“一开始我想史密斯蛮喜欢女儿，可不是那么回事。谁也不会把自己爱的人监禁在西伯利亚集中营里。他不用费劲就可以把她关进那些豪华的收容所，洛杉矶和纽约有不少那种场所！不，可能有点夸张，但你知道我的意思。”

“我有数，”西尔维斯特里口中咬着雪茄，脸上显出苦涩的表情，接着把雪茄扔进了废纸篓。“你从哪儿弄到那么多时间去做调查研究呢？”

卡尔米内哂笑了一下。“这儿挤一点，那儿抠一点呗。这事儿太离谱了，我在把一切搞明白前，没法子告诉别人。也许史密斯在苏联的人都是些沙皇贵族，他们为躲避共产党的示威游行而及时转移了阵地。1917 年，列宁手头缺少受过教育的帮手，可能会忽略一些热切的志愿者的身世问题。史密斯本人可能从 10 岁起就成长在这样的制度下。我们常会忘记这一点，从红色革命胜利到今天只有 50 个年头。”

“不过是漫漫历史长河中的一点小曲折，”西尔维斯特里说。“它非常有悖人性，我估计再有三四十年那帮贪婪之辈就会把它葬送了。”

卡尔米内的双眸闪烁。“我很喜欢你从哲理的角度讲这些大道理，”他笑逐颜开。

“你要再这么给我耍贫嘴，小心我用靴子踢你屁股，”他转移了话题。“卡尔米内，我们要能快点抓住史密斯的助手，我会更高兴。”

“连那个臭婊子养的一点线索都没有，”卡尔米内说。“他在躲着等待命令。我吃不准他的命令是来自史密斯还是莫斯科方面。”

“我很讨厌战争，尤其是冷战。”

“很疯狂，对吧？眼下史密斯不会发布任何命令。联邦调查局或中情局或其他的人正在监听他的电话，”忽然，卡尔米内从椅子上跳起来。“约翰，想听点很离奇的事吗？”

“说吧。”

“史密斯本人从来不用‘间谍’这个词儿。当他在叙述中不得不用这个字眼时，他又拼命夸张，称之为‘爱国职责’。从他这样一个老油条的嘴里，我这辈子都没听到过比这更怪的话。在那一刻，我真感觉自己就像是在《黑鹰》漫画里一样。”

“我寻思呀，是逆反心理作怪吧。”

“没准是吧。”

“你什么时候去史密斯的房子试一下那些车库遥控器？也许会有收获。”

“我同意，可你得给我一两天的空，长官！法官可是很不好缠呀，”卡尔米内以讨好的口气说。

可他的话没能奏效。“明天，探长，明天吧。”然后西尔维斯特里动了恻隐之心。“我来打电话给那个爱吹毛求疵的老讨厌鬼，求他态度和善点。只要他听到了这个实情，会合作的。”

阿贝和科里起先在他们自己的办公室里，后来百无聊赖地跟着兴奋的卡尔米内去了他的办公室。

“我们要搜查那两个遥控器，”卡尔米内说，“还有五英亩的园子和一栋三层的楼房。”

“不，长官，是三个遥控器，”阿贝说。“能打开圆柱门的那个遥控器好像还能打开信号范围外的另一扇门。”

“我不清楚这是怎么回事，”科里疑惑地说。“我曾经听说过，一个长岛的车库遥控器能够打开科罗拉多军事基地导弹发射井的大门。”

“确实是这样，而且要是天气合适，我们可以把堪萨斯城的全貌都展现在电视机上，”卡尔米内说。“呃，这样我们就不用担心去导弹发射井大门或者堪萨斯城了，是吧？阿贝，你是对的，我们应该用得着所有那三个车库遥控器。我今天要做的就是制订一个可行的计划。”

“找迪莉娅！”阿贝和科里齐声喊道。

“迪莉娅？”卡尔米内叫道。

她快步走进来，在他的小组里只有她对重要的迪伊·迪伊·霍尔案子的解决感到很失望。史密斯作出关于他女儿的解释后，她的侦查任务已经告吹。

“我真是幸运，”她兴高采烈地说，“因为我拿到了史密斯的房屋航测图。还弄到了四个嫌疑人全部的房产图，并让帕齐把它们放大成海报那么大。”

“又向前进了一步，”卡尔米内说。

尽管照片是黑白的，但因为没有树木的遮挡，它把所有的细节显示得很清楚。高大的针叶树环绕着史密斯五英亩的大园子。房子所有的外部特征都呈现出来，从飞檐到无线电室，还有人工湖中一个小小的岛，由一座中国风格的桥与陆地相连。是在太阳正当头的情况下拍的这张照片——这是从空中做实用勘测的必要条件。

“白点和灰点肯定是塑像，喷泉也很清楚，”迪莉娅说。“屋后乱七八糟的肯定是车库、花园或者设备棚，反正就是这类豪宅里通常有的附属物。看到那里了吧?那是一片快要枯死的草坪，我们应该检查一下它下面有没有混凝土板。我爸爸曾坚持在我们的后草坪上建一个原子弹避难所，上面的草皮就跟别处的不一样了，现在他仍然用它来储存食物。”

“呃，我觉得我们不应该从外面着手，”科里坚定地说。“我要是史密斯，可不会把秘密夹层放在任何能淋湿的地方。想想看，碰上寒冷的冬天怎么办?雪会下几英尺厚呢!”

“你说得对，科里，”卡尔米内说。“我们应该先看房子里头，然后是附属建筑和附近的房子。他可有一群波多黎各仆人扫雪。”

“还有一件事，”阿贝说。

“什么事儿?”卡尔米内饶有兴趣地问。

“每个车库遥控器都可能不止打开一扇门。”

“想想导弹发射井大门和堪萨斯城的事吧。他真算是懒到了家!谁能给咱们些建议啊?”卡尔米内问。

“去找一下和帕特里克一起工作的那个新来的家伙,”科里说。“我前几天和他一起吃饭,就是他跟我说了导弹井大门的事儿,他以前是空军里的一个军士长。这家伙叫本·塔克,很厉害。摄影、电子、机械,什么都在行。我可以问问他。”

“那就去吧,科里。”

“那搜查证呢?”迪莉娅问。

“局长曾向我保证,爱疑心的道格会合作的,”卡尔米内说。

“嘿!眼见为实,”阿贝咕哝道。

不管西尔维斯特里事先跟思韦茨法官说了些什么,反正是奏了效。当第二天早上卡尔米内到了会议室时,搜查证已经摆在桌子上。

“间谍!”法官大人大声说道,脸上露出他宣布一起最长刑期案子时的表情。“卡尔米内,你去把那个臭婊子养的钉死在墙上!”

他们已经制订出了行动计划:刚开始他们彼此尽可能离得远一些,卡尔米内从屋顶向下搜查,阿贝从一楼向上搜查,科里从附属建筑物动手行动。每个人都拿着一个遥控器,心中都明白,每个人完全搜完一遍后,他们还要互换遥控器再搜查一次,接着再搜查第三次。因此,这种方式是强制性的,每个人都注定把同一个地方搜上三次。

他们花的时间并没有原先预想得那么长。如果遥控器的电池供电充足,摁一下开关就相当于用拇指或指尖一直摁着。他们成了站在一个空间的中心摁按钮的行家,都在边摁按钮边慢慢地旋转。假如信号越过阻挡的家具或物体传了出去,那么一般车库遥控器没法使用的地方,这种遥控器也能显示出很强的信号。卡尔米内开始明白长岛车库和导弹发射井门的情况。哇!有人要再从头做起了!但要跟踪那个遥控器需要多少天赋呀!堪萨斯城的事就更麻烦了。

他们一共发现了七个秘密隔间，其中只有一个是由房子遥控器遥控的。这个隔间有一个类似其他三个在别处发现的金属盒，每个盒子都上了锁。他们把每个隔间和里面的东西都拍了照，然后把东西都搬走，当然也只是搬走了那里面的东西罢了。

“你什么时候跟联邦调查局说一声？”在回到锡达大街时，阿贝问。

“那得等我过滤出11起谋杀案的证据，”卡尔米内说。“只有这事做完后，他们才能得到间谍活动的资料和遥控器。狡猾的凯利特工呀，他们那帮人会待上几个月，把那个地方翻个底儿朝天。遗憾呀，但是我觉得，那样就没有人再愿意住在那里了。”

卡尔米内把迪莉娅留下，但是让阿贝和科里去接新案子，并让他们再重新查一下史密斯的谋杀案。

他发现的物品包括四个像鞋盒大小上锁的金属盒、一摞十本薄薄的儿童练习册、五本厚点儿的皮质封面的本子，还有一摞霍洛曼县建筑平面图，包括科纳科皮亚大楼、县服务大楼、纳特梅格保险大楼，还有卡尔米内在东区的房子和周边等。

“我们要把这些留下来，”他边把那些平面图放到一边，边对迪莉娅说。“这些图和他的间谍活动毫无关系。”

这些带有皮面的本子都和他的间谍活动有关：暗号、密码，还有一本用俄语西里尔字母写的日记。

“我们把这些交给联邦调查局，”他说。“如果他们还需要间谍活动的额外证据，那就给他们。”

“那些缩微照片就是足够的证据！”迪莉娅打了个响指。

“啊，但你知道，他可是个烫手的山芋！在报纸杂志的社会版，《华尔街日报》和《新闻周刊》都有关于他的文章——多恐怖啊！我们接下来查什么？查练习册还是这些锡盒子？”

"就查那些盒子,"迪莉娅急迫地说。

"其实呀,这都是些潘朵拉盒,"卡尔米内拿起用房子遥控器打开的隔间里的一个盒子。"要是存在有形的谋杀证据的话,这就是一个。"他拿起一把双动剪刀,打开了盒子上的锁。

"哦——哦——哦!"迪莉娅叹道。

这个盒子里有一只安瓿,一只装着两粒马钱子的小药水瓶,六管10cc玻璃螺口注射器,一根皮下注射针,一根钢丝,一把小烙铁,一把普通的安全剃刀,还有两只带有厚厚的橡胶盖的小瓶。

"瞧!"卡尔米内大声叫道。"我们已经拿到他谋杀德斯蒙德·斯凯珀斯的证据了。"

"他到底为什么要把所有这些玩意儿都留着?"迪莉娅问。

"因为他觉得好玩。或是他着了迷。或者他不舍得处理掉,"卡尔米内说。"史密斯是一个复杂的人。"

剩下的三个盒子里有两个装着钱,每个里面大约都有十万元,各种面值的钞票都有。

"可是卡尔米内,他并不需要钱呀!"

"他存钱是为了尽快逃跑用的,"卡尔米内解释道。"他一旦到了加拿大,这些钱足够他租一架私人喷气飞机飞到任何一个地方。"

最后一个金属盒里有一把九毫米的鲁格自动手枪,并且配有备用弹夹及各类旅行证件;在几本护照中,有一本加拿大护照,名字是菲利普·德·安特里。

"这里没有一件是为他妻子准备的,"迪莉娅悲哀地说。

"恐怕是一对没法共患难的夫妻。我同样也可以断言,在这紧要关头,他会让她自己保命。如果她有点头脑,就该有些自己的存款,自己去逃命。"

"剩下的只是这些练习册了,"迪莉娅把练习册递给卡尔米内。

"俄语、俄语、俄语、俄语、俄语,"他边说边把顶上的五本练习册扔到联邦调查局的文件堆上。“啊!有英语的了!”他读了一会儿,然后看着迪莉娅,脸上显出疑惑的神情。“他似乎有着双重人格。当他是间谍时,他用俄语写作和工作。当他是杀手时,他用英语写作和工作。他整个人生就像被分割开了一样!如果有这么一个人,他生来就是两个不同的人,不管他的俄语名字叫什么,这人就是菲利普·史密斯大人。”他伸手去拿电话。“我最好还是告诉戴斯迪莫娜今天不能早回家了。要是我走运,会找出他的助手是谁,没准甚至也会找到他的雇佣兵。”他从中拿起五本练习册。“二一添作五。五本是用俄语写的,五本是用英语写的。在我读完并消化完用英语写的五本前,我不会离开。”

他向前探了探身子,拿起迪莉娅的玉手轻吻一下。“卡斯泰尔斯小姐,我真是感激不尽呀。你在这里的工作已经干完了,回家放松一下吧。”

“很荣幸,”迪莉娅生硬地说,“但我不能回家。首先,我要去迈尔维利奥给你买份快餐,再弄一暖瓶不错的路易吉咖啡。你要汉堡、咸肉卷还是烤牛肉三明治?”

“汉堡吧,”他嘟嘟囔囔地说。一晚进两顿餐不会有什么害处,对吗?

“那么,我会顺道去看看戴斯迪莫娜和朱利安。他们从英国回来后,我一直很忙,都没有机会去了解一下我的笨老爸怎么样了。”

“还是跟你给我说的一样笨啦,”卡尔米内说。

第一本练习册里有史密斯在科纳科皮亚董事会最初15年任期内偶尔犯罪的大概细节。然而,第一次的记录,早于他的任职时间。

“必须干掉老斯凯珀斯,”练习册里有一部分这样写道。“我的命令是明确的,因为那个做儿子的更容易愚弄。将完全采取克格勃的手段——用图钉钉帽上能放得下的量的粉末,这些粉末是从一种植物中提取出来的,我小时候母亲曾用这种植物给我作轻泻剂。当然小一些剂量也可以奏效,不过越麻利越好。就把药放在第一调羹我给他买的鱼子酱里。这个老吝啬鬼对鱼子酱的质量很吃惊。”

接下来后面一些条目中写道：“老家伙死掉了，钟表停了摆，再不能走了。这是一首好歌，我喜欢这首歌。小德斯蒙德·斯凯珀斯当了继承人，菲利也在那儿。菲利总是在场。但是我已经拒绝进入董事会。”

虽然这本练习册中没有提到迪伊·迪伊和他的女儿，但接下来的两条写着史密斯进了董事会。

卡尔米内饶有兴趣地看到，它就像是一种日记；每一条都详细地记录着日、月、年，而不是美国方式的月、日、年的写法。每一条也都记录着对挡住史密斯路的人的谋杀情况，每一个人都是被克格勃研制的一定剂量的一种不可思议的粉末杀死的——某种具有难以想象的效力的植物碱。是哪一种植物？为什么 1967 年 4 月 3 日的 11 个受害人中没有一个人是那种药物毒死的？显然，它造成了身体系统的彻底崩溃，紧接着就迅速死亡，并会产生不具体的败血症症状，而病因又是人类未知的。

没有有关他窃取了什么秘密或是何时窃取的记录；这些可能记录在俄语的日记里。哦！联邦调查局的家伙真是可以饕餮一顿盛宴了！

倒数第二本练习册中记录着马克斯韦尔基金会举办的那次晚宴的情况，但是里面也有对埃丽卡·达文波特博士背信弃义的许多臭骂，史密斯对她异常憎恶。

“我诅咒莫斯科将这个白痴娘们强加给我的那一天！”史密斯很难言传的愤怒现在爆发了。“一个傻瓜，一个美丽的傻瓜，她给美国人留下了一公里宽的可供追查的线索。当她十年前出现的时候，我向克格勃提出了抗议，他们只是告诉我，她已让有权势的党内朋友压倒了克格勃。据说她的朋友把她放在这儿是为了给他们汇报我的忠诚度。她把我的一举一动都发给了莫斯科！啊，但她害怕我！不久，我就以自己的优势压倒了她，恫吓她，使她变得畏缩，对我卑躬屈膝。但对我的害怕并不会阻止她向莫斯科的党内朋友做汇报，这我一直都知道。当然，我也把她的举动汇报给了克格勃：我对她抱怨，批评她的愚蠢。她党内的朋友可以保护她，但我有克格勃的耳目，我在克格勃里有很高的职位，我在莫斯科的能量比她大得多。”

卡尔米内靠在椅子上，隐隐嗅出了实情。原来如此！我居然以为他们是一伙的，一起窃取我们的机密，真是太愚蠢了。其实，他们就像是在一场监视比赛中的对手，不断盯着去寻找对方思想上不忠诚的证据。她的党内老板对史密斯的生活方式感到震惊，而他的克格勃上司骨子里都是实用主义者，明白他的生活方式对取得成功都是很有必要的。因此，史密斯认为埃丽卡是间谍，而埃丽卡认为史密斯是间谍。窃取机密仅仅是政治斗争的副产品。他们中只有一个人能在莫斯科赢得信赖，埃丽卡知道自己正在输掉。是克格勃在实施统治，而不是执政党。

他继续读下去。日期是 12 月 4 日。“这条疯狂的母狗！我对猥亵的脏话深恶痛绝，但她就是一条母狗！一条死皮赖脸的摇尾乞怜的母狗。六天前她来到我这里，歇斯底里地向我哭诉说，德斯蒙德已经终止让她口交，又回到了菲洛米娜身边。哎呀，简直是泪流成河！悲痛欲绝！‘但是我爱他，菲利，我爱他！’我回答说，那又能怎样呢？你要继续履行爱国的职责！你要讨好他，用我给你的那些商业灵感去启发他，他会对你心存感激，被你感动，他会把你提拔到更高的位置。我把这一切还有更多的话告诉她时，她颤抖着，号叫着，真是一条傻到家的母狗。

“现在她又来了，又来进行新的忏悔，就在昨晚我亲眼目睹德斯蒙德·斯凯珀斯与迪伊·迪伊·霍尔手挽手参加晚宴以后！他竟然把那个妓女带到宴会上！难怪他选择坐在远离我和其他管理人员的地方！‘菲利，我知道你的秘密，’他在经过我的时候对我说。‘我知道你女儿发生了什么事。如果世人都知道了清白无瑕的菲利·史密斯有个吸毒的女儿，他们会怎么想？’当我看到他坐到胖银行家那桌时，我思考着对他这个问题的回答。迪伊·

迪伊穿着紫褐色紧身缎裙，围着雪白的貂皮披肩。当然，肯定是她让他喝醉了。德斯蒙德不能沾第二杯酒。只要他喝了第二杯，就会不住嘴地灌下去。

“我看见埃丽卡喝昏了头，摇摇晃晃地到了他那一桌，并在那里坐了几分钟。人们为什么驾驭不住自己的激情？德斯蒙德喝醉了，因为他还正想着埃丽卡的口交把戏，对菲洛米娜的心思也有点吃不准；埃丽卡喝醉了，因为她爱上了德斯蒙德。他们喝了一杯又一杯，他们灌进去了多少，只有我有数……

“今天，我知道了埃丽卡和德斯蒙德坐在一起时都泄露了什么秘密。她向我坦白，在她处于醉醺醺的痛苦中时，告诉了德斯蒙德我就是尤利塞斯。她向我坦白时，恐惧的泪水变成倾盆大雨！我正需要这种武器呢，在今后的十年间向她莫斯科的党内朋友开火！我迫使她用俄语把这些话写下来，让斯特拉文斯基作了见证。我对这条愚蠢的母狗说：‘不过，如果你按我的命令行事，我就不会把这些话发给莫斯科。’

“我从她那里算是解放了！我有了我的杀手锏！德斯蒙德醉得不省人事，没有听清她说的话。她发誓说他没有听见，因为我当时亲眼看到他的醉态，我就相信了她。现在我有自己的杀手锏在手，我只需要坐山观望。要等着看接下来会发生什么事。如果尤利塞斯的事露了馅，埃丽卡一定要矢口予以否认，而且是令人信服地否认这件事。我可是手中握着杀手锏！”

你是活在一个什么样的世界里啊，史密斯先生，卡尔米内心想。他又倒了一杯咖啡，那本练习册掉在了地上。你活在怎样的一个世界里啊！说狗咬狗是太好听了点。更确切地说，应该是蛇吞蛇呀。史密斯是一个财经方面的天才，而德斯蒙德·斯凯珀斯不是那块料，埃丽卡·达文波特也不是那块料。他们都只是他的马前卒，他利用他们使那个公司不断向前发展。于是秘密也就越来越多。这就是为何他最终可以把埃丽卡给打发掉——有了一份给莫斯科的她的书面供认状，自己又成了科纳科皮亚的老板。他再也不用担心她在莫斯科的老板了。

他以彻头彻尾的克格勃手法制订出了计划。

12月10日，他写道："尤利塞斯是主要间谍头目这一点还没有走漏一点风声，但是我一直在思考，一直在绞尽脑汁地思考。如果走漏了风声，我要做好准备，行动要快如闪电，也要具有同样强大的破坏力。德斯蒙德不会提出这种指控——那个宴会后，我和他攀谈过许多次，他没有起任何疑心。我给了他治疗宿醉的偏方，他对我只有感恩戴德。当我问他那次他为什么带着迪伊·迪伊·霍尔时，他甚至都似乎不记得带着她这码事，看上去是一片茫然。最后，他说这肯定是酒劲和埃丽卡口交的功夫所致——他很怀念埃丽卡在法律部对他所奉献的殷勤，但菲洛米娜坚称埃丽卡必须走人，而他又非常渴望菲洛米娜回来。在这点上，我相信他的话。他给我看了他给埃丽卡买的一套粉红钻石——值一百万！德斯蒙德真是花了血本，他可是一个根深蒂固的吝啬鬼。一定是迪伊·迪伊告诉了德斯蒙德有关安娜的事情，并且求他带她到宴会上去折磨我，那个妓女还老是假正经。

"埃丽卡什么都不会说出去，这是肯定的。因此如果有人指控这件事，也一定是那桌上的另一个人——那个人没有喝醉，还能记得清那件事。她抗议说，因为她的声音很低，除了德斯蒙德，别人都难以听见，可我不相信。但是，如果说会出于爱国热忱而提出指控，那应该早就提出来了，而且还是大声提出来。结果没人提出指控，这就让我想到对方会进行敲诈，不管是敲诈埃丽卡还是直接敲诈我。我已经提醒过她，这使这条愚蠢的母狗重新感到恐惧。我要做的一切就是清理被她搞得一团糟的烂摊子。

"我自然要监视所有坐在那一桌上的人，因此，如果真会出现敲诈，不管敲诈会来自何人，对此，我倒有个妙招。敲诈是一把双刃剑，在这点上，斯特拉文斯基与我的看法一样。我们的结论是，如果真的出现了一个敲诈的威胁，11个人都必须死。

"如果我现在就动手，最终我会依次宰了他们。当地警察虽没有克格勃优秀，但也是惊人的出色。从另一方面看，我承认，我对大手笔地一下干掉 11 个人很感兴趣。这真是一场漂亮仗！这样不仅能让当地警察感到大惑不解，而且更能蒙住他们。这一举动从纯粹的逻辑上讲也非常具有吸引力。虽然斯特拉文斯基有些犹豫不决，但是他得服从命令。所有的忠实的马前卒都得服从命令，斯特拉文斯基就是一个忠实的马前卒。这是一个梦寐以求的计划！我无聊着呢！我需要一个全新的计划来刺激自己，使自己摆脱掉这种消沉的状态，而且这个特殊的计划又具有可行性。我迫使斯特拉文斯基同意了这个计划。如果每个人的死法都有着天渊之别，谁会想到是一个人在幕后主导了那 11 个人的死亡?啊，这真具有挑战性！我终于大彻大悟了！”

你最终想到点子上了，卡尔米内想。尤利塞斯把他的间谍工作做到了一种艺术的境界，他终于感到乏味了，需要一个全新的刺激。他间接表扬了霍洛曼的警察——“当地警察虽没有克格勃优秀，但也是惊人的出色。”不论是哪路神仙说了这种话，我都要感谢他！

“我发现桌上那两个男的带着老婆，可对她们进行哄骗，”史密斯 12 月 19 日写道。“芭芭拉·诺顿夫人精神严重错乱，但是她把疾病掩饰得挺严实。斯特拉文斯基伪装成一个名叫鲁本的投球手与她进行了一次交谈。她的大脑就像是个空葫芦。诺顿那个胖子银行家让她感到很恐怖，这样让她实施谋杀的时机已经成熟。

“虽然我得亲自下手投她所好，但是波林·登巴博士也是一个好骗的主。她丈夫对她实行性虐待——多么卑贱无耻的小人！她让我看了适当部位的那些伤疤。从她的品质看，就属于青年荡妇那类货色！我会留给她一瓶氰化物。除了要迫使她在我选定的那一天动手外，用不着作任何的提示，她会把剩下的一切都做好。她拒绝了所有的贿赂，只想要里尔克的原稿。我会让她看到里尔克的原稿，并且在她无罪释放后，会安排把里尔克的原稿送给她。我会以匿名的方式给贝拉一笔财产，条件就是他要帮她逃脱那些惩罚。他一准能办得到！”

卡尔米内心想，那样一切就算妥了。我怀疑，史密斯在这里说的那一通话会改变陪审团的裁决。起作用的不是那个日期，而是提到的她的伤疤。还有里尔克的原稿！伙计，那个家伙一定有些关系！陪审团不会看到这个日记本。贝拉会从证据中找到一些奏效的方法。

因为波林·登巴的缘故，女权运动变得虎头蛇尾。卡尔米内放弃了这方面的追查，心中也没有太多遗憾。他所有的调查对登巴院长夫人的案子没任何帮助，也没有发现登巴院长夫人有情人。可能她真的就是性冷淡。或许她所有的精力都投入到妇女事业和她热爱的里尔克的研究中去了。

比安卡·托兰诺的事让人感到伤心不已。“我注意到在那张桌上，她紧挨着迪伊·迪伊那个妓女，我无法区分她们两个人，”史密斯在 12 月 22 日的日记中写道。“那两人是一对娼妇！一个是彻头彻尾的不要脸的东西，另一个就是假正经的货色，也正在变成一个彻头彻尾的妓女。这个人让我想起埃丽卡，就像我期盼着埃丽卡上西天一样，我也会让她死去。我已经看到了我的工具。我去 20 层的会计部时，一个名叫兰斯洛特·斯特林的阿谀奉承的马屁精引起了我的注意。可又有一个叫乔舒亚·巴特勒的发育不全的跛腿小矮个子闯入了我的眼帘。我承认我到那里时，还认为斯特林没准会成为我的工具，但是他不是个正常人，倒还不是个瘸子。就是一个人渣！乔舒亚·巴特勒下班时，我正开着我的玛莎拉蒂闲逛，所以我就让他搭我的车回家。他欣然接受！我最后带他去了我的房子，家中没有别人，我请他吃了顿晚饭。斯特拉文斯基在桌上担任侍者，他也认为，他完全符合我们的要求。那晚快结束时，他已经被蛊惑得愿意为我们做任何事情。而我都还没有提出想做什么呢！我一眼就能窥见他那令人作呕的幻想。虽然胃功能很好的斯特拉文斯基必须做许多心理调查工作，但巴特勒会把事情干得很漂亮。”

与史密斯的冷血计划搅在一起的竟然还有怜悯之心？卡尔米内不敢确定这是否是个恰当的词。但是看来他的确对比阿特丽丝·埃格蒙特和卡西·卡特赖特抱有怜悯之心。最终卡尔米内得出的结论是，史密斯尊重这两个令人敬佩的已婚妇女，认为她们命不该死，要是得死，也要死得很麻利，死得毫无痛苦才是。

他饶有兴趣地读到，史密斯本意是让埃文·皮尤来点克格勃的粉末，叫他死于不确定的败血症。他无论怎样去死，都不会太惬意，但他真正面临的死亡是对他最应有的报复方式。他那极度痛苦的死亡过程，也算是异常恐怖。他本该待在医院里，接受一定的药物治疗，而不应遭受捕熊夹给他带来的那番痛苦。

三个黑人受害者也都有记录。

“侍者也都得死掉。尽管他们喜欢侃大山，美国白人依然选择黑人做仆人。这是很有意思的现象。还有，他们的妓女是迪伊·迪伊这样的人。斯特拉文斯基想雇用州外的刺客，对付那三个黑人，而且为他们每人雇一个刺客。我赞成用三种不同的枪的想法，这三种枪都应是美国生产的。就像电影里演的那样，都要用上消音器。斯特拉文斯基觉得，我做得太过火，但不是由斯特拉文斯基来做决定。我——*真是*——*无聊死啦*！！！这些美国笨蛋抓不到我，那又有什么关系呢？”

耶稣呀，你这目空一切的混蛋！你都无聊死了！这难道不是很丢人现眼吗？

3月29号的日记很吸引人。

“我本来确信那个威胁已不复存在！但现在我发现不是那么回事。这真是太刺激了！就如他们的广告上写的，我很清醒、很警觉也很聪明。哦，埃文·皮尤先生，话痨打算以一种与原计划不同的方式除掉你。让斯特拉文斯基扮成乔舒亚·巴特勒，用一个捕熊夹要你的小命。一切准备工作都已就绪，必须确保万无一失。在很长的一段时间里，我怀疑这个敲诈者是埃文·皮尤，所以就安上了一根横梁，螺栓孔都钻得一样小，螺孔内没有任何螺纹。斯特拉文斯基有着强壮的右臂和足够的高度，还有极好的工具。你将会拥有一大笔钞票——但那对我来说只是九牛一毛！你会在极度痛苦中死去。话痨。真是个美国式的称呼。捕熊夹也是在美国制造的呢。”

4月4日的日记是有关德斯蒙德·斯凯珀斯的内容。

“德斯蒙德·斯凯珀斯终于死了，带着你对菲洛米娜永不停歇的抱怨，带着你对将她赶走的罪过的否认。对一个美国人说来，她已是一个很不错的女人。

“我看着他死掉，感到是一种享受！我鄙视那些通过折磨他人去获得性快感的人，但我坦白地说，德斯蒙德·斯凯珀斯被捆绑得像一只感恩节的火鸡，眼睛和大脑还活着，身体的其他部分就像已经绝种的渡渡鸟。看到他的这副模样时，我都激动地勃起了。我用小烙铁戏弄他。他拼老命想尖叫！可他的声带根本发不出声，只是沙哑地号叫。他血管里的氨使他感到异常难受，但最终我灵光一闪用上了德拉诺。这是多么好的法子呀！我享受这每一分钟。从他告诉我他让埃丽卡当小德斯蒙德的监护人的那一刻起，他的用处也就到了头。他对她的商业才华推崇备至，却从不知道那些高见都是出自我的手笔。再见了，德斯蒙德！”

他对埃丽卡的谋杀没有太多要说的；显然他没必要老是沉浸在她的痛苦中。

"斯特拉文斯基每次打断那条母狗的一根骨头，这样轮番打断了她的胳膊和腿，但除了她在莫斯科的朋友的名字外，她没有吐露任何其他的情况。如果她有任何其他的事情需要坦白，她会说出来。斯特拉文斯基特别享受这个过程。我们一致认为，必须雇用曼弗雷德·米勒——这一有良好口碑的刺客——让他去处理掉她的尸体。我想要人把它放在德尔蒙尼克的房子里，斯特拉文斯基认为，那样做是错误的。当然，我赢得了那次争论，米勒把尸体放在了那儿。那位大个子的妻子露了面，这真是我的运气。要不是她的出现，结果可就大不同了。米勒干净利落地离开了。真遗憾，那个老婆却逃掉了。也真算是一件荒诞透顶的事情。"

关于欧洲山毛榉树上狙击手的记载格外有趣；史密斯慌乱不堪。

"我好运不再了，"他写道。"伟大的尤利乌斯·恺撒对运气深信不疑，我算老几，竟能反驳他吗？但问题不是运气没有了——不是那么回事。而是，碰到了另一个更走运的人，所以它就栽了跟头。这和我的运气是一回事。我遇上了德尔蒙尼克的好运气。现在我所能做的一切就是立即把他打发到千百个不同的方向去。曼弗雷德·米勒愿意尽可能多地杀掉霍洛曼的杰出市民，同时献出自己的生命。他的要价？在瑞士银行他妻子的名下存上一千万美元。我已经存过了，但斯特拉文斯基说，他不会作出回应，我很怕斯特拉文斯基说中了。"

卡尔米内想，这很有意思。他像是对着我的脸说一些事情，他交了好运，而我是鸿运当头。

那是第五本练习册里的最后一条记录。卡尔米内感到人困马乏，把证据收集在一起，放进一个破旧盒子里，他在那个盒子上标上"零散物品——1967"的字样。然后把它放到一个笼子里，和其他十多个同样肮脏不堪的盒子混在一起。就是忠心不贰的斯特拉文斯基穿上霍洛曼市警察制服来查看，他也难以找到那个盒子。

斯特拉文斯基……一个代号，它肯定是一个代号。练习册内压根没有谁是斯特拉文斯基的任何线索。是指音乐界的吗？不对，一定不是！当然，斯特拉文斯基就是斯特拉文斯基，只是因为斯特拉文斯基选择了这个名字吗？或者是克格勃的老板？他就和史密斯一样是一个克格勃。我想起来了，有个人把埃丽卡的尸体丢弃在那里时，戴斯迪莫娜见过他。现在我知道了，是那个狙击手扔下了那具尸体。史密斯谈到斯特拉文斯基时，几乎把他看作是与他同等身份的人，并尊重他的意见。他很珍重、重视斯特拉文斯基，在这些谋杀日记里没有暴露他的身份。

“每当一个棘手的案件快要出结果的时候，我都会感到很扫兴，”那天晚上卡尔米内对戴斯迪莫娜说，“像往常一样，案件的结果取决于法庭——都是突降法，这结局真扫兴，不刺激。史密斯无法逃脱他的罪行，但我强烈怀疑，波林·登巴会逃脱的。关于斯特拉文斯基，他的身份都还难以确认。”

“你认为，他不大可能是珀维或者柯林斯？”她问道。

“不，感觉不是。他们只是师徒关系，彼此的等级差别不太大。”

“科纳科皮亚将会发生什么变化？”

“只有一个强大有力的人可以担当舵手，这就是华莱士·格里尔森，可他一点都不喜欢那个角色。他的心思全放在多默斯的汽轮机上，并不想分散到30家不同的公司。”卡尔米内耸了耸肩。“他仍然会履行他的职责——请注意，我并没有使用‘爱国’这个词！这个词没完没了地出现时，只是毫无意义的伪善的行话。”

“当你妈妈听到这些恶棍被抓住的消息时，她就不会再大发脾气了。不过，卡尔米内，她会听到什么样的消息呢？对这样一个消息现在有几成把握？”

“还是非常少。史密斯将作为一个狂人接受审判。练习册中的信息永远都不能使用。会有一些有形证据把他拉下马——杀害迪伊·迪伊的那把剃刀和杀害斯凯珀斯的那些工具。他的动机?那就是操控科纳科皮亚,”他毫不遗憾地说。

“怎样才能使这些证据和迪伊·迪伊联系起来?”

“地方检察官会辩称,他是迪伊·迪伊的一个嫖客,她在试图敲诈他。”

“他会厌恶这样的说辞!他可是一个可怕的清教徒。”

“这为他杀死迪伊·迪伊制造了一个更好的理由。他不承认犯下了叛国罪,这是唯一可以确定的一点。他确信不会以叛国罪审判他。”

“你认为他会那样接受审判吗?”戴斯迪莫娜好奇地问。

“这我不知道,”卡尔米内答道。

“他肯定是一个死爱面子的人。”

“他爱面子体现在各个方面,”卡尔米内激动地说,“从他订做的衣服和房子都可以看得出来。”

“他那些订做的跑车就更不用说了,”她伸开双腿说道。“该准备晚餐了。”

“今晚吃点什么?”

“小牛肉火腿。”

“哇!”卡尔米内一手搂着她的腰和她一起向厨房走去。

“迈伦就要带索菲娅回来了,”她在摆盘子,并将意大利通心面放到蕃茄酱里。煎锅已经放在炉子上,小牛肉和意大利熏火腿放在一小碗剁碎的新鲜鼠尾草的旁边。“待会儿再朝锅里加点玛莎拉葡萄酒怎么样?”

“那就来点呗。迈伦摆脱掉他的消沉情绪了吗?”

“我猜在他因为让索菲娅难过而被你训过后,就已经好了。”她点着了锅下的煤气,在锅底刷了一层橄榄油。“再有 15 分钟我们就可以开饭。”

“我都等不及了。”

“你已经决定由谁来当中尉了吗?”局长问。

“长官!”卡尔米内大吃一惊。“这不该由我来做决定!”

“如果不是你来做决定,那该由谁来做决定?能大声回答我吗?”

“你和丹尼来做决定!”

“废话。这应该由你决定。我和丹尼都会赞同你的决定。”

“长官,我不能做决定!真的不能做!只是当我认为一个家伙能胜任的时候,另一个家伙也能胜任的想法就会更加强烈地冒出来!看看他们最近接手的两起案件好了!在阿贝那项卓越的工作中,他抓到了木乃伊疯子。没错,他也接下了拉里的工作。那么,科里在他那项卓越的工作中呢,搞到了菲利·史密斯的那些材料。约翰呀,他们两个都挺棒!他们中有一个人要是得不到那份工作,我就得失去他,他就会走人到其他警察局去任职,这是非常遗憾的事情。阿贝有智慧,处事周到,很敏锐,也很沉着严谨。科里聪颖,反应迅速,善于掌握主动权,并且有足够的逻辑能力,处事自如。他们有着完全不同的品性和风格,他们中的哪一个都比拉里·皮萨诺更能胜任中尉的角色,这你也是知道的。不要把这事推到我头上,长官!你是局里的头——应该由你来做决定!”

西尔维斯特里认真地听着,也没有使性子。卡尔米内说完后,他笑了笑,点点头,显出了一种令人难以忍受的沾沾自喜的神情。

“我告诉过你今儿个早上接到J.埃德加·胡佛电话的事了吗?”他问。“他对科纳科皮亚混乱局面的解决感到异常满意,也很高兴,能由联邦调查局来领霍洛曼警局工作的功劳。得了,我装作是一个很愚蠢的地方警察,和他达成了一个很明确的分配方案。假如他让米基·麦科斯克和他的小队由联邦调查局发薪水,我会二话不说。J. 埃德加很高兴地答应下来。”西尔维斯特里吹嘘道,为自己狡猾的想法感到欣喜若狂。“德尔蒙尼克探长,所以我们争取到了两个中尉职衔。一个是阿贝的,另一个是科里的。最终我工资名单上的侦探数量还是正好。”

“我真想亲你了！”

“连想都不要想。”

“约翰呀，你可以荣幸地告诉他们了。”

“对于你自己团队的人马，有什么想法吗？”

“确实有一个想法。那就是你的外甥女迪莉娅，不知她是不是愿意去警察学院上学并取得一定的资质。”

西尔维斯特里打了个哈欠。“迪莉娅？你真有这种想法？”

“绝对是真的。她是一个非常优秀的侦探，做秘书有点屈才，”卡尔米内答道。

“她可是又老又胖。”

“一切取决于她，对吗？她要是想去完成学业，就能做到。我可以打这个包票，她能做到——她继承了西尔维斯特里所有的狡诈和头脑。她不需要成为海格立斯式的人物，只要能够追捕捉拿罪犯就成。如果她不紧紧地抓住这个机会，一切都是扯淡。她可以直接从警察学院来我的团队工作。”

“拉里的手下都怎么样？”

“我要将他们分开。一个跟着阿贝，一个跟着科里。这样，我们每个团队都会有一个经验丰富的侦探和一个新手。我们会从申请者中挑选一些替补队员。”

“这没准会给迪莉娅带来一些对手。”

“对这事我持怀疑态度。希望从申请人中最多选两个人成为侦探。而不要选三个。”

“没人会相信，她能成为一个警察！”他大声说道。

“那不已经是事实了吗？”

这消息真棒！卡尔米内高兴地乘费尔林离开丁县服务大楼。虽然往年直到独立日——还有六个星期，天气都很少热起来，但今年夏天几乎降临了。

卡尔米内加速行驶在蜿蜒、行道树枝繁叶茂的133号公路上，朝菲利普·史密斯的房子驶去。由于疯狂的挖掘，房子遍体鳞伤。他穿过庄严的大门，顺着蜿蜒的道路来到了房前。

“虽然没有人能再发现一个隐秘的隔间。可你们霍洛曼的警察抢了我们的生意。你们发现了重要的东西！”特德·凯利特工曾经告诉过他。

卡尔米内边按门铃边思考，觉得较好的结果就是联邦调查局离开这儿，回到他们自己的活动场所。那样谁也不会比华莱士·格里尔森更感到如释重负。

纳塔莉·史密斯开了门，将手指放在嘴唇上做了个嘘声的手势，领着卡尔米内下了台阶，来到草地中一处暴露的地方，那里距离联邦调查局最近的观察点有很多码远。

“他们在那里安了一些小话筒，”她说。

“你怎么知道如果没有联邦调查局的窃听者，我的话会说得更明白？”他问。

她的那双难以置信的蓝眼睛眯成了一条缝，莞尔一笑。“我知道，因为你是唯一一个真正了解事情的人，”她的音调很轻。“菲利普难以相信，一个当地警察会毁了他的计划，可我有不同的想法。”

“那个忠心不贰的斯特拉文斯基，”他说。

她的眼睛睁大了。“斯特拉文斯基？他是谁？那个作曲家吗？”

“是你，史密斯夫人。斯特拉文斯基不可能是其他的人。”

“你要逮捕我？”

“不，我一点证据都没有。”

“那为什么你说我就是这个斯特拉文斯基？”

“因为你老公是个死板的、清教徒式的人物。他对女人、妻子、妓女等占整个人类一半的全部女性有着强烈的厌恶感。你作为妻子，虽然表面上他好像抛弃了你，但是，史密斯夫人，他永远不会那么做。因为他知道他的妻子有足够的能力照顾好自己。就跟斯特拉文斯基能够照顾好自己是一个理。除了你，还有谁会是忠心不贰的斯特拉文斯基？还有谁会分享菲利普的白天、黑夜、想法、主意、抱负和计划？还有谁会装扮成乔舒亚·巴特勒上了位于巴拉塞尔士的二年级学生的楼梯？还有，为什么斯特拉文斯基不处理掉埃丽卡的尸体？因为他没有足够的力气。安装捕熊夹让他使出了吃奶的劲头。他可以用枕头捂住一个老太太的脸，或者对一个吸入麻醉剂的女人进行静脉注射。他外貌异常骇人，可以绝对安全地在哈莱姆的大街上迈着方步去物色专业杀手。你，史密斯夫人，就是你！用不着费心思否认这一切。你是一个真正的伪装大师，你从骨子里都把自己伪装得很逼真。”

她的视线穿过草坪，抿紧了红红的嘴唇。“我亲爱的探长大人，你打算拿斯特拉文斯基怎么办？”

“劝告他从速离开这个国家，不一定是今天，但肯定是明天。你必须带上私藏的东西——钱、武器、旅行证件等。用得着这些东西！”

“但是如果我选择留下来陪菲利普，你会怎么样？”

“追捕你，史密斯夫人。不断地追捕你。我能站在这里同你谈话是因为你好像也是一个人，难道你认为我会忘记你曾试图谋杀我女儿那件事吗？我不会忘记的。那就像一根火红的拨火棒一样灼烧着我的脑袋。我可以不惜一切代价杀死你，但是家庭对我来说无比重要。”

“你不会阻碍我离开？”

“我办不到。”

“我也是克格勃。”她凝神望着北磐石。

“斯特拉文斯基肯定是克格勃。我相信这会使你在莫斯科大受欢迎？”

“要是我还能活着。”

“那你会离开吗？”

她耸了耸肩。“要是可以和菲利普道别一声，我会离开的。他会让我走。”

“我非常相信，当莫斯科的人盘问你时，你会有很多话对他们讲。”

“你真会追捕我，”她缓慢地说道。“没错，你会干出来的。我明天就会离开。”

“告诉我你打算怎么个走法。我要确认你会离开才行。”

“我会从蒙特利尔给你发一封电报。电文如下：‘斯特拉文斯基从蒙特利尔向您问候。’当然我也能找别人去发这个电报，但是我在美国的爱国职责结束了。克格勃会想要我回归的。”

“谢了，发个电报这主意还不错。”

这是一个令人遗憾的结局，但是只能这样，卡尔米内驾车离开后这样想。今天斯特拉文斯基将去医院探望史密斯，跟他告别。他作为一个优秀的克格勃间谍，会预祝她平安。监听的人将会从联邦调查局的录音带上听到这样的内容：悲伤的妻子简明扼要地告诉丈夫，她的精神病医生叫她去波士顿郊外的私人医院治疗几天。她会搭乘从霍洛曼到洛根的定期航班，但是不会离开机场，然后忠诚的斯特拉文斯基会转乘前往蒙特利尔的飞机。这是一条凶恶的母狗，但确实是忠心不贰。她身体矮墩墩的，活像一个油桶，那张脸蛋令人惊骇，但最刺人心魄的是那双怪异的蓝眼睛。斯特拉文斯基就是一个矛盾体。

他还有点时间针对这起棘手的案子做最后一次拜访。他那永不满足的好奇心使他觉得这个告别性的拜访非做不可，也就是说，他得去造访在科纳科皮亚大楼里的一些人士。

他乘电梯到了 39 楼，看到华莱士·格里尔森用上了德斯蒙德·斯凯珀斯的旧办公室。

“看看你做的这些事！”格里尔森很是气愤。

“你可是西装革履，还打上了领带，”卡尔米内的语气很温和。

“你关心的不是这件事，对吗？”

“这不是我的错。要怪就怪菲利普·史密斯好了。”

“不用担心，我会的，”格里尔森的火气消了下去。“但是，或许我已经找到了摆脱目前困境的方法。”

“你找到了？找到了谁？”

“你太心急了，那我就告诉你吧。就是迈克尔·赛克斯先生。”

“哦，迈克尔·唐纳德呀！”卡尔米内咧嘴笑了笑。“他升官了，但因为是史密斯提拔的他，我弄不准董事会的其他成员是不是会赞成。”

“哈哈哈，多有意思呀！其实菲利可能已经帮了我们一个大忙。米基的表现让人惊喜。”

“米基？”

“那是他的简称。”

“很合适。”卡尔米内伸出他的手。“那就再见了，先生。我不会常来你的走廊上打扰你了。”

“谢天谢地呀！”

为什么不呢？电梯来到时，卡尔米内自问道。他按了去38楼的按钮，心中纳闷M.D.赛克斯先生在哪一层。原来他就在38楼。理查德·奥克斯正在外面的办公室，他看到卡尔米内时，立即变得面无血色，看上去就要晕过去了。

“你老板在吗？”卡尔米内问。

“赛克斯先生吗？”他尖声问道。

“就是他。我能见见他吗？”

奥克斯清清喉咙，点了点头。这或许就是一个同意他进去的表示，于是他就走了进去。

他看到迈克尔·唐纳德·赛克斯坐在埃丽卡·达文波特那张涂漆的桌子上，但很难把眼前这个人与那个在管理上被忽略、心生不满的老手联系起来。赛克斯看起来身形瘦了，但个头高了，穿着一件带金色链扣和法式袖口的衬衫、一件裁剪很考究的意大利丝质西服，打一条查伯校友领带。把他晾在一边，难怪他会感到很厌恶！他有那套让人信任、遵从的本事。卡尔米内认为赛克斯已经赢了，感到一阵狂喜。

他面前的桌上有一个纸盒，有些曲里拐弯的木刨花从中溢出来，有大约十多个两英寸高的精美彩绘的人物模型，已打开包装，站在那里：拿破伦·波拿巴和他的军官们都骑在马上。

“赛克斯先生，在这里见到你，太高兴了。”

“呃，谢谢！”这个还算不上是小不点的人大声说道。“你认为我弄到的东西怎么样？我可以把耶拿和乌尔姆加入我的战斗中！这不是挺带劲吗？这些模型是世界上最好的军事模型制造商在巴黎出品的。”他拿起了一个穿着豹皮大衣的杰出人物。“瞧见这个了吗？穆拉特，他是伟大的骑兵司令。”

“太棒了，”卡尔米内答道。他伸出手来。“迈克尔·唐纳德·赛克斯先生，这回真的要说再见了。”

“探长，不要蔑视命运！还有，科纳科皮亚现在掌握在高人手中，非常安全，”赛克斯说。

他陪卡尔米内走到电梯前，看着他离开，然后回到办公室坐了一会儿，边看着那些崭新的人物模型，边啜饮着美酒。在他桌子的抽屉里，有一个高倍放大镜，放大镜带有电池供电的灯泡。赛克斯把灯打开，紧紧盯着，他的蓝眼睛睁得很大，透过镜片，可以看到他眼中布满血丝。穆拉特就在手边，他顺手把它拿起来，翻转着看它是否有任何损伤或残破的地方。然后他叹了口气，笑了笑，拿起了一根解剖针。那根针在穆拉特的背包底部边缘移动，剔掉了一块油漆。

“肖斯塔科维奇会非常满意，”他说。